L'EMPIRE DU DRAGON

Contraint très tôt de gagner sa vie, Paul-Loup Sulitzer s'engage dès l'âge de seize ans dans une entreprise de transport au Moyen-Orient. Après divers emplois, il devient, à vingt et un ans, le plus jeune P-DG de France. Il s'oriente ensuite dans des activités de consultant. C'est au début des années 1980 qu'il se lance dans la littérature. *Money*, son coup d'essai, est un coup de maître. Suivront plusieurs autres dizaines de best-sellers. Son succès est le fruit d'un véritable travail d'équipe : il collabore avec des documentalistes, des rédacteurs, etc. Une formule qui lui permet d'être traduit en plus de quarante langues et d'avoir vendu plus de trente millions d'exemplaires.

PAUL-LOUP SULITZER

avec la collaboration de Vladimir Colling

L'Empire du dragon

ROMAN

ÉDITIONS N° 1

© Calmann-Lévy, 2006.
ISBN : 978-2-253-12123-7 – 1re publication LGF

À mes enfants et à ma petite-fille, qui sont la prunelle de mes yeux : James Robert et Jacques-Édouard, Joy, Olivia, Anna-Teresa, et à mes amis Jean-Marc, Alexandre, Hélène et Nano Pucci.

« Faites en sorte que les vaincus puissent se féliciter de vous avoir pour vainqueurs. »

Lao Tseu.

1

Franck Deroubaix contemplait le ciel de Pékin. Il neigeait. Une pluie de pétales blancs recouvrait la cour et les toits de sa maison. Tous les ans, ce spectacle féerique le réjouissait. Sa fille, Mei, tentait d'attraper les *liuxu* – chatons blancs échappés des saules –, mais ces fragiles offrandes du printemps se dérobaient sous l'effet de ses gesticulations. Attendri, le père ramassa quelques pétales tombés à terre et les déposa au creux de ses mains enfantines. Mei les respira délicatement puis les souffla avec force et espièglerie en direction de son *ayi*, la jeune paysanne aux pommettes hautes et rouges chargée de veiller sur elle.

Plus que d'autres peut-être, cette dernière goûtait la victoire du végétal, éphémère mais ô combien réconfortante, sur le gris de la ville. Elle ne se plaignait pas. Son travail était agréable et elle était bien mieux traitée que la plupart de ses camarades venues chercher du travail en ville.

Le téléphone sonna. Elle entra dans la maison, décrocha le combiné et s'adressa à son patron :

— *Faguo ren !* (Français !)

L'interlocuteur manifestait son agacement par de petits grognements. Il s'agissait du père de Franck.

— Je suis inquiet, commença Guy Deroubaix. Voilà plusieurs jours que je n'arrive pas à mettre la main sur ton frère. À son bureau, on me dit qu'il est à Shanghai. À Shanghai, qu'il est à Kunming. Tout du moins, c'est ce que je parviens à comprendre. Il ne répond pas à mes mails et son téléphone portable est sur messagerie. J'ai évidemment laissé des messages, mais il ne me rappelle pas !

— Bonjour…

— N'y aurait-il pas une fille là-dessous ? Ne t'a-t-il rien dit ?

— Bonjour, papa !

— Bonjour, Franck ! Excuse-moi mais le travail, les affaires. Tu comprends…

Franck ne comprenait pas ; il ne comprendrait jamais. En quelques minutes, sa bonne humeur s'était envolée. Son père qui l'appelait si peu ne se donnait pas la peine de lui demander de ses nouvelles. Seule comptait à ses yeux l'entreprise Deroubaix Fils. À croire qu'il avait du coton jusque dans les oreilles. Sans attendre de réponse, son père poursuivit :

— Patrick avait rendez-vous ce matin avec des clients, des vépécistes par-dessus le marché. Ils ont attendu en vain. J'ai l'air de quoi, moi ! J'ai inventé une histoire à dormir debout pour les retenir à Shanghai. Ils partent après-demain soir. Je dois absolument le joindre.

Franck regarda Mei par la fenêtre. La vue de sa fille radoucit son humeur :

— Papa, je vais me renseigner, mais je ne te promets rien. Patrick et moi nous voyons peu, seulement lorsque ses affaires le mènent à Pékin. Quant à sa vie sentimentale, je ne suis vraiment pas dans la confidence. Sans rancune ! Je vais tenter de me renseigner.

Franck raccrocha le combiné et se dirigea vers son bureau. Ce début d'après-midi était délicieux. Peut-être le printemps était-il parvenu jusqu'à son frère ? Peut-être Patrick avait-il délaissé un temps ses affaires pour s'offrir une escapade amoureuse ? Peut-être… mais ces hypothèses manquaient de vraisemblance. Si d'aventure une telle tentation s'était présentée à son aîné, la perspective de la colère paternelle l'en aurait aussitôt détourné.

Patrick et lui étaient si différents. Son grand frère ressemblait trait pour trait à son père, l'audace en moins. Il poursuivait l'œuvre familiale, inlassablement, péniblement. Un courageux petit soldat à la solde de son papa, incapable de révolte et de fantaisie. Un pilier sans odeur ni saveur.

À soixante-six ans, le patriarche ne se résolvait pas à quitter ses fonctions de président-directeur général du groupe Deroubaix Fils. Un an auparavant, il avait envoyé Patrick en Chine pour monter une joint-venture. Histoire de le tester bien sûr, mais aussi de retarder l'heure de la retraite, puisque son fils aîné devait naturellement lui succéder.

Six mois plus tard, la première pierre des usines Peng Textile avait été posée dans la banlieue de Kunming, capitale d'une lointaine et exotique région du sud-ouest, le Yunnan. Aujourd'hui, les ateliers tournaient à plein régime et une seconde usine était déjà en construction. L'entreprise portait bien son nom, celui du *peng*, l'oiseau des oiseaux : un aigle mythique à l'envergure fabuleuse dont la légende veut qu'il s'élève dans le ciel jusqu'à quatre-vingt-dix mille *lis*, soit près de quarante-cinq mille kilomètres ! Le *peng* volait vers le sud et figurait pour les Chinois un succès rapide.

Patrick se moquait bien de la culture chinoise. Le nom de l'entreprise avait été trouvé par son partenaire local. Sa seule culture tenait en un mot : le résultat !

Franck se rappela leur dernière rencontre. Il avait donné rendez-vous à son aîné au Vieux Canard, près de la place Tian'anmen. Ce restaurant, l'un des plus anciens de la capitale, combinait cadre et cuisine tradi-

tionnels : voilà qui changerait son frère des plats stan-
dardisés servis dans les grands hôtels.

Il était arrivé le premier, à bicyclette. En attendant
son businessman de frère, il avait revisité mentalement
la préparation de la spécialité maison : un, le cuisinier
laquait le canard à la mélasse ; deux, le gonflait avec
de l'air ; trois, le remplissait d'eau bouillante ; quatre,
le séchait. Devant ses yeux, rôtissaient des dizaines de
canards couleur caramel, la cinquième étape.

Patrick n'avait pas échappé aux bouchons de la capitale. Franck, que les odeurs mêlées de bois fruité et de
gras grillé avaient mis en appétit, l'avait accueilli avec
joie.

— Alors, comment trouves-tu le lieu ?

— Quoi ?

— Eh bien, le cadre, tout ça !

— Tu es sûr que je ne risque pas d'être malade ?

— Je mange ici régulièrement, ne t'inquiète pas. Ce
restaurant existe depuis 1864, alors si on en sortait
malade, ça se saurait ! Après quelques zigzags rapides
entre les tables, un serveur leur avait apporté de la peau
croustillante de canard.

— Ça se mange ? avait demandé Patrick.

— Écoute, frangin, fais un effort… Tu es désespérant.
Dix mois que tu es en Chine, dix mois que tu manges
toujours avec des couverts, dix mois que tu regardes les
Chinois comme des bêtes curieuses.

— Toi, ça fait presque dix ans que tu es là et je me
demande comment tu fais.

— N'oublie pas que je me suis marié avec une
Chinoise… Que veux-tu : j'aime ce pays et sa culture
millénaire. Toi qui as fait des études d'ingénieur, savais-
tu qu'au début de notre ère, les Chinois maîtrisaient
toutes sortes d'opérations algorithmiques, celles-là
mêmes que nous utilisons aujourd'hui pour nos ordinateurs ?

14

— Franck, tu t'intéresses au passé. Moi, je préfère le présent. Et aujourd'hui, la Chine a encore un retard considérable à combler.

— Le futur pourrait te donner tort.

Aussi loin qu'il s'en souvenait, Franck s'était toujours chamaillé avec son frère. Ce jour-là, Patrick avait baissé la garde.

— Revenons au présent : pas mauvais, ta peau de canard !

— Tu vas voir la suite !

Le serveur avait disposé un ensemble d'assiettes sur la table.

— Frangin, les filets de viande sont à déguster avec les petites crêpes. Traditionnellement, tu les accompagnes d'échalotes et de sauce à la prune. Bon appétit !

La trêve s'était poursuivie le temps de la dégustation, bien différente pour les deux frères : Patrick avalait tout rond tandis que Franck savourait chaque bouchée.

— Comment progressent tes fouilles ? avait demandé Patrick.

— Elles avancent mais les travaux du grand barrage sur le Yang-tsé Kiang aussi. Il nous reste peu de temps. Et toi, Peng Textile ?

— Les commandes affluent. Nous avons bien fait de délocaliser notre activité textile traditionnelle en Chine. En choisissant de produire plus à l'ouest du pays que nos concurrents, nous bénéficions de surcroît d'une main-d'œuvre meilleur marché.

— Et inépuisable. C'est bien là le drame.

— Que veux-tu dire ?

— Que les bas salaires ne pourront jamais progresser. Que les industriels disposent d'une armée de chômeurs et qu'ils en profitent. C'est indécent !

— Pour qui te prends-tu, monsieur l'archéologue ? Tu es payé pour rêver. Tu ne connais rien à la mondialisation, à la concurrence. Le consommateur français s'y retrouve, figure-toi !

— Les Français, toujours les Français... Je trouve simplement qu'il serait tout à l'honneur de Peng Textile et du groupe Deroubaix Fils de mieux traiter ses travailleurs chinois. Il n'y a pas si longtemps que cela en France, les industriels créaient des écoles pour les enfants de leurs ouvriers.

— Cela s'appelait le paternalisme et ce sont des gens comme toi qui l'ont dénoncé. Sous ses côtés bourrus, notre père a parfois des réflexes de ce genre, des réminiscences de temps anciens. Il n'a pas encore saisi qu'aujourd'hui, seuls les actionnaires commandent. Si tu fais des bénéfices, il faut en faire plus encore, toujours plus. Dans ce cadre, il n'y a pas de petites économies.

— Admettons alors que c'est l'actionnaire qui te parle. Après tout, je dispose de quelques actions familiales...

— Franck, occupe-toi de tes fouilles ! Tu me fatigues.

L'arrivée de beignets de pomme caramélisés avait été providentielle, donnant le signal d'une nouvelle trêve.

Physiquement, les deux frères avaient peu en commun. Encadrés par des cheveux châtain foncé, les yeux verts de Franck pétillaient tandis que de petites taches de rousseur autour du nez soulignaient la finesse de ses traits. Il était assez grand. Ses vêtements un peu larges lui donnaient un faux air d'étudiant attardé. Son charme agissait tout autant sur les hommes que sur les femmes. Patrick, quant à lui, avait tout du parfait ch'timi, mais ses yeux bleus et ses cheveux blonds étaient ternes. Plus grand que son puîné, il marchait légèrement courbé, le regard planté au sol. Les passants ne le voyaient pas. Pourtant il était loin d'être laid et un peu de bonheur aurait suffi à lui restituer sa beauté originelle.

— Pas mal ton boui-boui, finalement !

— *Xiéxie*.

— Comment ?

— Cela signifie « merci » en mandarin.

— Arrête un peu. Au boulot, les réunions se déroulent en anglais. Quand je me retrouve en face d'un Chinois qui ne parle pas l'anglais, une traductrice m'accompagne. Elle est très jolie et je serais peiné de devoir m'en passer.

— Méfie-toi des jolies traductrices : ce sont toutes des espionnes !

— Tu tiens vraiment à avoir le dernier mot. À ce propos, comment va ta femme ?

— Jiao va bien, très bien.

— Sur ces bonnes paroles, je vais y aller. Les affaires n'attendent pas et la circulation à Pékin est épouvantable.

— Fais comme moi, achète-toi une bicyclette, frangin !

Patrick avait haussé les épaules et les deux frères s'étaient séparés à la hauteur du parking à vélos.

Deux mois s'étaient écoulés depuis. Franck s'assoupissait presque. Il jeta un coup d'œil à l'horloge de son ordinateur : 16 heures. Machinalement, il consulta ses mails. Pas de message de Patrick. À tout hasard, il attrapa son téléphone portable et composa le numéro de son frère. Il tomba sur le répondeur.

Dehors, il pleuvait toujours des pétales de fleur. Mei et son *ayi* étaient parties se promener dans l'un des parcs voisins. En bon archéologue, Franck fouillait son bureau à la recherche du numéro de Peng Textile à Kunming.

2

La sonnerie avait retenti plusieurs fois avant que
Franck n'entende l'accent chantant du sud de la
Chine.

— *Ni hao !* (Bonjour !)

— Bonjour, je voudrais parler à Patrick Deroubaix.

— Il est absent. Je vous passe son assistante, Mme He
Cong.

Les nom et prénom de cette dame étaient un sujet
de plaisanterie récurrent entre les deux frères. En forçant le ton, Franck demandait à Patrick : « Eh, Ducon,
comment va Mme He Cong ? » Et celui-ci répondait :
« Toujours aussi maligne ! » En mandarin, *Cong* signifiait « intelligente ». Voilà au moins un mot chinois que
son aîné avait retenu. Au demeurant, cette femme lui
était très dévouée et, au ton de sa voix, Franck saisit
immédiatement son inquiétude.

— Cinq jours que je n'arrive pas à le joindre. J'ai
tout essayé. Votre père aussi a téléphoné. Il avait l'air
furieux.

— Quand avez-vous parlé à Patrick la dernière fois ?

— Vendredi midi. Il m'a téléphoné de l'aéroport de
Kunming avant de s'envoler pour Shanghai. Il souhaitait reporter un rendez-vous du lundi au mardi. Mardi
matin, les clients l'ont attendu au bureau de Shanghai.
En vain. Je ne sais plus que faire ni que dire !

— Je vous fais confiance pour trouver quelque chose de plausible afin de les faire patienter. En attendant, envoyez-moi, je vous prie, par mail l'emploi du temps de mon frère de ces derniers jours avec tous les détails dont vous disposez : noms, adresses, numéros de téléphone. Vous a-t-il expliqué pourquoi il voulait reporter le rendez-vous du lundi au mardi ?

— Non, il ne m'a rien dit du tout.

Franck réfléchit un quart de seconde.

— Pourriez-vous, s'il vous plaît, me passer le partenaire de Patrick ?

— M. Xue Long Long est absent, mais je peux signaler à son assistante que vous souhaitez lui parler. Elle lui communiquera le message.

Après les salutations d'usage, Franck raccrocha. Calé dans un fauteuil, il se pencha en arrière et tenta de rassembler ses esprits. Tout cela était fort étrange et ne ressemblait guère à son frère. Que devait-il penser de ce rendez-vous repoussé au dernier moment ? Il rédigea un mail à l'attention de son père. Il n'avait pas vraiment progressé depuis tout à l'heure, mais en passant par le cyberespace, il espérait éviter une nouvelle tornade paternelle.

Dès son arrivée à Pékin, Franck avait choisi d'habiter le quartier des *hutong*, ces ruelles qui sillonnaient les vieux faubourgs de la capitale, si étroites que la plupart des véhicules ne pouvaient pas y accéder. Le ramassage des ordures y était pratiqué par une cohorte de tricycles équipés de remorques dont les conducteurs soufflaient dans un sifflet pour signaler leur arrivée. Les demeures de plain-pied qu'encadraient les minces venelles s'organisaient autour de cours carrées selon un ordre bien établi. Appelées *siheyuan,* elles logeaient autrefois une seule famille noble par ensemble. Lors de la révolution maoïste, elles avaient été attribuées à des « unités de travail ». Aujourd'hui encore, plusieurs familles s'entassaient dans de petits logements aux conditions d'hygiène précaires. Les hommes se rassemblaient devant les portes pour fumer, boire ou tout simplement discuter. La vie en communauté rappelait la campagne. Les arbres aussi, où se côtoyaient oiseaux en cage et en liberté.

Sensible au charme et au caractère historique des *hutong* – certaines remontaient aux années 1650 –, Franck s'était mis en quête d'un logis. Son premier habitat, modeste, se composait de deux pièces : un bureau, une chambre et une petite salle d'eau. Avec ses compagnons de cour, il devait partager des toilettes publiques nauséabondes. À ses amis français, il écrivait :

« Ce n'est pas le Pérou mais bel et bien la Chine ! » Souvent il ajoutait : « Comme disent les autochtones : "Des voisins attentifs valent mieux que des parents lointains !" » De fait, il ne regrettait pas sa famille. La proximité des Chinois facilitait son intégration linguistique et culturelle. Combien de fois, dans le passé, avait-il entendu son père louer les avantages de l'immersion pour l'apprentissage des langues étrangères ?

Au réveil un matin de décembre, Franck et ses voisins avaient eu la mauvaise surprise de découvrir, peint sur la porte de leur *siheyuan,* le caractère *chai,* synonyme de destruction. Une affiche précisait que les habitants avaient un mois pour déguerpir. La mort dans l'âme, deux ans après son installation, il avait rassemblé ses affaires et échangé ses coordonnées avec d'anciens voisins relégués pour la plupart dans des immeubles de banlieue, au-delà du cinquième périphérique.

Pendant six mois, il avait logé à l'hôtel, jusqu'au jour où la chance avait croisé son chemin. Un collègue de l'Institut d'archéologie de Pékin tenait d'un cousin qu'un *siheyuan* était à vendre non loin du lac Houhai, dans l'un des vingt-cinq quartiers officiellement protégés de l'anéantissement par les autorités. Sur le coup,

Franck avait répondu qu'il ne disposait pas de la somme nécessaire pour acheter, mais il avait accepté de visiter les lieux.

Franck et son collègue, qui s'était proposé pour l'accompagner, devaient retrouver le promoteur immobilier à la tour du Tambour, ainsi nommée en référence à la période mongole : on y frappait les heures en tapant sur des percussions. Mettant à profit leur avance, ils avaient grimpé les marches du raide escalier de la tour pour admirer les toits de la vieille cité et le dédale de ses venelles. À l'époque impériale, les nouvelles constructions étaient tenues de ne pas dépasser la hauteur de la Cité interdite. Ce temps était malheureusement révolu depuis belle lurette et, autour des *hutong,* dans toutes les directions, se dressaient d'affreux buildings. Franck et son ami avaient ensuite déambulé dans un labyrinthe de ruelles très vivantes où les enfants s'égayaient sous le regard attendri d'adultes en train de bavarder ou de jouer bruyamment au mah-jong.

Le promoteur s'était arrêté devant d'épaisses portes rouges gardées par deux beaux lions. Ils avaient pénétré dans une première cour carrée qu'entouraient quatre appartements reliés par un corridor orné de dessins colorés. Un riche fabricant de stores de palanquin avait fait construire la demeure au XVIIIe siècle sous la dynastie Qing. Après avoir traversé l'ancienne salle de réception, ils avaient découvert une seconde cour agrémentée d'un pommier d'api centenaire et ceinturée par trois autres logis. Pour les visiter, ils avaient parcouru la galerie autour de laquelle ceux-ci s'articulaient. Elle comptait de belles sculptures en brique. Franck s'était cru le jouet d'une heureuse hallucination. Les appartements étaient délabrés, les installations sanitaires inexistantes, mais c'était là qu'il souhaitait habiter. Cet endroit avait une histoire, une âme : jamais il ne retrouverait une occasion pareille.

Le soir même, il avait téléphoné à son père : il fallait que celui-ci l'aide. Il le rembourserait, une fois n'était pas coutume, c'était une opportunité incroyable, un peu comme si à Paris il achetait un hôtel particulier dans le quartier du Marais. Jamais Franck n'avait fait preuve d'un tel enthousiasme, lui que l'accession à la propriété rebutait, lui qui jamais ne demandait rien à Guy Deroubaix, par fierté et pour d'autres raisons qu'il tenait secrètes. Son père trouva l'idée saugrenue, mais il lui plut de contenter ce fils qui s'était éloigné de lui après le décès de sa femme. Et pour finir, Franck s'y connaissait en vieilles pierres. En quelques jours, l'affaire fut conclue.

Après divers menus travaux, dont une partie réalisée par lui-même, l'archéologue avait emménagé dans son *siheyuan,* tout à la fois somptueux et décrépit. Les premières semaines, il l'avait arpentée du sud au nord, d'est en ouest. Il ne réalisait pas tout à fait qu'il était ici chez lui. Il vivait un véritable rêve : aussi craignait-il de se réveiller. Au marché de Panjiayuan, chez les brocanteurs, il avait trouvé de vieux meubles qu'il s'était échiné à rénover. Son installation était sommaire, mais il touchait au septième ciel et ne se lassait pas d'écouter les marchands ambulants sillonner les *hutong* en entonnant des airs d'opéra pour mieux écouler leurs marchandises.

À la fin de l'automne, le pommier de la cour avait donné de nombreux fruits. Franck avait confectionné de la compote et des pots de gelée qu'il dégustait au petit déjeuner, l'unique repas de la journée qu'il ne parvenait pas à siniser. Moment sacré, sucré, doux comme l'enfance. Certains dimanches, pour s'amuser, il se déguisait avec des vêtements d'époque. Il était aux anges, heureux comme un fabricant de stores de palanquin pouvait l'être quand les affaires marchaient bien, heureux car le second miracle de l'année 1998 était survenu, sa rencontre avec la belle Jiao.

Au printemps suivant, il l'avait épousée et elle avait rejoint sa résidence. Entre-temps, il avait nettement amélioré le confort de son intérieur pour faire honneur à sa fiancée, mais aussi pour gagner la sympathie de sa future belle-famille, laquelle ne voyait pas d'un bon œil l'alliance de leur fille unique avec un étranger. Sa propre famille non plus d'ailleurs. Peu lui importait, ils étaient loin et, comme lui avait dit sa mère avant de mourir : « Le bonheur et l'amour avant tout. »

Ce soir-là, Mei, leur enfant de trois ans, jouait à se cacher derrière le pommier. Son père faisait semblant de la chercher lorsqu'elle entendit la lourde porte de l'entrée s'ouvrir. Elle se précipita vers la première cour et se jeta dans les bras de sa mère. Après une brève étreinte, Jiao reposa sa fille sur le sol, sortit de son sac à main un petit paquet rose et le lui tendit. Mei se retourna vers son père venu à leur rencontre. Ses couettes brunes volèrent. « Papa, papa, un cadeau ! » Dans la foulée, elle déchira l'emballage et découvrit une petite grenouille verte en fer. Franck remonta le ressort du jouet avant de le poser au sol. La rainette effectua une série de bonds qui firent rire aux éclats l'enfant. « Encore, encore ! » s'écria-t-elle. Son père lui montra le mécanisme du batracien tandis que sa mère partait se changer.

Lorsque Jiao revint, Mei pleurait. Par inadvertance, la fillette avait marché sur sa grenouille qui refusait désormais de sauter. Sa mère tenta de la consoler :

— Je t'en achèterai une autre.

— Demain ?

— Oui, demain. Va te coucher maintenant !

Après avoir embrassé ses parents, Mei rejoignit son *ayi* qui l'attendait sous la galerie devant sa chambre. Sa mère lui envoya un dernier baiser par la voie des airs.

Franck et Jiao échangèrent un sourire et s'installèrent dehors de chaque côté d'une petite table ronde sur laquelle étaient disposés plusieurs plats.

— Tu rentres tard…

— J'ai dû passer chez la couturière, fit Jiao. Une urgence pour la femme de l'ambassadeur du Japon. Ils sont toujours pressés ces gens-là.

Comme beaucoup de Chinois, Jiao n'appréciait guère les ex-envahisseurs nippons qui refusaient de reconnaître l'atrocité des exactions commises par leurs soldats pendant la Seconde Guerre mondiale. Ces derniers mois, les tensions entre les deux communautés étaient à leur comble. Mais les affaires restaient les affaires et sa femme, qui tenait un magasin de haute couture, n'aurait refusé pour rien au monde une cliente, fût-elle japonaise.

— Et toi, ton rapport de fouille ?

— Je n'ai pas beaucoup avancé. Mon père m'a téléphoné en début d'après-midi. Un événement ! Mon frère Patrick a disparu. Il a téléphoné à son assistante avant de s'envoler pour Shanghai il y a cinq jours et depuis plus rien.

— Mais encore ?

— Il a loupé un rendez-vous.

— Patrick ? demanda Jiao sur le ton de la plaisanterie.

— C'est incroyable, n'est-ce pas ? Sérieusement, je suis inquiet. J'ai appelé son bureau à Kunming et j'ai demandé à son partenaire chinois de me contacter.

— Je comprends. Il est vrai que cette attitude ne lui ressemble pas… Au fait, as-tu vu les *liuxu* voler aujourd'hui ?

— Oui, Mei essayait de les attraper. Sans grand succès, d'ailleurs. Tu sais à quel point j'apprécie ce spectacle, Jiao. Surtout depuis le jour de notre mariage : les chatons blancs des saules me font penser à nous, à toi.

Le téléphone sonna.

— Peut-être ma mère ? C'est son heure ! dit Jiao.

La belle-mère de Franck le détestait. Passait encore qu'il soit français. Mais archéologue, ce n'était pas un métier. Avec sa classe et sa beauté, sa fille aurait dû épouser un homme d'affaires, riche, voire richissime, et chinois ! Il laissa à sa femme le soin de répondre. Elle revint au bout de quelques secondes :

— C'est pour toi. M. Xue Long Long, le partenaire de ton frère.

Franck esquissa une grimace avant de s'emparer du combiné.

— Bonsoir, monsieur Xue Long Long. C'est gentil à vous de me rappeler.

De l'autre côté du fil, le ton était sec, cassant même.

— Bonsoir, monsieur. Je suis outré par le comportement de votre frère. Manquer un rendez-vous capital, ne pas prévenir : c'est honteux ! Nous risquons de perdre un gros marché alors que nous devons financer les travaux de la seconde usine. Les fantaisies de votre frère risquent de nous coûter cher.

— Vous avez une idée de l'endroit où il se trouve ?

— Si je savais où il se cache, je lui dirais ma manière de penser. Cette situation est extrêmement embarrassante pour l'entreprise.

— Il ne vous a rien dit de particulier ou d'étrange ces jours derniers ?

— Rien qui ne pouvait présager d'un comportement aussi léger, aussi frivole : la *french touch* !

— Pardon, monsieur, mais je crois que vous faites fausse route. Mon frère est quelqu'un de sérieux et, pour tout vous dire, je suis extrêmement inquiet.

— Hum…, grogna le Chinois

— Si vous disposez de nouvelles informations, surtout tenez-moi au courant.

— Et pour les affaires ? Qu'est-ce que votre famille compte faire ? interrogea Xue Long Long.

— J'ai demandé l'emploi du temps de mon frère à son assistante. Mon père trouvera une solution. Au revoir, monsieur Xue.

3

La nuit avait été courte ou longue, c'était selon. Courte car Franck avait mal dormi et longue parce qu'il n'était pas parvenu à retrouver le sommeil une fois éveillé. Au matin, il rassembla deux oreillers et les glissa derrière son dos, contre le mur. Le lit était confortable, un matelas posé sur un meuble ancien en bois clair et aux lignes sobres dont seuls les pieds étaient sculptés, suggérant des pattes de fauve. Le meuble-sommier comportait deux parties qui se répondaient et dissimulaient chacune un coffre. Il datait de l'époque Qing. Franck l'avait trouvé chez un antiquaire de renom de la capitale, juste avant que Jiao ne rejoigne son *siheyuan*. Sa femme dormait encore. Elle lui tournait le dos et ses cheveux magnifiques lui cachaient le visage.

Par bribes, le cauchemar de la nuit lui revenait. Franck se trouvait sur une île inquiétante plongée dans une semi-obscurité. Depuis la grève, il distinguait au-delà de l'eau une masse sombre et haute, probablement la côte. Des cris provenaient de deux directions opposées : sur sa gauche, une voix de femme qui ressemblait à celle de Jiao ; sur sa droite, celle d'un homme, son frère Patrick. Franck ne parvenait à percevoir ni les paroles, ni les mots, mais les cris suggéraient l'urgence et le danger. Il regardait à droite, à gauche : il hésitait. À ses pieds, une barque stationnait sur le sable. Franck était incapable de prendre une décision. Avec le temps, les cris s'étaient éloignés, puis avaient laissé place au silence, à un silence terrible, palpable. Il était seul.

Franck était maintenant tout à fait éveillé. Il se souvint de la disparition de son frère, très certainement à l'origine de son cauchemar. Mais Jiao, que venait-elle faire dans ce songe ? Il la regarda, découvrit son épaule et y déposa un baiser. Sa chaleur et son parfum le rassurèrent : elle sommeillait paisiblement. Il se leva sans bruit et enfila un kimono en coton. Franck ne supportait pas le contact direct de la soie sur sa peau, ce tissu trop doux et trop féminin lui paraissait incompatible avec sa sévère éducation ch'timie. Un souvenir lui revint alors en mémoire. Lorsqu'ils étaient enfants, une vision nocturne hantait régulièrement son aîné. Patrick se trouvait sur une haute falaise et regardait en hurlant une barque s'éloigner du rivage. Dans celle-ci un marin ramait tandis qu'un homme jetait à la mer un sac en jute dans lequel lui-même, Franck, était enfermé. L'enfant se débattait tant qu'il pouvait et l'homme qui s'était saisi d'une rame tapait violemment sur le sac qui finissait par couler. Sur la rive, quelqu'un glissait à Patrick : « Voilà ce qui arrive aux opposants et aux originaux ! Il faut suivre la voie. » Franck n'était pas tout à fait un enfant comme les autres – plus rêveur, plus artiste, plus rebelle –, ce qui à l'époque inquiétait son aîné.

Aujourd'hui, le rêve et la réalité se rejoignaient, mais les situations s'inversaient. Franck s'inquiétait pour Patrick. Que devait-il faire ? Prendre la barque ? Pour aller où ? Seule concession à la modernité, la cuisine ultracontemporaine dans laquelle était programmée pour 7 heures la cafetière électrique. Franck appuya sur le bouton pour devancer l'appel : il n'était que 6 heures. Le bruit du café qui gouttait ne l'inspirait guère. À tout hasard, l'archéologue se dirigea vers son bureau, alluma son ordinateur et consulta ses mails : aucun des messages reçus ne concernait Patrick. Il se servit une tasse de café et décida de travailler à son rapport de fouille pour pallier son impatience.

Quatre heures que Franck se tenait immobile devant sa table de travail. Il lisait : « Les strates distinctes, témoignages des activités humaines du néolithique aux dynasties Qing, sur le site de Shuangjiang dans la région des Trois Gorges… » Mais, pour la première fois, ces textes passionnants ne l'inspiraient guère. Il regardait en boucle les photos des très nombreux objets trouvés sur place : un vase qing, une assiette zhou, une figurine shang, etc. Il était bien avancé ! Une activité physique lui aurait sûrement été plus profitable, mais dans l'attente du mail de l'assistante de Patrick, Mme He Cong, il préférait ne pas sortir. Il était désormais seul à la maison : Jiao s'était rendue à sa boutique et l'*ayi* avait emmené Mei au parc où elles allaient retrouver d'autres enfants. Et ce mail qui n'arrivait pas. Et Patrick qui ne donnait pas signe de vie. Le cauchemar de cette nuit avait accentué son angoisse. Franck décida de prendre une douche.

Le miracle de l'eau tiède quotidiennement renouvelé était toujours une source d'étonnement pour l'archéologue. Revigoré, il saisit le combiné du téléphone pour appeler le bureau de Kunming, mais un coup d'œil à son ordinateur suspendit son geste : le mail espéré était arrivé.

De : He Cong < he.cong@peng-textile.com >
Date : mercredi 27 avril 2005 10:10
À : franck.deroubaix@yahoo.com
Objet : Agenda Patrick Deroubaix

Cher Monsieur,
Vous trouverez en pièce jointe un document réca-

pitulant l'emploi du temps de votre frère et tous les détails y afférents depuis le lundi 18 avril. Comme je vous l'ai dit au téléphone, je lui ai parlé pour la dernière fois le vendredi 22 avril aux alentours de 12 h 30. Pour des raisons personnelles qu'il serait un peu embarrassant de développer, j'ai cherché à le joindre samedi matin sans succès. En général, votre frère me rappelle rapidement, aussi ai-je été étonnée de ne pas recevoir d'appel de sa part.

Patrick Deroubaix se rendait à Shanghai pour traiter quelques affaires courantes du bureau que nous avons sur place, pour rencontrer deux clients vépécistes français importants et pour retrouver sa fille, Lise, qui arrive vendredi prochain à l'aéroport Pudong. Je me tiens à votre disposition pour tout renseignement complémentaire et vous remercie de me tenir au courant, d'une part car je m'inquiète pour votre frère et d'autre part pour savoir ce que je dois dire aux personnes qui cherchent à le joindre.

Avec tout mon respect,
Madame He Cong

L'assistante de Patrick avait fait un travail sérieux. Dans le document joint figuraient les coordonnées complètes de toutes les personnes que l'homme d'affaires devait rencontrer, les horaires, les hôtels. Franck s'interrogea sur les raisons personnelles embarrassantes évoquées par Mme He Cong, simple curiosité de sa part.

À Shanghai, son frère devait descendre à l'hôtel Grand Hyatt, que l'archéologue appela sur-le-champ. Le téléphone sonna libre dans sa chambre et le personnel refusa de répondre à ses questions, par souci de discrétion. Fort de presque dix ans d'expérience en Chine, Franck évita de s'énerver pour ne pas faire perdre la face à ses interlocuteurs. Il insista poliment mais en vain : ces derniers ne voulaient rien entendre.

Il était 11 heures à Pékin, soit 5 heures du matin en France : trop tôt pour appeler son père. S'il voulait en savoir plus, la seule solution consistait à s'envoler pour Shanghai. Surtout si Lise arrivait vendredi après-midi. Parmi ses quatre neveux et nièces, elle était sa préférée, la plus curieuse et la plus ouverte. Ils ne s'étaient pas vus depuis deux ans, mais s'écrivaient régulièrement *via* Internet. Franck savait qu'elle souhaitait faire un voyage en Chine. Il se demanda si elle était au courant de la disparition de son père.

En ce début du mois de mai, la proximité des fêtes internationales du Travail et de la Jeunesse, toutes deux fériées, incitait les Chinois à voyager. Il songea que plus tôt il réserverait un billet, mieux cela vaudrait. Il choisit un vol pour l'après-midi : départ 17 heures, arrivée prévue à 19 heures. Franck avait de nombreux amis à Shanghai, des artistes pour la plupart. Mais il portait une affection toute particulière à Rose, une amie franco-chinoise qui dessinait des bijoux originaux et raffinés. Elle élevait seule son fils Tchang, un jeune homme âgé d'une vingtaine d'années. Avant de rencontrer Jiao, il avait eu une aventure sans lendemain avec elle. Depuis, ils étaient les meilleurs amis du monde et Rose hébergeait fréquemment Franck lors de ses déplacements à Shanghai, ce qui n'était pas vraiment du goût de son épouse. L'archéologue parvint à joindre son amie pour lui demander l'hospitalité. Elle accepta bien volontiers.

Deux heures plus tard, les bagages de Franck étaient prêts. Entre-temps, il avait pratiqué une demi-heure de tai-chi dans le parc du lac Houhai puis avait déjeuné avec Jiao. Comme il s'y attendait, sa femme avait un peu sourcillé en apprenant qu'il logerait chez Rose. Franck croyait qu'elle la jalousait à cause de leur ancienne liaison. Mais son agacement portait davantage sur leur complicité et sur les confidences qu'ils échangeaient. Grâce à sa double culture, Rose était plus d'une fois parvenue à éclairer Franck sur telle ou telle attitude typiquement chinoise, sur le comportement de collègues ou de son épouse. Sans le savoir tout à fait, Jiao le pressentait et il ne lui plaisait pas qu'une femme, *a fortiori* jolie, puisse s'immiscer de la sorte et contre son gré dans les affaires de son couple.

Avant de partir, Franck essaya tant bien que mal de ranger son bureau où s'entassaient pêle-mêle des objets hétéroclites anciens et modernes, des documents, des magazines professionnels et des pièces de Lego de sa fille. À 15 heures précises, l'alarme de son téléphone portable sonna : c'était le moment d'appeler son père.

— Allô, papa ? Je ne te réveille pas ?

— Bien sûr que tu ne me réveilles pas ! Tu es chez toi ?

Franck acquiesça et sourit : son père allait le rappeler, comme lorsqu'il était étudiant. Faisait-il la même chose avec Patrick ? Il faudrait qu'il lui précise un jour qu'il allait sur quarante ans et pouvait subvenir au coût de ses communications, fussent-elles internationales.

— Allô, Franck, tu as des nouvelles ?

— Pas grand-chose. L'assistante de Patrick m'a envoyé le détail de son emploi du temps des jours derniers et à venir. Elle ne sait pas ce qu'elle doit raconter aux clients. Lise arrive vendredi à Shanghai. Sait-elle que son père a disparu ?

— Non. D'une manière générale, il vaut mieux que personne ne le sache, enfin le moins de monde possible. La concurrence est rude en ce moment et nos adversaires risqueraient de mettre à profit la situation. Il faut qu'elle fasse le voyage comme prévu. Et puis Patrick va réapparaître : les Deroubaix n'ont pas pour habitude de se volatiliser comme ça.

— Ah, il nous faut un magicien ! Abracadabra… le

revoilà ! Je pars cet après-midi à Shanghai. Avec un peu de chance, j'en trouverai un avant l'arrivée de Lise.

— Tu n'es pas drôle, Franck. Je vais lui dire que son père a eu une urgence, un souci avec un producteur de coton situé au fin fond de la Chine et qu'il n'est pas joignable.

— Le Xinjiang !

— Pardon ?

— Le Xinjiang est la première région chinoise pour la production cotonnière. Elle est située à l'extrême ouest du pays.

— Allons-y pour le Xi... Bref, c'est la raison pour laquelle tu vas chercher ta nièce à l'aéroport !

— Et pour le travail ?

— Un déplacement imprévu : pas besoin de préciser ! Patrick devrait revenir d'ici à une quinzaine de jours... Mieux vaut rester vague. À propos, Franck, pourrais-tu me rendre un service ?

La voix de Guy Deroubaix s'était soudain adoucie : son fils craignait le pire, qui ne tarda pas à arriver.

— Les clients, les deux vépécistes, tu pourrais les rencontrer ?

— Tu es devenu fou ! Je ne connais rien au textile.

— Tu connais le nom de la première région de production cotonnière chinoise : c'est un bon début. Plus sérieusement, il s'agit juste de représenter la famille Deroubaix au pied levé. Ce sont deux personnes du Nord : tu leur parles de la métropole lilloise et de leurs vacances dans le Pas-de-Calais, tu leur poses quelques questions sur leurs hobbies, etc. En trois coups de cuillère à pot, c'est réglé ! Un commercial du bureau de Shanghai t'accompagnera pour la partie technique.

— Facile ! ironisa l'archéologue. Papa, je ne crois pas que ce soit une bonne idée.

— Tu t'en sortiras très bien. Merci, Franck, je savais

que je pouvais compter sur toi. Au fait, n'oublie pas de porter un costume et une cravate.

— Je n'ai ni l'un, ni l'autre.

— Il n'y a pas de problème, que des solutions ! Achète-toi ce qu'il te faut : je te rembourserai.

Son père avait réponse à tout et son expression favorite à propos des problèmes et des solutions clôturait souvent les débats.

— Sois au bureau de Shanghai demain à 11 h 30. Et, bien sûr, continue de voir ce que tu peux trouver à propos de ton frère. Je m'occupe du reste.

— À bientôt, papa.

En raccrochant, Franck, furieux, pensa qu'il était dans de beaux draps, fabriqués maison. Il n'avait pas de temps à perdre : une bonne heure était nécessaire pour atteindre l'aéroport international.

4

Le taxi shanghaien s'était engagé dans le tunnel de Yan'an Donglu, sous la rivière Huangpu. Il avait quitté le secteur de Pudong, situé à l'est du fleuve, pour rejoindre celui de Puxi, sur l'autre rive. Franck avait pris la précaution de fermer la fenêtre avant d'observer les énormes ventilateurs de la voûte souterraine. Dans le véhicule, une publicité attira son regard : on y vantait « la méthode de la famille royale française » pour accroître la taille des seins sans opération. Sourire aux lèvres, il se demanda quels étaient ces souverains qui possédaient de tels talents. Apparemment, les Chinois en savaient plus que lui sur ce point. Il décida d'interroger le chauffeur :

— Personnellement, répondit le conducteur, je ne connais rien à la famille royale française. En revanche, je peux vous parler des heures durant de football : Zidane, Thuram, Henry... Une sacrée équipe ! Vous êtes français ?

— Oui, mais je vis à Pékin depuis de nombreuses années.

— Vous aimez le football ?

— Pas trop ! répliqua l'archéologue.

Déçu, le Chinois poursuivit la course en silence. Pour une fois qu'il avait un Français sous la main, ce n'était vraiment pas de chance !

La nuit venait à peine de tomber sur Shanghai. La lumière naturelle s'était effacée devant un flot de lumières multicolores que survolaient les autoroutes urbaines. Vu d'en haut, le spectacle des ruelles ainsi éclairées était fascinant. La luxuriante cité portuaire électrisait Franck à chacun de ses séjours, même s'il préférait habiter Pékin qu'il jugeait plus authentique.

Le taxi quitta la rocade et rejoignit Huaihai Lu, la grande artère de l'ancienne concession française bordée d'immeubles modernes, d'édifices Art déco et d'hôtels particuliers néoclassiques. Il tourna à gauche, emprunta Sinan Lu, et s'arrêta une centaine de mètres plus loin devant un porche sur lequel étaient sculptées deux femmes légèrement vêtues, une Occidentale et une Asiatique.

— Ces deux-là connaissaient sûrement la famille royale française ! s'exclama le chauffeur à l'adresse de Franck avant de lui indiquer le montant de la course.

Rose habitait avec son fils une ancienne maison close dont les maoïstes avaient libéré les occupantes en 1949. À l'époque, les nombreuses prostituées de la ville avaient été prises en charge par le Parti communiste chinois. Une fois leurs maladies vénériennes soignées, les militants avaient rééduqué puis réinséré les malheureuses dans la société en les mariant à des ouvriers ou à des paysans. L'ancien bordel était resté longtemps vide par peur des microbes et par crainte du passé. Une chance pour Rose qui avait pu acheter le bâtiment à la ville avant de lui restituer sa splendeur d'antan. Elle l'avait doté d'un mobilier moderne et épuré, *zen*, comme le jardin que Franck traversait. Aujourd'hui, le porche mis à part, rien ne permettait aux badauds de deviner le passé luxurieux de la villa.

Souriante, Rose attendait l'archéologue sur le perron. L'élégance dans la simplicité était son credo et il suffisait de regarder la belle Eurasienne pour en être

36

convaincu. Une robe en soie aux manches évasées vert d'eau, un collier et une bague aux légères compositions de bambou et de pierres, des pieds nus mais soignés, un visage régulier à peine maquillé : elle était ravissante. Tout à coup, Franck se sentit un peu idiot d'arriver les mains vides. Il posa son bagage, glissa ses mains dans le dos avant de les ressortir munies d'un bouquet imaginaire. En s'avançant, il déclara à son amie :

— À côté de toi, ma Rose, toutes les fleurs sont ternes. Celles-ci seulement ont trouvé grâce à mes yeux. Admire la pureté des lignes, la transparence… L'essentiel est invisible pour les yeux. C'est le temps que j'ai perdu pour ma Rose qui fait ma Rose si importante.

— Bonjour, beau prince. Rentre ! Il fait un peu frais ce soir. Il est temps de me mettre sous cloche !

Dans le vestibule, ils éclatèrent tous les deux de rire. Ils étaient contents de se retrouver et de pouvoir partager leurs goûts et références communs.

— Tchang sort ce soir, précisa Rose. Si tu le veux bien, nous irons dîner tout près.

Quinze minutes plus tard, ils quittaient la maison pour se diriger au cœur de Xintiandi, quartier des bars et restaurants branchés de la ville. Peu à peu, les villas cédaient la place aux *lilong*, longues ruelles bordées de logements mitoyens de un à deux étages, les *shikumen*. Les briques rouges et les encadrements de fenêtres en bois rappelaient étonnamment à Franck les corons, ces lotissements construits pour les mineurs du Nord aux demeures toutes semblables et alignées. Depuis quelques années, l'habitat traditionnel Shanghaien était très prisé, en particulier les *shikumen* avec jardin ou ceux dont l'entrée était encadrée par des porches à colonnades. Réhabilités, nombre d'entre eux abritaient désormais des endroits à la mode.

Le TMSK dans lequel s'introduisirent Rose et Franck

était l'un de ces établissements dernier cri. Le nom, acronyme de Tou Ming Si Kao, signifiait « pensée transparente » et se traduisait dans la décoration intérieure par une utilisation massive de verre coloré. Imaginé par deux artistes, le bar édifié en pavés de verre émeraude jouxtait des tabourets rouges à l'assise ornée de motifs chinois. Une jeune femme s'avança vers eux :

— Vous avez réservé ?

— Oui, deux places en salle non-fumeurs au nom de Canetti, répondit Rose.

L'hôtesse les accompagna jusqu'à un bassin agrémenté de fleurs de lotus en verre, le long duquel une table et deux fauteuils en soie brodée leur étaient destinés. Franck émit un léger sifflement à l'adresse de son amie :

— Impressionnant, hypnotique… shanghaien !

— Le décor te plaît ?

— Beaucoup. Si tu le permets, c'est moi qui t'invite, proposa-t-il.

— Merci. Connais-tu la dernière trouvaille du conseil municipal de la ville ?

— Pas encore.

— Il a décidé d'interdire les abréviations, très en vogue avec le langage Internet, dans les écoles, les documents commerciaux, les publicités, et *tutti quanti*. Il veut imposer à tous un mandarin standardisé. Si la proposition de loi passe, le restaurant devra certainement changer d'enseigne.

— Ce serait dommage, lança Franck en jetant un coup d'œil au menu. Comment marchent tes affaires ? enchaîna-t-il aussitôt.

Rose Canetti dessinait des bijoux qu'elle commercialisait dans une jolie boutique du quartier, à Fuxing Lu. Ses créations s'inspiraient toutes de poèmes classiques chinois. Une autre particularité de son art était le choix de matériaux naturels : bambous, pierres précieuses et non précieuses, bois, coquillages.

— Bien ! Trop bien même ! répondit l'artiste. On commence à me copier en Chine même et aussi à l'étranger : pas facile ici de faire respecter la propriété artistique. J'ai dû m'adjoindre les services d'un bon cabinet d'avocats. Et toi, tu as l'air fatigué. Je le vois à ton front où une barre verticale s'est installée.

Franck promena ses doigts au-dessus des sourcils. Il n'eut pas le temps de répondre : un sommelier présentait sous son nez la bouteille de vin qu'ils avaient commandée. Il devait goûter le saumur champigny. Vint ensuite un serveur qui posa sur la table deux assiettes savamment décorées qui contenaient une salade mixte accompagnée de coquilles Saint-Jacques lamellées, servies en quinconce avec de fines rondelles de truffe.

— Tout cela est très appétissant ! s'exclama Franck en portant un toast à l'intention de Rose. À toi, à tes succès !

Pendant le repas, l'archéologue confia ses tourments à son amie : la disparition de Patrick, le cauchemar de la nuit dernière, les rendez-vous qu'il devait assurer à la place de son frère aîné et l'arrivée prochaine de sa nièce. Rose l'écoutait en silence, légèrement crispée. Lorsqu'il eut terminé, elle lui demanda :

— Comment est-ce que je peux t'aider ?

Franck sourit, prit le temps de la réflexion et répondit :

— Concrètement, tu peux m'apporter ton secours sur deux points. Le premier concerne Lise. Je vais la chercher vendredi à l'aéroport, peux-tu nous loger tous les deux quelques jours ?

— Naturellement. Tchang sera heureux de lui faire visiter l'*underground* shanghaien. Ils ont à peu près le même âge, non ? Le deuxième ?

— C'est à propos du rendez-vous de demain après-midi avec les clients de Peng Textile. Pour ressembler à un parfait businessman, il me faut d'urgence acheter la tenue *ad hoc* : un costume, une chemise, une cravate et des mocassins. Tu vois le genre ! Si tu pouvais m'accompagner demain matin pour faire ces achats, tu me sauverais la vie.

— Une occasion rêvée de débuter une carrière de coach en image pour hommes. Ça marche ! dit Rose avant d'éclater de rire et de secouer ses mèches noires.

La fin du repas se déroula dans la bonne humeur.

Vers 11 heures du soir, les deux complices sortaient du TMSK lorsque Franck fit un pas en arrière pour mieux observer son amie :

— Rose, tu frissonnes. Tu as froid ?

— Oui et non. C'est cette histoire de disparition de ton frère. Cela me rappelle des mauvais souvenirs, le père de Tchang qui du jour au lendemain n'a plus donné signe de vie. Il ne savait même pas que j'étais enceinte ! Moi non plus d'ailleurs.

— … Tu n'as toujours aucune idée de ce qui lui est arrivé ?

— Non, et ce n'est pas faute d'avoir cherché, tu le sais bien ! Rien du côté de sa famille, ni de ses amis. Absolument rien. Peut-être est-il parti tenter sa chance à l'étranger, peut-être que la police politique s'est chargée de lui, à moins qu'il ait été mêlé à quelques affaires louches… Je crois que je ne le saurai jamais. Et Tchang non plus ! Il y a des milliers de gens qui disparaissent chaque année.

— Hélas !… Seulement, pour en revenir à Patrick, il y a ce rêve de l'autre soir où il m'appelait à l'aide. Je suis inquiet, Rose.

— Franck, j'ai une idée.

La tristesse s'était effacée du visage de la jeune femme aussi rapidement qu'elle était apparue. Déterminée, elle passa une communication avec son portable, puis elle agrippa Franck par le bras pour l'entraîner vers Nanshi, le quartier de la vieille ville chinoise. Pendant le trajet, l'archéologue insista pour savoir quelle illumination avait jailli dans le cerveau de son amie, mais en vain. Pour toute réponse, il obtint un « tu verras » qui ne le rassurait guère. Ils passèrent l'avenue Renmin où une ceinture verte remplaçait depuis peu les remparts élevés au XVIe siècle puis abattus dans les années 20. Rue Ninghe, les barbiers-coiffeurs avaient depuis longtemps replié leur rasoir coupe-choux tandis que les masseuses s'activaient avec de l'huile sur les pieds de leurs clients pour effacer leur tension. Rue Panglai, une salle de mah-jong ouverte vingt-quatre heures sur vingt-quatre rassemblait quelques amateurs qui posaient fermement leurs tuiles sur les tapis élimés des tables. Au carrefour, des triporteurs vendaient des soupes, des brochettes ou des vapeurs aux noctambules.

Brusquement, Rose et Franck quittèrent l'animation des rues pour une mince venelle sombre. Dans ce *lilong* où aucune trace de réhabilitation n'était perceptible, l'artiste s'arrêta net devant un *shikumen* d'un étage, faiblement éclairé. Ella frappa un coup léger sur une vitre sale. Un vieux monsieur avec un drôle de chapeau leur fit signe de se diriger vers la porte. Rose salua avec respect le maître des lieux et le présenta à son ami :

— Franck, voici M. Zheng, qui pratique la chéloniomancie.

Devant l'air accablé de l'archéologue, elle s'empressa d'ajouter :

— M. Zheng est un grand maître. Il prédit l'avenir à partir d'écailles de tortue. Tu as sûrement entendu parler de cet art divinatoire ancien.

— Sauf erreur de ma part, les Yin l'utilisaient à la fin du IIe millénaire avant Jésus-Christ. Autrement dit, il y a près de quatre mille ans !

— Tu as raison. Par chance, une famille a poursuivi la tradition dont M. Zheng est aujourd'hui l'unique dépositaire. Tu vas pouvoir l'interroger à propos de ton frère.

— Je ne suis pas sûr de t'avoir bien comprise. Et puis aujourd'hui, les tortues sont protégées…

Rose le coupa :

— Franck, ne fais pas l'idiot. En admettant que tu n'y croies pas, ou encore que tu sois un ardent défenseur de la nature, peux-tu refuser de voir sous tes yeux se perpétrer des gestes au passé quatre fois millénaire ?

L'argument était imparable. Les deux amis entrèrent dans une petite pièce obscure où s'entassaient des objets hétéroclites. Pour tout éclairage, une lampe à pétrole était posée dans un coin, sur une table dont la laque, probablement rouge à l'origine, avait viré au marron foncé.

M. Zheng se déplaça très lentement vers un coffre d'où il extirpa, après l'avoir soigneusement choisie, une carapace de tortue. Avec une pointe sèche, il commença à graver des idéogrammes sur le dessus de celle-ci. Jusqu'à présent, il n'avait prononcé aucune parole. Franck jeta à Rose un regard interrogateur. Sans rompre le silence, elle lui chuchota quelques explications :

— La tortue symbolise le cosmos en modèle réduit. Au-dessus, sa carapace est ronde comme le ciel. Au-dessous, elle est plate comme la terre. C'est du moins ce que nos aïeux imaginaient. La ligne centrale verticale de la carapace est appelée « la route des mille Li ». La partie de droite représente le yang et celle de gauche le yin. De part et d'autre de « la route », le chéloniomancien grave le jour de la divination et son nom.

Pour mieux travailler, M. Zheng s'était installé près de la lumière. Son visage ainsi éclairé dévoilait un bouquet de rides. Il devait être très âgé. Lorsqu'il eut fini sa besogne, il se tourna vers Rose :

— Que voulez-vous connaître ?

— Patrick, le frère de mon ami, a disparu. Nous souhaiterions savoir s'il court un danger. Et, dans ce cas, mon ami Franck peut-il lui venir en aide ?

M. Zheng reprit sa pointe sèche. Il grava les questions sur la partie droite de la carapace et les propositions inverses sur celle de gauche. Cette opération prit un certain temps que Franck occupa à détailler le décor de la pièce : une cage à oiseaux vide, un nid, un boulier, une balance, une calebasse creusée et peinte, un arc et des flèches… un véritable inventaire à la Prévert. Lorsque le vieil homme eut fini, il troqua la pointe sèche pour un tison. Il souleva le verre de la lampe à pétrole et approcha son nouvel outil de la flamme. Il l'apposa plusieurs fois sur la surface yang de la carapace en guettant attentivement les craquelures qui s'y dessinaient. Pour les rendre plus visibles, il recouvrit la carapace d'encre qu'il essuya aussitôt avec un chiffon. Il les observa et réitéra les mêmes actions sur la partie yin. Le silence devenait pesant. Enfin, M. Zheng ôta son drôle de couvre-chef et plongea ses yeux fatigués dans ceux de Franck.

— Oui, votre frère est en danger. Oui, vous pouvez l'aider. Faites attention à vous et à vos proches, la mort n'est pas loin.

Tranquillement, le vieillard entreprit de graver la sentence sur le côté droit de « la route des mille Li ». Pris de panique, l'archéologue interrogea Rose du regard. Bouleversée, celle-ci lui murmura :

— Le chéloniomancien vérifie toujours son verdict. C'est la raison pour laquelle il pratique la même opération sur les deux parties de la carapace. Il faut l'écouter, Franck.

Lorsqu'il eut accompli ses inscriptions, maître Zheng emballa avec précaution la carapace. Il remit le paquet à Rose et leur adressa une dernière recommandation :

— Plantez-la dans votre jardin, dans un endroit sûr

où elle ne pourra pas être profanée. Cela vous portera chance, jeune homme : vous en aurez grand besoin.

Les deux amis repartirent moroses. De retour à la villa, ils s'exécutèrent.

5

Le jour venait à peine de se lever sur Shanghai et une brume jaunâtre enveloppait la ville. Rose et Franck s'étaient retrouvés tôt dans la cuisine pour le petit déjeuner. Tchang dormait. Les deux amis avaient le cœur lourd. L'emploi du temps de la journée s'annonçait chargé. Pour commencer, l'archéologue souhaitait se rendre à l'hôtel Grand Hyatt où son frère avait retenu une chambre. Rose proposa de l'accompagner mais il refusa, prétextant qu'il aurait besoin d'elle plus tard. En réalité, il souhaitait se retrouver seul pour faire le point et digérer la fin de soirée de la veille.

Depuis le taxi, Franck appela Jiao. Au téléphone, il lui décrivit le restaurant TMSK et lui promit de l'y emmener. En revanche, il ne fit aucune allusion à la visite chez le chéloniomancien : il ne désirait pas l'inquiéter. Il parla aussi quelques minutes à Mei dont les mots d'enfant le réconfortèrent.

Pagode de béton, la tour Jinmao était visible de loin. Ses quatre cent vingt et un mètres la hissaient au rang de bâtiment emblématique de Pudong, le quartier de la finance et des affaires. Le taxi déposa Franck devant la majestueuse entrée Art déco du building. L'hôtel Grand Hyatt, qui occupait les étages cinquante-trois à quatre-vingt-sept, défendait sa position de « plus haut cinq étoiles du monde ». Deux ascenseurs menaient au hall d'accueil où un atrium étincelant étirait sa hauteur sur plus de cent mètres. Des parois vitrées permettaient aux visiteurs d'admirer au-delà de la rivière Huangpu le quartier Puxi, et en particulier le Bund, cette grande avenue qui longeait le cours d'eau, une sorte de Wall Street des années 30 reconvertie depuis en promenade des Anglais à la chinoise.

Le fantastique point de vue aurait pu nourrir Franck pendant des heures, mais une tâche urgente l'attendait. Après une courte inspiration, il marcha d'un pas décidé vers la réception.

— Bonjour, je suis Franck Deroubaix. Mon frère, Patrick Deroubaix, a réservé une chambre chez vous à partir du 22 avril.

Le réceptionniste consulta son écran d'ordinateur et acquiesça.

— J'aurais besoin de savoir quand vous l'avez vu pour la dernière fois. C'est très important, poursuivit l'archéologue.

— Désolé, monsieur, mais je ne peux pas vous donner ce type d'information.

Franck posa son passeport sur le comptoir.

— Je suis son frère. Veuillez regarder, s'il vous plaît !

En ouvrant la pièce d'identité, en face de la photo, l'homme découvrit un billet de vingt dollars. Avec le sourire, il répondit :

— Nous n'avons pas vu M. Patrick Deroubaix depuis son dernier séjour.

— Vous insinuez qu'il n'est pas venu le vendredi 22 ? Ni après ?

— Exactement !

— Et vous ne l'avez pas signalé à la société Peng Textile ?

— Non, pourquoi ? La société Peng Textile paye, répondit le réceptionniste.

— Vu sous cet angle, évidemment ! fit Franck avec humeur. Où puis-je prendre une boisson chaude ?

— Au Grand Café, monsieur. Vous le trouverez au cinquante-quatrième étage.

— Merci.

Confortablement installé dans un fauteuil moelleux face à la vitre, Franck réfléchissait en contemplant la ville. Chercher une aiguille dans une botte de foin se serait sûrement révélé plus simple : au moins aurait-il été sûr qu'elle s'y trouvât. Il s'agissait maintenant de savoir si son frère était réellement arrivé à Shanghai. À supposer que cela ait été le cas, il pourrait toujours revenir ici avec une paire de jumelles ! Découragé, l'archéologue téléphona à l'assistante de Patrick. Il expliqua à Mme He Cong ce qu'il venait de découvrir. Il lui demanda de faire le nécessaire pour l'hôtel, mais surtout de se renseigner auprès de la compagnie d'aviation pour savoir si Patrick avait pris le vol Kunming-Shanghai. Franck raccrocha. Il leva sa tasse de café en direction de la cité portuaire en prononçant mentalement ces mots : « À toi frangin, où que tu te trouves ! »

Une heure et demie plus tard, dans un magasin de Huaihai Lu, Franck essayait un costume sous l'œil goguenard de Rose.

— Me voilà transformé en petit homme gris, dit l'archéologue en sortant de la cabine d'essayage.

— Une vraie taille de mannequin ! rétorqua l'artiste. Tu fais partie de ces individus à qui tout va.

— Pas besoin de consulter les écailles de tortue pour savoir que tu as de l'avenir dans la profession de coach pour hommes. Ta carrière est toute tracée !

La vendeuse qui ne saisissait pas leur conversation les interrompit :

— Le costume vous convient-il ? La taille est bonne, en tout cas.

— Le costume et la chemise lui vont à ravir : vous pouvez marquer l'ourlet ! répondit Rose, très à l'aise dans son nouveau rôle. Je vais choisir une ceinture et une cravate.

Pendant que la vendeuse piquait les aiguilles, Franck regardait son reflet dans la glace, découvrant un autre lui-même qu'il ne connaissait pas. Secrètement, il espérait que se vérifierait l'adage selon lequel l'habit fait le moine. Que raconterait-il aux clients de Peng Textile ? Plus jeune, au grand dam de son père, il avait pratiqué la comédie dans une troupe de théâtre amateur. Il y avait incarné différents personnages avec un certain succès : le courageux Don Rodrigue du *Cid*, le valet de Cléante dans *L'Avare*, un godelureau dans une pièce de Feydeau. Mais un homme d'affaires, jamais. Vingt-cinq ans plus tard, ce rôle de composition nécessitait qu'il mette à profit ses cours d'improvisation. Si mon frère me voyait, songea-t-il, il ne s'en remettrait pas !

Franck consentit à tous les choix de sa conseillère. Le pantalon serait prêt dans une heure. Les Shanghaiens avaient l'habitude de répondre aux attentes d'Occidentaux pressés qui profitaient de leur voyage en Chine pour se constituer en une demi-journée une garde-robe bon marché. À Xiangyang Lu, ils achetèrent une paire de mocassins noirs pour compléter la tenue.

Tchang prenait son petit déjeuner dans le jardin lorsque l'archéologue parut dans ses nouveaux atours :

— Franck ? Maman ne m'avait pas dit que tu étais à Shanghai pour un enterrement. Ça veut dire quoi ce nouveau look ? interrogea le jeune homme interloqué.

— Demande à ta mère, elle t'expliquera ! rétorqua l'intéressé avec agacement avant de répondre à la sonnerie de son téléphone portable.

Franck s'adoucit au son de la voix de Mme He Cong. Elle avait réussi non sans peine à obtenir les informations réclamées. Patrick n'était pas monté dans l'avion pour Shanghai. Plus curieux encore, il avait enregistré ses bagages, ce qui avait eu pour conséquence de retarder le vol puisque tous les passagers avaient été contraints de descendre de l'appareil pour identifier leurs sacs et valises dans la crainte d'un colis piégé. L'archéologue remercia la fidèle assistante et lui demanda s'il était possible de rapatrier les affaires de son frère au bureau de Kunming.

— Tu en fais une drôle de tête ! s'exclama le jeune homme lorsqu'il eut raccroché.

— Oui, une tête d'enterrement et cela n'a rien de drôle. Excuse-moi, Tchang, mais je ne suis vraiment pas d'humeur à plaisanter. À plus tard !

En quittant la villa, Franck tentait de rassembler les données dont il disposait. Son frère n'avait pas embarqué bien qu'il en ait eu l'intention. Il s'était donc forcément passé quelque chose à l'aéroport. Patrick n'avait pas changé d'avis sinon il aurait réclamé ses bagages, à moins d'une urgence urgentissime… mais cela ne tenait pas debout. Non, l'hypothèse la plus vraisemblable était bien celle de l'enlèvement. L'archéologue frissonna à cette pensée.

À Shanghai, Peng Textile avait établi son bureau dans le quartier de Pudong, au cinquante-neuvième étage d'un building fonctionnel. Le choix de l'étage était un clin d'œil de Patrick à son département d'origine, le Nord : la seule fantaisie que Franck connaissait à son frère. À côté se dressait la tour Jinmao qui abritait l'hôtel Grand Hyatt où l'archéologue s'était présenté en tout début de matinée. Depuis, le mystère de la disparition de Patrick n'avait fait que s'épaissir. Dans la glace de l'ascenseur, Franck vérifia le nœud de sa cravate. En observant l'expression de son visage, il constata que Tchang avait raison. Dans quelques minutes pourtant, le rideau s'ouvrirait. La pièce commencerait. L'ex-comédien amateur devait entrer dans la peau de son personnage : Franck se força à sourire.

6

La standardiste de Peng Textile, une pimpante Chinoise, accueillit Franck Deroubaix avec tous les honneurs dus à son nom. Elle lui demanda comment allaient son père et son frère. L'archéologue s'empressa de répondre qu'ils se portaient bien. Il nota sa surprise lorsque, lui renvoyant sa question, il l'interrogea sur sa propre famille. Il est vrai que Patrick ne devait pas avoir ce type de sollicitude. L'horloge marquait 11 h 30.

Quelques minutes plus tard, un jeune cadre souriant tendait une main ferme au fils Deroubaix. Il le pria de s'excuser de l'avoir fait attendre, « un coup de fil urgent », et l'invita à le suivre dans son bureau.

— Notre président-directeur général m'a tout expliqué, dit-il. Ce déplacement imprévu de Patrick nous a mis dans l'embarras, mais je suis sûr qu'avec vous nous allons remporter la mise.

— Savez-vous que je ne suis pas vraiment de la partie ? s'empressa d'ajouter Franck.

— Oui. Notre client arrive dans une demi-heure, le temps pour moi de vous mettre au courant. Mais je ne me suis même pas présenté : Arnaud Gazon, comme le gazon, ingénieur commercial. Vous jouez au golf, j'imagine !

Franck opina du bonnet. Son personnage d'homme

d'affaires pratiquait sûrement ce sport dont il connaissait les rudiments pour avoir accompagné son père sur quelques-uns des plus beaux parcours français. Arnaud Gazon était un moulin à paroles au débit incontrôlable. L'archéologue apprit ainsi que l'ingénieur était originaire du Sud-Ouest, de Bordeaux précisément ; qu'il avait fait l'École des hautes études commerciales à Paris où il avait rencontré sa future épouse ; qu'avec ses enfants, ils habitaient une résidence pour expatriés ; que cet hiver, ils étaient partis skier en famille à la station de Jinguyetan, dans la province nord-est du Jilin ; que pour les vacances prochaines, ils envisageaient de se rendre au Vietnam ; et des tas d'autres choses que Franck s'empressa d'oublier. Finalement, Arnaud Gazon sembla se souvenir de leur rendez-vous :

— Nous allons recevoir M. Guilbert, directeur opérationnel de la célèbre société de vente par correspondance, La Mascotte. Son collègue a dû rentrer dans le Nord, il sera donc seul. Nous devons réaliser pour eux cette année des centaines de milliers de pièces : des pantalons, des chemises, des pulls, des robes. L'enjeu est considérable. M. Guilbert souhaite négocier les tarifs, à la baisse, bien sûr. Il demande une ristourne de dix pour cent sur l'ensemble, ce que nous ne pouvons pas accepter. Nous proposons cinq et sommes prêts à aller jusqu'à huit. Vous savez tout ! Pour la partie financière, laissez-moi faire et ayez juste l'air d'appuyer mes dires. Pour le reste, vous le recevez dans l'un des meilleurs restaurants de Shanghai, le M. on the Bund, et vous lui faites la conversation. Vous connaissez bien la Chine, je crois ?

— J'y habite depuis presque dix ans, répondit Franck.

— Parfait ! Évitez tous les sujets qui pourraient lui donner à réfléchir ou à culpabiliser : les problèmes sociaux, la pollution, la répression, le « *made in China, made in goulag* »… Faites-le rêver et ne lésinez pas sur l'exotisme. Je vous accompagne, évidemment.

Il y avait du Louis de Funès dans cet homme-là, à en attraper le tournis. Le téléphone mit fin à leur aparté : le client attendait à l'accueil.

Depuis la terrasse du restaurant, au septième étage de l'immeuble de la Huaxia Bank, Franck Deroubaix, Arnaud Gazon et M. Guilbert jouissaient d'une vue imprenable sur le Bund. L'ambiance sino-new-yorkaise du lieu semblait plaire au directeur opérationnel de La Mascotte, un quinquagénaire bien portant aux joues couperosées que la bonne chère ne rebutait pas. L'homme était direct, un peu brutal même. D'emblée, il avait adressé à l'ethnologue une remarque désobligeante à propos de ce rendez-vous raté par son frère mardi dernier et du manque de coordination que cela laissait supposer chez Peng Textile. Franck n'avait pas eu le temps de lui faire des excuses. Vraisemblablement, le directeur opérationnel de La Mascotte souhaitait garder la mainmise sur les négociations en plaçant ses fournisseurs en position de débiteurs. Cinq minutes plus tard, il plaisantait avec eux. Puis, au beau milieu de propos anodins, il orienta la conversation sur le contrat en pointant un paragraphe mal rédigé. Autrement dit, M. Guilbert soufflait le chaud et le froid. De toute évidence, cette position de force facilement acquise le comblait d'aise.

En bon observateur, Franck comprit que la maîtrise des négociations risquait de leur échapper. Il devait réagir, mais comment reprendre les rênes sans froisser le bonhomme ? Après réflexion, il tenta une sortie :

— Vous connaissez mon père, je crois ?

— Un homme remarquable qui mène rondement ses affaires, répondit admiratif M. Guilbert. Quelle réussite ! À l'heure où le textile est en péril dans l'Hexagone, il tire rudement bien son épingle du jeu. Et son apport sur le plan régional est considérable.

— Oui, c'est un homme d'honneur qui vous tient en grande estime. Il me l'a encore affirmé hier au téléphone.

— Savez-vous que j'ai fait la même école que votre frère, l'École nationale supérieure des arts et industries textiles à Roubaix ?

La conversation se poursuivit sous l'ombre tutélaire du patriarche qui, même à distance, parvenait à impressionner son monde. Un coup d'œil à Arnaud Gazon suffit à Franck pour s'assurer qu'il avait marqué des points : il en conçut une certaine fierté. L'archéologue questionna le client sur les études de ses enfants. De fil en aiguille, il apprit que M. Guilbert se passionnait pour les modèles réduits : il lui conseilla un magasin spécialisé à Shanghai aux prix très compétitifs par rapport à ceux pratiqués en France.

Arrivèrent les desserts : un soufflé de poire accompagné d'une glace à la liqueur d'amande pour Franck, une tarte au chocolat servie avec un pot de crème fraîche et un autre de cacao chaud pour M. Guilbert, un crumble à la rhubarbe agrémenté d'un sorbet au gingembre pour Arnaud Gazon. Le moment d'attaquer les choses sérieuses s'annonçait. Comme convenu en amont de la rencontre, l'ingénieur commercial prit la parole. Franck souriait aux deux spécialistes. De temps à autre, il glissait une remarque amusante. Toujours est-il qu'un accord fut trouvé sur une ristourne de sept pour cent : un très bon résultat. Après le café, l'archéologue proposa un digestif. M. Guilbert déclina l'offre car il projetait de visiter cette boutique de maquettes avant de s'envoler pour Paris dans la soirée. Franck lui indiqua l'itinéraire à suivre.

À peine le client avait-il le dos tourné qu'Arnaud Gazon renoua avec son sempiternel bavardage. Franck n'écoutait pas, il réfléchissait.

— Xue Long Long, l'associé de mon frère, est à Shanghai en ce moment ? demanda-t-il au jeune cadre.

— Il vient en fin d'après-midi régler quelques affaires urgentes.

— Avez-vous son numéro de portable ?

— Pas sur moi, mais je l'ai au bureau.

Résigné, l'archéologue accompagna l'ingénieur commercial jusqu'au building de Pudong.

L'hôtesse d'accueil de Peng Textile ouvrit pour Franck l'antre de son frère. L'archéologue ferma la porte et s'assit sur le siège en cuir de Patrick, ce qui lui procura une curieuse sensation. Son regard enveloppa la pièce. La vue prodigieuse ne parvenait pas à gommer la tristesse des lieux que l'archéologue attribuait au choix des meubles et à l'absence de décoration. Pas un tableau, ni une photo. Standard était le premier mot qui lui venait à l'esprit, lisse le second : un peu comme son frère. Lorsque je l'aurai retrouvé, spécula-t-il, je lui prodiguerai quelques conseils pour égayer son environnement de travail. Les tiroirs du bureau étaient fermés à clé. Franck ne pouvait pas les forcer sans s'attirer des questions indiscrètes : il renonça.

Il parvint à joindre Xue Long Long sur son portable. Plus aimable que l'avant-veille, celui-ci proposa de le retrouver à 20 h 30 à La Maison, un cabaret-restaurant situé dans le quartier Xintiandi. Après un moment d'hésitation, l'archéologue appela son père :

— Alors, il paraît que tu t'es débrouillé comme un chef, avança le patriarche.

Vraisemblablement, Arnaud Gazon avait déjà fait son rapport, ce que Franck trouva indélicat. Mais ce n'était pas tous les jours que son père lui faisait un compliment. Il fallait savoir l'apprécier.

— Il faut croire que j'ai la fibre ! plaisanta Franck

avant de reprendre : Enfin, tant mieux si le rendez-vous s'est bien passé. Je t'appelle du bureau de Patrick…

— Oui, je sais, coupa Guy Deroubaix un peu sèchement. En voyant son numéro s'afficher, j'ai cru un instant que c'était lui. Où en es-tu de tes recherches ?

Franck lui résuma la situation sans la dramatiser. Au sujet de sa rencontre avec le partenaire chinois de Peng Textile, son père ajouta :

— Un drôle de bonhomme, ce Long Long. Avant de s'associer à nous, il est venu à Roubaix. Il a insisté pour tout visiter : les usines, les bureaux, les labos, absolument tout. Si j'ai bien compris, c'est un ancien militaire. D'où peut-être son côté systématique. Patrick m'a raconté qu'il avait été garde rouge pendant la révolution culturelle. Si tu veux mon avis, il ne doit pas trop apprécier les intellectuels dans ton genre !

Le patriarche se mit à rire de sa boutade avant d'ajouter :

— En tout cas, sans lui Peng Textile n'existerait pas. Non pas que je veuille minimiser le travail de ton frère, mais Long Long a débrouillé beaucoup de tracas administratifs. Patrick et lui se sont accrochés récemment. Soi-disant que ton frère lui aurait fait perdre la face, une lubie de Chinois, mais tu connais cela mieux que moi. Bref, ne le brusque pas, il faut nous assurer de son soutien, surtout en l'absence de ton frère.

— Merci pour ces renseignements. Tu as pu parler à Lise ?

— Oui, à Lise et à sa mère : elles ne se doutent de rien. L'avion de ta nièce arrive demain à 16 h 25 à l'aéroport de Pudong. Elle compte sur toi.

— OK. À bientôt, papa. Je te tiens au courant.

— Au revoir, fiston !

Qu'arrivait-il à son père ? Voilà maintenant qu'il lui servait du « fiston ». L'âge le ramollit, songea Franck, à moins qu'il faille y discerner l'effet de son implication

récente – et circonstancielle – dans les affaires paternelles.

L'archéologue quitta Peng Textile à 16 h 30. Dans
l'ascenseur, il retira sa cravate et la glissa dans la poche
de sa veste. Dehors, le soleil brillait. Pour se détendre,
il décida de rentrer à pied chez Rose : le printemps était
assurément la meilleure saison pour se promener à
Shanghai.

Dans une bâtisse en pierre de deux étages, La Maison abritait un restaurant, une boulangerie, un cabaret et une boîte de nuit. Pour y parvenir, l'archéologue
emprunta la même route qu'avec Rose la veille au soir.
Le TMSK et La Maison étaient géographiquement très
proches l'un de l'autre, mais les ambiances y étaient
totalement différentes. Franck connaissait l'établissement de réputation, mais il s'y rendait pour la première
fois. Celui-ci était tenu par un Français que l'aventure
chinoise avait attiré à l'orée du XXIe siècle ; il décela dans
le choix du lieu une attention de Xue Long Long à son
égard. Une très jolie hôtesse l'accompagna au premier
étage dans une salle dont la décoration rappelait les
cabarets parisiens. Le rideau rouge était tiré et le spectacle n'avait pas encore commencé. Franck suivit la jeune
femme qui slalomait entre les tables occupées pour la
plupart par des Chinois. Elle l'escorta jusqu'au partenaire de Patrick : leur couvert était dressé juste devant
la scène. Xue Long Long, absorbé dans ses pensées,
sursauta. Il se ressaisit rapidement.

— Franck Deroubaix, *I suppose*, s'enquit-il en tendant la main.

— Lui-même, répondit l'archéologue en mandarin.
Je suis heureux de vous connaître même si j'aurais préféré d'autres circonstances.

— Je comprends, rétorqua le partenaire de Peng
Textile avec une légère grimace. Mais je vois que vous
maîtrisez parfaitement notre langue.

— J'habite à Pékin depuis dix ans.

— *À la bonne heure*, comme disent les Français ! Toutes ces réunions en anglais me fatiguent. J'ai appris la langue de Shakespeare sur le tard et ne suis pas à proprement parler *fluent*. Prenez place. Je vous commande une coupe de champagne ?

— Volontiers !

La conversation s'engagea entre les deux hommes. Franck avait gardé son costume pour la circonstance et l'aspect formel de son interlocuteur le conforta dans son choix. La cinquantaine dépassée, Xue Long Long était un businessman alerte, de petite taille mais bien proportionné. Comme la plupart de ses congénères poivre et sel, il se teignait sans doute les cheveux pour leur conserver une teinte noire uniforme. Apparemment, le Chinois en savait autant que Franck sur la disparition de Patrick dont ils convinrent tous les deux qu'il fallait éviter à tout prix, dans l'entreprise et à l'extérieur, qu'elle ne s'ébruite. La musique du show qui débutait interrompit leur discussion.

Les danseuses et les danseurs, parés de plumes et de froufrous, évoluaient sur la scène selon des rythmes tantôt entraînants, tantôt langoureux. Les charmes déployés séduisaient les spectateurs qui laissaient refroidir le contenu de leurs assiettes. Xue Long Long semblait fasciné. Franck, qui n'était pas coutumier des cabarets, paraissait troublé : il lui était difficile de détacher son regard de toutes ces formes en mouvement, surtout depuis les premières loges. Le niveau sonore rendait impossible tout échange de paroles.

Une heure et demie plus tard, les tentures pourpres se refermèrent sur les déesses des lieux. À nouveau les langues se délièrent au point de former un brouhaha assourdissant : les commentaires allaient bon train. Xue Long Long alluma sa énième cigarette de la soirée. Franck, qui ne fumait pas, avait envie de prendre l'air.

L'un et l'autre échangèrent des remarques convenues sur le spectacle. Dans ces conditions, il était malcommode de parler de Patrick et des risques qu'il encourait, de répertorier les ennemis et les ravisseurs potentiels, les lieux de détention possibles. L'atmosphère ne s'y prêtait vraiment pas. Franck décida de couper court poliment à l'entretien. Toutefois, avant de prendre congé, il exprima au partenaire de Peng Textile son intention de se rendre à Kunming la semaine suivante. Un moment, l'archéologue crut son interlocuteur contrarié, mais un large sourire de Xue Long Long démentit son sentiment.

— Monsieur, je rentre demain dans la capitale du Yunnan, dit-il. Si vous avez besoin de moi, vous savez où me trouver : à l'usine bien sûr ! Je serai heureux de vous apporter mon concours. Au plaisir de vous revoir.

— Alors très probablement à lundi, monsieur Xue Long Long. J'ai été heureux de faire votre connaissance.

En guise de salut, Franck s'inclina respectueusement.

— Décidément, vous ne ressemblez pas à votre frère ! lâcha le Chinois en lui retournant sa révérence.

Sur le coup, pressé de sortir, l'archéologue négligea l'assertion. La douce fraîcheur du soir qui le cueillit à la sortie de l'établissement le revigora. La cravate, la chaleur, la fumée, le bruit : très peu pour lui ! La prochaine fois qu'il rencontrerait le partenaire de Peng Textile, il prendrait soin de choisir le lieu lui-même. En attendant, il décida de rentrer à pied. Sur le trajet, une question le taraudait : qu'avait voulu signifier Xue Long Long avec sa dernière phrase à propos des différences entre lui et son frère ?

7

Sur un banc de l'aéroport international de Pudong, Franck lisait la presse française. Sous ses yeux s'étalait une analyse de l'ex-Premier ministre français, Jean-Pierre Raffarin, publiée par *Le Monde* et sobrement intitulée « Retour de Chine ». Blabla diplomatique, pensa-t-il en reposant le journal, cela ne vaut rien. Il leva la tête vers le tableau des arrivées : l'avion d'Air France en provenance de Paris avait atterri. Soulagé, il se dirigea vers la porte indiquée.

Environné de nombreux Chinois et de quelques Européens, l'archéologue se dressait sur la pointe des pieds afin d'être sûr que sa nièce le verrait. Ils ne s'étaient plus trouvés ensemble depuis deux ans. Franck se souvenait de la joyeuse adolescente aux longs cheveux châtain clair. Aujourd'hui, il se préparait à accueillir une jeune femme de vingt ans.

Les premiers passagers sortirent, accueillis par des cris de joie. Franck sourit au souvenir de son premier voyage en Chine. Comme beaucoup d'Européens, il imaginait alors les autochtones disciplinés, sérieux, tristes, un peu à l'image de ces Nippons auxquels tant de reportages étaient consacrés dans ses jeunes années. Surpris, il avait découvert des foules dissipées et bruyantes, incapables de faire la queue sans provoquer de cohue. Tout compte fait, il y avait autant de différences entre un Chinois et un Japonais qu'entre un Italien et un Suédois. À son tour, Lise poserait un regard neuf sur ce pays et ses habitants : il l'enviait.

Derrière un couple de retraités, Franck aperçut une silhouette familière harnachée d'un sac à dos. Il étira son cou à droite, puis à gauche, agita ses bras et interpella la jeune femme qui se retourna. À distance, l'archéologue détailla le visage de sa nièce : ses grands yeux bleu marine perpétuellement étonnés et sa nouvelle coupe de cheveux – un carré long dégradé – lui donnaient un petit air à la Rosanna Arquette. Plus troublant pour lui, Lise ressemblait de plus en plus à sa grand-mère, la mère de Franck, décédée d'un cancer dix ans auparavant. Les retrouvailles entre l'oncle et la nièce furent chaleureuses.

Malgré les onze heures de trajet, une nuit à bord et le gros décalage horaire, Lise préféra les transports en commun au taxi. Franck lui avait laissé le choix, elle considéra qu'ainsi elle se trouverait d'emblée au contact du pays. L'archéologue acquiesça. Ils prirent place à bord du Mag Lev, le premier train à sustentation magnétique du monde qui reliait l'aéroport à la station de métro Longyang, dans la banlieue de Pudong. Lise manifesta son étonnement :

— Franck, c'est drôlement moderne par ici !

— La liaison ferroviaire avec Shanghai a été mise en service début 2004, répondit-il, heureux de pouvoir déjà la plonger dans le bain chinois. En sept minutes exactement, nous parcourrons trente kilomètres. Pendant le trajet, nous atteindrons des pointes de quatre cent trente kilomètres/heure. Les journaux nationaux nous l'ont assez rabâché !

— Comment est-ce possible ?

— La lévitation, un système d'aimants qui repoussent ou attirent le train. Ainsi, il avance ou s'arrête.

— Blaise Cendrars aurait adoré ce mode de transport, affirma Lise pensive en scrutant le paysage par la fenêtre.

L'oncle et la nièce partageaient une même passion pour l'écrivain bourlingueur.

— Pourquoi dis-tu cela ? Cendrars est bien venu en Chine, mais avec le Transsibérien.

— Je viens de terminer *Le Lotissement du ciel*, un livre un peu curieux et mystique de notre auteur fétiche. Il y invoque plusieurs saints ayant pratiqué la lévitation. Je ne saurais pas te dire pourquoi, mais cet ouvrage m'a marquée. Peut-être parce qu'il y est question d'envol sous différentes formes.

— À propos d'envol, intervint l'archéologue, nous prendrons dimanche après-midi l'avion pour Kunming, l'occasion pour toi d'observer une tout autre Chine. Nous irons peut-être à la campagne, très loin de la Perle de l'Orient.

— La Perle de l'Orient ?

— C'est l'autre nom de Shanghai.

— À Kunming, nous retrouverons mon père ?

Franck manqua de tout lui dévoiler, mais il se ravisa :

— Pas exactement. Enfin, peut-être... Tout dépend de lui... je veux dire du fournisseur de coton du Xinjiang.

Confiante, Lise se mit à rire :

— Au téléphone, grand-père n'est jamais parvenu à prononcer correctement le nom de la région ! Comment dis-tu encore ?

— Le Xinjiang ! répéta son oncle en inclinant la tête.

Jusqu'à la villa, ils se parlèrent à peine. Tous sens dehors, la jeune femme s'imprégnait d'images, d'odeurs et de sons nouveaux. Franck l'observait.

La maison au porche bicéphale plut à Lise. Rose, belle et raffinée, l'accueillit chaleureusement. Elle lui donna une chambre à la décoration sobre rehaussée ici et là par de légères touches poétiques : un vase où avaient été glissées quelques fleurs, un tas de petits galets ronds, un bout d'écorce aux formes évocatrices, des pousses de bambou esquissant une pyramide. Les teintes du sol, des cloisons et des meubles rappelaient différentes nuances brunes de la terre. Au mur étaient accrochées une trentaine de macrophotographies, des fragments de nature végétale et animale, dont les cadres disposés côte à côte formaient un extraordinaire tableau coloré.

Assise sur le rebord du lit, la jeune femme rêvassait. La fatigue du voyage prenait doucement le pas sur l'excitation. Elle régla sa montre sur l'heure locale : 10 heures du soir déjà. Ce qu'elle ressentait à l'issue de ces premières heures vécues dans l'empire du Milieu tenait en un mot : l'enchantement. Son oncle, la traversée de la ville, Rose, le dîner dans le jardin de la villa, les *xiaolongbao*, délicieux raviolis juteux cuits dans l'huile et fourrés à la viande ou aux fruits de mer : un dépaysement complet et merveilleux l'avait emportée. Tchang, le fils de l'artiste, avait à peine eu le temps de la saluer. Il était invité à une fête et avait proposé de l'y emmener, mais elle avait besoin de se reposer. Du coup, il lui avait promis pour le lendemain une découverte de Shanghai *by night*.

Lise se déshabilla et enfila le peignoir bleuté en soie préparé à son intention. « Cadeau de la maison », avait dit Rose. Un voile de fraîcheur et de douceur enveloppa son corps. La jeune femme se glissa sous la couette. Ravie par les songes, elle ne tarda pas à s'endormir.

Le lendemain matin, Franck travaillait sur l'ordinateur dans le salon. Aucune nouvelle de Patrick ne lui était parvenue, et son anxiété était à son comble. Dire qu'il allait consacrer sa journée au tourisme ! L'archéologue redoutait le moment inévitable où il lui faudrait dévoiler la vérité à sa nièce. Rien ne l'y pressait pour l'instant, pas aujourd'hui. Si seulement son frère pouvait se manifester…

Franck conversait avec Jiao au téléphone lorsque Lise parut. En l'absence de Rose qui travaillait dans son atelier, il lui prépara un bon petit déjeuner occidental. Tchang, qui était rentré tard de sa soirée, récupérait. Ils étaient donc seuls pour fixer le programme des festivités. Le temps radieux autorisait toutes les promenades.

Trois heures et demie plus tard et quelques kilomètres plus loin, attablés à l'étage du restaurant Lu Bo Lang au cœur du quartier chinois, les deux badauds admiraient par les fenêtres les toits retroussés du pavillon Huxingting qui abritait un salon de thé.

— Le pont qui mène au pavillon a été construit en zigzag afin de chasser les mauvais esprits, confia Franck.

— Les Chinois sont superstitieux ?

— Très ! Mao et tous les empereurs qui l'ont précédé ne pouvaient pas se passer de leur astrologue.

Incapable de chasser Patrick de son esprit, Franck pensa à la carapace de tortue enterrée dans le jardin de Rose. Il enchaîna :

— Comment vont ta mère et tes frères ?

— Maman va bien, répondit Lise. Son travail d'acheteuse lui plaît toujours. Elle voyage à droite, à gauche, en Asie de temps en temps. Elle est en pleine forme.

— Tu t'entends bien avec ton beau-père ?

— Oui. Il est très différent de papa, plus gai. Si seulement papa pouvait refaire sa vie ! J'ai l'impression qu'il ne s'est toujours pas remis du divorce.

Franck songea qu'elle avait raison.

— Quel âge avais-tu déjà lorsque tes parents se sont séparés ? demanda-t-il.

64

— Douze ans. Papa travaillait beaucoup et je le voyais peu. Alors cela n'a pas changé grand-chose pour moi.

— Et tes frères ?

— Antoine a presque terminé ses études d'ingénieur. Les jumeaux passent leur bac cette année.

— Et grand-père ?

— Je déjeune avec lui tous les jeudis. Il ne fait pas de doute que la solitude lui pèse, mais il n'en laisse rien paraître. Il est fidèle à lui-même et à la mémoire de grand-mère. Virginia, la cuisinière, m'a dit que plusieurs veuves lui faisaient la cour, en vain.

— Et toi, tu es seule ?

— Moi ? Aucun veuf ne me fait encore la cour, assura Lise en riant. J'ai eu des aventures plus ou moins sérieuses. En ce moment, je suis seule.

— Et tes études ?

— C'est un interrogatoire en bonne et due forme ! réagit la jeune femme qui n'aimait pas parler d'elle.

— Tu n'es pas forcée de répondre, fit Franck en s'esclaffant.

— Je poursuis mes études de design à l'école Saint-Luc de Tournai. Je suis toujours aussi passionnée, seulement je souhaiterais disposer de plus de temps pour voyager. Ces quelques semaines de vacances en Chine devraient me faire le plus grand bien !

— Sais-tu que Tchang fait une école de mode à Shanghai ? S'il est aussi doué que sa mère, ça promet !

— Oui, Rose crée de très beaux bijoux. Et toi, Franck, es-tu heureux ? Je te trouve un peu tendu.

Son oncle démentit. Sa vie en Chine, sa femme, sa fille et son travail le comblaient. Il ajouta qu'il s'estimait très fortuné. Puis, changeant de sujet, il exposa à Lise la méthode la plus élégante pour manger les *xiaolongbao* : saisir fermement la partie supérieure du ravioli avec les baguettes ; le tremper dans le vinaigre noir au gingembre ; croquer avec les dents la partie inférieure puis aspirer immédiatement le jus contenu à l'intérieur ; enfin, déguster le reste du *xiaolongbao* avant de saisir le suivant et de recommencer. Des touristes québécois installés à une table voisine profitèrent de la leçon et se mêlèrent à leur conversation qui prit une tournure moins personnelle.

Comme souvent le week-end, les jardins Yu étaient envahis par une foule de visiteurs. En sortant du restaurant, Franck et Lise déambulèrent dans le labyrinthe de pavillons, de bassins et de dragons en pierre. Arbres et fleurs ajoutaient à la poésie du lieu. Ils atteignirent le bazar et ses étals pluriels, puis Lao Jie, une rue aux nombreux magasins d'antiquités et de souvenirs. La jeune femme admira les inévitables pièces de jade, mais aussi des cailloux transparents aux reflets jaune et violet en amétrine ainsi que des perles de culture d'eau douce aux formes et couleurs innombrables. Plus loin, elle remarqua des peignes en buis et en palissandre. Au rayon des épices, son oncle lui désigna le ginseng aux qualités toniques et le *gouji*, des petites baies rouges répondant au nom savant de Lyciet de Barbarie. Riches en carotène, elles avaient pour vertu d'améliorer la vision. Franck et sa nièce se dirigèrent ensuite vers le Bund. En chemin, ils se procurèrent deux gobelets de thé au chrysanthème auprès d'un triporteur.

De retour à la villa, Lise et Franck avaient trouvé Tchang. Ce dernier – qui n'avait pas oublié sa promesse de la veille – avait convié la jeune femme à une promenade nocturne. La nuit, Shanghai revêtait un tout autre visage. À Nanjing Donglu, des écrans géants multicolores clignotaient. Sous les lumières, l'architecture des bâtiments historiques du Bund révélait toute sa splendeur. Assis sur un banc, Lise et Tchang contemplaient les embarcations en tout genre qui croisaient sur la rivière Huangpu : des traditionnelles, des ultra-modernes, des neuves aux lignes anciennes, des petites, des plus grosses, des commerciales, des touristiques. Les deux jeunes gens avaient rapidement sympathisé et leur discussion allait bon train. Ils se découvraient des passions communes, entre autres dans les domaines de l'art, du design et de la mode. Tous deux vomissaient le sectarisme, le nationalisme et tous les « ismes » qui rétrécissaient les horizons. Ils affectionnaient le mouvement perpétuel du monde, la vie qui sous un aspect fluvial défilait actuellement devant leurs prunelles émerveillées.

À 10 heures du soir, une large portion des feux de Pudong s'éteignit, victime des économies d'énergie. Tchang expliqua à Lise que la croissance formidable du pays requérait sans cesse plus de pétrole et d'électricité. Paradoxalement, et pour les mêmes raisons, tout un pan de l'économie poursuivait ses activités nuitamment, les chantiers de construction par exemple.

La soirée se prolongea tard au gré de leurs pas et de leurs mots. Le plaisir de la découverte avait gommé chez les deux jeunes gens toute notion de temps.

8

Le dimanche après-midi, Franck et Lise avaient pris congé de leurs hôtes pour se diriger vers l'aéroport. Le court séjour de la jeune femme à Shanghai l'avait emballée et elle projetait déjà d'y retourner. Rose et Tchang l'y invitaient chaleureusement.

Soucieux, l'archéologue s'était plongé dans la lecture des journaux. Les Chinois et le ministre du Commerce, Bo Xilai en tête, ne décoléraient pas contre les Français. Après un fructueux séjour à Pékin et à Shanghai, le Premier ministre de l'Hexagone avait regagné Paris avec une multitude de contrats en poche. Mais son gouvernement adjurait maintenant le commissaire européen au Commerce de limiter l'accès des produits textiles chinois aux marchés français sous prétexte de préserver l'industrie tricolore. L'Europe avait disposé de dix années pour se préparer à la levée des quotas à l'exportation au 1er janvier 2005 : le recours à des mesures protectionnistes était inacceptable aux yeux de Pékin.

Nul besoin d'être économiste pour se douter que ces informations auraient de lourdes répercussions sur les activités de Peng Textile. Pour l'heure, aucune disposition n'était prise, mais le père de Franck avait sûrement déjà analysé la situation et dressé ses plans. Malin comme il l'était, il avait peut-être même imaginé une parade. Le jeune homme songea aussi que Xue Long

Long risquait de l'entretenir sur le sujet. Mieux valait joindre ce soir le patriarche par téléphone pour s'y préparer.

Assis côte à côte dans l'appareil, l'oncle et la nièce examinaient leur maigre repas : un jus de mangue et du poisson séché servi sous plastique. Faute de place, ils s'étaient rabattus sur une petite compagnie aérienne régionale au confort modeste. Le vol durait trois heures. Depuis un bon moment, Franck tergiversait sur la meilleure façon d'exposer à sa nièce les motivations réelles de leur voyage à Kunming. Insouciante, la jeune femme était à mille lieues de se douter du drame qui se jouait.

— Tout à l'heure, nous arriverons à l'aéroport de Kunming, se lança Franck.

— Sauf si l'avion est détourné par de méchants pirates de l'air, plaisanta Lise.

— Ce que j'ai à t'expliquer n'est pas drôle, rétorqua l'archéologue en forçant la voix. Écoute-moi bien.

Surprise, sa nièce braqua vers lui de grands yeux bleus interrogateurs. La vérité survint brutalement :

— Selon toute vraisemblance, ton père a été enlevé à l'aéroport de Kunming vendredi, une semaine avant ton arrivée.

Le plus dur était dit. Un exposé clair et posé de la situation suivit. Saisie par ce qui venait de lui être révélé, Lise n'interrompit pas son oncle. Mais, lorsqu'il eut terminé, une question lui vint naturellement aux lèvres :

— Pourquoi m'avoir caché tout cela ? Je ne suis plus une enfant !

— Rien à voir avec l'âge, Lise. Grand-père désire que la disparition de Patrick ne s'ébruite pas.

— Pour protéger mon père ?

— Peut-être, bien que nous ne sachions pas en la matière ce qui est préférable. Il pense surtout aux intérêts de Deroubaix Fils.

— J'aurais dû m'en douter ! Deroubaix Fils, Deroubaix Fils ! éclata-t-elle. Vous n'avez que ces mots à la bouche : mon père, mon grand-père et toi maintenant. Tu me déçois, Franck. Moi qui croyais que tu étais différent d'eux, moi qui croyais pouvoir te faire confiance ! À cause de Deroubaix Fils, je ne connais quasiment pas mon père ! À cause de Deroubaix Fils, mes parents se sont séparés ! Et toujours à cause de Deroubaix Fils, mon père a disparu et va peut-être crever en silence pour préserver les dividendes des actionnaires de Deroubaix Fils !

Lise éclata en sanglots. Décontenancé, son oncle essaya de la consoler en lui prenant doucement la main. Mieux que quiconque il percevait ce qu'elle ressentait. Certains enfants sont jaloux de leurs frères et sœurs. Le jeune Franck l'avait été du groupe textile qui requérait toute l'attention de son père, Guy Deroubaix. Avec le temps, il avait fini par se raisonner. Faire le zouave en costume, mentir à sa nièce, jusqu'où irait-il aujourd'hui pour défendre la grande cause familiale ? L'archéologue balbutia quelques excuses à Lise, puis il se tut.

Les petits déjeuners du Kunming Harbour Plaza étaient servis au café Palmetto où le personnel de l'hôtel ravitaillait régulièrement un buffet central circulaire. Des hommes et femmes d'affaires aux tenues impeccables et aux regards parfois endormis s'y bousculaient pour remplir des assiettes d'œufs au bacon, de rouleaux frits, de pain, de viennoiseries, de confitures, de céréales, sans oublier les jus de fruits et les boissons chaudes. Deux Occidentaux à l'allure décontractée détonnaient parmi ces clients. Cheveux en bataille et yeux cernés, Franck et Lise marchaient tels des automates vers une table libre en bordure de fenêtre.

La veille au soir, après une arrivée taciturne à l'aéroport de Kunming, ils avaient rejoint leur hôtel en taxi.

L'établissement élancé à l'architecture moderne jouxtait le parc du Lac vert. L'archéologue avait proposé à sa nièce une promenade. Toujours sous le choc, elle avait refusé. Il était parti seul au jardin où de nombreux citadins se pressaient auprès des orateurs publics et des pédalos colorés. À son retour, il avait trouvé Lise assise sur le lit, carnet et stylo à la main. L'archéologue l'avait exhortée à sortir pour dîner en vantant les mérites des nouilles « qui-traversent-le-pont », le plat le plus célèbre du Yunnan. Peine perdue. Au restaurant Mengzi, il avait fait la connaissance d'Hans, un Belge qui travaillait pour une organisation non gouvernementale du Cambodge. Dans la capitale régionale pour un mois, ce dernier effectuait un stage de tai-chi auprès d'un vieux maître réputé. Cinq ans plus tôt, il avait exercé à Paris la profession de voyant. Cette rencontre avait eu le mérite de distraire Franck. Quelques bières plus tard, il avait retrouvé la chambre d'hôtel. Lise dormait. Sur la table de chevet était posé son petit carnet à spirale. Un instant, l'archéologue avait eu la tentation d'en lire le contenu. Un reste de lucidité l'en avait fort heureusement empêché.

Au réveil, l'oncle et la nièce s'étaient réconciliés. Tous les deux souhaitaient rapidement retrouver Patrick. Leur enquête commençait à peine et ils n'avaient pas de temps à perdre. Devant une tasse de thé, ils établirent le plan de bataille de la journée. Pour commencer, une visite à l'usine s'imposait. La difficulté consisterait là-bas à obtenir des informations sans poser de questions directes sur l'enlèvement, sauf auprès de M. Xue Long Long et de Mme He Cong. S'ils parvenaient à obtenir un double des clés de l'appartement de Patrick, ils s'y rendraient dès l'après-midi. Pour le reste, ils aviseraient au coup par coup.

Franck et Lise montèrent dans leur chambre pour revêtir des vêtements appropriés : un ensemble costume cravate pour lui et une jupe droite sombre accompagnée d'un chemisier blanc pour elle. L'archéologue était parvenu à convaincre la jeune femme que leurs tenues vestimentaires devaient correspondre aux attentes des employés de Peng Textile, question de respect et d'efficàcité.

Une luxueuse voiture blanche s'était garée devant l'hôtel. Son chauffeur, tiré à quatre épingles et casquette à la main, s'inclina devant Franck et Lise Deroubaix, les seuls Occidentaux à la ronde. Lorsqu'il se fut assuré de leur identité, il vissa son couvre-chef sur sa tête, claqua les talons puis effectua un salut militaire. Étonnée, la jeune femme regarda son oncle pour savoir quelle attitude à adopter.

— Tu n'es pas au bout de tes surprises ! fit son oncle. Monsieur est le chauffeur du partenaire chinois de Peng Textile. Salue-le en t'inclinant très légèrement. Autant que je te prévienne tout de suite, la visite de l'usine risque de te choquer à plus d'un titre. Si tu le veux bien, nous en parlerons ensuite tous les deux. Surtout pas d'esclandre sur place. Sache seulement que certaines associations qui défendent les droits de l'homme nomment ces établissements *sweatshops*, ce que je traduirais par « usines à sueur ». Sache aussi que je partage leur opinion. Et maintenant, en voiture !

À leur arrivée, une jeune Chinoise vêtue d'un costume traditionnel coloré s'approcha solennellement de la voiture pour leur remettre à chacun un cadeau, un oiseau Peng en jade. Xue Long Long les attendait sur le perron de l'entrée principale d'un long bâtiment blanc posé au milieu de la campagne. Au garde-à-vous, les employés du hall rompirent sur un geste du partenaire chinois.

— Bienvenue, monsieur Deroubaix ! Bienvenue, mademoiselle ! déclara ce dernier. Comme vous pouvez le voir, j'aime bien l'ordre. Une qualité qui fait malheureusement souvent défaut à notre pays. Je vous présente Yu Hou, notre comptable avec qui vous visiterez l'usine. Je dois malheureusement m'absenter pour une réunion. Permettez-moi de vous retenir pour déjeuner.

Après avoir remercié son hôte, Franck se tourna vers le guide, un cadre d'une trentaine d'années, assez grand de taille. L'archéologue pensa qu'il avait avalé un balai, tant il paraissait sérieux. Yu Hou leur indiqua une maquette en trois dimensions visible dans le hall. L'oncle et la nièce reconnurent le bâtiment blanc dans lequel ils se trouvaient, flanqué d'un second édifice, l'usine en construction, et d'un troisième plus petit qui abritait – apprirent-ils – les dortoirs des ouvriers. Sans se départir de son allure guindée, Yu Hou débuta le tour par les entrepôts où étaient stockées les matières premières. Suivirent les ateliers de tissage, ceux de couture, la salle d'empaquetage… Chaque fois, le comptable signalait leur arrivée par un coup de sifflet retentissant, au son duquel les employés se redressaient pour leur adresser un salut martial. Franck traduisait à Lise les minces commentaires de leur accompagnateur.

Quatre-vingts pour cent des ouvriers étaient de jeunes ouvrières de dix-huit à vingt-six ans environ, des migrantes logées et nourries par Peng Textile. La plupart d'entre elles étaient rémunérées à la pièce. En haute saison, elles travaillaient jusqu'à douze heures par jour, six à sept jours par semaine. En basse saison, un peu moins. Toutes devaient respecter le règlement affiché au mur : ponctualité au poste de travail, limitation du temps passé aux toilettes, etc. Toute entorse à ces règles était sanctionnée par des amendes retenues sur le salaire, d'ores et déjà amputé des frais de logement et de nourriture.

Le cérémonial du sifflet se poursuivit dans les

bureaux service par service : la planification, la comptabilité, l'informatique, l'action commerciale. Arrivé auprès de Mme He Cong, Franck sollicita un entretien privé avec elle. Il remercia Yu Hou dont le visage habituellement inexpressif s'empourpra. Visiblement cette modification du programme contrariait le comptable. L'archéologue lui ferma gentiment mais fermement la porte de la pièce au nez. L'assistante de Patrick, qui n'avait rien perdu de la scène, parut tourmentée. Franck se fit rassurant :

— Ne craignez rien, madame He Cong. J'ai juste quelques questions à vous poser. Avez-vous pu récupérer les bagages de mon frère ?

— Oui. Je m'en suis chargée personnellement. Je les ai déposés à son appartement. Leur présence ici aurait été considérée comme suspecte.

— Vous avez bien fait. À ce propos, pourriez-vous me remettre le double des clés du logement de mon frère à Kunming ?

— Pas de problème, répondit l'assistante en fouillant fébrilement le tiroir de son bureau. Les voici ! La petite clé ouvre la porte de l'immeuble et la grande celle de l'appartement.

— Merci. Madame He Cong, j'ai une question un peu embarrassante à vous poser. Je sais que mon frère s'est accroché avec M. Xue Long Long récemment, au point de lui faire perdre la face. Connaissez-vous le motif de leur querelle ?

— Je ne veux pas avoir d'ennuis, monsieur Franck, fit l'assistante de plus en plus agitée.

— Ce que vous me révélerez restera entre vous et moi. Je vous le promets.

— Soit ! Ce jour-là, votre frère a découvert que des cautions étaient prélevées auprès des ouvrières au moment de leur embauche. Ces sommes représentaient environ un mois de leur salaire. C'est une pratique irrégulière mais courante qui permet aux employeurs d'exercer une certaine pression sur leurs salariés. S'ils veulent quitter l'entreprise, il leur faut remplir certaines conditions. Sinon, ils ne revoient jamais leur argent. En plus, les payes ne leur avaient pas été versées depuis deux mois.

— Comment mon frère pouvait-il ne pas le savoir ?

— Il ne parle pas mandarin et par conséquent il ne maîtrise pas tous les maillons de la chaîne. Il a fallu les protestations de quelques ouvrières. M. Patrick m'a demandé de lui traduire leurs propos. C'est ainsi qu'il a découvert le pot aux roses.

Attentive, Lise observait les deux interlocuteurs à tour de rôle. Elle ne comprenait rien à leur dialogue, mais percevait une forte tension.

— Vous souvenez-vous du jour où a eu lieu cette altercation ? interrogea Franck.

— Un vendredi, le 25 février exactement. C'est le jour anniversaire de mon fils.

— Pensez-vous que cette empoignade entre mon frère et Xue Long Long puisse être à l'origine de sa disparition ?

L'assistante s'apprêtait à répondre lorsque déboula dans le bureau le partenaire chinois. Tous les trois sursautèrent à la brusque ouverture de la porte. Un sourire féroce sur les lèvres, ce dernier adopta le ton de la plaisanterie :

— Madame He Cong, heureusement que je vole à votre secours. Monsieur Deroubaix, vous n'avez pas honte de harceler ainsi le personnel ? Le comptable est venu me prévenir : il était réellement paniqué.

Sur ces paroles, il éclata de rire et invita ses hôtes à lui emboîter le pas. Avant de prendre congé, Franck adressa un petit signe gêné de la main à l'assistante en guise de remerciement.

Dans un joli jardin ombragé, l'archéologue et sa nièce dégustaient d'excellentes spécialités régionales. Pour le reste, le repas ne présentait aucun intérêt. Au dernier moment, Yu Hou avait été convié par Xue Long Long à se joindre à eux, d'où l'impossibilité de converser sur le sort de Patrick. Par courtoisie pour Lise, la discussion se déroulait en anglais et rien ne transparaissait qui pouvait laisser croire que des bribes de l'entretien entre Franck et l'assistante étaient parvenues jusqu'aux oreilles du partenaire chinois. Après les agapes, le chauffeur les déposa devant leur hôtel où l'archéologue s'empressa de partager les informations recueillies avec sa nièce.

Préalablement offusquée par la visite de l'usine, la jeune Européenne bondit à l'écoute des révélations de Mme He Cong. L'archéologue admit que, vu sous cet angle, le monde du travail de l'empire du Milieu ne paraissait guère reluisant. Pourtant, la législation chinoise exigeait des employeurs la prise en charge de l'assurance-maladie, la limitation du temps de travail et des heures supplémentaires, mais elle était souvent bafouée par des chefs d'entreprise prêts à tout pour s'enrichir, notamment à corrompre les responsables locaux du Parti communiste. Récemment, les journaux avaient raconté qu'un patron était parti avec la caisse qui comprenait les cautions versées par les employés et plusieurs mois de salaires dus. Heureusement, certaines sociétés offraient de meilleures conditions de travail à leurs ouvriers : des rémunérations plus élevées, des dortoirs confortables, l'organisation d'activités sportives, l'élection de représentants syndicaux. Des entreprises amélioraient aussi le statut de leurs employés sous la pression et le contrôle de clients occidentaux, eux-mêmes interpellés par des associations de consommateurs.

Mais, pour l'heure, l'urgence n'était pas à la politique.

L'appartement de Patrick recelait peut-être des indices : à charge pour Franck et Lise de les découvrir. Sans plus tarder, ils interpellèrent un taxi.

La nuit était tombée sur Kunming. Bredouilles, l'archéologue et la jeune femme déambulaient dans les rues de la capitale du Yunnan. À plusieurs reprises, ils avaient manqué de se faire écraser. Camions, voitures, charrettes, vélos et scooters surchargés y circulaient dans la plus grande confusion. À la périphérie des grandes artères de la ville moderne, dans un charivari prodigieux, les autochtones épluchaient leurs légumes, mangeaient des brochettes, crachaient par terre et jouaient aux cartes. Sur les trottoirs, coiffeurs et arracheurs de dents opéraient en plein air.

Rien d'intéressant n'avait été découvert dans la fouille systématique des tiroirs, des armoires et des bagages du logement de Patrick, un deux pièces insipide où les photos de ses quatre enfants constituaient la seule touche personnelle.

Dans le quartier musulman de Chuncheng Jiulou, l'oncle et la nièce s'arrêtèrent auprès d'un débit de nouilles. Assis dehors sur de petits tabourets, ils ingurgitèrent leur repas sans allant. Joint plus tard par téléphone, Guy Deroubaix confirma les informations de l'assistante. Cependant, depuis l'altercation entre les deux hommes, un accord amiable était selon lui intervenu entre Deroubaix Fils et le partenaire de Peng Textile dans le sens du respect de la loi, insista-t-il, car il connaissait les opinions de Franck sur le sujet. Voilà qui excluait la cause de la querelle comme motif de l'enlèvement et reléguait leur seule piste au rang d'impasse. En raccrochant, l'archéologue songea qu'il avait oublié de questionner son père sur les mesures protectionnistes réclamées par les Français. Son esprit était ailleurs, auprès de Patrick. Tout comme devait l'être celui de

Lise qui avait rangé au placard sa fureur de la veille. Sur la route vers l'hôtel, tous les deux réfléchirent aux démarches à entreprendre le lendemain.

Franck avait glissé la carte dans la serrure de la chambre, mais sa nièce fut la première à remarquer l'avis sur la télévision. Un message était parvenu pour eux à la réception. L'oncle décrocha le téléphone et prit lecture de la communication : « Rendez-vous demain mardi à la Forêt de Pierre, bassin de la Lame de l'Épée à 10 h 30. Soyez ponctuels et venez seuls, H. C. »

9

Tôt ce matin, Franck et Lise s'étaient embarqués dans le train express en direction de Shilin, une ville distante d'une centaine de kilomètres. Par chance, ils avaient obtenu à la gare des billets de la catégorie la plus confortable, dite « assis mou », aux wagons non-fumeurs et aux places garanties. Pendant le trajet, ils avaient acheté deux entrées pour la Forêt de Pierre. Le site le plus célèbre du Yunnan attirait de nombreux touristes chinois et étrangers : « Si vous avez visité Kunming sans voir la Forêt de Pierre, vous avez perdu votre temps », disait la publicité.

Sur place, ils se procurèrent un plan auprès d'un colporteur qui vendait des tee-shirts aux inscriptions prometteuses, « la Forêt de Pierre, première merveille du monde ». Grâce au schéma, l'archéologue localisa le bassin de la Lame de l'Épée, qui se situait à deux kilomètres de la porte principale. L'oncle et la nièce se frayaient difficilement un chemin au milieu des badauds. Dès que la foule s'éclaircit, ils pressèrent le pas. Sous un ciel menaçant, ils aperçurent au loin les aiguilles rocheuses tant convoitées. Revêtues de leur costume traditionnel, de jeunes femmes sani, une des nombreuses minorités ethniques de la région, se proposaient comme guides auprès des visiteurs. Emboîtant le pas à Franck, Lise remarqua la beauté de leurs toilettes : des tuniques blanches aux extrémités garnies de rouge, de bleu et de festons multicolores, ceinturées par un tablier figurant un triangle renversé ; et, posés sur leurs épaisses chevelures noires, de larges chapeaux polychromes ronds garnis de perles.

Le poste de contrôle franchi, l'archéologue et la jeune femme s'engagèrent dans une allée bordée de parterres fleuris. Ils accélérèrent la cadence et furent bientôt environnés de piliers karstiques dont les formes étranges et variées, érodées par les pluies, s'élevaient à plusieurs dizaines de mètres au-dessus de leurs têtes. Alors que leur course progressait, le parcours se complexifiait, contraignant Franck à mettre en perspective des pancartes aux noms évocateurs – « Filet de Ciel », « Appel du lointain », « Bébé buffle », « Silhouette d'Ashima » – et le plan de la forêt pour évaluer la direction à emprunter. Les autres promeneurs qui débutaient tout juste la visite du site étaient depuis longtemps distancés. Personne ne pouvait plus les renseigner. Pour la première fois, l'archéologue éprouva un sentiment d'insécurité renforcé par l'atmosphère pétrifiée et inquiétante du lieu. La légende prétendait que les Immortels avaient découpé une montagne en labyrinthe pour offrir une cachette aux amoureux. Sinistre refuge, songea-t-il en regardant sa montre : il craignait de rater le rendez-vous.

Enfin, Franck remarqua sur sa droite une aiguille plus élevée que les autres signalée comme le « Pic du Lotus ». Il se tourna vers sa nièce :

— Nous sommes presque arrivés, Lise. Il est 10 h 35. Pourvu que notre mystérieux interlocuteur soit encore présent.

Surpris par l'écho de sa voix, il ajouta dans un murmure : « Soyons prudents ! »

Les deux Occidentaux atteignirent des passerelles érigées au-dessus de l'eau. Ici et là, d'énormes cavernes étaient creusées sous la roche.

— Je suppose que nous sommes désormais sur le bassin de la Lame de l'Épée, ajouta Franck.

Lise n'en menait pas large.

— Regarde, cria soudain la jeune femme, là-bas ! La tache bleue dans l'ombre, on dirait…

Affolée, elle ne parvint pas à poursuivre sa phrase. Franck se précipita dans la direction indiquée et escalada la rambarde pour atteindre le caillou sur lequel gisait un corps retourné sur le ventre. Les vêtements, un pull bleu roi et un pantalon sombre, les chaussures, des escarpins noirs, et surtout les cheveux, soigneusement rassemblés en chignon, désignaient une femme. Lise l'avait rejoint lorsqu'il retourna doucement le cadavre.

— Mme He Cong ! s'exclamèrent-ils en chœur.

Franck eut un curieux réflexe. Avec des frissons dans le dos, il prononça les paroles de la plaisanterie qui le liait à son frère :

— Eh, Ducon, comment va Mme He Cong ?

Et, à la place de Patrick, il répondit :

— Toujours aussi maligne !

— Qu'est-ce que tu marmonnes, Franck ? Tu es devenu fou ? s'alarma Lise.

— Il s'agit d'une blague entre ton père et moi. En mandarin, *Cong* signifie « intelligente ». Cette fois, la pauvre femme se sera heurtée à plus fort qu'elle, fit l'archéologue en contemplant avec tristesse les traits réguliers mais sans charme du visage de l'assistante.

Instinctivement, comme il l'avait vu des dizaines de fois au cinéma, il ferma les paupières de la victime.

— Regarde au creux de sa main gauche ! s'exclama tout à coup la jeune femme. On dirait une inscription !

Muni d'un mouchoir en papier, Franck repoussa un à un les doigts fins de la paume.

— Deux chiffres qui font vingt-cinq. Qu'est-ce que cela peut bien vouloir signifier ?

En regardant sa nièce, il ajouta :

— Ses extrémités sont encore chaudes. Le ou les meurtriers ne doivent pas être bien loin. Ne tremble pas, Lise : s'ils avaient voulu nous tuer, ils l'auraient fait depuis longtemps. Maintenant partons ! Nous ne pouvons rien pour elle et je ne tiens pas à devoir répondre de son assassinat devant un tribunal chinois. Si nous voulons retrouver ton père, mieux vaut éviter les imbroglios de ce genre.

Après avoir rejoint la passerelle, la jeune femme bouleversée se retourna une dernière fois vers la défunte :

— Merci, madame He Cong ! Je ne sais pas ce que vous aviez à nous dire, ni pourquoi vous avez pris un tel risque mais, au nom de mon père, je vous remercie !

— Lise, insista Franck en posant le bras sur l'épaule de sa nièce, il faut partir. Désolé de t'avoir entraînée dans cette sinistre aventure. Marchons le plus naturellement possible. Rejoignons le « Rhinocéros contemplant la Lune ».

Tous deux auraient souhaité quitter la Forêt de Pierre et Shilin au plus vite, mais, en agissant ainsi, ils redoutaient d'attirer l'attention sur eux. Avant le retour en train prévu pour 16 h 30, les distractions se résumaient aux points de vue, aux boutiques touristiques et aux gargotes. Pour le spectacle et les souvenirs, ils avaient été servis. Franck et Lise choisirent donc un restaurant proche de la gare dont la spécialité était le canard rôti sur un lit d'aiguilles de pin. L'odeur de la sève grillée leur remémora d'anciennes soirées tranquilles, partagées près de la cheminée, dans le manoir familial du Boulonnais. Au loin, ils entendirent des sirènes de voitures : le corps avait probablement été signalé. Ce bruit les fit frissonner, mais contre toute attente, ils mangèrent avec appétit. Ainsi se vérifiait le dicton suivant lequel les émotions creusent. Des émotions inhabituelles, si nouvelles pour eux. Pour les retranscrire, Lise éprouva après le repas le besoin de noircir quelques pages de son carnet à spirale. Sans quitter la jeune femme des yeux, Franck sortit téléphoner à Jiao : elle lui manquait. Il prétendit avoir passé une journée touristique avec sa nièce et lui cacha les événements du matin.

Des taches de couleur, c'est tout ce que l'archéologue percevait du panorama qui défilait derrière la vitre du wagon. Lise s'était endormie. Il tenta d'analyser les événements de la journée. Les ravisseurs de Patrick n'étaient pas des enfants de chœur. Cette fois, Franck craignait pour la vie de son frère. Il s'étonna de ne pas y avoir pensé plus tôt. Comment annoncer la nouvelle à son père ? Le patriarche enragerait sûrement de ne pouvoir agir, à cause de son âge et de sa santé qui le retenaient à distance. Quelle tournure allaient prendre ces événements pour le moins inattendus ? Aujourd'hui, pour la première fois de sa vie, Franck avait observé de ses yeux un cadavre, la victime d'un meurtre. Il songea qu'il devait absolument protéger sa nièce. Que pensait-elle ? Comme les paysages aux fenêtres, les idées se succédaient les unes aux autres dans la tête de l'archéologue, de plus en plus vite. Une sensation de tournis l'envahit : il s'assoupit à son tour.

Lorsque le train arriva en station de Kunming, Lise le sortit de sa torpeur. Sonné par un terrible mal de tête, il traversa les quais et le hall rempli d'une foule impénétrable. Il n'y avait cependant rien d'anormal à cette concentration humaine, un phénomène habituel dans toutes les gares des grands centres urbains chinois où s'agglutinaient les paysans à la recherche d'un emploi. Bientôt, à la tombée de la nuit, des cerbères en uniforme chasseraient brutalement de l'enceinte du bâtiment les migrants en mal de sommeil. L'horloge marquait 18 h 10. À grand renfort de battements de bras, Franck parvint à se frayer un chemin jusqu'à la porte principale, entraînant sa nièce dans son sillage.

Après la cour, alignés devant la grille, des aveugles de naissance proposaient dans la rue des massages thérapeutiques. L'un d'entre eux interpella l'archéologue en le désignant comme *dazibi*, une expression qui littéralement signifiait « grand nez », même s'il était plus coutumier de la traduire par « long nez ». Intrigué, Franck se retourna vers le vieil homme pour l'interroger en chinois sur sa capacité à distinguer son statut de « blanc ». L'ancien lui attrapa la main et l'invita à s'asseoir.

— Demande ta route à un aveugle, proféra le vieillard en souriant. Contrairement à ce que prétend l'expression populaire, tu ne perdras pas ton temps !

10

Épuisé, l'archéologue accueillit favorablement la proposition de l'aveugle. Il s'assit en face du vieux Chinois sur un mince bout de tissu et invita sa nièce à l'imiter.

— Je m'appelle Hui, signala le non-voyant avec une ironie bienveillante, cela signifie que je suis perspicace et sage. Et toi *dazibi* ?

— Franck ! Dans ma langue, cela signifie « homme libre ».

— C'est un beau prénom. Donne-moi ta main, Franck : je vais t'ausculter.

Plusieurs minutes de silence s'ensuivirent. À Lise qui observait les deux hommes, la situation paraissait surréaliste. Perdue et dépaysée, elle s'étonnait de se retrouver les jambes croisées en tailleur, sur le trottoir d'une ville à la fois moderne et archaïque de la Chine profonde. Un temps et une distance infinis la séparaient de son départ de Lille : cinq jours avaient suffi pour bouleverser en profondeur toutes ses certitudes. Autour d'eux, les citadins se bousculaient sans les voir.

— Jeune homme, diagnostiqua l'aveugle, votre pouls n'est pas très bon. Vous êtes tendu et agité. Trop de choses dans la tête provoquent le mal au crâne. L'énergie est bloquée dans le haut du dos. Ne pensez à rien, relâchez-vous et accompagnez le mouvement de mes doigts. Faites le vide !

Prodigieuses, les mains du vieillard s'activèrent le long des méridiens énergétiques pour stimuler le système nerveux et circulatoire dans le corps. Franck avait fermé les yeux et ressentit un bien-être immédiat, un soulagement intense. Des larmes lui gonflèrent les paupières, laissant échapper avec elles les tensions accumulées ces derniers temps. Entraîné à certaines formes de méditation, il parvint à suivre les indications du sage Hui et perdit toute notion de durée. À la fin de la séance, le vieil homme tâta de nouveau son pouls.

— Franck, j'ai terminé mon travail, déclara le masseur sans lâcher sa main. Ce soir, il faudra que tu dormes et que tu te reposes vraiment. Tu es fort et tu dégages beaucoup d'énergie positive. Ton cœur est bon, mais tu as des ennuis. Permets-moi de te donner un conseil d'ami. Nous, les aveugles, voyons parfois plus loin que les autres. Écoute-moi bien, Franck. Mon avertissement, le voici : méfie-toi des dragons ! Tu es un jeune homme sympathique et je ne voudrais pas qu'il t'arrive du mal. Maintenant, comme il se dit dans vos églises, va en paix.

L'archéologue marqua un mouvement de surprise.

— Ne sois pas étonné, Franck. Il fut un temps où des religieux, des *dazibi,* m'ont recueilli. Il y a fort longtemps. Surtout, n'oublie pas mon conseil.

Le jeune homme s'inclina respectueusement devant l'aveugle avant de demander à sa nièce si elle souhaitait un massage. Mais Lise avait éprouvé suffisamment d'émotions nouvelles pour la journée. Elle préférait rentrer à l'hôtel.

Après avoir traversé la ville du sud au nord, l'oncle et la nièce atteignirent le Kunming Harbour Plaza vers 19 heures. En s'introduisant dans la chambre, Franck dirigea son regard vers le poste de télévision qui signalait un nouveau message. Anxieux, il s'assit sur son lit en prenant soin de déplacer la rose posée le matin même sur les draps immaculés par la femme de chambre. Lise paraissait excédée. Après avoir entendu la communication, Franck s'empressa de la rassurer : il s'agissait juste du patriarche qui réclamait des nouvelles. Inquiet pour sa nièce, l'archéologue entreprit sur-le-champ de lui faire couler un bain chaud.

Lorsqu'il se fut assuré que la porte de la salle d'eau était bien fermée, il composa le numéro de la maison familiale où son père, réglé comme une vieille horloge, terminait probablement son déjeuner. Virginia, cuisinière chez les Deroubaix depuis près de trente ans, décrocha :

— Franck, mon petit, comment allez-vous ?

Son accent méditerranéen réchauffa instantanément le cœur du « petit ».

— Mieux depuis que je vous entends, répondit-il. Et vous, Virginia ? Qu'avez-vous préparé de fameux à mon grincheux de père ?

— Un navarin de mouton avec des légumes frais ! Monsieur est un peu pâlot en ce moment : il a besoin de vitamines. Mais je vais vous le passer : il en est au dessert, une crème caramel maison comme vous les aimez tant. À ce propos, quand vous reverra-t-on ici, monsieur Franck ? Votre père approche : je crois qu'il s'impatiente. Il vaut mieux que je vous le passe. Au revoir, mon petit !

Le grognement paternel succéda aux intonations chantantes de la cuisinière.

— Franck, attaqua-t-il d'emblée, où en es-tu ? Avec ces satanés accords protectionnistes en perspective, je ne sais plus où donner de la tête. Pour l'instant, il semblerait que cela accélère les commandes, mais après... Heureusement que nos ouvrières chinoises sont payées à la pièce !

— Papa, articula l'archéologue embarrassé, notre journée a été rude, très rude. Es-tu assis ?

— Que veux-tu insinuer ? Patrick ! Ne me dis pas que…

— Calme-toi. Il ne s'agit pas de Patrick, mais de son assistante.

Le plus sereinement possible, Franck exposa à son père les événements des dernières vingt-quatre heures. Comme il s'y attendait, le patriarche enragea de ne pouvoir le rejoindre sur-le-champ. Puis il s'inquiéta pour sa petite-fille. Guy Deroubaix, qui avait élevé « à la dure » ses deux garçons, était un grand-père attentif, tout particulièrement envers la jeune femme. Il aurait tant aimé avoir une fille comme elle !

— Ma petite Lise, ma pauvre petite Lise ! Tu as vu comme elle ressemble à ta mère ? s'exclama-t-il.

— Oui, fit Franck sans épiloguer sur cette ressemblance. Elle est en train de prendre un bain. Je ne te cache pas qu'elle me paraît drôlement secouée. On le serait à moins ! J'envisage de la ramener à Shanghai chez mes amis avec qui elle s'est bien entendue. Ainsi serait-elle tenue à l'écart de la suite des événements qui ne s'annonce pas sous le meilleur jour. Tchang, qui a son âge, pourrait sûrement la distraire, la sortir, lui changer les idées. Il faudra que je lui en parle.

— Tu as sûrement raison, fiston ! Mais peut-être préférera-t-elle rentrer en France. Après tout, cela pourrait se comprendre.

— Papa, il faudrait savoir ce que tu veux ! Elle nous en a beaucoup voulu d'avoir maquillé la vérité au début de son séjour. À vingt ans, Lise est assez grande pour décider toute seule.

— Soit ! Surtout, qu'elle n'hésite pas à m'appeler. Dis-lui qu'elle me manque ! Et toi, Franck, comment vas-tu ?

Dans la bouche du patriarche, cette question pour le moins inhabituelle laissa le jeune homme interdit. Faute de réponse, Guy Deroubaix enchaîna :

— Vois avec Lise ce qu'elle choisit. Quoi qu'il en soit, quittez tous les deux Kunming demain. Face à des barbares pareils, nous ne devons pas agir à la légère. Un temps de réflexion s'impose. Et surtout, protège la petite ! Embrasse-la de ma part et… présente-lui mes excuses pour notre petit mensonge. Au revoir, fiston !

Décidément, le patriarche parvenait encore à surprendre Franck. Pour la première fois, il regretta que sa fille Mei ne connaisse pas son grand-père.

Pressé d'en savoir plus sur l'assassinat de Mme He Cong, l'archéologue alluma le petit écran. Quelques minutes lui suffirent pour trouver les chaînes régionales de *Yunnan Television*. Dans l'attente d'un bulletin d'informations, il zappa sur un canal spécialisé en économie. Un reportage y décrivait le montage par le groupe Carrefour d'une plate-forme horticole à Kunming. Cette unité logistique extrêmement moderne, commentait la voix *off* du journaliste, avait toute sa place dans la capitale du Yunnan, une ville qui abritait le plus grand marché de fleurs coupées au monde. Quelques dizaines de Français seulement séjournaient toute l'année dans la région, Patrick connaissait sûrement les expatriés interviewés, songea l'archéologue avant de se connecter sur *YNTV-1*.

Le journal télévisé ouvrit sur l'affluence touristique record dans la région à l'occasion des fêtes du mois de mai. Aux images des principales curiosités locales étaient accolés des chiffres éloquents de visiteurs : cinq pour cent de plus que l'année dernière ici, dix là-bas. Le gros des troupes, concluait le journaliste, était constitué de citadins issus des classes moyennes de la côte Est. La présentatrice enchaîna : « À propos de touristes, certains d'entre eux, qui visitaient ce matin la Forêt de Pierre, ont fait une macabre découverte. Ils ont repéré le corps d'une femme âgée de quarante

à cinquante ans. La police, qui a confirmé l'hypothèse du meurtre, n'a pas encore identifié la victime. »
Ce fut tout. Laconique, songea l'archéologue déçu.
Il éteignit le poste avant de poursuivre sa réflexion.
Curieux tout de même que Mme He Cong ait circulé
sans papiers… Mentalement, il ne parvenait pas à se
souvenir de la présence d'un sac ou d'une pochette
quelconque sur les lieux du drame. Les assassins s'en
étaient-ils emparés, faisant disparaître des documents
destinés à Franck ?

L'oncle et la nièce passèrent le reste de la soirée dans
la chambre. Après le bain, Lise, qui avait enfilé un peignoir, ne voulut pas sortir. Franck commanda au *room
service* un dîner léger et le *Kunming Evening News*, un
journal du soir très populaire dans la région.

Tandis que l'archéologue épluchait la publication,
Lise disposa leurs assiettes sur la table basse en bois où
un bouquet de lys blancs embaumait la pièce. Il l'aida
à déplacer les deux fauteuils jaunes de part et d'autre
du meuble. Le début de repas fut silencieux : Franck
lisait. Sa lecture terminée, il résuma à Lise le contenu
de l'article. Le corps avait été découvert par un groupe
de touristes en provenance de Hong Kong vers 11 h 30.
Suivait l'interview de l'un des protagonistes et la description vestimentaire de la victime. Les enquêteurs
avaient déclaré que la mort était survenue à la suite
d'une prise de combat, exécutée au niveau des vertèbres cervicales. La femme, qui ne s'était pas débattue,
était probablement morte sur le coup. Certains éléments
– lesquels n'étaient pas précisés – privilégiaient la piste
d'un règlement de comptes mafieux. La victime, inconnue des forces de police, n'avait pas encore été identifiée.
Un encadré précisait que la Forêt de Pierre de Shilin
était un lieu sûr : depuis une cinquantaine d'années,
trois meurtres seulement y avaient été perpétrés.

— Et il a fallu que ça tombe sur nous ! s'exclama Lise en soupirant.

— Pour être exact, plutôt sur la pauvre Mme He Cong, corrigea Franck. La police suggère un règlement de comptes mafieux : l'enlèvement de Patrick serait-il l'œuvre d'une bande organisée ? Dans ce cas, nous aurions dû recevoir depuis longtemps une demande de rançon.

— Plus nous avançons et plus nous reculons : voilà mon sentiment ! lança Lise.

L'attitude désespérée de sa nièce incita Franck à changer de sujet. Il relaya les propos de Guy Deroubaix. Pour leur vol du lendemain, aucune décision ne pressait, insista-t-il afin de ne pas brusquer la jeune femme.

Lise se détendit progressivement et leur discussion prit un tour plus intime. Rappelés à leur condition de mortels par les événements douloureux et boulever-sants de la matinée, tous les deux partageaient à cette heure tardive le besoin d'évoquer leurs racines. Ils par-lèrent avec tendresse du patriarche, de ses formidables défauts qui le rendaient si attachant, de sa fermeté qui dissimulait de réelles qualités de cœur. Avec le temps, il gagnait en tolérance, affirma la jeune femme. « Maman aurait approuvé cette évolution », ajouta Franck que le souvenir maternel ne quittait jamais. Âgée de dix ans lors du décès de sa grand-mère, Lise gardait d'elle une image floue et lointaine : celle d'une femme élégante et romantique enveloppée de teintes pastel, un peu comme sur les photos de David Hamilton. L'archéologue rit à cette évocation et s'efforça de dresser un portrait fidèle de celle qu'il regrettait tant. Sa mère était belle sûrement, mais aussi chaleureuse, tendre, triste parfois et sacrément artiste. Son appétit de création avait été ignoré par ses parents, des bourgeois conservateurs qui méprisaient les beaux-arts. Puis par son mari qui envisageait la peinture tout au plus comme un hobby.

Guy Deroubaix avait aimé sa femme, mais il ne l'avait jamais comprise. Pour Franck, le drame de leur existence se résumait à ce malentendu.

À son tour, Lise évoqua ses parents. Sa mère qui avait su se remettre en question tandis que son père était resté sur le bord de la route : à l'ombre du patriarche chez Deroubaix Fils ; homme invisible pour ses enfants ; et contrariant avec sa femme. Il ne comprenait rien à rien et se réfugiait dans le travail. Dans ces conditions, la séparation du couple avait été inéluctable. L'archéologue se surprit à défendre son frère. Pour un enfant, *a fortiori* un fils, avoir un père comme le patriarche n'était pas facile à assumer. À l'extérieur, tout le monde enviait son charisme, son charme, son intelligence, sa réussite et son bagout. Mais à la maison ne transparaissaient que sa sévérité, sa rigueur et ses absences. Sans en avoir conscience, les autres souhaitaient retrouver chez ses enfants les qualités et l'aura de leur père. Un poids, lourd à porter. Très différent, Franck avait vite revendiqué son identité propre. Sa mère l'y avait aidé. Enfin, pour préserver sa liberté d'action, il avait créé une distance physique entre son père et lui en choisissant de s'établir en Chine. La tâche s'était révélée beaucoup plus ardue pour Patrick, le fils aîné, aux ressemblances plus marquées avec son père, l'assurance en moins.

Entre une mère qui se cherchait et un père qui subissait, Lise et ses frères ne s'étaient pas sentis protégés, affirma-t-elle, sauf par le patriarche. N'était-ce point la preuve de l'omnipotence de Guy Deroubaix ? s'interrogea Franck. N'en revenaient-ils pas toujours à lui ? Fatigué, l'archéologue proposa à sa nièce de reporter la suite de leur discussion au lendemain.

À leur demande, le garçon d'étage débarrassa la vaisselle de la chambre. Après un dernier coup d'œil par la fenêtre qui surplombait le parc et la ville, Franck s'allongea sur le lit confortable de l'hôtel. Mis en condition par le massage du vieil aveugle, il sentit son corps relâché peser de tout son poids sur le matelas. Le sommeil l'emporta rapidement.

11

Franck émergea difficilement de son sommeil. Surpris de se réveiller dans la chambre de son *siheyuan*, il porta naturellement son regard vers sa femme. La place vide suggérait que la matinée était déjà avancée. Il allongea le bras pour attraper son téléphone portable : 9 h 37. Jiao était certainement en route pour le magasin. S'accordant un répit, l'archéologue referma les paupières.

L'avant-veille, la Chine avait célébré la fête de la Jeunesse, commémoration de la manifestation étudiante survenue le 4 mai 1919 à Pékin, après la décision du congrès de Versailles d'attribuer au Japon les droits de l'Allemagne vaincue sur la ville de Tianjin. Prosaïques, la plupart des Chinois profitaient de ce jour férié, associé à celui du 1er mai, pour prendre une semaine de vacances. Aussi la période n'était-elle pas propice aux voyages de dernière minute car les compagnies aériennes et ferroviaires étaient littéralement prises d'assaut. Après que Lise eut finalement choisi de séjourner chez Rose et Tchang, Franck avait dû déployer des trésors de charme, d'énergie et surtout de patience auprès du personnel de l'hôtel pour décrocher péniblement deux billets sur un vol Kunming-Shanghai. Arrivé chez ses amis en fin d'après-midi, il avait immédiatement recherché un moyen de transport pour rentrer à Pékin. Les avions affichaient tous complet. Restaient les trains. Le lendemain, il avait quitté tôt le matin la villa accueillante de Rose pour la gare principale de la Perle de l'Orient. Un ticket « assis dur » en poche, il avait embarqué dans la foulée sur le rapide Shanghai-Pékin pour un trajet de quatorze heures.

Dans le wagon, la fumée de cigarette n'avait pas tardé à lui tourner le cœur. À regret, il avait abandonné son siège pour atteindre la fenêtre la plus proche. Vif comme l'éclair, un passager s'était précipité sur sa place, contraignant Franck à faire le reste du trajet en nombreuse compagnie. Près de ses oreilles, un haut-parleur diffusait un incessant et assourdissant mélange d'informations, de bulletins météo et de musique. Vers midi, il avait acheté à un marchand ambulant un repas à base de viande et de riz présenté dans une barquette en polystyrène. Le contenu avalé, il n'avait pu se résoudre à jeter l'emballage par-dessus bord, contrairement à la plupart de ses compagnons d'infortune, dont certains crachaient régulièrement par terre. Sur ces deux points, les campagnes gouvernementales n'étaient pas d'une grande efficacité, même si elles parvenaient progressivement à modifier les comportements. En revanche, les Chinois étaient intraitables en matière d'eau potable, et surveillaient scrupuleusement l'aiguille du thermomètre des robinets d'eau chaude mise à leur disposition dans le train. Comme beaucoup d'entre eux, sur le coup de 18 heures, l'archéologue avait arrosé d'eau bouillante un plat de nouilles instantanées pour son dîner. Se fondre dans la masse, oublier le temps qui passe, somnoler en position verticale, rêver un peu… L'imagination au service de la survie en milieu hostile lui était apparue comme un beau sujet de thèse. Groggy, il avait débarqué à la gare principale de Pékin sur le coup de minuit.

Rentré à pied pour s'aérer et se dégourdir les jambes, il avait trouvé la maison endormie. Après une douche destinée à effacer les lourdes odeurs ferroviaires, il avait rejoint le lit conjugal où Jiao, profondément assoupie, n'avait pas répondu aux caresses qu'il lui avait prodiguées le long du dos.

Vers 10 heures, Franck – qui n'était pas encore remis de son trajet inconfortable de la veille – décida qu'il était temps de se lever. Lorsqu'il posa pied à terre, des douleurs diffuses se déclarèrent dans ses jambes. Sûrement des courbatures, songea-t-il en cherchant vainement sa fille dans la maison. L'*ayi* avait probablement entraîné Mei dans un parc voisin pour empêcher qu'elle ne réveille son père. Une tasse de café à la main, il se dirigea vers son ordinateur. La messagerie contenait une dizaine de courriels professionnels dont il repoussa la lecture à plus tard. Pour le moment, il préférait prospecter la Toile à la recherche d'informations complémentaires sur le meurtre de la Forêt de Pierre. Les sites des journaux ne lui apprirent rien de nouveau, à croire que la police n'avait pas progressé dans l'enquête. À tout hasard, il interrogea les moteurs de recherche. Un blog tenu par un jeune Shanghaien présent dans les parages le jour du meurtre relatait avec force détails les frissons ressentis par les touristes au passage de l'ambulance qui emportait le cadavre. Pour le reste, le journal électronique reprenait les informations diffusées par la presse. Rien à espérer de ce côté-là, regretta Franck, curieux de savoir si l'identité de la victime avait été découverte.

Pensif, il regarda le mur où pendait un calendrier illustré par d'élégantes calligraphies. Mécaniquement, il remplaça la page du mois d'avril par celle du mois de mai. Deux idéogrammes annonçaient le « souffle du printemps ». L'idée lui vint de calculer le nombre de jours écoulés depuis l'enlèvement de Patrick : un, deux, trois... treize jours déjà ! Dans quel état son frère se trouvait-il ? Quelles étaient ses conditions de détention ?

Était-il toujours vivant ? Pourquoi sa famille ne recevait-elle aucune demande de rançon ? Depuis quelques jours, les journaux français évoquaient les quatre mois d'emprisonnement en Irak d'une journaliste de *Libération* et de son guide. L'archéologue eut une pensée pour les parents de la reporter. Au moins savaient-ils pourquoi leur fille avait été enlevée ! La décision du patriarche qui consistait à garder le silence était-elle raisonnable ? Ces questions, et bien d'autres restées sans réponse, se bousculaient dans la tête de Franck, au point de lui brouiller l'esprit. Il songea qu'il aurait peut-être mieux valu alerter l'opinion, le Quai d'Orsay, les médias, tant l'impressionnait le branle-bas national suscité par l'enlèvement de la journaliste. Mais il se ravisa, songeant que son frère ne disposait pas *a priori* du capital de sympathie et encore moins de la notoriété dont jouissait à juste titre la jeune femme.

Quinze minutes plus tard, l'archéologue arpentait les allées du lac Houhai creusé il y a sept siècles à proximité de la Cité interdite. Sur ses rives, les branches des saules pleureurs ployaient sous la brise et se reflétaient à la surface de l'eau. Posté un instant sur le pont du Lingot d'argent, Franck profita du beau temps pour contempler la montagne dans le lointain. Il en éprouva une certaine sensation de fraîcheur. Les jardins environnants constituaient un havre de paix au cœur de la capitale, même si, depuis plusieurs années, ils s'animaient à la nuit tombante au rythme des bars et restaurants bâtis en bordure du plan d'eau. Pour l'heure, quelques badauds goûtaient les premiers rayons du soleil. Certains pêchaient. D'autres peignaient. Deux jeunes garçons réalisaient des huit avec de longs cerfs-volants colorés. L'archéologue suivit les figures hypnotiques tracées dans le ciel bleu par les monstres de papier. Il reconnut sans peine un phénix accompagné d'un dragon et l'avertissement adressé par l'aveugle de Kunming lui revint brutalement en mémoire. Oppressé à l'idée que l'animal puisse s'abattre sur lui, il s'éloigna, conscient de l'absurdité de la situation. Voilà qu'il devenait plus superstitieux que les Chinois ! Ses pas incertains le menèrent vers un groupe qui pratiquait le tai-chi à l'ombre des feuillages. Décidé à ne pas se laisser gagner par la torpeur, Franck les rejoignit.

Debout dans l'herbe, les pieds écartés, les jambes légèrement pliées, les bras le long du corps, la tête droite et les épaules baissées, il ferma les yeux. Doucement, il monta les mains, ses bras formant un cercle à hauteur de la poitrine. Il resta ainsi plusieurs minutes dans la position dite de l'arbre. Ensuite, il écarta les bras et les resserra plusieurs fois en soignant sa respiration. Ces exercices voués à la concentration et à l'échauffement permirent à Franck de se libérer peu à peu de la chape de plomb qui l'enveloppait. Il attaqua l'enchaînement.

Dès son arrivée en Chine, le spectacle d'adeptes du tai-chi en tous lieux l'avait fasciné. Plus d'une fois il s'était levé à l'aurore pour observer jeunes, moins jeunes, vieux et très vieux se mouvoir dans un ensemble harmonieux qui lui rappelait le doux mouvement des vagues, allié à la puissance des flots. Peu de temps après, maître Cui, que des collègues lui avaient recommandé, lui prodiguait sa première leçon. La patience constituait la base de l'enseignement traditionnel. Pendant plusieurs mois, Franck avait répété inlassablement les mêmes figures. Un jour, sa persévérance avait été récompensée puisque son maître l'avait jugé mûr pour l'enchaînement, cette suite de postures ancestrales dont Franck aimait à se répéter mentalement les noms poétiques.

Abattre le poing comme le tonnerre, soutenir le pan du vêtement, la cigogne replie ses ailes, l'ours frappe la montagne, l'éclair traverse le dos, flatter l'encolure du cheval, la fille de jade lance la navette, le pied balaye les fleurs de prunier, le serpent rampe, le singe blanc offre le fruit, le dragon se déploie sur terre... Dans l'empire du Milieu, l'hydre cracheuse de feu, emblème du pouvoir pour les uns, symbole d'immortalité pour les autres, était incontournable. Cette fois-ci, Franck parvint à ne pas se laisser distraire de sa discipline.

Trois quarts d'heure plus tard, nettement revigoré, il reprit sa promenade et passa devant l'ex-résidence de Soong Ching-ling, transformée après sa mort en musée. L'épouse de Sun Yat-Sen occupait une place de choix dans son box-office personnel des personnalités chinoises. Non seulement elle avait lutté pour la paix et la justice, mais encore pour la santé et l'éducation des enfants, notamment en envoyant des bus dans les campagnes les plus reculées du pays.

Son père, Charlie Soong, qui s'était enrichi en vendant des bibles, avait eu six enfants : trois filles et trois garçons, tous envoyés aux États-Unis pour parfaire leur instruction dans des écoles méthodistes. À l'âge adulte, tous les six s'étaient montrés actifs dans le domaine de la haute finance et de la politique. De l'action des frères, pas grand-chose subsistait. En revanche, la légende des sœurs Soong avait été portée à l'écran par un cinéaste hongkongais. « L'une aimait l'argent, une autre le pouvoir et la troisième la Chine », affirmait l'adage populaire. L'aînée Ai-ling avait épousé le richissime H. H. Kung, un temps ministre de l'Industrie et du Commerce, puis des Finances avant d'être nommé gouverneur de la Banque centrale de Chine. À la fin de la guerre civile, il s'était établi aux États-Unis. La deuxième, Chingling, mariée à Sun Yat-Sen, premier président de la République de Chine, avait défendu la présence des communistes au Kuomintang. Une fois au pouvoir, le parti de Mao lui avait rendu hommage en lui offrant le poste honorifique de vice-présidente de la République populaire de Chine. Tandis que la plus jeune, May-ling, avait lié son sort à Tchang Kaï-chek, généralissime des armées chinoises et farouche adversaire des communistes. À l'initiative du repli des nationalistes chinois sur l'île de Taïwan, il y avait fondé la République de Chine. Aux yeux des continentaux, l'amour de la nation revenait évidemment à Soong Ching-ling !

Les profonds désaccords politiques et éthiques qui opposaient les trois sœurs n'étaient jamais parvenus – disait-on – à rompre totalement le lien intime qui les unissait. Quand bien même l'une vivait à New York, l'autre à Pékin et la dernière à Taipei. Franck songea que le curieux destin de Soong Ching-ling et de sa famille prenait aujourd'hui pour lui un relief particulier. Certes, les différences de vues entre Patrick et lui étaient sans commune mesure avec celles qui opposaient les sœurs Soong. Leur nature ne risquait pas de modifier le cours de l'Histoire, ni la vie de centaines de millions d'individus. Seulement, cette incroyable saga familiale illustrait aux yeux de l'archéologue la solidité singulière des liens du sang. Jamais avec ni sans mon frère, pensa-t-il. Chez les Deroubaix comme chez les Soong, la famille était sacrée.

Franck emprunta un cyclo-taxi. Au jeune chauffeur, il indiqua une rue piétonne du quartier de Wangfujing où se situait le magasin de luxe de Jiao.

12

Franck arrêta le cyclo-pousse à la hauteur d'un kiosque à journaux. À la une de tous les quotidiens nationaux s'affichait la Grande Muraille. Après six mois en mission dans la station orbitale russo-américaine, l'astronaute Leroy Chiao avait fait parvenir à la presse des vues enregistrées par la NASA qui, selon lui, certifiaient que les fameux remparts étaient visibles à l'œil nu depuis l'espace. L'honneur de la nation était sauf. En effet, à l'automne 2003, Yang Liwei, le premier taïkonaute, avait déclaré à son retour : « Vue de l'espace, la Terre est belle, mais je n'ai pas vu notre Grande Muraille. » Dans tout le pays, une controverse douloureuse s'était alors engagée sur la nécessité ou pas de modifier le contenu des manuels scolaires. Amusé, Franck parcourut le *China Daily* qui se réjouissait de « la bonne nouvelle » mais ajoutait avec malice que « d'autres constructions étaient également visibles, comme les pyramides d'Égypte, des aéroports, et même le troisième périphérique routier de Pékin ».

Plus bas dans la page, un article annonçait un nouveau lancement du vaisseau Shenzhou pour l'automne 2005, avec deux taïkonautes à son bord. L'ambitieux programme aérospatial chinois constituait une immense source de fierté pour le gouvernement et le peuple qui ne souhaitaient pas s'en laisser conter par les étrangers.

La journaliste rappelait que la Chine était la troisième nation à envoyer des hommes dans l'espace après la Russie et l'Amérique. Elle prétendait même qu'en la matière, l'empire du Milieu était désormais en mesure de concurrencer les États-Unis. Au paragraphe suivant, Franck apprit qu'à leur tour, les Chinois projetaient pour les années à venir un voyage sur la Lune. Que penserait Patrick de cette appétence ? À côté, les Européens faisaient vraiment pâle figure. Ainsi commençait la nouvelle bataille du troisième millénaire, celle de l'Espace. Le XXe siècle avait vu s'affronter les deux superpuissances américaine et russe. Les années 2000 verraient l'émergence de la Chine qui œuvrait tant et plus pour faire reconnaître sa suprématie sur la Terre comme dans les horizons extra-célestes. Franck était loin d'imaginer, à cette seconde, qu'il pouvait exister un lien, un fil ténu pourtant, mais d'une solidité à toute épreuve, entre la disparition de son frère et les enjeux spatiaux de l'empire du Milieu.

L'archéologue bifurqua vers la majestueuse entrée de la plus chic galerie marchande de la capitale. De part et d'autre de l'allée centrale, de beaux magasins y étalaient avec faste des articles plus onéreux les uns que les autres. Cette véritable caverne d'Ali Baba, réservée aux classes aisées, agaçait Franck à chacune de ses visites. Dans son imaginaire jaillissaient des visages de miséreux croisés au gré de ses pérégrinations chinoises, qui s'intercalaient ici et là entre une montre « dernier cri » et un sac reptilien. Son épouse, témoin de ses hallucinations, avait beau lui rétorquer que les commerces de luxe de la très parisienne rue du Faubourg-Saint-Honoré étaient inabordables pour la plupart des Français, la perception qu'il en avait n'était pas la même.

Lors de sa création, Jiao avait baptisé son magasin de vêtements féminins Jinzi, d'après l'héroïne de *La Plaine sauvage*, un drame poétique écrit en 1930 par Tsao Yue.

La jeune femme de l'histoire, qui n'incarnait rien moins que la beauté, la grâce, la bonté et la générosité, était entraînée malgré elle dans un tourbillon d'amour, de haine et de vengeance. Dans le journal, Franck s'était arrêté sur une publicité annonçant que la pièce lyrique serait interprétée par l'Opéra du Sichuan au mois de juin suivant dans la capitale.

À travers la vitrine, entre une affriolante robe de soirée et un gentil tailleur, il aperçut Jiao en grande discussion avec une cliente. Dieu que sa femme était belle ! Ses longs et soyeux cheveux noirs étaient dénoués tandis qu'une tunique courte et fleurie soulignait la finesse de sa silhouette. Il attendit dehors qu'elle ait terminé sa vente. Cinq minutes, dix minutes… De toute évidence, la quinquagénaire empesée qui la retenait ne parvenait pas à se décider. Elle multipliait les essayages et Franck, qui guettait la scène discrètement depuis l'allée, commençait à s'impatienter. Une demi-heure plus tard, la citadine chinoise sortit de la boutique les bras encombrés de paquets. Il lui décocha un salut poli, puis s'empressa de rejoindre sa femme avant qu'une autre cliente ne la lui soustraie. Jiao adressa un sourire ravi à son mari.

— Je vois que les affaires marchent bien, lança-t-il. De combien as-tu dépouillé cette dame que je viens de croiser ?

— Cette dame, comme tu le dis, est l'épouse de Bo Xilai, le ministre du Commerce qui vient de nommer un négociateur pour régler le problème de nos exportations textiles vers l'Europe.

— Si mon père savait ça ! murmura Franck à l'oreille de sa femme en l'embrassant discrètement. Je t'emmène déjeuner ?

Il y a quelques années encore, les couples chinois adoptaient en public un comportement très réservé. Pour la génération de Jiao, s'enlacer dans la rue ou tout simplement se tenir par la main était inimaginable. Soucieux de ne pas gêner son épouse, l'archéologue s'efforça de refréner ses élans. La jeune femme confia le magasin à son assistante.

Un quart d'heure plus tard, Franck et Jiao, montés au septième étage de l'hôtel Beijing, étaient installés à une table tranquille du restaurant Tanjia. La cuisine du même nom, inventée à la fin de la dynastie Qing par Tan Zongjun, avait longtemps été réservée aux fonctionnaires et aux personnalités en vue.

— Tu m'as beaucoup manqué, dit Franck qui avait décidé de tout raconter à sa femme. Le cadre te plaît ?

— Beaucoup. Je vois que tu n'as pas oublié mon penchant pour la cuisine des mandarins. Je te trouve mauvaise mine. C'est à cause de ton frère, n'est-ce pas ?

L'archéologue fut un instant tenté de changer de sujet. Il demanda des nouvelles de Mei dont Jiao lui restitua les derniers bons mots d'enfant. Puis il se lança.

Il débuta son récit par le cauchemar fait à Pékin avant son départ, où les appels au secours de son frère et de sa femme qui provenaient de directions opposées s'étaient tus suite à son indécision et à son inertie. De Shanghai, il conta la séance chez le chéloniomancien et rapporta sa prédiction interprétée sur la carapace d'une tortue : « Patrick est en danger, vous pouvez l'aider, faites attention à vous et à vos proches car la mort n'est pas loin. » Franck scruta la réaction de Jiao. Elle l'écoutait attentivement sans émettre de commentaire. Cependant une raideur inhabituelle dans son attitude trahissait son anxiété. Afin de détendre l'atmosphère, Franck retraça ses premiers pas comme vendeur auprès du client de La Mascotte. Il essaya d'être drôle. En vain. Il détailla après sa soirée au cabaret avec le partenaire de Peng Textile. Il relata aussi comment Lise, enthousiasmée par ses premières journées à Shanghai, s'était brusquement renfrognée en apprenant la disparition de son père. Il décrivit la visite de l'usine du Yunnan et de l'appartement de Patrick à Kunming. S'ensuivit le mystérieux message reçu à l'hôtel et leur voyage forcé pour la Forêt de Pierre de Shilin.

— Le lieu du rendez-vous était fixé loin de l'entrée, assura-t-il. Notre interlocutrice espérait sans doute jouir ainsi d'une certaine discrétion. Seulement voilà, cette discrétion lui a été fatale.

— Sois plus clair, le pria Jiao.

— Lorsque Lise et moi sommes parvenus au bassin de la Lame de l'Épée, Mme He Cong, l'assistante de mon frère, était décédée. J'ai lu dans le journal qu'un coup lui avait été asséné au niveau des cervicales. Une prise de combat mortelle.

— Qu'avez-vous fait ?

— J'ai retourné le corps. C'est comme cela que j'ai pu identifier la victime. Lise a aussi remarqué une inscription au creux de sa main.

— Que disait-elle ?

— J'ai écarté ses doigts pour pouvoir la lire.

— Et qu'était-il écrit ? insista Jiao.

— Le nombre vingt-cinq. Bien sûr je n'ai aucune idée de ce que cela peut signifier. La presse n'en a d'ailleurs pas parlé.

Franck regarda sa femme devenue soudain très pâle. Il lui prit la main et continua.

— Après cela, nous sommes partis. Je ne voulais pas que les autorités nous trouvent sur place. Leurs interrogatoires auraient pris des heures. Peut-être même des jours. Ils auraient pu nous soupçonner et nous aurions été dans l'obligation de signaler la disparition de Patrick. Sans compter que cela n'aurait pas ressuscité Mme He Cong.

— Tu as certainement eu raison, fit Jiao avec douceur.

— Une dernière chose. À la gare de Kunming, un aveugle a insisté pour me masser. J'étais tellement retourné que j'ai accepté. Au moment de partir, il m'a soutenu qu'il fallait que je me méfie des dragons. C'est un peu vague. En Chine, les références au dragon sont nombreuses.

— Pourquoi ne m'as-tu rien dit de tout cela par téléphone ? demanda sa femme qui avait retrouvé un peu de couleur et de sang-froid.

— Je ne voulais pas t'inquiéter.

— Et maintenant ?

— Je pense qu'il est préférable que tu sois avertie. Nous devons tous être prudents, même si je n'ai aucune idée des dangers potentiels que nous encourons. J'ai beau être familier de la culture chinoise, je suis certain que des détails m'échappent. Il me semble que mes références habituelles ne me sont d'aucun secours pour retrouver mon frère.

— Sur un point au moins je te rejoins : la prudence. Pour le reste, je vais y réfléchir. À propos de dragons, j'imagine que tu as pensé au signe astrologique ?

— Bien sûr et je n'ai trouvé personne. À ma connaissance, seule ma mère était née sous le signe du Dragon. Est-ce que tu m'imagines désormais sérieusement demander à tout un chacun l'animal de son signe astral ? Tout à l'heure, au parc Houhai, un cerf-volant en forme de dragon m'a mis en fuite. Franchement, tout cela est ridicule !

— Je ne vois rien de ridicule dans ton récit, affirma Jiao. Au contraire, tous ces signes sont extrêmement concordants.

— Peux-tu m'éclairer sur un point ou un autre ?

— Pas pour l'instant, répondit-elle, énigmatique. Comme je te l'ai dit, je vais y réfléchir.

Sur le coup, Franck crut que sa femme lui cachait quelque chose, mais il repoussa aussitôt cette idée. À la fin du repas, le maître d'hôtel du restaurant Tanjia se présenta à leur table. Il leur demanda avec inquiétude s'ils étaient satisfaits de la nourriture, car ils y avaient à peine touché. L'archéologue le rassura en garantissant que les mets étaient tout à fait délicieux.

Le trajet de retour se fit en silence. Au grand étonnement de Franck, Jiao glissa sa main dans la sienne. Nous voici tous les deux, songea-t-il, prêts à affronter ensemble les difficultés à venir. À la vue de l'enseigne de la boutique, il se rappela que l'Opéra du Sichuan donnait prochainement *La Plaine sauvage* à Pékin. Il proposa à sa femme de réserver deux places, ce qu'elle accepta avec grâce. Soudain, la jeune femme se souvint qu'elle avait promis à son assistante de lui rapporter à déjeuner.

De retour à la maison, Franck avait retrouvé sa fille dont il s'occupa tout l'après-midi après avoir donné congé à son *ayi*. En barque, ils avaient canoté sur le lac Beihai, contourné l'île de Jade et contemplé les cygnes. Ils avaient aussi mangé des glaces et joué au cerf-volant. Vers 8 heures du soir, Mei, fatiguée et comblée, n'avait fait aucune difficulté pour aller se coucher malgré l'absence de sa mère.

L'attitude lointaine de Jiao, arrivée une demi-heure plus tard, avait paru étrange à l'archéologue qui espérait retrouver les gestes tendres du déjeuner. Il avait mis son comportement sur le compte de la fatigue occasionnée par une dure journée riche en émotions. Ils avaient dîné dans la cour sous le pommier d'api centenaire et s'étaient peu parlé. Après le repas et jusque tard dans la nuit, Jiao avait joué du *guzheng*, une cithare sur table traditionnelle de vingt et une cordes. De sa main droite, elle pinçait les cordes avec une petite baguette de bois appelée plectre, tandis que les doigts de sa main gauche qui les touchaient produisaient une infinité de timbres distincts. Franck admirait sa femme autant qu'il l'écou-tait. Jiao était sublime, sublimement belle et triste, aussi triste que la musique qu'elle interprétait. Et cette tris-tesse envahit Franck à son tour.

13

Voici ce qui était survenu dans cet étrange après-midi où Franck avait trouvé son épouse si distante, si étrange, si loin de lui et pourtant si près. Secouée par les révélations de son mari, Jiao avait agrippé sa main à la sortie du restaurant. Elle en avait réellement pris conscience au moment de descendre de l'ascenseur de l'hôtel Beijing. Bien qu'embarrassée, elle n'avait pas eu le cœur de la lâcher et ils avaient cheminé ainsi tout au long de la rue piétonne jusqu'à la galerie marchande du magasin. Quelques mètres seulement avant celui-ci, elle s'était souvenue qu'elle avait promis à Ting Ting, sa gentille assistante, de lui apporter à déjeuner. Elle avait donc fait demi-tour et s'était dirigée vers Wangfujing Xiaochijie, la très populaire « rue des en-cas ».

Un grand portique annonçait les échoppes fumantes accolées les unes aux autres d'où s'échappaient des odeurs de nourritures frites, sautées et bouillies. Jiao s'était frayé un chemin au milieu de la foule compacte, composée de gourmets locaux et étrangers attirés par la variété des spécialités culinaires disponibles. Aux kebabs, épis de maïs grillés, cigales et sauterelles sautées, elle avait préféré six petits pains farcis à la viande et cuits à la vapeur. Dans une autre gargote, elle s'était procuré un « âne qui se roule par terre », une variété de gâteau de riz collant recouvert de farine de soja. Sa mission accomplie, elle avait rebroussé chemin.

Ting Ting, qui avait faim, accueillit son retour avec joie. Pendant l'absence de sa patronne, les affaires avaient été calmes. Elle était néanmoins parvenue à vendre un ensemble veste-pantalon à une femme d'affaires hong-kongaise de passage dans la capitale. Comme Jiao le lui avait appris, elle avait insisté auprès de la cliente pour qu'elle essaye une blouse assortie, mais aucun des hauts présentés n'avait remporté son adhésion. Jiao, égayée par son enthousiasme, l'avait félicitée. Puis elle s'était enfermée dans l'arrière-boutique pour téléphoner à son grand-oncle maternel, le puissant Sun Chuk Yan. Après son appel, elle avait annoncé à Ting Ting qu'elle comptait s'absenter de nouveau vers 16 heures. La confiance renouvelée de sa patronne avait flatté l'assistante qui travaillait chez Jinzi depuis deux mois seulement.

Face au miroir de l'arrière-boutique, Jiao avait soigneusement corrigé son maquillage avant de sortir. Au cyclo-pousse, elle avait indiqué la porte ouest de la Cité interdite et, un quart d'heure plus tard, ce dernier s'était arrêté au bord du canal qui longeait les célèbres remparts pourpres. Après avoir réglé la course, la jeune femme s'était dirigée vers une maison dont les extrémités du toit étaient recourbées. Des lanternes en papier y pendaient. Elle avait jeté un regard derrière elle, avant de pousser la vieille porte en bois laquée rouge que gardaient deux lions blancs. Dans l'entrée, elle avait reconnu le glouglou tement discret d'une petite fontaine cachée au milieu des plantes vertes. Une hôtesse souriante, vêtue d'une tunique bleue classique, s'était avancée vers elle pour lui souhaiter la bienvenue à la maison de thé Purple Vine.

— Je suis attendue à la table de Sun Chuk Yan, avait annoncé Jiao.

— Je vais vous y accompagner, lui avait répondu la jeune femme avec déférence.

Sa silhouette céruléenne avait emprunté un dédale de couloirs dessiné par l'enchevêtrement labyrinthique de petits box isolés les uns des autres par des panneaux de bois clair ajourés. Elle s'était immobilisée devant l'un d'entre eux, invitant la jeune femme à gravir une marche, puis à soulever un épais rideau beige. Dès son entrée, Jiao avait salué le sexagénaire avec respect.

— *Ni hao jiu fu !* (Bonjour, mon oncle !)

L'homme avait minutieusement examiné sa toilette et, d'un geste lent, il l'avait invitée à prendre place. Avec élégance, elle avait glissé ses jambes dans la cavité creusée sous la table carrée avant de s'asseoir sur le coussin de soie azur d'une petite chaise dont les pieds mesuraient tout au plus dix centimètres. Un long silence s'était ensuivi. Tant et si bien que la jeune femme avait prêté attention à la musique traditionnelle qui renforçait l'atmosphère feutrée du lieu. Elle avait presque sursauté lorsqu'une serveuse était apparue derrière le tissu grossier pour poser sur la table les accessoires nécessaires au Gong Fu Cha, une cérémonie à l'usage des thés fermentés ou semi-fermentés qui prône la maîtrise du temps et du geste.

— Tes visites sont rares, ma nièce, affirma le sexagénaire. Pour célébrer cette occasion, j'ai commandé un thé bleu-vert, un Bai Hao Wu Long. Veuillez nous laisser, mademoiselle, ajouta-t-il en s'adressant à la serveuse. Ma nièce se chargera du Gong Fu Cha, n'est-ce pas, Jiao ?

— C'est un grand honneur, *jiu fu*, susurra-t-elle.

Et le rideau beige s'était refermé.

— Ce thé provient de Taiwan, du village de Bei Pu pour être exact. Comme je l'ai toujours assuré, il est deux choses que nous pouvons accepter des nationalistes : l'argent et le thé.

Le rire de Sun Chuk Yan avait salué ses propos. Un rire inquiétant, un rire « rouleau compresseur », un rire susceptible de vous broyer en un clin d'œil. Un instant, Jiao s'était demandé si elle avait eu raison de contacter son oncle. Mais elle s'était ressaisie, songeant qu'il avait toujours eu un faible pour elle et qu'il était la seule personne à pouvoir les sortir de ce mauvais pas.

Sous son regard attentif, la jeune femme avait commencé par réchauffer la petite théière ocre en terre. Pour y parvenir, elle avait ôté la bouilloire du réchaud et avait gorgé le récipient d'eau frémissante. Elle l'avait ensuite vidé dans le pot dit de réserve. Après s'être saisie d'une petite pelle en bambou, elle avait rempli la théière jusqu'à mi-hauteur du fameux Bai Hao Wu Long. Pour rincer et hydrater les feuilles, elle les avait arrosées avec un peu d'eau chaude avant de verser une fois encore le liquide obtenu dans le pot de réserve. La totalité du contenu de ce dernier avait permis d'alimenter le bateau à thé, un plat rond et creux, dans lequel étaient disposées la théière et les tasses destinées à la dégustation. À l'aide d'une pince en bambou, la jeune femme avait saisi sans se brûler les bols de porcelaine fine pour les égoutter. Elle avait soigneusement disposé deux tasses, l'une haute, l'autre large sur chacun des étroits plateaux en bois.

Ces gestes de Jiao, accomplis maintes fois, ne comportaient rien de mécanique. En connaisseur, Sun Chuk Yan avait apprécié à quel point la cérémonie du thé requérait chez elle, comme il se devait, toute son attention.

Pour réussir une bonne infusion, la jeune femme disposait de quelques secondes. Concentrée, elle avait saturé d'eau bouillante la théière jusqu'à provoquer le débordement nécessaire à l'évacuation de l'écume dans le bateau à thé. Après avoir reposé le couvercle, elle avait à nouveau arrosé le récipient pour empêcher qu'il ne refroidisse, puis avait compté jusqu'à sept avant de verser l'infusion dans le pot de réserve. Le temps de vider le bateau à thé dans la poubelle de table, elle y avait renversé la théière, bec verseur orienté vers le bas, afin que les feuilles de thé ne marinent pas dans un résidu de jus. Elle avait ensuite servi dans la plus haute des deux tasses du premier plateau la liqueur blonde résultante, puis l'avait transvasée dans la plus large avant de présenter l'ensemble à son oncle. Sun Chuk Yan avait élevé la tasse vide, dite à sentir, à hauteur de son nez. En fermant les yeux, il avait inhalé les vapeurs de thé et, d'un signe de tête, avait manifesté sa satisfaction à sa nièce. Il avait ensuite porté la tasse à goûter à la bouche.

— Ma chère Jiao, je vois que tu n'as pas perdu la main bien que tu vives avec un étranger, un *lao wai*. Cette liqueur est parfaite. Sers-toi, s'il te plaît, et dis-moi ce que tu en penses.

La jeune femme s'était exécutée.

— *Jiu fu*, ce Bai Hao Wu Long est délicieux. Vous l'avez bien choisi.

— Et encore ? Quels arômes y décèles-tu ?

— Je le trouve à la fois boisé, épicé et fruité… avec une fine couche d'amertume.

— Bravo. Pour le bois, j'identifie le santal. Pour les épices, la réglisse et la cannelle. Pour le fruit, la mûre cuite. Prépare-nous la seconde infusion.

En tout, ils avaient procédé à cinq dégustations et découvert de nouvelles saveurs. Le parfum de la pomme, l'impression de joncs mouillés, un fond de cacao vanillé. La légère amertume présente dans la liqueur d'origine s'était progressivement dissipée. Pour clore la cérémonie, Jiao avait étalé les feuilles utilisées dans le bateau à thé. Déroulées, ces dernières présentaient les caractéristiques des thés semi-fermentés : des bords rouges tirant sur le brun alors que l'intérieur demeurait vert.

— Est-ce que ta mère t'a enseigné l'art de lire dans

les feuilles de thé ? avait demandé Sun Chuk Yan. Elle excelle dans cette discipline.

— Non, *jiu fu*. Mais mon mari m'a appris récemment que le marc de café était utilisé par les Occidentaux pour prédire l'avenir. C'est amusant, n'est-ce pas ?

En guise de réponse, son oncle avait émis un grognement désapprobateur. Il avait ensuite fermé les yeux et s'était tu pendant plusieurs minutes. Jiao, qui savait que l'initiative de la conversation ne lui revenait pas, avait sagement attendu son bon vouloir. Enfin, il s'était décidé à parler.

— Ma chère nièce, tu as demandé à me voir. Tu sais que c'est toujours pour moi un grand plaisir. D'autant que les occasions sont rares. Mais je crois que tu voulais m'entretenir d'un sujet urgent, comme si les sourcils menaçaient de te brûler. Je t'écoute !

— *Jiu fu*, je voulais d'abord vous remercier d'avoir accepté de me recevoir aussi rapidement. Votre sollicitude à l'égard de la famille est bien connue, mais je tiens à vous exprimer personnellement toute ma reconnaissance pour votre promptitude.

— Bien, bien ! Mais encore ?

— *Jiu fu*, c'est à propos de mon mari qui n'est pas au courant de ma démarche. Je sais que, comme ma mère, vous regrettez que j'aie épousé un étranger. Mais Franck est un homme bon et courageux. Je n'en ai jamais douté. Il m'en a encore apporté la preuve ces jours derniers. Son frère Patrick qui travaille en Chine s'est fait enlever dans les environs de Kunming…

Là-dessus, Jiao avait dressé un tableau rapide de la situation. Face au visage impassible et inexpressif de Sun Chuk Yan, elle ne s'était pas découragée et avait poursuivi jusqu'au bout.

— … L'assistante de son frère lui a donné rendez-vous à la Forêt de Pierre de Shilin. Il l'a retrouvée assassinée avec les chiffres deux et cinq inscrits dans la paume de la main. Mon mari ignore ce que cela signifie. Mais moi je sais que le nombre vingt-cinq désigne les traîtres aux yeux des triades. Patrick, qui est probablement détenu par eux, court un grand danger. Je ne connais pas les raisons qui ont motivé son rapt. C'est sûrement un homme maladroit et pas vraiment curieux de notre culture, mais il n'est pas mauvais. Quant à Franck, qui cherche à le secourir, je commence vraiment à craindre pour sa vie. *Jui fu*, je viens vous demander votre secours. Vous seul pouvez parvenir à nous aider.

— Jiao, quel est ton clan ?

— Le vôtre, *jiu fu*.

— Et ton pays ?

— La grande Chine, *jiu fu*.

— Bien. Alors, tu vas m'écouter attentivement et ça ne sera pas long. Comme tu t'en doutes, je suis effectivement au courant de cette affaire. J'étais même sur le point de t'appeler pour avoir une petite discussion avec toi. Seulement tu m'as devancé, preuve que les grands esprits se rencontrent, avait affirmé son oncle avant de durcir le ton. Qui sème des melons, récolte des melons. Jiao, je compte sur toi pour m'informer de tous les faits et gestes de Franck Deroubaix. Il en va de l'honneur de ton clan et de ta patrie !

— *Jiu fu*, mais il s'agit de mon mari.

— Dormir dans le même lit n'empêche pas de faire des rêves différents.

— *Jiu fu*…

— Lorsque la marée descend, les rochers sont mis à nu. Tu as épousé un *lao wai*, voilà ce qu'il t'en coûte. Le moment venu, Franck n'hésitera pas à défendre la France au détriment de la Chine. Crois-moi !

Jiao avait vite cessé de protester. À quoi bon ! Dans son palais, l'amertume avait peu à peu effacé toutes les saveurs du Gong Fu Sha. Pour se réconforter, elle avait un instant songé que, initiative ou pas de sa part, le scénario apocalyptique qui lui était imposé aurait été le même. Piètre consolation puisqu'il lui fallait maintenant choisir entre son clan et son mari.

Très abattue, la jeune femme avait rapidement pris congé de son oncle. Un cyclo-pousse l'avait conduite au magasin, mais elle n'avait rien distingué de la route. Elle avait pensé à sa fille Mei qui, d'une manière ou d'une autre, risquait de faire les frais de cette guerre souterraine, à l'innocence qui souvent était la première victime des conflits. Avant de rejoindre son assistante, elle avait tenté d'appeler la maison, mais personne n'avait répondu.

Le soir, elle avait joué du *guzhen*. Par le biais de sa cithare sur table s'était exprimée toute la mélancolie qu'elle ressentait.

14

À Shanghai, Lise coulait des jours paisibles, ou presque. Les premières nuits, enveloppée dans son peignoir de soie bleue, elle avait fait de terribles cauchemars et s'était réveillée plusieurs fois en nage. L'un d'entre eux l'avait particulièrement marquée, qui s'était renouvelé deux soirs de suite.

Un Chinois au crâne soigneusement rasé avec une fine moustache, une longue tresse et des ongles gigantesques la pressait de réussir un puzzle coulissant géant posé à même le sol au centre d'une grande salle blanche. L'exercice, difficile en soi, requérait de surcroît des efforts physiques considérables pour le déplacement des pièces. L'homme, très menaçant, la houspillait dans une langue qu'elle ne comprenait pas, mais le ton de ses invectives teinté d'impatience et de cruauté ne laissait place à aucune ambiguïté. À ses côtés siégeait une galerie d'animaux mythologiques plus terrifiants les uns que les autres qui la tourmentaient à tour de rôle. Malgré sa frayeur, la jeune femme parvenait finalement à agencer correctement les éléments du puzzle qui représentait un énorme dragon bleu et or. Le Chinois actionnait alors une manette et une nouvelle image morcelée se substituait à la précédente.

Condamnée à réussir, Lise reprenait sa rude tâche sous les intimidations de son tortionnaire. Le déplacement des pièces exigeait d'elle une dépense d'énergie toujours accrue. Les monstres la harcelaient, se rapprochaient, la frôlaient, alors que se dessinait progressivement une forme. Au moment de positionner la dernière pièce, Lise reconnaissait au centre de l'image le cadavre de Mme He Cong. Incrédule, elle se retournait vers le Chinois. Mais l'homme et son bestiaire s'étaient mystérieusement volatilisés. Un bruissement d'eau se manifestait alors et s'intensifiait pendant que l'image prenait graduellement corps : le bassin de la Lame de l'Épée, le rocher et la victime devenaient réels. Totalement affolée, Lise hurlait.

Alertée par les cris, Rose s'était précipitée à deux reprises. Avec douceur, elle avait réconforté la jeune femme qui s'était empressée de lui raconter son cauchemar. La description stéréotypée du tortionnaire chinois avait fait sourire la belle Eurasienne qui lui avait prodigué des paroles rassurantes sur la nécessité d'évacuer les tensions et d'exorciser le traumatisme vécu dans la Forêt de Pierre. Heureusement qu'en déposant sa nièce, Franck avait eu la présence d'esprit de relater à son amie leur séjour à Kunming, car Lise pouvait ainsi s'épancher librement auprès de Rose.

L'autre source de consolation pour la jeune femme était Tchang, le fils de Rose avec lequel elle avait parcouru la Perle de l'Orient de nuit lors de son premier séjour. Très attentionné à son égard, il l'emmenait partout et leur complicité ne cessait de croître. Ensemble, ils s'exprimaient dans la langue de Voltaire que Rose pratiquait couramment avec son fils. Tous les jours, les deux jeunes gens se découvraient de nouveaux points communs. Ils avaient ainsi célébré leurs vingt ans en début d'année, à un mois d'écart. Lise s'épanouissait dans ses études de design à l'école Saint-Luc de Tournai, en Belgique, tandis que Tchang se passionnait pour ses cours de l'International Fashion Academy, un établissement d'enseignement de la mode ouvert à Shanghai trois ans auparavant par un Français.

Régulièrement, elle l'y accompagnait. La première fois qu'elle avait franchi le seuil du bâtiment, elle avait été émue d'entendre en fond sonore une chanson d'Alain Souchon qui la renvoyait loin dans le temps et dans la distance. En revanche, la vue de la tour Eiffel et du drapeau tricolore au cœur de l'édifice l'avait agacée. Trop franchouillard à son goût ! Dans le cadre de ses études, Tchang devait réaliser chez lui des travaux de conception, de dessin, de coupe et de couture. Lise s'était rapidement prêtée au jeu puisqu'elle alternait pour lui les rôles de muse, de modéliste, voire de mannequin.

Un après-midi, le jeune homme, qui souhaitait lui faire découvrir un aspect inédit de la présence française en Chine, avait allumé le poste de télévision. Son choix s'était porté sur une émission destinée aux adolescents dont le titre chinois signifiait *La Pomme verte*. L'animateur, un Occidental qui s'exprimait avec aisance en mandarin, était appelé Kayoumin par ses invités, nom de scène que Tchang avait spontanément traduit par « le karaoké qui protège le peuple ». Le jeune Chinois avait ajouté que, dans la vie, ce trentenaire décontracté répondait au patronyme plus gaulois de Guillaume Cadillac. Sa mission télévisuelle, confiée très officiellement par les autorités, consistait à décoincer les ados, à briser les carcans de la société et à oser aborder des sujets aussi tabous que les rencontres sur Internet, le harcèlement sexuel, le préservatif et le sida. Parce qu'il était difficile pour ses compatriotes de parler avec humour de sexe, le choix d'un Européen, et *a fortiori* d'un Français, s'était naturellement imposé. Stupéfaite, Lise s'était souvenue d'anciennes émissions radiophoniques adressées aux jeunes sur NRJ. Cependant, dans l'Hexagone, aucun programme n'était animé à sa connaissance par un Chinois. Intriguée, elle avait demandé si l'émission remportait l'adhésion du public. Or, *La Pomme verte* et sa vedette française faisaient un malheur.

Lise et Tchang multipliaient aussi les promenades. En bas de la tour Oriental Pearl, ils avaient visité le musée d'Histoire de la ville. La jeune femme avait ainsi appris qu'un village de pêcheurs et de tisserands coulait des jours tranquilles à l'embouchure du Fleuve bleu, le Yang-tsé Kiang, jusqu'en 1842, date à laquelle les Anglais avaient bouleversé les lieux en y établissant leur première concession. Les Français, les Japonais et d'autres étrangers leur avaient rapidement emboîté le pas. Tant et si bien qu'à l'aube du xxe siècle Shanghai comptait déjà près d'un million d'habitants et que son port était considéré comme le plus actif d'Asie.

Un autre jour, ils avaient remonté le Bund jusqu'au parc Huangpu. Sur un banc, le jeune homme avait expliqué à Lise qu'au temps des concessions internationales, ce dernier, intitulé le British Public Gardens, affichait un panneau interdisant l'entrée aux chiens et aux Chinois. Un peu plus tard dans la journée, ils s'étaient arrêtés à la maison de thé Huxingting située au milieu des jardins Yu. Alors qu'ils sirotaient tranquillement leur breuvage, un touriste américain contestant le prix des consommations s'en était pris au serveur.

— Vois-tu Lise, commenta Tchang, en s'énervant, le touriste fait perdre la face au serveur.

— Oui, mais pourquoi ce dernier ne se défend-il pas ? interrogea la jeune femme.

— Il se détourne car s'il s'énervait à son tour, il ferait perdre la face à l'Américain et son humiliation s'en trouverait renforcée.

— Je ne comprends pas.

— Le concept de *mianzi* qui signifie « face » est pourtant simple. Perdre la face est grave, mais faire perdre la face à autrui est pire.

— Soit. Mais concrètement, comment un individu perd-il la face ?

— Lorsqu'il est pris en défaut. Un Chinois est par exemple incapable de dire « non » à son patron à propos d'un délai, même déraisonnable. Dire « non » reviendrait à perdre la face. Les chefs occidentaux sont souvent confrontés à ce problème car ils posent des questions fermées du type : « Aurez-vous fini ce travail dans trois jours ? » Après ils sont furieux car les tâches ne sont pas terminées à la date annoncée. En fait, il vaut mieux poser la question de la manière suivante : « Combien de temps vous faut-il pour finir ce travail ? »

— Compliqué ! s'exclama Lise.

— Non, il suffit de le savoir. Toujours pour ne pas perdre la face, le Chinois est incapable de s'excuser, de reconnaître ses torts.

— Cela doit conduire à des situations inextricables.

— Oui, parfois, bien que nous ayons développé toutes sortes de stratégies pour sortir de l'impasse.

— C'est-à-dire ?

— La plus habituelle consiste à inviter à dîner la personne avec qui nous sommes en délicatesse. La règle absolue et tacite étant de ne pas aborder le sujet qui fâche, d'ignorer le litige pour l'effacer.

— Et si ça ne marche pas ?

— En dernier recours, certains font appel à « Monsieur Face ».

— Pardon ?

— Ce n'est pas une blague. Il s'agit d'un type qui a monté une entreprise particulière. Elle compte maintenant une cinquantaine de salariés. Leur boulot, moyennant finance, est de sauver la face de ceux qui le leur demandent. Gao Shu Dong, le patron, passe régulièrement à la télévision.

— Pas étonnant qu'il soit parfois difficile aux Occidentaux et aux Chinois de se comprendre, remarqua la jeune femme. Mieux vaut suivre une solide formation avant de se lancer dans l'empire du Milieu. Je suppose que cela existe.

— Bien sûr. Et dans les deux sens.

— Tel que je le connais, mon père a dû considérer que ce serait une perte de temps. Dernièrement, il a fait perdre la face à son partenaire chinois. Mon oncle Franck a même un instant soupçonné ce différend d'être à l'origine de sa disparition.

— Dans ce domaine, tout est possible, rétorqua Tchang.

Les moments d'insouciance partagés par les deux jeunes gens ne parvenaient pas à calmer les inquiétudes de Lise au sujet de son père. Pendant un laps de temps, elle resta pensive puis poursuivit :

— Mon père ne s'est jamais intéressé à la culture chinoise. Ni à la culture française d'ailleurs. Pour lui, seul le travail compte. C'est un esprit cartésien dénué de tout romantisme.

— Pourtant, la France est ici perçue comme le pays du romantisme, celui du raffinement, de la culture, des bons vins et du luxe. C'est la première destination touristique de mes compatriotes. Le château de Versailles, par exemple, est très connu depuis qu'au XVIIe siècle, l'empereur Kangxi et Louis XIV ont multiplié les échanges. À l'époque, les cours de nos deux pays rivalisaient d'élégance.

— Aujourd'hui, les rivalités se situent plutôt sur un plan économique, observa Lise. Dans le secteur du textile par exemple. Le groupe Deroubaix Fils que dirige mon grand-père possède deux activités. La première concerne la fabrique de tissus et de dérivés traditionnels, la seconde celle de tissus high-tech et ignifugés à base de fibres techniques. Pour survivre, une partie des activités traditionnelles a dû être transférée au Maroc, puis en Chine. Demain, peut-être que les activités high-tech devront aussi êtres délocalisées. Mon père m'a raconté que son partenaire chinois évoquait régulièrement cette possibilité.

— Je vais te citer une phrase que j'ai apprise par cœur. Elle a été prononcée à l'occasion de la présentation des collections printemps-été 2004 à Paris par Zheng Lawrence, le patron de ShanShan, un groupe textile chinois. « D'ici 2010, la Chine sera capable d'imposer au monde des marques du niveau de Dior ou de Gucci. » Crois-moi, Lise, j'ai bien l'intention d'être de ceux-là.

— Je te crois, Tchang ! répondit la jeune femme en éclatant de rire. Tu en as le talent.

— Le talent ne suffit pas, ajouta le jeune homme avec sérieux. Il faut aussi que le pays retrouve sa puissance économique, celle qu'il possédait avant le XVIIIe siècle. Mes compatriotes ont coutume de dire que le XIXe siècle a été celui de l'humiliation, le XXe celui de la restauration et que le XXIe sera celui de la domination.

— Si je comprends bien, vous voulez nous écraser.

— Non, mais nous ne voulons plus être rabaissés. Nous n'en pouvons plus d'être sermonnés. Par exemple, notre modèle politique, qui est loin d'être parfait, trouve en partie sa justification dans la pression démographique qui a de tout temps imposé à la Chine un pouvoir fort en mesure d'éviter le chaos.

— Ne te fâche pas, Tchang : tu perdrais la face et moi aussi. Je vais te donner une information lue avant mon départ qui va te faire sourire. Sais-tu que la moitié des grues en activité dans le monde le sont en Chine ?

— Non, je ne le savais pas. Pourtant, il me suffirait probablement de lever la tête pour m'en apercevoir.

Les deux jeunes gens qui avaient retrouvé le sourire décidèrent de compter le nombre d'engins visibles depuis la fenêtre du salon de thé.

Le soir même, Tchang, qui avait prévu de partir quelques jours avec des amis à Yangshuo, dans le Guangxi, proposa à Lise de se joindre à eux. Il vanta la beauté des paysages composés de superbes pics calcaires enveloppés dans la brume. De vrais panoramas de carte postale. Avant d'accepter, la jeune femme téléphona à son oncle qui l'encouragea à accepter l'invitation tout en lui recommandant la plus grande prudence. Elle profita de l'occasion pour lui demander si son enquête avançait. Sa réponse négative ne l'étonna pas. En revanche, le ton las de l'archéologue la troubla. Son oncle n'avait vraiment pas l'air dans son assiette.

15

Dans une salle obscure se tenaient trois personnes : un Occidental et deux Asiatiques. Les mains de Patrick, assis sur le sol le long du mur, étaient attachées dans son dos. Négligé, les cheveux en bataille et la barbe désordonnée, l'homme paraissait hagard, au bout du rouleau. Face à lui, les deux Chinois. L'un d'entre eux, le plus féroce, pointait un fusil dans sa direction. Autour de sa tête, un bandeau rouge contrastait avec sa crinière et ses moustaches noires tandis que sa chemise, sans col ni manche, dévoilait les tatouages de ses bras : une face de buffle, un dragon, quatre triangles et deux croix. Le troisième personnage aux allures de chef portait un pantalon kaki et un maillot sombre. Le pied droit posé sur les barreaux d'une chaise – seul mobilier présent dans la pièce –, coude sur la cuisse, il interrogeait le prisonnier en anglais.

— Alors, tu te décides à parler ?

— Je n'ai rien à dire, répondit l'Occidental à son ravisseur. Je ne sais rien.

— Bien sûr que tu sais. Ne te moque pas de moi !

— Je ne sais rien.

— C'est tout ce que tu réponds, ajouta le Chinois furieux. Je me demande parfois si tu tiens à la vie.

— Pas tant que ça, répliqua l'homme blond avec lassitude.

Un coup de pied violent envoya la chaise en l'air. Elle retomba avec fracas juste devant l'otage qui, comme pour étouffer le bruit, ferma les yeux.

— Surveille cet imbécile ! lança le chef à son collaborateur en mandarin avant de claquer la porte de la pièce.

Il emprunta un couloir et pénétra dans un salon à baie vitrée surplombant la ville. Debout face aux buildings, il décrocha le téléphone et composa le numéro.

— Bonjour. Ici le crapaud à trois pattes.

Après les formalités d'usage, il poursuivit :

— Le prisonnier ne veut rien entendre. Il répète inlassablement qu'il ne sait rien. Autrement dit, il se fout de nous, il se fout de la vie, il se fout de tout. Il va falloir trouver un autre moyen de pression pour lui faire cracher le morceau.

Son correspondant se lança dans une longue diatribe.

— Si je comprends bien, reprit l'homme, sa fille est arrivée en Chine. Tous ses faits et gestes vous sont rapportés, et nous pourrions menacer l'otage de l'enlever à son tour. Elle s'appelle Lise, n'est-ce pas ?

L'interlocuteur au bout du fil confirma le prénom.

— Jusqu'à présent, le prisonnier s'est montré insensible à nos arguments. Espérons seulement qu'il est attaché à sa marmaille. J'y retourne de ce pas et vous tiens au courant.

L'homme raccrocha le combiné. Il se dirigea vers une glace dont l'encadrement doré représentait des animaux. Il se sourit et, du bout des doigts, caressa un crapaud. Puis à grandes enjambées, il s'empressa de rejoindre la salle d'interrogatoire.

16

Comme tous les matins depuis son retour de Kunming, Franck se réveilla groggy. Depuis plusieurs jours, Jiao, qui était déjà partie au travail, se comportait étrangement. Sept ans qu'ils s'étaient rencontrés. Sept années merveilleuses pendant lesquelles son épouse n'avait jamais prononcé un mot plus haut que l'autre. Et voici qu'aujourd'hui sa femme, d'ordinaire calme et placide, devenait lunatique. Un moment désespérément tendre, l'autre terriblement distante, toujours triste. Il avait essayé de comprendre, il avait même tenté d'aborder le sujet avec elle, en vain. Jiao s'était refermée comme une huître avec son secret. Aussi, la certitude qu'une menace pesait sur leur couple hantait l'esprit de l'archéologue.

Un autre sujet le préoccupait : la disparition de son frère qui datait désormais de plus d'une vingtaine de jours. Aucune piste nouvelle, pas de demande de rançon, rien. Le silence. Dans ce contexte, les requêtes répétées de son père pour régler telle ou telle affaire en Chine le soulageaient presque. Elles le distrayaient de sa morosité.

Une tasse de café à la main, il alluma son ordinateur. Il avait tout à coup envie de fumer après cinq années d'arrêt. Ce n'était pas très bon signe ! Il se connecta à Internet, le grand réseau universel qui lui permettait en théorie de consulter les sites d'informations du monde entier. En théorie seulement, car la censure chinoise bloquait l'accès à de nombreux sites dont « les contenus subversifs portaient atteinte à la sécurité de l'État ». Certains utilisateurs du Net chinois réussissaient à contourner cette censure, en utilisant par exemple des relais *proxies*, c'est-à-dire en se connectant au réseau au travers de serveurs basés à l'étranger. Cela leur permettait de brouiller les pistes pour parvenir aux pages web qui les intéressaient. Des systèmes avaient aussi été mis en place par des activistes hors de Chine pour aider les internautes à contourner les filtres du régime. Les plus actifs dans ce domaine étaient le laboratoire de recherche Citizenlab, de l'université canadienne de Toronto, et Dynamic Internet Technology, une entreprise dirigée par Bill Xia, un Chinois émigré en Amérique. Les États-Unis avaient en outre créé un Bureau de la liberté sur Internet (Office of Internet Freedom), chargé de créer et de diffuser des technologies permettant de contourner la censure du Net dans les pays répressifs. Cependant, si dans l'empire du Milieu les internautes s'échangeaient entre amis les bonnes adresses pour contrer la censure, la cyberpolice veillait. Elle repérait les connexions massives sur ces sites tampon et les interdisait un à un. Aux cyberutilisateurs de se trouver un nouveau *proxy*, et ainsi de suite. Les autorités et les internautes jouaient au chat et à la souris.

Après avoir tenté sans succès une connexion directe au journal *Le Monde*, Franck utilisa son site *proxy* du moment. Il atteignit ainsi la page d'accueil du quotidien et parcourut les titres. Deux articles s'intéressaient à la crise textile qui battait son plein. Le premier concernait la décision unilatérale des États-Unis de réimposer des quotas sur les importations de certains vêtements manufacturés en Chine : le gouvernement de Pékin était furieux. Le second annonçait la grogne des grands distributeurs européens, choqués par la décision de la Commission européenne de lancer sur les importations de textiles chinois des enquêtes dont ils contestaient à la fois la légitimité et la méthodologie. Trop heureux d'obtenir des articles à bas prix, les distributeurs protestaient surtout contre la perspective d'application de quotas qui allaient à l'encontre de la libéralisation instaurée au 1er janvier 2005. Parmi eux, les sociétés de vente par correspondance dont les catalogues étaient imprimés des mois à l'avance et qui déclaraient que « la simple menace des mesures de sauvegarde détruisait complètement la visibilité nécessaire pour commercer ». Le bras de fer était engagé entre les partisans et les adversaires des fameux quotas. Franck songea que le patriarche devait suivre l'affaire de près.

Plus bas, son œil fut attiré par un autre titre : « Une université belge pourrait abriter un réseau d'espionnage industriel chinois. » Les premières lignes du papier lui apprirent l'arrestation et l'incarcération récentes, dans les Yvelines, de Li Li Whuang, une étudiante chinoise qui effectuait un stage dans l'entreprise de l'équipementier automobile Valeo. La jeune femme de vingt-deux ans était mise en examen pour « intrusion dans des systèmes automatisés de données » et « abus de confiance ». Une affaire semblable était signalée en Suède tandis qu'un centre de recherche stratégique basé à Bruxelles affirmait qu'« un véritable réseau multinational de renseignement économique piloté depuis la Belgique » œuvrait en Europe. Selon leurs informations, ce groupe composé d'étudiants et de stagiaires comportait plusieurs dizaines d'agents actifs en France, en Grande-Bretagne, en Allemagne et dans le Benelux. Son prochain objectif concernait l'Europe centrale. La question de l'espionnage industriel entre l'Europe et la Chine était relancée. Franck soupira. La guerre économique entre grandes puissances libérait toutes sortes de peurs et autorisait tous les coups. Difficile dans ce contexte de faire la part des choses.

Parmi les étrangers présents à Pékin, l'archéologue fréquentait surtout les intellectuels. Ceux-ci comptaient plusieurs journalistes dont le correspondant de *Libération*, Pierre Haski, qui logeait dans un *siheyuan* proche du sien. Ce dernier tenait un blog que Franck lisait avec beaucoup de plaisir et d'intérêt. Comme souvent, il ne parvint pas à y accéder directement et utilisa son site *proxy*. Ce jour-là, le journaliste ne s'intéressait pas à l'espionnage mais au débat sur la constitution européenne, ou plutôt à l'actualité de ce débat dans la capitale chinoise. Alors qu'en France les discussions portaient essentiellement sur l'Europe sociale, il évoquait la nécessité d'une Europe politique forte, capable de discuter sur un pied d'égalité avec les grandes puissances actuelles et émergentes, dont la Chine. D'après lui, la crise textile actuelle – encore elle ! – illustrait cette exigence.

De plus en plus déprimé, Franck se dirigea vers la cuisine pour se servir un nouveau café. Alors qu'il était sur le point d'atteindre la carafe, une petite boule rouge se précipita dans sa direction et lui étreignit les jambes en poussant un cri : « Papa ! Papa ! » Sa fille Mei, son rayon de soleil, sa seule touche de gaieté en cette période particulièrement sombre. Il l'embrassa.

— Que dirais-tu d'une promenade dans le parc, ma chérie ?

— Tout de suite, papa ?

— Tout de suite, Mei ! Va chercher ton cerf-volant.

La petite fille emprunta la direction de sa chambre, mais se ravisa aussitôt.

— On fera aussi du bateau ? demanda-t-elle en lançant un regard charmeur à son père.

— Oui, promis. Un grand tour de barque. Et nous donnerons à manger aux cygnes.

Après avoir prévenu l'*ayi*, Franck et Mei sortirent main dans la main.

Le père et la fille rentrèrent à la maison à l'heure du déjeuner. Ils prirent leur repas ensemble, un repas de fête car l'occasion était rare. Aussi, lorsque vint l'heure de la sieste, Mei implora Franck de lui raconter une histoire. Il s'exécuta bien volontiers et lui lut le livre qu'elle avait choisi : *Hu le dragon*. L'intrigue était simple. Hu le dragon était catastrophé. Depuis qu'il avait perdu sa flamme, il ne parvenait plus à terroriser les humains. Pire, ces derniers se moquaient de lui. Jusqu'au jour où Chen, un petit garçon du village, décida de l'aider en lui fournissant un traitement approprié. Grâce à lui, Hu le dragon guérit. Jaune, rouge, orangé, le feu sortait à nouveau de sa mâchoire. Reconnaissant, il demanda au jeune garçon comment il pouvait le remercier. Or, le père de Chen était forgeron et la forge requérait toujours plus de bois, bois que Chen devait ramasser avec ses frères de plus en plus loin. Hu le dragon l'interrompit car il avait compris. À la surprise de tous, sauf de Chen, il offrit sa flamme à la forge. Et il devint rapidement l'ami des humains qu'il ne fut plus jamais tenté d'effrayer. Après avoir refermé le livre, Franck déposa un baiser sur le front de sa fille. Si seulement la réalité pouvait se révéler aussi innocente qu'un sourire ou qu'une histoire d'enfant, se surprit-il à penser.

Il ralluma son portable qu'il avait éteint avant de se rendre au parc, et consulta ses messages. Deux personnes avaient cherché à le joindre : le patriarche et son ami jésuite, le père Wautier. Ce dernier, grand spécialiste de la Chine, résidait à Hong Kong, mais il était actuellement de passage dans la capitale. Comment n'y avait-il pas songé plus tôt ? Si une personne était en mesure de l'aider à résoudre l'énigme de la disparition de son frère, c'était bien lui. Franck l'appela sur-le-champ pour lui proposer de le rencontrer. Après trois sonneries, la voix légèrement chevrotante du père Wautier lui répondit. Par chance, le père jésuite était libre pour le dîner. En raison des sautes d'humeur récentes de sa femme, Franck hésita un instant à l'inviter chez lui. Mais ce qu'il avait à lui dire était trop confidentiel pour risquer une conversation à l'extérieur.

La promenade au parc avec sa fille et la perspective de souper avec son vieil ami avaient revigoré Franck. Fort de cet espoir nouveau, il prépara un mail destiné à son père dont les accents toniques ne parvenaient pas toujours au téléphone à cacher une inquiétude grandissante.

> *De : Franck Deroubaix < franck.deroubaix@yahoo.com >*
> *Date : mercredi 14 mai 2005 15:00*
> *À : Guy Deroubaix < guyderoubaix@deroubaixfils.com >*
> *Objet : Idée*
>
> *Cher papa,*
> *Aujourd'hui le hasard a placé sur ma route le père Wautier, un ami pour lequel j'éprouve la plus grande considération. Il vient dîner ce soir à la maison. Le père Wautier est un jésuite. Je sais que tu as fréquenté leurs écoles et que tu les portes en haute estime. En ce qui me concerne, tu ne peux ignorer mon athéisme, mais les qualités intellectuelles et morales du père m'ont séduit dès notre première rencontre que je situerais aux premiers mois de mon expérience pékinoise. Le père animait alors une série de conférences sur l'écriture primitive chinoise. Ses exposés, auxquels assistaient pour la plupart des Asiatiques, m'avaient emballé et, à la fin du cycle, je*

suis allé le trouver. J'ai décliné ma qualité d'archéologue et il m'a assailli de questions auxquelles – je peux te l'avouer aujourd'hui – je n'ai pas su répondre pour la plupart. J'étais alors bien jeune et novice dans le métier. Le père ne s'est pas arrêté à mon ignorance ou peut-être a-t-il souhaité m'initier. Toujours est-il que depuis ce jour nous sommes devenus amis.

Il est arrivé en Chine juste après la Seconde Guerre mondiale, quelques années avant la Révolution communiste. Chassé du pays, il s'est réfugié à Taïwan, avant de s'installer un peu plus tard à Hong Kong. Sa vie qui se partage entre l'action et l'étude ressemble à un roman. Actif dans la lutte contre la pauvreté et l'exclusion. Actif dans ses tentatives de rapprochement entre l'Église officielle locale et l'Église souterraine, celle qui dépend du Vatican. Actif dans la formation universitaire. Et j'en passe ! Par ailleurs, il a apporté une contribution essentielle au célèbre dictionnaire, le Grand Ricci, le plus important dictionnaire entre le mandarin et une langue étrangère qui, par bonheur, est le français.

Petit aparté. Ce dictionnaire doit son nom à Matteo Ricci, le missionnaire jésuite d'origine italienne qui a débarqué à Pékin en 1601 et dont le 400e anniversaire de son arrivée a constitué en Chine un certain événement. Il faut dire que ses contributions dans le domaine scientifique et culturel sont reconnues par les intellectuels chinois qui honorent également sa compréhension de leur culture et de leur langue. Pour l'anecdote, le père Matteo Ricci est enterré avec d'autres jésuites au cimetière de Zhalan qui se situe dans l'enceinte de l'École des cadres du Parti communiste à Pékin.

Bref, de bien des manières, le père Wautier poursuit

l'œuvre de son illustre prédécesseur. Et l'octogénaire dynamique qu'il incarne te plairait certainement.

Mais si je t'écris tout cela, c'est que ce soir, j'ai l'intention de lui exposer tous les faits qui concernent la disparition de Patrick. Le brillant sinologue, l'homme de terrain et le confesseur font de lui l'interlocuteur idéal. Je regrette simplement de ne pas avoir pensé à lui plus tôt.

Voilà ! Cette rencontre me gonfle d'espoir et me réconforte. Et s'il est probable que le père Wautier ne disposera pas de LA solution, je suis certain qu'il saura me fournir une piste d'investigation intéressante.

Je te tiens au courant et t'embrasse.

Avec toute mon affection, Franck

PS : Ce matin, j'ai pu lire le journal sur le Net. Quotas ou pas quotas, that is the question. *Quel est ton pronostic ?*

17

Le père Wautier arriva à 7 heures précises. Comme à son habitude, il avait prévu un petit cadeau pour chacun. Mei adopta immédiatement le petit sac brodé rose dans lequel elle glissa une de ses poupées. Franck le remercia pour le bon chocolat noir, son péché mignon, mais lui fit remarquer qu'il encourageait ainsi sa gourmandise. Pour Jiao, le jésuite avait acheté de très jolies fleurs rose pâle. Comme la jeune femme n'était pas encore rentrée du magasin, l'archéologue chargea l'*ayi* de les disposer avec soin dans un vase.

Le fringant octogénaire, en s'installant dans la cour sous le majestueux pommier d'api, adressa quelques mots à l'arbre dont il caressa doucement l'écorce.

— Pommier d'api ou *malus baccata* ! Bonjour, mon vieux. Nous avons sensiblement le même âge. Mais tu me survivras car c'est la loi de la nature. À moins que les hommes, dans leur folie, décident de raser ce quartier pour construire de nouveaux immeubles. Ou que la pollution… Non, je fais le pari de leur sagesse. Tu me survivras donc.

Franck, qui avait débouché une bonne bouteille de bordeaux en l'honneur de son ami, arriva un plateau à la main.

— Que dites-vous, mon père ?

— C'est un secret entre cet arbre et moi, répondit le vieil homme dont l'œil vif avait vite repéré le vin. Oh, un grand cru : c'est trop d'honneur. Et, dans cette soucoupe, ce fromage… on dirait de la vieille mimolette. Vous permettez que je la goûte ?

— Je vous en prie.

— De gourmand à gourmand, cette excellente mimolette est au moins extra-vieille. Elle me rappelle des paysages d'Ostende, de beaux souvenirs.

— Merci pour le compliment, mon père.

— Franck, je vais vous faire une confidence. J'adore la Chine, ses habitants, sa culture et même sa nourriture, mais depuis soixante ans que je vis ici, trois choses essentielles me manquent : le bon vin, les fromages et les vrais chocolats.

— Pour le vin, cela devrait s'arranger, suggéra Franck, puisque des accords de collaboration sont engagés entre les viticulteurs français et chinois.

— Oui, mais si les Chinois parviennent à construire un immeuble en six mois, la vigne est une autre affaire. Il faut du temps !

Les deux amis parlèrent gastronomie pendant près d'une demi-heure. De temps à autre, Mei, qui appréciait le vieil homme, s'approchait de lui avant de repartir à toutes jambes.

Jiao rentra vers 8 heures, juste à temps pour embrasser sa fille qui allait se coucher. Elle s'excusa de son retard auprès de leur invité et le remercia pour les fleurs. Franck, qui, dans l'après-midi, avait pris la précaution de la prévenir par téléphone de la venue du père Wautier, sembla rassuré par son comportement. Pendant que sa femme se changeait dans leur chambre, il aborda avec le jésuite le sujet qui lui tenait tant à cœur.

— Mon père, commença-t-il en s'éclaircissant la

gorge, j'ai un problème, un grave problème que je souhaiterais vous soumettre.

— Je vous écoute, mon fils, répondit le jésuite.

— Ce que j'ai à vous dire est confidentiel et ne doit surtout pas s'ébruiter.

— J'ai l'habitude, ajouta le vieil homme avec une pointe d'humour.

— Voilà vingt-deux jours que mon frère Patrick a disparu...

L'archéologue entreprit de raconter toute l'histoire. De temps en temps il s'arrêtait, guettant une réaction du père Wautier. Mais ce dernier lui faisait signe de poursuivre. De sa sacoche, il avait extrait un carnet sur lequel il prenait des notes au fur et à mesure du récit. Sa seule intervention consista à exiger de Franck un maximum de détails. Jiao arriva au moment où son mari entamait la retranscription de son périple dans la Forêt de Pierre. Afin de ne pas le gêner, elle s'éclipsa. Dix minutes plus tard, l'archéologue leva ses yeux résignés vers ceux du jésuite.

— Depuis mon retour de Kunming, fit-il, je n'ai pas avancé d'une semelle. Je règle des affaires pour la firme textile familiale et je tourne en rond. Je n'arrive même plus à m'intéresser à mon travail. Et surtout, je n'ai pas l'ombre d'un début de piste.

Au même instant, Franck pensa aux inquiétudes causées par l'attitude de sa femme, mais ce problème, songea-t-il, n'était pas du ressort du père Wautier.

— Mon cher, commença le jésuite, votre affaire est complexe.

Sur ces paroles, Jiao installa sur la table un réchaud au-dessus duquel elle disposa un bouillon en ébullition. Elle apporta également une ribambelle de plats de tailles différentes agrémentés de lamelles de mouton, de sauces à base de sésame, de champignons, de tofu, de chou et de pommes de terre. Puis elle s'installa à table. Le vieil homme lança un regard interrogateur à l'archéologue.

— Vous pouvez continuer, mon père. Mon épouse est au courant de toute l'affaire. Bon appétit !

— Bon appétit. Une fondue mongole : vous connaissez mes points faibles, ma chère. Je disais donc, répéta l'octogénaire en saisissant une lamelle de mouton pour la glisser dans le bouillon, que l'affaire était complexe. Tout d'abord, je pense qu'il faut éliminer l'hypothèse d'un règlement de comptes du partenaire de votre frère sous prétexte que celui-ci aurait perdu la face. Cela ne constitue pas un motif suffisant. Qui plus est, les irrégularités dans le domaine du travail sont courantes en Chine. Un récent rapport du gouvernement dénonce le fait que les droits des salariés sont bafoués dans quatre-vingts pour cent des entreprises privées. J'imagine que le partenaire de votre frère, comme tous les autres, corrompt les autorités locales et qu'il ne craint rien de ce côté-là. Notez tout de même que je n'approuve pas cette attitude.

— Moi non plus, mon père, ajouta Franck. Les conditions de travail à l'usine constituent même un sérieux sujet de discorde entre mon frère et moi. Il me qualifie régulièrement de doux rêveur. Pour tout vous dire, sa réaction pour les améliorer m'a un peu étonné. Peut-être que Patrick a utilisé ce prétexte pour s'emporter contre son partenaire et que le différend qui les oppose est d'une tout autre nature. C'est une possibilité qu'il ne faut pas exclure.

— Hum ! fit le vieil homme. L'autre information que je peux vous donner risque de vous surprendre. L'assistante de votre frère a été tuée par les triades. C'est une certitude. Les triades utilisent des nombres pour codifier le rang et la position de leurs membres. Par exemple, le nombre quatre cent vingt-six désigne les tueurs. Quant au nombre vingt-cinq, il qualifie les traîtres, les espions. Ce qui signifie que l'assistante de votre frère faisait partie du gang et, qu'en cherchant à vous rencontrer clandestinement, elle a commis une faute qui lui a été fatale.

Il y eut un silence qui donna à ces derniers mots toute leur résonance. L'archéologue tressaillit avant de conclure.

— Si je vous suis correctement, mon père, l'enlèvement de Patrick comporte un lien probable avec l'entreprise, ou du moins avec les gens qu'elle emploie.

— Probable en effet. Votre fondue est délicieuse, ma chère Jiao, ajouta le jésuite avant de poursuivre. Pourtant, Franck, il faut encore que vous sachiez quelque chose. Les triades travaillent parfois pour elles-mêmes, parfois pour les autres. Pour le gouvernement par exemple, cela s'est déjà vu.

— Vous croyez que…, l'interrompit Franck.

— Ne me faites pas dire ce que je n'ai pas dit. Je pense simplement qu'il ne faut pas tirer de conclusions trop hâtives. Autre détail important, la région du Yunnan jouxte le Vietnam, le Laos et la Birmanie. Des trafics en tout genre s'y déroulent, de la contrebande. Un nombre impressionnant de peines de mort y sont prononcées. Pour être plus efficaces, les tribunaux régionaux ont même aménagé dix-huit bus spécifiquement pour les exécutions par injection létale. Ainsi, ils ont pu accélérer le rythme des exécutions.

— C'est effrayant ! s'exclama l'archéologue. En matière de peine de mort, j'ai lu quelque part que la Chine exécutait chaque année plus de personnes que tous les autres pays de la planète réunis.

— Le gouvernement de Pékin refuse de communiquer ses chiffres, mais toutes les statistiques internationales parviennent en effet à cette conclusion. Rassurez-vous, Franck, les étrangers bénéficient tout de même d'un régime de faveur. En 2004, un ressortissant suisse a ainsi vu sa peine de mort commuée en prison à perpétuité. Il est d'ailleurs détenu à Kunming. Veuillez m'excuser car je deviens cynique. Cela constitue un péché bien plus grave que la gourmandise.

— À propos de gourmandise, voici un plateau de fromages digne des plus grandes tables françaises, mon père, lança Jiao d'un ton presque enjoué qui ravit Franck. Mais son visage aussitôt se referma comme l'eau après qu'on y a jeté un caillou. Fromages de contrebande, bien sûr !

Le père Wautier s'esclaffa. Franck aussi, mais avec un temps de retard.

— À propos du masseur aveugle que vous avez rencontré à la gare de Kunming, reprit le jésuite intarissable, saviez-vous que la présence des Français au Yunnan date de la fin du XIXe siècle où une importante communauté tricolore s'est installée ? Les chemins de fer du Yunnan, par exemple, sont l'œuvre de vos compatriotes. En reliant l'Indochine aux provinces du sud-ouest de la Chine, le réseau ferré a facilité le commerce français et le trafic clandestin de l'opium au bénéfice de la très officielle Régie de l'opium.

La soirée se poursuivit tard à l'ombre du tutélaire pommier d'api. Après les fromages et le dessert, Franck proposa à son ami une liqueur qu'il accepta volontiers. Sous le charme, le vieil homme pria Jiao d'interpréter un air de *guzhen*, sa cithare sur table. Pendant qu'elle s'exécutait, il se tourna vers son hôte :

— Cette mélodie est belle, mon ami, mais qu'elle est triste !

— Oui, elle est triste, reprit l'archéologue en baissant les yeux.

Il songea que l'octogénaire savait lire dans les moindres replis de l'âme. Heureusement, sous l'impulsion du jésuite, leur discussion prit ensuite une tournure plus légère. Le père ne manquait pas d'humour et ses imitations de certains hauts personnages de la diaspora française et belge présents dans l'empire du Milieu amusèrent ses deux hôtes.

L'heure de se séparer arriva pourtant. Au grand dam de Franck qui, plus que ce départ, craignait surtout le tête-à-tête avec sa femme. Il offrit au vieil homme de le raccompagner. Quand il rentra, Jiao était couchée.

18

Patrick n'avait pas mangé depuis la veille. Et encore, fallait-il parler de manger quand il n'avait reçu pour toute pitance, tard dans la soirée, qu'une soupe très claire dans laquelle surnageaient quelques minces lamelles de viande trop cuite et des débris ramollis de légumes sans goût ? Depuis des heures, il était seul dans une pièce aveugle, incapable de se repérer autrement qu'en captant la faible lumière qui passait sous la porte. Après tout, il n'était pas certain que le jour soit levé. Peut-être cet infime rai de clarté n'était-il que le reflet d'une lampe ?

Soudain, il sentit son être entier se glacer. Quand les deux Chinois l'avaient interrogé, au moins avait-il éprouvé une présence humaine, même si elle s'était révélée totalement hostile et butée. À présent, dans cet endroit dépourvu du moindre point de repère, il commençait à perdre pied tout à fait. Il songea que c'était sans doute le raffinement de la torture, une sorte de supplice bien chinois consistant à laisser le prisonnier dans un flottement total, ignorant du temps qu'il est et du temps qu'il fait.

Il essaya de comprendre les raisons de sa présence ici, se remémora les questions de l'homme qui avait mené l'interrogatoire. La première fois, il avait fait exploser sa violence sur une chaise, laquelle s'était brisée d'un coup sec sur le sol, dans un bruit évoquant un os qui casse. Cette image le fit frissonner de plus belle. Il se demanda s'il était courageux. S'il avait déjà eu du courage, dans sa vie. Du courage physique s'entend. Prostré sur la banquette qui lui servait de lit, il revit des moments de son enfance et de sa jeunesse, les batailles de garçons à la sortie de l'école, les quelques scènes d'agression dont il avait été témoin plus tard, dans la rue, et qui ne lui avaient inspiré que de la crainte. Non, il n'était pas particulièrement téméraire, bien que son physique lui eût permis, çà et là, d'en imposer. Il n'en avait jamais abusé, pas même usé.

Il naviguait dans ses pensées quand un tour de clé puis un autre furent donnés dans la serrure. D'un bond, il se redressa. Le faisceau d'une torche l'aveugla. Il se dit qu'après tout, c'était peut-être la nuit. On le conduisit dans une autre pièce, plus grande celle-là, et percée d'une grande fenêtre que dissimulait un rideau de bambous. Ses yeux s'accommodèrent rapidement à la pénombre, mais il ne distingua pas l'homme qui tenait la torche. D'une pression vigoureuse sur l'épaule, il dut s'asseoir à même le sol froid du carrelage. La chaise brisée avait disparu. Il attendit ainsi un moment dans un silence lourd de menaces.

Sans un mot, son ravisseur mit une cassette dans le magnétoscope d'un téléviseur. Qu'allait-on lui montrer ? Les images ne tardèrent pas à occuper l'écran. Il ne saisit pas immédiatement de quoi il s'agissait. Allait-il devoir avaler un morceau de propagande ? Allait-on l'exposer à un lavage de cerveau en bonne et due forme ? La réponse apparut sur le téléviseur. Un homme barbu, assis sur le sol, les yeux bandés, parlait dans une langue qu'il ne comprenait pas mais qu'il reconnut comme étant de l'italien. Le détenu semblait avoir appris un texte par cœur qu'il débitait d'une voix résignée dans laquelle transpirait la peur. Il fixa cette image avec la sensation étrange et douloureuse de se voir. Ce n'était pas une télévision mais un miroir. La scène se déroulait apparemment en Irak, et le prisonnier était un de ces Italiens enlevés par des milices aux mobiles peu clairs, d'abord motivées par l'argent. Puis soudain, le son fut monté. Un revolver serré par une main entra dans le champ de l'image, sans qu'apparaisse le « propriétaire » de cette main. L'otage eut à peine le temps de tourner la tête vers son agresseur. Le coup partit. Le son du téléviseur poussé au maximum fit résonner la détonation de manière effroyable, au point que Patrick se boucha les oreilles. Le coup de revolver n'aurait pas produit davantage de bruit s'il avait réellement été tiré dans la pièce. L'image fixe de l'otage abattu resta un long moment à l'écran. Et quand elle disparut, la cassette étant arrivée à son terme, elle resta enfoncée comme une écharde dans l'esprit du prisonnier européen. Ce simulacre morbide lui enleva le peu de forces qui lui restaient. Il se sentit au fond de lui trembler comme une feuille, tout en essayant de rester impassible.

L'homme au bandeau rouge était revenu pendant qu'il visionnait ces terribles images. Il était accompagné de celui qui semblait diriger les opérations, toujours vêtu de son pantalon kaki et de son maillot sombre. Le Chinois semblait plus calme que la première fois. Mais ce n'était qu'apparence. Il reprit ses questions dans un anglais saccadé. En d'autres circonstances, le détenu aurait raillé cet accent mécanique un peu risible. Mais le cœur n'était pas à rire, surtout après la diffusion de ce film pour le moins édifiant. L'homme au bandeau rouge suivait la scène de près, les yeux brillants et injectés.

— Je pense que ces images se passent de commentaires, commença le chef présumé. Vous devriez au plus vite nous donner les informations qui sont en votre possession.

— Je vous ai déjà dit que je ne voyais pas de quoi vous voulez parler, insista l'Occidental, résistant autant qu'il pouvait à la tentation de s'effondrer.

Il se sentait à la merci de ses agresseurs et cette situation l'accablait. Mais il trouva malgré tout le ressort suffisant au fond de lui pour faire bonne figure à ce terrible coup du sort qui l'avait placé entre les mains de fanatiques. Sa curiosité le poussait à se demander quelles étaient les motivations qui animaient son gardien. La mise en scène scabreuse dont il venait d'être témoin signifiait-elle qu'une demande de rançon serait faite pour le relâcher ? Avait-il été lui-même filmé à son insu pour qu'un document vidéo parvienne à ses proches avec les exigences financières de ses ravisseurs ?

— Si vous vous obstinez à ne pas vouloir nous aider, vous ne tarderez pas à avoir de la compagnie, une très charmante compagnie, fit l'homme sur un ton énigmatique, sans retenir un rictus qui lui donnait un air plus effrayant encore.

— Que voulez-vous dire ?

— Ah, je vois que mes paroles finissent par vous intéresser un peu.

— Un peu seulement.

— Ne faites pas trop le malin, je sais que votre fille s'appelle Lise et qu'elle vient d'arriver sur le sol de notre grand et beau pays. Une belle jeune femme, en vérité, fille unique d'après mes renseignements. Ce serait trop bête qu'il lui arrive un accident, si loin de chez elle…

Patrick accusa le coup. Que cet ectoplasme et son acolyte au bandeau rouge le privent de sa liberté d'aller et venir, c'était déjà trop. Mais qu'ils profèrent des menaces à l'encontre de sa fille, c'était carrément insupportable. Une idée le traversa. Étrangler de ses propres mains ce sinistre personnage que tout à coup il ne craignait plus. Quel père pourrait avoir peur quand il s'agit de protéger son enfant ? Mais il savait déjà que la partie était perdue. Fort de ses préjugés sur les Chinois, il était conscient que d'éliminer celui-là et un autre encore en ferait surgir d'autres, dans un cauchemar sans fin.

— Qui vous a parlé de Lise ? se borna-t-il à demander sans laisser paraître sa révolte.

— C'est moi qui pose les questions, répondit le Chinois, et moi seul. Avançons, s'il vous plaît.

L'Européen comprit que la partie était encore plus dangereuse qu'il ne l'imaginait. Des secrets industriels, des secrets commerciaux, il en connaissait quelques-uns. C'était son métier de vivre dans le secret. Mais quel secret valait la peine d'être tenu et préservé face à une vie humaine, celle de Lise en l'occurrence ?

Il aurait aimé se réveiller de ce mauvais rêve, sauf qu'il s'agissait de la réalité, et les courbatures qu'il ressentait de sa position inconfortable comme le sifflement dans son tympan droit après le coup de feu « télévisé » lui rappelaient douloureusement la situation.

— Alors ? insista le Chinois.

À cet instant retentit la sonnerie hard rock d'un téléphone portable. L'Occidental sursauta ; le Chinois avait froncé les sourcils. Il s'éloigna d'un pas, parla dans un dialecte de son pays, puis sortit précipitamment de la pièce en prenant soin de fermer la porte à double tour derrière lui. On entendait les modulations de sa voix, très basse puis très forte, grave et puis aiguë. Enfin plus rien pendant quelques secondes. Et un branle-bas de combat. Des pas précipités dans un escalier. Comme une bousculade. On rouvrit la porte où le détenu attendait. Deux hommes l'empoignèrent de façon autoritaire. Il ne se débattit pas. Il ne comprenait pas bien ce qui se passait. On venait de lui bander les yeux. Au bout de quelques minutes, il sentit l'air du dehors. Une main le poussa dans le dos, il s'assit au fond d'une voiture dont le moteur tournait déjà. Elle démarra précipitamment. Ce fut une histoire sans paroles.

Ce que Patrick ignorait, c'est qu'il venait de sauver sa tête, ou celle de sa fille. Tout en restant prisonnier, il venait de sauver quelque chose. L'homme au bandeau rouge avait reçu une information urgente et grave qu'il avait aussitôt communiquée à son supérieur. C'était un coup de théâtre inattendu, inespéré. La Commission nationale des contrôles narcotiques avait repéré le gang et s'apprêtait à donner l'assaut. Ses ravisseurs avaient dû organiser un repli d'urgence. S'il avait été familier de certaines odeurs, Patrick aurait reconnu les puissants effluves d'héroïne. Pour l'heure, malgré les apparences, il n'était pas libre. Seulement en sursis. Et la vie ne durait jamais bien longtemps entre les mains de ces hommes de corde et de sang.

19

Dans un autre contexte, Franck n'aurait eu qu'à se féliciter d'avoir élu la Chine comme pays d'adoption. Depuis son adolescence, on lui avait rebattu les oreilles avec des histoires de croissance, de courbes de profits, de ratios de rentabilité, de retours sur investissements. Non pas que les Deroubaix fussent âpres au gain ou absolument tenaillés par l'idée de profit, non... Mais chez eux, gagner de l'argent était signe de dynamisme, de bonne santé, d'hygiène de vie en quelque sorte. Et un pays se devait, à l'instar de leur entreprise, de gagner davantage qu'il ne dépensait. Il y avait longtemps que les comptes publics de la France échappaient à cette règle d'orthodoxie financière...

Or, ce matin-là, radios et journaux annonçaient la nouvelle en chœur : la Chine était en passe de devenir la quatrième économie de la planète. Après une révision de fond en comble de l'appareil statistique, réputé sous-évalué, on apprenait que la richesse nationale chinoise, le fameux PIB, était de deux cent neuf pour cent plus important que prévu, tandis que la croissance venait d'enregistrer un gain annuel de l'ordre de douze pour cent. Une croissance à deux chiffres, voilà qui laissait pantois bien des observateurs occidentaux, et suscitait notamment l'envie de nombre de Français.

Franck – qui affectait généralement de ne rien entendre aux chiffres et à l'économie – se demandait cette fois comment le patriarche accueillerait une telle nouvelle, lui qui ne se résolvait pas, contre toute évidence, à considérer la Chine comme une véritable puissance économique. Son esprit était traversé de ces pensées quand on sonna à la porte. Il n'attendait personne de si bonne heure et tressaillit. Très vite, les coups de sonnette se transformèrent en coups de poing.

Par chance Jiao était déjà sortie et la petite Mei en promenade avec son *ayi*. L'irruption de ses visiteurs surprise fut des plus spectaculaires. La silhouette d'un Chinois massif s'encadra dans l'entrée. Le regard de l'homme était dissimulé par des verres fumés. Il était escorté de deux autres personnages qui, chose inhabituelle ici, mâchaient nerveusement des chewing-gums.

— Police ! fit l'homme aux lunettes noires.

— Police ?

— Lutte antidrogue.

Franck recula de quelques pas, incrédule. Un instant il crut que sa fin avait sonné. Il s'agissait des ravisseurs de Patrick, peut-être de tueurs, oui, sûrement. Et la carte officielle de la CNCN que balançait sous son nez le Chinois corpulent n'était qu'un faux ou un leurre.

— J'ai quelques questions à vous poser, si vous permettez, continua l'étrange visiteur.

Franck les fit pénétrer dans la pièce principale et continua de sentir une lourde menace peser sur lui.

— Que voulez-vous exactement ? finit-il par dire, la gorge sèche.

— C'est au sujet de votre frère.

— Oui ?

— Savez-vous où il se trouve en ce moment ?

Franck réfléchit. Depuis la disparition de Patrick, lui et son père avaient d'un commun accord décidé de ne pas alerter les autorités, au nom des intérêts supérieurs de l'entreprise et de sa stratégie d'implantation et de développement en Chine. Ce n'était pas le moment de déroger à cette règle qu'ils s'étaient intuitivement fixée.

— Je crois qu'il voyage dans le pays pour ses affaires, répondit l'archéologue. Nous nous voyons peu et nos métiers sont si différents… Il ne me tient pas informé au jour le jour de ses faits et gestes.

Le Chinois cherchait quelque chose au fond de sa poche. Tout à coup, il exhiba une carte de visite imprimée au recto en anglais, au verso en chinois, portant le nom de Patrick Deroubaix.

— Nous avons trouvé ceci, fit le policier d'un ton monocorde, comme si toutes les affaires dont il était chargé résultaient de la vieille et même habitude.

— Montrez-moi, demanda Franck sur le ton de la surprise.

Il se saisit avec émotion de ce petit rectangle de papier cartonné comme s'il eût été un morceau vivant de son frère. C'était une trace, un indice, à n'en pas douter.

— Où avez-vous trouvé ça ? réagit-il vivement, ne réussissant pas à se défaire de la mauvaise impression que lui laissait le Chinois.

Et s'il s'était agi d'un malfrat venu lui demander une rançon, qui cherchait à l'intimider ?

— Connaissez-vous Kunming ? lança le policier en guise de réponse.

Il avait ôté ses lunettes noires et laissa voir un regard perçant dans un visage dur mais pas antipathique. Cette constatation eut pour effet de détendre quelque peu le jeune Français.

— J'y suis allé quelquefois, pourquoi ?

— Je vais vous parler sans détour. Nous avons récupéré cette carte de visite dans un appartement vide que nous avions identifié comme étant un repaire de trafiquants d'héroïne du Triangle d'Or.

— Des trafiquants ! s'exclama Franck. Mais que faisait mon frère là-bas, et où est-il passé ?

— C'est bien la raison de ma présence ici.

Le Chinois se tourna dans la direction de ses deux acolytes et, d'un coup de menton, leur fit signe de fouiller les lieux.

— Je n'ai rien à cacher, observa Franck, piqué qu'on puisse le soupçonner d'avoir un rapport quelconque avec une affaire de drogue. Pas plus que Patrick il n'aurait eu la moindre affinité avec des malfaiteurs.

— Mes collaborateurs sont très soigneux, rassurez-vous. Vous ne retrouverez pas tout sens dessus dessous !

Pendant que les policiers s'acquittaient de leur tâche, Franck sentait le sol vaciller sous ses pieds. Pendant tous ces jours où son frère n'avait pas donné signe de vie, il avait imaginé pas mal de scénarios. Ainsi, il n'avait pas exclu la possibilité que Patrick ait lui-même organisé sa disparition pour échapper à son destin d'industriel. Une sorte de crise d'identité qu'il aurait cru régler en s'absentant de sa propre vie. Jamais cependant il n'en était venu à imaginer que Patrick puisse avoir le moindre lien, même fortuit ou lointain, avec des bandits du Triangle d'Or. Comme tout le monde, l'archéologue savait que le trafic d'héroïne avait connu ces derniers mois une recrudescence, causant des ravages y compris parmi les populations locales, des drogues de mauvaise qualité circulant parmi les autochtones dans les villages les plus reculés du Sud. Régulièrement, l'armée et la police menaient des opérations coup de poing qui se soldaient par des exécutions publiques de trafiquants, le plus souvent par pendaison. On savait en Chine ce que coûtait la violation des lois antistupéfiants.

— Puis-je vous demander ce que vous savez ? s'enquit

Franck après avoir avalé une grande bouffée d'air par la fenêtre ouverte.

— Vous inversez les rôles, répondit le Chinois, un léger sourire aux lèvres, manifestement touché par le trouble sincère, en apparence, du Français. Nous avions repéré ce gang depuis quelques semaines. Il avait mis sur pied une filière assez efficace du Triangle d'Or jusqu'à Hong Kong. Nous savions que Kunming était une de ses plaques tournantes et nous avions « logé » le groupe des principaux chefs dans un immeuble un peu excentré. Malheureusement, la nouvelle d'une possible descente de nos hommes a probablement été éventée. Quand nous sommes arrivés, les oiseaux s'étaient envolés !

— Je ne vois toujours pas ce que mon frère peut avoir de commun avec ces gens-là ; c'est un industriel du textile, et si vous saviez à quel point il est étranger à la drogue ! Même la cigarette lui fait peur, il est obsédé par sa santé.

— On a vu pas mal de trafiquants ne jamais toucher à ce qu'ils vendent, rétorqua le Chinois. C'est même un principe de longévité : ne pas toucher. Mais je vous fais confiance autant que possible. J'ai tendance à partager votre opinion : cette carte de visite de votre frère arrive comme un cheveu sur la soupe ! Le problème, c'est que nous l'avons trouvée là-bas.

— Quand bien même Patrick serait mêlé à tout cela, j'imagine qu'il n'aurait pas semé en chemin de quoi le retrouver. Sauf s'il avait envie, au contraire, de laisser une trace visible.

— Que voulez-vous dire ?

Franck réalisa qu'il avait commis une erreur en s'engageant dans cette voie.

— Je ne veux rien dire de particulier, répondit l'archéologue en s'efforçant de ne marquer aucune hésitation. Mon frère a multiplié les missions sur le terrain au cours des derniers mois.

— Pourrions-nous avoir accès à son emploi du temps récent ? insista le policier.

Cette fois, Franck redoubla de prudence. Il n'était pas question de dire qu'il avait déjà ces informations et que l'assistante de Peng Textile, Mme He Cong, qui lui avait fourni le détail de ses occupations, avait été retrouvée morte assassinée dans la Forêt de Pierre. Mais en tout état de cause, si le policier remontait le fil, il tomberait forcément sur ce cadavre. Fallait-il prendre les devants ?

— Je pourrai vous communiquer ce que je sais d'ici à demain, proposa Franck. Il me suffira de demander à ses collaborateurs les plus proches, dans notre filiale.

Pour son plus grand soulagement, le Chinois n'insista pas. Il parut même gêné d'avoir ainsi déstabilisé son interlocuteur. D'autant que ses deux collègues revinrent vers lui et lui firent signe qu'ils n'avaient rien trouvé de suspect en fouillant la maison. Comme pour se faire pardonner son intrusion, le policier demanda à Franck ce qu'il faisait en Chine, et depuis combien de temps il y vivait, sur un mode qui se distinguait nettement du strict interrogatoire. Franck répondit prestement, voyant là l'occasion d'éloigner son interlocuteur de sujets trop sensibles. De fil en aiguille, les deux hommes eurent une conversation inattendue autant que détendue. Le policier avoua à Franck sa passion pour la musique classique occidentale, chose qu'il n'aurait jamais pensée possible venant d'un flic chinois.

— Avant de verser dans les stupéfiants, j'assurais la sécurité des grands chantiers publics, expliqua le policier. C'est ainsi que j'ai suivi de très près la construction des opéras de Pékin, de Canton et de Shanghai. Depuis, je suis invité à tous les spectacles et je me souviens encore d'un moment exceptionnel, une représentation grandiose de *Aïda* de Verdi, vous connaissez je suppose.

— Parfaitement, répondit Franck, légèrement incrédule, se disant en son for intérieur qu'une fois encore, il avait eu tort de juger le policier sur sa simple apparence du début. Savez-vous, continua le Français, que notre musique n'a pénétré votre pays qu'au tout début du XVIIe siècle, lorsqu'un jésuite italien s'est installé ici avec une épinette, une sorte d'instrument à cordes et à clavier.

— Non, je l'ignorais, répondit le policier, avisant tout à coup la cithare de Jiao. Vous êtes aussi musicien, à ce que je vois.

— C'est mon épouse, lança Franck, et le seul fait d'évoquer la jeune femme le plongea dans un sentiment de tristesse et d'inquiétude sourde.

— Je ne vais pas abuser davantage de votre temps, fit le policier en se dressant sur ses jambes. Voici mes coordonnées téléphoniques. N'oubliez pas de me tenir informé de l'emploi du temps de votre frère et de tout autre élément qui m'aiderait à orienter l'enquête.

— Je n'y manquerai pas, acquiesça Franck.

Une fois seul, il reprit lentement ses esprits en essayant de faire la part entre ses doutes et ses interrogations à propos de Patrick. Dans quelle mauvaise posture s'était-il donc fourré ? Que faisait-il à Kunming dans le repaire de trafiquants notoires ? Il se sentit bien isolé tout à coup, et il éprouva le besoin de parler à quelqu'un. Il consulta sa montre. En France, il était encore tôt, mais il n'hésita pas une seconde. Il forma le numéro du patriarche et attendit le cœur battant la succession, en pointillés sonores, des tonalités internationales.

La voix était nette et bien frappée. Le père de Franck tombait du lit chaque matin, remonté comme une pendule et avec l'appétit presque enfantin qui consiste à vouloir tout savoir tout de suite. En un mot, le patriarche était un homme réveillé et même bien réveillé, comme en témoignait sa diction martiale.

— Allô ! s'écria-t-il avec énergie. C'est toi, Franck ?

— Oui, papa, je ne te demande pas si je te réveille. Tu as l'air déjà en plein boum !

— J'écoutais les nouvelles. Pas bonnes nulle part.

— Pas bonnes ici non plus, enchaîna Franck.

— Que veux-tu dire ? demanda le patriarche avec un voile d'inquiétude.

— La police sort de chez moi. Ils ont retrouvé une carte de visite de Patrick, tu sais, ses cartes bilingues qu'il promène chaque fois qu'il vient en Chine.

— Oui, et alors, elle était où, cette carte de visite ?

— Tu ne devineras jamais : à Kunming, dans une planque de trafiquants de drogue.

Il y eut un silence. Il parut si long à Franck qu'au bout de quelques secondes, il se demanda si la ligne n'avait pas été coupée.

— Tu es là ? demanda l'archéologue.

— Évidemment que je suis là ! fit le patriarche d'une voix cette fois blanche, de stupeur ou de colère. Qu'est-ce que tu me racontes ? Patrick avec des trafiquants de drogue. Il y aurait de quoi rire, je te le jure, mais je ne ris pas !

— Moi non plus, admit Franck, qui se mit à narrer par le menu la visite des policiers chinois.

Au terme de son récit, M. Deroubaix père s'était légèrement détendu. Passé l'effet de surprise, il se mit à faire des supputations à haute voix, avec la sensation désagréable de tourner en rond. Il avait beau se casser la tête, il ne voyait pas de quelle manière le nom de son aîné pouvait être un tant soit peu mêlé à des trafiquants du Triangle d'Or. Patrick était la transparence même. En affaires cela lui avait souvent posé des problèmes, tant il était prévisible. Son père, c'était autre chose, un

155

mélange d'humanisme tempéré et de rouerie sur tout ce qui concernait les affaires d'argent et les affaires tout court.

— Sincèrement, je crois que tout cela est une fausse piste, conclut le patriarche.

— Il me semble que les policiers l'ont bien perçu ainsi, confirma Franck. Mais le mystère reste entier. Et nous n'avons toujours aucun signe de vie de Patrick. Je ne peux pas considérer que sa carte de visite prouve quoi que ce soit sur son état.

Ils se quittèrent sur ces paroles. Franck ressentit un certain soulagement d'avoir pu vider son sac. Son père lui demanda d'embrasser Lise dès qu'il la verrait.

20

Levés tôt ce matin-là, Lise et Tchang se rendirent à l'aéroport. Sur place, ils retrouvèrent quatre amis du jeune homme, tous shanghaiens. La Française, qui avait déjà été présentée à deux d'entre eux, Gavin et Jun, des jumeaux drôles et inséparables, tendit une main timide à Li Na et Faifai, un jeune couple branché au regard sympathique. Dans le hall, les cinq amis excités par la perspective du périple parlaient à bâtons rompus en mandarin, aussi Lise se sentit-elle isolée. Mais Tchang qui veillait sur elle lui traduisit une large portion de leurs propos en français. Par la suite, il imposa à ses camarades qui s'exprimaient couramment en anglais d'utiliser, dans la mesure du possible, la langue de Shakespeare.

— Je déclare l'anglais langue officielle de ce voyage, lança-t-il à la cantonade.

Lise, qui ne trouvait que des qualités au jeune homme, le remercia chaleureusement.

Sur le coup de 9 heures, ils embarquèrent dans l'avion à destination de Guilin, ville située dans la province du Guangxi, à quelque mille cinq cents kilomètres de la Perle de l'Orient. Lise, installée près du hublot, avait pour voisine Li Na. La jeune femme, étudiante à l'Institut des beaux-arts de Shanghai, discuta avec elle

pendant les deux heures du trajet des courants nova-
teurs et contestataires de la peinture contemporaine
chinoise. Lise, qui avait visité plusieurs galeries avec
Tchang et qu'un tel foisonnement artistique avait fas-
cinée, lui exprima son admiration. Li Na lui expliqua
que l'expression de messages politiques, plus difficiles à
déchiffrer en peinture qu'en littérature, permettait une
telle explosion. Passionnées, les deux jeunes femmes ne
virent pas le temps passer.

— Regarde par la fenêtre, Lise ! l'interpella Tchang
assis derrière elle.

Les yeux clairs de la jeune Française contemplèrent
la campagne. Par chance, aucun nuage ne bouchait l'horizon. L'avion surplombait une région de collines vert
tendre et douces où serpentaient plusieurs cours d'eau.
Puis, progressivement, le relief se fit plus accidenté et
les célèbres monts karstiques sombres apparurent dans
le lointain.

— Que c'est beau ! s'exclama Lise.

— Ces paysages ont été mille fois célébrés par nos
peintres traditionnels, ajouta Li Na.

— Imagine une baie d'Along terrestre, renchérit
Tchang.

Après l'atterrissage, les jeunes gens se mirent en quête
du minibus de l'hôtel, le Yangshuo Mountain Retreat.
Les jumeaux, qui aperçurent en premier le véhicule
crème, rameutèrent les troupes. Le périple débuta et
l'excitation des voyageurs fit rapidement place à la
contemplation. Quelle féerie ! Des champs, des rizières,
des rivières, des bœufs, des paysans, des hameaux, des
villages, des sourires d'enfants, des monts, une quantité
incroyable de monts qui tels des menhirs géants dressaient le nez vers le ciel.

— Tchang, déclara Lise, je crois que je n'ai jamais
rien vu d'aussi somptueux !

Le jeune Chinois lui adressa un sourire tendre et satisfait.

Le minibus s'arrêta quatre-vingt-dix minutes plus tard en pleine campagne devant une belle bâtisse à l'architecture caractéristique de la région. Construit avec des briques gris clair, des tuiles légèrement plus foncées et des boiseries ajourées peintes en rouge bordeaux, l'édifice surplombait la rivière Yulong dans laquelle il se reflétait.

— Voici notre hôtel, fit Tchang.

— Tu es déjà venu ici ? demanda la jeune femme.

— Une fois, mais pas en si charmante compagnie.

Lise rougit jusqu'aux oreilles.

— Avec Gavin et Jun, nous avons fait un stage d'escalade d'une semaine dans la région, ajouta-t-il. Le Yangshuo Mountain Retreat est un centre bien organisé pour ce type d'activité. Je commence à avoir faim, pas toi ?

— Oui, non, pas vraiment. Je crois que je suis totalement absorbée… subjuguée par le panorama. Tu crois qu'on peut manger dehors ?

— Je vais me renseigner.

Les amis montèrent prestement leurs bagages. La chambre de Tchang et Lise, qui comportait des lits jumeaux, dominait le cours d'eau. Depuis le large balcon qui la longeait, ils admirèrent la vue et firent signe à Gavin et Jun qui s'esclaffaient sur la terrasse mitoyenne. À l'intérieur, le bois clair, le bambou et le blanc dominaient. Sur le mur, au-dessus des têtes de lit, étaient accrochées deux gravures, de ces peintures traditionnelles apaisantes auxquelles Li Na faisait référence dans l'avion. La simplicité et le naturel de la décoration plurent tout de suite à la jeune femme blonde : ce séjour rural se présentait sous les meilleurs auspices. Tout à coup, elle se souvint de son père auquel elle n'avait pas pensé depuis le matin. Un sentiment de honte l'envahit.

Après un solide déjeuner et un peu de farniente, les six compagnons entreprirent de visiter la région sur des VTT fournis par l'hôtel. Le parcours, en partie le même qu'au matin mais à rebours, leur parut plus somptueux encore à bicyclette. Ils longèrent d'abord la rivière Yulong, puis empruntèrent la route à gauche en direction de Yangshuo distant de huit kilomètres. Depuis plusieurs années, les *backpackers*, des voyageurs à budget modeste, constituaient la clientèle privilégiée de ce bourg réputé meilleur marché que Guilin. Deux rues principales traversaient la localité. Xie Jie qui arpentait la ville du nord au sud vers le fleuve Lijiang alignait les boutiques, les restaurants et les hôtels pour touristes occidentaux à tel point que les locaux la dénommaient « rue des étrangers ». Tandis que Pantao Lu, qui longeait la route de Guilin, était plutôt fréquentée par les Chinois. Mais, comme purent le constater Lise, Tchang et ses amis, les hameaux et villages des environs constituaient des haltes plus authentiques.

En fin d'après-midi, les amis s'en retournèrent à Yangshuo. Après avoir solidement attaché leurs vélos, ils déambulèrent un temps en ville et se désaltérèrent dans un bar. Lise, sous le charme, en profita pour téléphoner à son oncle afin de le rassurer. Enthousiaste, elle commença par lui décrire les lieux en employant des qualificatifs plus dithyrambiques les uns que les autres, puis, à sa demande, elle lui communiqua les coordonnées de leur hôtel. Enfin, elle lui posa la question tant redoutée :

— Franck, as-tu des nouvelles de papa ?

Sa surprise fut grande lorsque son oncle lui répondit

sur un mode affirmatif. Ses pulsations cardiaques s'accélérèrent.

— Des bonnes ou des mauvaises nouvelles ? s'inquiéta-t-elle.

— Des nouvelles curieuses, Lise. Aujourd'hui, j'ai reçu la visite des forces de l'ordre, des représentants de la Commission nationale des contrôles narcotiques. Dans le cadre d'une de leurs interventions, ils ont trouvé dans un appartement de Kunming une carte de visite de Patrick. Pour couronner le tout, les trafiquants qu'ils poursuivaient se sont enfuis. Je t'avoue ne plus rien y comprendre.

— Tu veux dire qu'ils soupçonnent mon père d'être impliqué dans un réseau de trafic de drogue ?

— Exactement ! Tu as tout compris, rétorqua Franck.

— Mais voyons, c'est parfaitement ridicule. Mon père, un trafiquant de drogue ! lança Lise en riant nerveusement. Sais-tu que le jour où il a appris que mon frère Antoine avait fumé un joint, il a failli faire une attaque. Autant te dire qu'après cet incident nous avons toujours évité d'aborder le sujet.

— Ridicule ou pas, les faits sont là, répliqua son oncle, une pointe d'énervement dans la voix. Je m'interroge, c'est tout. Cela fait maintenant vingt-quatre jours que je m'interroge.

— Franck, est-ce que je peux t'aider ? Tu as l'air…

— Non, je te remercie, l'interrompit l'archéologue plus sèchement qu'il ne l'aurait souhaité. Prends soin de toi, Lise. C'est tout ce que je te demande.

— Quand même, cette histoire est incroyable !

— Oui. Elle est incroyable mais vraie. Écoute, ma chère nièce, il faut que je te laisse. Ne le prends pas mal, mais je dois régler un certain nombre de problèmes. Il faut à tout prix éviter que cette affaire ne s'ébruite.

— Le business, encore le business !

— Lise, je ne suis pas d'humeur à discuter. Crois-tu vraiment que la publicité ramènerait ton père ? Connais-tu le sort que les Chinois réservent aux trafiquants de drogue ?

— Non.

— La peine de mort. Alors, tu comprendras qu'il me faut agir rapidement. Je te prie de m'excuser. Et surtout, sois prudente !

— Au revoir, Franck.

Sonnée, Lise raccrocha le combiné. Comment était-ce possible ? D'abord son père qui disparaissait, puis ces nouvelles insensées. Et, pour couronner le tout, son oncle qui perdait les pédales. Elle ferma les yeux pour refréner une envie de pleurer. Une main étrangère lui tapota l'épaule :

— *Do you feel OK ?* (Vous vous sentez bien ?)

Lise ouvrit les yeux et rassura son interlocuteur. Après s'être composé une contenance, elle rejoignit ses amis.

— Lise, s'exclama Tchang qui se leva à son arrivée, je commençais à m'inquiéter ! Tu m'as l'air un peu pâle.

— Ça va, merci, répondit la jeune femme. Je t'expliquerai plus tard.

Deux heures après, les cinq Shanghaiens et la Française voguaient de nuit sur le fleuve Li Jiang. Auparavant, ils s'étaient restaurés au marché fermier du bourg d'un *pijiuyun*, un poisson du fleuve préparé avec des piments, des cives, des tomates, du gingembre et de la bière. Ils avaient choisi ce mets parmi les spécialités de la région et l'avaient préféré au rat séché frit au piment et à l'ail ou encore à la fricassée d'écureuil, ou aux œufs de grenouille. Et s'ils cabotaient à cette heure tardive, c'était pour admirer les vestiges de la pêche aux cormorans.

Ils avaient embarqué au village sur une barge classique et avaient remonté le fleuve jusqu'à apercevoir au loin un drôle de radeau, six gros roseaux légèrement recourbés aux deux extrémités et assemblés par des cordes, au centre duquel était clouée une planche en bois carrée. Dessus se tenait un vieil homme accompagné de ses volatiles noirs. Le pêcheur au chapeau conique, aussi frêle que son embarcation, était éclairé par une lanterne accrochée à l'avant au bout d'une tige de bambou penchée sur les flots. Un grand roseau qu'il appuyait sur le lit du cours d'eau lui permettait d'avancer. À l'arrivée du groupe, il s'arrêta, salua de loin et poussa ses cormorans à l'eau. Pour les inciter à plonger, il asséna de légers coups de bâton à la surface du fleuve. Vifs comme l'éclair, cou en avant, les oiseaux au long bec s'élancèrent. Les plus habiles ramenèrent rapidement un poisson qu'un mince filin serré autour du gosier les empêchait d'avaler. Le vieillard ouvrait alors leur bec, récupérait le butin qu'il déposait ensuite dans un grand panier en osier. De temps à autre, pour récompenser ses bêtes, il relâchait la pression du lacet et leur octroyait une prise.

Auprès de ses amis, Lise semblait goûter le spectacle. En réalité, son esprit voguait ailleurs. Elle était d'une part préoccupée par les inquiétantes nouvelles à propos de son père, d'autre part de plus en plus troublée par la douce proximité de Tchang. Aussi n'était-ce pas le tranquille fleuve Li Jiang qui s'écoulait en elle, mais plutôt les remous terribles et violents d'un torrent de montagne en crue. Comment en effet concilier ces deux sentiments contradictoires puisqu'ils s'excluaient l'un l'autre ? D'un côté, l'anxiété et la douleur. De l'autre, la volupté et le bonheur. La culpabilité rongeait la jeune femme qui songea un instant que ce conflit intérieur était le fruit de son éducation judéo-chrétienne. Une jeune bouddhiste se serait-elle interrogée de la même façon ?

L'escapade fluviale prit fin. Les six compagnons empruntèrent à pied la « rue des étrangers » au comble de son animation et rejoignirent leurs bicyclettes. Deux minutes plus tard, ils avaient retrouvé l'obscurité et le calme de la campagne. Contraste saisissant puisque les rares habitations des environs étaient éclairées à la bougie. Ils croisèrent aussi des véhicules, bus ou voitures, dont la conduite leur parut hasardeuse. Les routes chinoises étaient dangereuses, en particulier la nuit. Les quelques kilomètres qui les séparaient de l'hôtel parurent interminables à la jeune Française.

Le lendemain matin, la petite troupe partit à la conquête du Yueliang Shan ou colline de la Lune. Pour atteindre le sommet du fameux pic karstique en forme d'arc, puisqu'un trou arrondi le perçait en son milieu, les amis s'acquittèrent du droit d'entrée et entamèrent la montée des mille deux cent cinquante et une marches creusées au milieu de la broussaille. Une véritable épreuve sportive ! La jeune femme qui avait mal dormi s'efforça de ne rien laisser paraître de sa fatigue pendant l'escalade, tant et si bien qu'elle et Tchang arrivèrent les premiers à la cime. Le panorama féerique qui s'offrait à eux récompensa leurs efforts. En contrebas, la plaine bien plate, bien verte, arrosée par une multitude de cours d'eau sinueux, aménagée par les hommes qui y avaient tracé leurs sillons et bâti leurs maisons. Cette plaine sur laquelle se hérissaient à perte de vue des aiguilles calcaires dont la roche grise était recouverte d'une végétation sombre. Longtemps, ces monts dont les nuages et le brouillard cachaient régulièrement les sommets avaient entretenu la magie des lieux louée par peintres et poètes qui les admiraient en bas, depuis la vallée. Mais, depuis quelques années, une nouvelle race d'hommes munis de cordes, de harnais et de piolets parcourait la région à la recherche de pics inviolés.

Les quatre Shanghaiens les rejoignirent ainsi que deux courageux marchands ambulants qui leur proposèrent des boissons fraîches. Ils acceptèrent leur offre avec soulagement. Dire que ces derniers grimpaient plusieurs fois par jour cet interminable escalier avec tout leur chargement ! Pour les remercier, les deux vendeurs leur indiquèrent un gigantesque arbre banian vieux de mille cinq cents ans.

Après avoir étanché leur soif et nourri leurs yeux de ces splendides paysages, les amis entreprirent la descente dans la joie et la bonne humeur. Par de petits sentiers, ils s'éloignèrent de la colline de la Lune afin de mieux la photographier dans son ensemble. Ils marchèrent ainsi un moment au milieu des arbustes lorsque tout à coup deux hommes armés de couteaux leur barrèrent le chemin. Ils se retournèrent, mais deux autres bandits s'étaient déjà glissés derrière eux. Lise poussa un hurlement. Tchang lança alors en mandarin des instructions à ses camarades. Ceux-ci encerclèrent les deux jeunes femmes et se positionnèrent face à leurs agresseurs. Une bataille rangée s'ensuivit dans laquelle s'engagèrent d'un côté Gavin, Jun, et de l'autre Faifai et Tchang. Lise qui tremblait des pieds à la tête n'en croyait pas ses yeux. Pour la rassurer, Li Na lui avait pris la main. Elle lui glissa dans l'oreille de ne pas s'inquiéter car les garçons étaient des champions de… À cause d'un cri impressionnant poussé par les jumeaux, la jeune Française n'entendit pas la fin de la phrase. Elle se retourna et admira les quatre sportifs survoltés qui semblaient effectivement prendre le pas sur leurs assaillants à coups de pied, de bras et de sauts martiaux en tout genre. Désarmés, les attaquants s'enfuirent à toutes jambes. Ils avaient perdu la partie. Au lieu de les poursuivre, les quatre camarades considérèrent qu'il était plus prudent de rester avec les filles.

Les six compagnons rebroussèrent chemin, rejoignirent leurs bicyclettes et rentrèrent directement à l'hôtel.

Assise sur le lit de sa chambre, Lise s'était emparée de son petit carnet à spirale. Quel meilleur moyen pour savoir où elle en était que d'écrire. Surtout que son voyage en Chine n'était vraiment pas de tout repos. Elle avait déjà noirci cinq pages lorsque Tchang sortit de la salle de bains torse nu.

— Ton bras ! s'exclama la jeune femme blonde. Tu es blessé ?

— Rien de grave. Je n'avais même pas vu. Juste une éraflure, répondit-il.

— Montre-moi ça !

— Je te dis que ce n'est pas grave.

— Écoute, il faut au moins désinfecter la blessure. J'ai une trousse de secours que ma mère a glissée dans mon sac avant mon départ. Elle s'imaginait sans doute que la Chine était totalement dépourvue de médicaments…

Amusé, le jeune Chinois approcha. Il prit place à côté d'elle. Lise saisit prestement le flacon adéquat et vaporisa la plaie.

— Vous avez vraiment été formidables, clama-t-elle. Un instant, je me suis crue plongée dans le film d'Ang Lee, *Tigre et dragon*. Je te jure que je n'ai jamais vu un combat pareil.

— Nos adversaires n'étaient pas très bons, répliqua-t-il avec modestie.

— Tout de même, ils étaient armés !

Après une légère hésitation, elle poursuivit :

— Tu sais, j'ai bien réfléchi, et je me demande si cette attaque ne m'était pas destinée…

— Comment ça ?

— Peut-être qu'elle comporte un lien avec la disparition de mon père ?

— Peut-être, mais ce n'est pas sûr. Le propriétaire de l'hôtel à qui j'ai raconté nos péripéties m'a confié qu'il arrivait parfois que des voyageurs soient détroussés dans ce coin.

— Remarque, je préférerais ça. Mon oncle Franck a raison d'insister lorsqu'il me demande d'être prudente. Je ne vais rien lui dire, sinon ma famille risque de me renvoyer aussitôt en France. Et maintenant que je sais que j'ai une escorte béton, je suis tout à fait tranquillisée.

Sur ces paroles, les mains des deux jeunes gens se rejoignirent. De sa main libre, Tchang souleva délicatement une mèche blonde de la jeune femme qu'il embrassa. Les corps des deux amis basculèrent en douceur sur le lit.

21

Les yeux fermés, assis sur un canapé du salon, Franck tentait en vain de se détendre lorsque le téléphone retentit. Décidé à ne pas se laisser déranger, l'archéologue pria l'*ayi* de répondre. Un peu gênée, la jeune paysanne qui craignait de tomber sur un interlocuteur étranger s'exécuta. Son appréhension se trouva justifiée puisqu'à l'autre bout du fil résonna une voix lointaine et masculine fort désagréable. Elle interpella son patron en mandarin :

— Monsieur, je crois qu'il s'agit de votre père.

— Vous êtes sûre ? insista Franck.

— Je vous prie de bien vouloir m'excuser, mais j'ai cru reconnaître sa voix. Un Français un peu âgé et pas très patient.

— Vous avez raison : il doit effectivement s'agir de mon père.

À contrecœur, Franck se redressa et saisit le combiné que l'*ayi* lui tendait. Il identifia immédiatement les grognements assourdis qui lui parvenaient jusqu'aux oreilles.

— Papa ?

— Franck, ce n'est pas trop tôt. Je ne me ferai jamais à cette langue de rastaquouère.

L'éventail des expressions employées par le patriarche n'avait rien à envier au fameux capitaine Haddock, personnage d'Hergé pour lequel il avait toujours manifesté sa sympathie. Franck sourit.

— Mon cher papa, quel bon vent t'amène ?

— As-tu des nouvelles de Patrick depuis l'autre jour ?

— Non, aucune. La brigade des stups ne s'est pas manifestée.

— Et Lise ?

— Ta petite-fille coule des jours heureux dans un des plus beaux sites du pays en excellente compagnie. Elle devrait bientôt rentrer à Shanghai.

— Tu lui as dit pour cette affaire de drogue ?

— Bien sûr, et elle a immédiatement réfuté l'hypothèse selon laquelle son père pourrait être mêlé de près ou de loin à ce genre de chose.

— Si elle va bien, c'est l'essentiel, rétorqua le patriarche avant de poursuivre. Franck, tu n'es pas sans savoir que le commissaire européen au Commerce, Peter Mandelson, s'apprête à ouvrir des consultations avec les autorités chinoises pour contraindre le pays à limiter ses exportations textiles.

— Les journaux de Pékin ne parlent que de ça !

— Très bien. Tu dois donc aussi savoir qu'il s'est fixé comme date de parvenir à un accord avant la fin du mois de juin.

— Je n'avais pas prêté attention à ce détail. Mais si tu le dis, cela doit être vrai.

— Franck, la conjoncture est excellente, ajouta le vieil homme avec une pointe d'excitation dans la voix. D'ici là, les commandes vont pleuvoir. Mon téléphone n'arrête déjà pas de sonner. En revanche, si les Chinois et les Européens parviennent à un accord, les commandes seront terminées pour cette année. Ceinture ! Il convient donc d'en profiter, et tout de suite.

L'archéologue, que les affaires laissaient parfaitement froid, ne pouvait pas partager l'enthousiasme paternel. En revanche, il comprit immédiatement les enjeux qui se dessinaient et ce que le patriarche attendait de lui. Au plus vite, il devait rejoindre le bureau de Shanghai pour y rencontrer les meilleurs clients du groupe et s'assurer que les équipes sur place étaient en mesure de satisfaire la demande. Rien de sorcier à cela ! Les affaires répondaient à une logique bête et implacable. En d'autres temps, le jeune Français se serait fait une joie de passer quelques jours dans la grande ville chinoise, le Paris de la Chine, comme l'appelaient à juste titre les guides étrangers. Il raffolait de cette cité littorale – Shanghai ne voulait-il pas dire « au bord de la mer » ? – remplie d'aventuriers, de missionnaires, d'hommes d'affaires, de gangsters et d'excentriques, qui semblait concentrer toutes les audaces et les folies créatrices de la Chine moderne. Mais une force le retenait. Il était gagné par ce sentiment étrange et irrépressible qu'il ne devait pas s'éloigner de chez lui. Que le danger l'attendait dehors.

Ce n'était pas la première fois qu'il éprouvait pareil sentiment qui ressemblait à un pressentiment. Franck n'était pas particulièrement superstitieux. Depuis l'enfance, il avait de surcroît appris à ne pas s'écouter. Chez les Deroubaix, on mettait un point d'honneur à ne montrer aucune faiblesse, aucune émotion déplacée. Il n'était pas question d'être douillet ou souffreteux. La vie était vécue comme une sorte d'application permanente des théories de Darwin. Seuls les meilleurs devaient résister, survivre, et gagner. Le patriarche avait fait de cette règle un credo dont il avait investi chacun de ses enfants. Tout ce qui, de près ou de loin, pouvait relever du domaine psychologique n'avait pas droit de cité. Franck le savait, c'est aussi pour échapper à une programmation toute faite qu'il avait pris ses distances avec les siens. En s'affranchissant des Deroubaix, il avait senti peu à peu ses antennes ressortir, lui permettant de capter dans son entourage et en lui-même ces petites ondes intimes qui sollicitent la sensibilité, l'empathie, le questionnement. Et depuis ces derniers jours, après la disparition de son frère et l'assassinat dont il avait été témoin, il sentait vibrer ses antennes intérieures d'ondes inquiétantes.

L'essentiel de son tourment portait sur Jiao. Il n'y avait rien de changé entre eux, et pourtant tout semblait désormais différent. Franck sentait un voile impalpable, une barrière invisible, quelque chose qui les séparait sans qu'il sache dire quoi, ni pourquoi. Partir à Shanghai, c'était courir le risque de l'éloignement dans un moment où il ne maîtrisait plus le cours jusqu'ici tellement harmonieux et tranquille de leur relation. Le jeune Français avait mis du temps à déchiffrer les mystères des femmes asiatiques. Encore répugnait-il à généraliser. Jiao était une femme chinoise, il ne prétendait pas qu'elle pût les représenter toutes, encore moins qu'elle incarnât une moyenne des femmes de son pays. Jusqu'à présent, il savait ce qui la réjouissait : une robe neuve qu'il lui offrait quitte à se tromper sur la taille, mais jamais sur les tons de couleurs vives. Une mangue amoureusement épluchée par ses soins, à la manière qu'elle lui avait enseignée au début de leur histoire : de petits carrés découpés dans la chair jaune, saillant de la peau retournée du fruit pour former une sorte de carapace… Il savait aussi ce qui attristait Jiao : ses départs trop fréquents sur les chantiers de fouilles. Sa nostalgie de la France qu'elle se sentait incapable de l'aider à surmonter. Ses envies, parfois, de revenir vivre dans son pays natal, une perspective que Jiao ne voulait pas envisager, disant qu'elle serait ailleurs comme un poisson sorti de l'eau.

Ne pas partir, cela devenait l'idée fixe de Franck. Comme quand il était enfant et qu'il devait se trouver un prétexte pour ne pas faire une chose qui le rebutait, il se mit à chercher une bonne raison pour éviter de se rendre à Shanghai. Une raison acceptable par le patriarche, une sorte d'excuse imparable qui ne souffrirait aucune contestation, aucun palabre pénible. Franck avait horreur de devoir se justifier, mais il mesurait toujours combien face à son père, même à des milliers de kilomètres de distance, il se sentait tenu. Depuis quelque temps, il lisait sur le Net que certaines régions de Chine avaient été fermées aux visiteurs étrangers en raison de l'épidémie de Sras. Évidemment, ces informations n'avaient pas circulé dans le pays. Le régime de Pékin, malgré son ouverture à l'économie et aux capitaux du monde entier, continuait de pratiquer envers sa population une politique du secret d'un obscurantisme quasi féodal. Mais nul doute qu'en France, on savait que l'épidémie avait été largement tue et minimisée par Pékin. Depuis, faute de ressources sur place, les autorités chinoises avaient dû précipitamment lancer des appels au secours à la communauté internationale.

Une idée trottait dans la tête de Franck. Il faudrait ne pas trop inquiéter, dire simplement que les risques étaient réels. Pas ceux liés au Sras, non, l'affaire était déjà trop ancienne. Ceux liés à la grippe aviaire qui apparaissait comme le nouvel épouvantail brandi en Occident pour se garder de tout ce qui venait du ciel, surtout des cieux asiatiques, russes, roumains ou turcs. Le jeune homme réfléchit. Bien sûr, la grippe aviaire n'avait pas encore fait beaucoup de victimes. Quelques-unes en Chine, à Hong Kong. D'autres plus nombreuses en Turquie. Pour autant, l'alerte était sérieuse. À Pékin, les journaux n'en parlaient jamais. Ils ne relayaient même pas les appels de l'OMS, l'Organisation mondiale de la santé, qui incitait vivement au confinement des volailles dans les élevages de plein air, ou à l'éloignement des hommes des poulaillers dans les campagnes. De toute manière, qui lisait le moindre journal dans les lieux les plus reculés de l'empire du Milieu ? Franck réalisa que son histoire serait sûrement assez peu crédible. S'il invoquait les risques de maladie pour refuser de se rendre à Shanghai, son père aurait été capable de venir sur place vérifier ses dires ! Il fallait trouver autre chose.

Une partie de la journée, il tourna en rond, assailli par des pensées contradictoires. Pourquoi n'emmènerait-il pas Jiao et la petite avec lui ? Ou Jiao seule, l'enfant ayant l'habitude d'être gardée par sa nourrice ? Certes, sa femme n'était pas spécialement attirée par Shanghai, et sa boutique l'occupait beaucoup ces temps-ci. Pour autant, il pouvait essayer de la convaincre. Ils auraient profité du séjour pour visiter des galeries d'art en amoureux, comme ils le faisaient souvent, au début. Ils auraient pu se rendre compte ensemble de la poussée champignonesque des buildings flambant neufs dans les quartiers modernes. Encore fallait-il que Jiao acceptât. Et ces derniers jours, elle avait plutôt l'expression de quelqu'un qui n'accepte rien sauf de suivre ses propres envies.

Puis Franck essaya de se figurer son père au même moment. Tous les espoirs que ce vieux grognard du business avait placés dans l'aventure chinoise. En réalité, Deroubaix père jubilait à l'idée de contribuer à sa manière à la fin du communisme. Sans doute s'illusionnait-il un peu sur la capacité du capitalisme à éroder les fondements de l'étatisme économique chinois. Mais de fait, il s'était beaucoup excité en découvrant dans des magazines comme *Forbes* ou *Fortune* le visage des nouveaux maîtres de l'économie chinoise, qu'ils soient concepteurs de réfrigérateurs, fabricants de téléviseurs ou pionniers de la bulle Internet. Au Forum économique de Davos, auquel il avait participé plusieurs fois, fier d'évoluer parmi les maîtres de la planète financière et les *people* du moment, il avait un jour croisé Zhang

Ruimin, un entrepreneur chinois qui s'était hissé au vingt-sixième rang des fortunes mondiales avec son groupe familial d'électroménager. Sans doute était-ce à cette époque qu'il s'était vu en partenaire de ces Chinois affairés et travailleurs, capables de bâtir des empires en des temps records. C'est ainsi qu'il avait entamé ses premières prospections à Pékin qui l'avaient mené un beau jour dans le bureau de Long Long. Une belle histoire qu'il rêvait de prolonger encore longtemps pour voir sa société nordiste prospérer sous ces cieux lointains et excitants.

Franck soupira. Doucement il s'était convaincu, ou résigné. Il fila dans sa chambre et sortit un sac de voyage de l'armoire. Il y jeta deux chemises et un pantalon, quelques effets personnels, un livre d'archéologie consacré aux fouilles de la Chine ancienne, puis consulta les horaires des vols sur Internet. Deux heures plus tard, il avait pris place dans un avion à destination de Shanghai. Il avait laissé un mot à sa femme, espérant qu'elle serait rentrée avant son départ. Il n'avait pas réussi à la joindre au magasin et son portable était directement branché sur le répondeur. Il essaya de dominer son appréhension. La vision du ciel pur, à dix mille mètres d'altitude, l'apaisa. Il se dit que son père exerçait sur lui une sacrée influence. Sans les rêves de grandeur exotique de Guy Deroubaix, sans son insistance si pesante qu'elle en devenait risible, jamais il ne se serait retrouvé dans un avion. Cette pensée lui tira un sourire. L'hôtesse recommanda aux voyageurs de rester bien attachés à leur siège : des perturbations s'annonçaient.

22

Dans l'ascenseur qui les menait du cinquante-neu-vième étage au rez-de-chaussée, Franck Deroubaix et Xue Long Long restèrent silencieux. Un soleil radieux les cueillit à la sortie de la tour. De concert, les deux hommes chaussèrent leurs lunettes de soleil. L'occasion pour le partenaire de Patrick de lancer la conversation. Alors qu'ils se dirigeaient vers les rives du fleuve Huang-pu, l'homme d'affaires chinois s'employa à vanter le climat de Kunming, plus tempéré en été que celui de la Perle de l'Orient. Pendant ce temps, insensible à ses propos, Franck qui marchait à ses côtés réfléchissait à la stratégie à adopter.

Comment allait-il faire parler Xue Long Long ? Celui-ci était-il impliqué dans la disparition de Patrick ? Peut-être, peut-être pas. En tout cas, le Chinois – l'ar-chéologue en était certain – cachait des informations. Avait-il peur de parler et de subir le sort de la mal-heureuse assistante ? Franck se remémora sa visite de l'usine et, en particulier, le visage apeuré de la pauvre femme lorsque le partenaire de Patrick avait déboulé avec perte et fracas dans son bureau. Jusqu'à quel point cet homme hypocrite était-il impliqué dans l'enlève-ment ? Fallait-il évoquer le sort misérable de Mme He Cong ?

Depuis le rapt de son frère aîné, le jeune Français

s'était trouvé dans l'impossibilité de discuter en tête à tête avec le partenaire chinois de Peng Textile : la première fois à cause du tapage causé par le spectacle du restaurant-cabaret, la seconde en raison de la présence inopportune du comptable de l'usine. Cette fois, l'homme d'affaires, qui avait pris l'initiative de ce déjeuner, semblait désireux de dialoguer. Voulait-il commenter l'envolée des commandes de vêtements et l'enthousiasme hystérique des commerciaux, au premier rang desquels figurait le volubile Arnaud Gazon ? Réflexion faite, l'archéologue décida de laisser Xue Long Long abattre ses cartes, quitte, au moment où il s'y attendait le moins, à le surprendre.

Les deux hommes atteignirent l'entrée du Waitan Guanguang Suidao, un tunnel qui reliait les deux rives du fleuve. Sous un éclairage psychédélique, ils s'installèrent dans la rame d'un train futuriste qui les mena à la vitesse de l'éclair de Pudong, quartier ultramoderne de la ville portuaire, au Bund, faubourgs historiques des anciennes concessions étrangères. Comme toujours, l'expérience, une attraction digne des parcs de Disneyland, amusa Franck. Elle le détendit.

De retour au plein jour, Xue Long Long pointa son doigt en direction d'une tour moderne qui dépassait de plusieurs centaines de mètres les majestueux bâtiments néoclassiques construits dans les années 1930.

— Comme son nom l'indique, déclara le partenaire de Patrick, le restaurant 50 Beyond est installé au cinquantième étage de la tour Bund Center Office. Il offre une vue exceptionnelle sur l'ensemble de la ville. On y mange très bien, vous verrez.

Franck opina. Il adressa un sourire poli à son hôte.

À leur arrivée, l'archéologue détailla les losanges marron et jaunes de la moquette, le rouge des banquettes et le doré des lustres. Ce style années 1970 à la mode chinoise ne lui convenait pas : trop clinquant et chargé à son goût. Le panorama, en revanche, le séduisit immédiatement car la situation centrale de la tour permettait d'admirer les quartiers les plus intéressants de la ville : Pudong, le Bund mais aussi les jardins Yu. Une hôtesse plaça les deux hommes à une table tranquille le long de la baie vitrée, face à la tour Oriental Pearl. Avec la plus extrême courtoisie, Xue Long Long commenta le menu tant et si bien que Franck douta un instant de sa volonté d'aborder une conversation sérieuse. Une chose était sûre : le Chinois prenait son temps.

— Les affaires marchent bien, lâcha soudainement Xue Long Long. Votre père doit être content.

— La conjoncture nous est favorable, se surprit à répondre Franck. Mais le vent risque de tourner si la Commission européenne fixe des quotas, ce qui est fort probable.

— Mon gouvernement fera tout pour retarder l'échéance. Vous pouvez lui faire confiance. En tout cas, vous avez raison, il faut profiter de la situation actuelle. Nos commerciaux s'y attellent. Et en France ?

— En France ? l'interrogea l'archéologue.

— Oui. Comment se porte Deroubaix Fils ?

— Bien. Du moins, je le suppose.

— Tout de même, l'activité textile traditionnelle tend à disparaître dans votre pays, insista l'homme d'affaires. Faute de commandes ! Vos vêtements sont maintenant pour la plupart fabriqués en Asie et en Afrique du Nord.

— C'est vrai. Mais la proximité de l'usine permet parfois de réassortir une collection dans l'urgence. L'industrie du luxe parvient aussi bon an, mal an à maintenir une production locale. Enfin, vous le savez, tout cela n'est pas vraiment de ma compétence.

— Heureusement que votre père a diversifié son industrie. En l'externalisant, mais aussi en la modernisant. C'est bien lui, n'est-ce pas, qui a lancé l'activité fibres techniques ?

— Oui. C'est pour lui un grand sujet de fierté. Il a été l'un des premiers à innover dans ce domaine où, à l'heure actuelle, la France et l'Allemagne se partagent le *leadership*. Avant tout le monde, mon père a compris que pour maintenir son entreprise à flot, il devait lui impulser une nouvelle direction. Je me souviens des soirées familiales de l'époque : mon père tout excité, ses aïeux qu'il invitait individuellement pour les convertir à sa vision du marché. Il devait convaincre les actionnaires. Plus tard, c'est encore lui qui a insisté pour que Patrick épouse cette filière.

— Votre frère a fait des études de chimie, n'est-ce pas ?

— Patrick a effectué en parallèle de son école d'ingénieur textile une spécialisation en chimie. Grâce à son apport, notre activité fibres techniques a toujours su se hisser à la pointe du progrès. Matériaux polymères, comportement thermomécanique, résines époxydes, fibres minérales, organiques et céramiques, ignifugation, filature à jet d'air... autant de mots qui ont fait leur apparition aux dîners familiaux et que je ne comprenais pas.

Franck songea un instant qu'il détenait enfin une occasion d'orienter la conversation vers la disparition de son frère, mais, vif comme l'éclair, Long Long ne lui en laissa pas l'occasion.

— Quels sont vos clients pour cette activité bien particulière ?

— Je ne puis vous répondre précisément, bégaya l'archéologue. J'imagine que les compétences de Deroubaix Fils concernent des industries high-tech : le nucléaire, l'aéronautique, l'aérospatial... entre autres.

— Ne pensez-vous pas, souligna le Chinois, qu'une partie de cette activité pourrait être externalisée chez

178

nous, ce qui vous permettrait d'être plus compétitifs et d'engranger de meilleurs bénéfices ?

Agacé par l'entêtement de l'homme d'affaires, le jeune Français inspira profondément avant de lâcher :

— Monsieur Xue Long Long, sans vouloir vous froisser, vous vous trompez d'interlocuteur. Jusqu'à nouvel ordre, les seules personnes capables d'apporter des réponses à vos questions sont mon père et mon frère. En ce qui me concerne, je me suis fixé deux objectifs : le premier consiste à dépanner momentanément mon père, le deuxième à retrouver mon frère. Je n'ai aucune intention de me lancer dans les affaires, même paternelles. Ma voie est ailleurs.

— Dans l'archéologie, je crois ?

— Oui, dans l'étude des civilisations anciennes. Je m'intéresse au passé, pas à l'avenir. L'avenir, c'est mon frère !

Un silence s'ensuivit. Les mots étaient sortis tout seuls. Lorsqu'il réalisa la portée de ses paroles, Franck, qui était épuisé, eut un instant envie de pleurer. Il parvint heureusement à se maîtriser.

— Monsieur Deroubaix, déclara sur un ton presque paternel l'homme d'affaires chinois, je vous prie de croire à quel point je suis désolé pour la disparition de votre frère. Avez-vous appris ce qui est arrivé à son assistante ?

— Oui, je suis au courant. La pauvre femme !

— Si je puis me permettre, je ne dirais pas cela, suggéra Xue Long Long. Je pense que Mme He Cong n'a pas été étrangère à l'enlèvement de Patrick. Pourquoi sinon aurait-elle été supprimée ? Il me paraît évident que les deux affaires sont inexorablement liées. Du reste, j'ai demandé aux fonctionnaires de police locaux, que je connais bien, de me tenir au courant. Bien entendu, je ne leur ai pas parlé de votre frère.

— Ils vous ont transmis des informations intéressantes ? demanda le Français, soulagé par la sollicitude de son interlocuteur.

— Pas grand-chose pour l'instant. L'enquête n'avance guère. Des triades… c'est vague. Ils ne savent même pas lesquelles.

— Au cas où vous disposeriez de nouvelles informations, vous seriez aimable de me les transmettre. Malheureusement, mes recherches stagnent.

— Bien sûr, monsieur Deroubaix. Bien sûr. Soyez certain que je partage votre inquiétude et que je ferai tout ce qui est à ma portée pour vous aider.

L'archéologue, qui ne parvenait pas à se débarrasser d'une mauvaise impression, leva la tête et plongea ses yeux dans ceux de Xue Long Long : l'homme avait l'air sincère.

— Puis-je à mon tour vous demander une faveur ? sollicita le partenaire de Peng Textile.

— Je vous écoute.

— Une jeune Chinoise de Kunming poursuit actuellement des études à l'Ensait, l'École nationale supérieure des arts et industries textiles. C'est dans cette école de Roubaix que votre frère a étudié. Comme lui, elle se passionne pour les fibres techniques. Vous voyez que notre jeunesse se prépare ! Elle doit effectuer un stage. J'avais parlé d'elle à Patrick, mais je ne suis pas sûr qu'il ait eu le temps de faire le nécessaire auprès de votre père. Pourriez-vous vous en charger ? Cette jeune femme jolie et brillante s'appelle Hu Ming Yue.

— Je suis sûr que mon père se fera un plaisir de la recevoir. C'est un homme de goût, plaisanta Franck. Je vais lui communiquer votre requête. Cela devrait pouvoir s'arranger facilement. D'ailleurs, Guy Deroubaix m'a chargé de vous communiquer ses amitiés. Il apprécie beaucoup votre collaboration.

Devant la tour qui abritait le restaurant, les deux

hommes échangèrent une poignée de main, puis ils se séparèrent. Dans son for intérieur, l'archéologue était toujours partagé. Son instinct lui commandait de se méfier de ce Chinois trop affable pour être honnête. Mais, dans le monde des affaires, cette attitude constituait peut-être la norme. Au fond, depuis son enfance, n'avait-il pas entretenu une défiance maladive, voire un certain mépris pour cette planète nommée commerce ? Franck songea avec tendresse au *Petit Prince* d'Antoine de Saint-Exupéry, son livre préféré découvert grâce à sa mère. Il se souvint de la quatrième planète occupée par un businessman, « un homme sérieux » avec lequel il ne se trouvait aucun point commun. Une brusque envie de sentir la terre, de la toucher, d'arpenter les chantiers de fouilles s'empara du jeune Français. Mais, pour l'heure, il était à Shanghai afin de régler quelques affaires pour son père. Il avait bien travaillé le matin et décida que sa présence au bureau n'était pas indispensable dans l'après-midi. La journée du lendemain s'annonçait chargée en rendez-vous et il avait besoin de se détendre.

Rive gauche, le quartier de Suzhou Creek situé à côté de chez Rose était dédié à l'art contemporain. Désireux de découvrir un nouvel artiste ou de nouvelles œuvres, Franck ne manquait jamais une occasion d'aller visiter les galeries et les ateliers qui le jalonnaient. Certains lieux, abrités dans d'anciennes usines, étaient menacés de destruction par les autorités pour cause de spéculation immobilière. À force de les fréquenter, le jeune homme avait tissé des liens avec les galeristes et les artistes. Il téléphona chez Rose pour proposer à Lise, de retour de Yangshuo, de le rejoindre. Personne ne répondit. Lise et Tchang, qui ne se quittaient plus, étaient sortis.

Ce jour-là, deux artistes qui exposaient à Shanghart attirèrent particulièrement l'attention de l'archéologue :

Wei Guangquing et sa série « Fabriqué en Chine » ainsi que Ji Wenyu et son exposition « La vie est plus douce que le miel ». Le premier parvenait, grâce à une judicieuse juxtaposition de couleurs et de formes, à confronter la Chine moderne et la Chine ancienne. Des figures géométriques aux tonalités vives tapissaient le fond de ses toiles tandis qu'au centre était dessinée une tasse ou une théière aux teintes passées décorée de petites scènes classiques. Le second, amateur de faux slogans publicitaires, peignait des tableaux kitch figuratifs moquant avec humour la société de consommation.

Les deux artistes portaient sans conteste un regard critique sur leur pays et la distance qu'ils adoptaient avec talent séduisait Franck. La Chine avançait si vite, songea-t-il, qu'un peu de recul était salutaire. Ce recul, seuls les artistes étaient en mesure de l'adopter. Les hommes d'affaires étaient bien trop occupés à augmenter leurs marges, à engranger leurs bénéfices… et, trop rarement, à acheter un tableau. « Drôle de journée ! » pensa le jeune homme qui, à travers ses obligations récentes, découvrait sa vision manichéenne du monde.

23

Comme à chaque début de printemps, Guy Deroubaix se sentait vibrer d'une nouvelle jeunesse. Cette
ardeur s'exprimait le dimanche quand, prenant une
voiture sans chauffeur, tenant à conduire lui-même
et à choisir son itinéraire, il se rendait sur le parcours
des grandes classiques cyclistes du calendrier. Pareil
à un enfant rendu à ses rêves de gosse, il s'instal-
lait au bord de la route, chaque fois sur un tronçon
choisi pour sa difficulté, pour voir passer les concurrents du tour des Flandres, de Liège-Bastogne-Liège
ou bien sûr du célèbre Paris-Roubaix. S'il témoignait
d'un caractère bien trempé, dur au mal, dur pour
les autres comme il l'était pour lui-même, c'est qu'il
avait fait ses classes très jeune à bicyclette. D'abord
pour se rendre matin et soir à l'école, il devait pédaler
une bonne dizaine de kilomètres par tous les temps
depuis le hameau venté où il vivait. Plus tard, à l'âge
de l'adolescence et des surprises-parties, il s'était pris
à rêver de devenir un champion cycliste, à l'image
des idoles du moment comme Jacques Anquetil, mais
aussi de gens du pays comme Jean Stablinsky, Polonais
sorti de la mine pour devenir champion du monde.
C'était aussi l'époque des Stan Ockers, des Rick Van
Steenbergen, ces Flandriens aux cuisses terribles et aux
gueules de forçats qui avaient donné à Guy Derou-

baix le sens du panache, de l'effort, de la ruse et de la victoire.

Très vite cependant, le futur industriel s'était aperçu qu'il ne rejoindrait pas les géants de la route dans leur gotha. Le médecin de famille lui avait trouvé lors d'une visite de routine un léger souffle au cœur, et c'est la mort dans l'âme qu'il avait renoncé à une carrière d'amateur honnête, de coureur de kermesses, de rondes et de fêtes de clochers. Il s'était alors lancé à corps perdu dans les études de gestion et de finances avant de tirer le fil magique, celui du textile, qui le liait encore corps et âme quarante ans plus tard. Ce lundi matin, Guy Deroubaix savourait les sensations de la veille. Cela faisait plus de cent ans que la grande classique Paris-Roubaix avait rendu son verdict sur la piste du vélodrome. Un Belge avait gagné, encore une fois, après une épreuve dantesque dont les cent derniers kilomètres s'étaient disputés sous un déluge de pluie qui avait rendu les pavés glissants comme des savonnettes. L'industriel, qui connaissait les routes comme sa poche, avait déjoué les services de sécurité pour sauter d'un tronçon pavé à l'autre en coupant par les petits chemins. Suivant la retransmission en direct à la radio, il avait pu mettre un nom sur les visages méconnaissables des champions, avant de foncer vers Roubaix assister au *rush* final des rescapés. Quand le vainqueur avait brandi, du haut du podium, un pavé de deux kilos posé sur un socle de bois, l'industriel s'était demandé comment ce courageux avait encore pu trouver la force de le hisser par-dessus sa tête et de rester un moment ainsi immobile pour les besoins de la photo. Comme c'était la tradition, il s'était ensuite approché du vainqueur pour lui remettre la coupe des entreprises textiles, une magnifique coupe argentée aux rebords harmonieusement ciselés, qu'un soleil enfin sorti de sa chape de nuages faisait briller par intermittence.

Ce lundi matin donc, Guy Deroubaix se rendit en sifflotant au bureau, après avoir acheté son exemplaire de *L'Équipe* et surtout l'édition du jour de *La Voix du Nord*. Une photo le montrait, face on ne peut plus réjouie, à côté du vainqueur et de son trophée. Il songea à appeler le photographe pour récupérer un tirage de ce souvenir à ranger parmi les nombreux autres, quand il avait été pris à côté de Vlaeminck, d'Eddy Merckx, de Freddy Maertens, mais aussi de champions français, Bernard Hinault, Marc Madiot et le fameux Duclos-Lassalle. Entrer dans l'enceinte de son usine procurait toujours au patriarche la même émotion. C'était un de ces fleurons de l'industrie du Nord, construction en brique rouge, toits en dents de scie et cheminées se découpant dans l'horizon aplati. Les bâtiments de la filature proprement dite formaient un immense fer à cheval devant lequel se tenait, comme si elle montait la garde, une vieille maison bourgeoise qui abritait les bureaux. Le rez-de-chaussée était composé d'un grand hall d'accueil où étaient exposées les principales productions de la société. L'aile droite était réservée à la comptabilité, l'aile gauche aux services de relation avec la clientèle. On accédait au premier étage par un vieil escalier à la rampe blonde sculptée dans du vieux chêne. Le sol était sobre, dallé de grands carreaux blancs et noirs, comme si se jouait en permanence dans cette demeure bien particulière une gigantesque partie d'échecs. À l'étage, des portes aux parois damassées donnaient sur des salles en parquet croisé de Hongrie. Vivre dans le monde du textile incitait sans doute à tisser le bois autant que le fil. Un enchevêtrement de pièces abritait des activités techniques dont seul Guy Deroubaix eût été capable de démêler le véritable écheveau. Au deuxième étage était son bureau, une vaste pièce richement décorée, moquette au sol, tapisseries des Flandres aux murs. Une petite porte en forme d'ogive s'ouvrait sur une salle à manger privée. Depuis bien longtemps le maître des lieux n'allait plus se gâter l'estomac dans les restaurants chers et bruyants du centre. Il employait à demeure un cuisinier qu'il lui arrivait de solliciter chez lui, depuis la disparition de son épouse, lorsque son employée de maison Virginia était en congé. C'est ici que se tenaient ses véritables repas d'affaires, dans le secret de cette salle à manger où aucune oreille indiscrète n'aurait pu s'immiscer. Guy Deroubaix était pointilleux sur la discrétion tout autant que son cuisinier sur la cuisson des frites ou la fraîcheur des moules.

Ayant pris place à son bureau, l'industriel parcourut les journaux avant de consulter ses mails. Son assistante vint lui souffler discrètement que la jeune Chinoise ayant sollicité un stage et envoyée sur la recommandation de Long Long serait là d'ici un quart d'heure. Il consulta sa montre et soupira. Cela lui donnait à peine le temps de revivre le Paris-Roubaix d'anthologie de la veille.

— Très bien, fit-il. Vous la ferez attendre quelques minutes de plus à l'accueil. Proposez-lui du thé, nous en avons de l'excellent, je crois me rappeler.

— Oui monsieur, fit l'assistante. Vous l'aviez choisi vous-même à la maison de la Chine.

— C'est ça. Alors faites-la monter d'ici une demi-heure, j'ai quelques affaires en retard.

Son assistante, qui avait vu les journaux sur le bureau de son patron, ne fut pas abusée par la nature de ce retard. Elle eut un léger sourire qui n'échappa pas au patriarche, à qui rien n'échappait en général, ni en particulier.

Guy Deroubaix, après avoir savouré le récit des exploits cyclistes du dimanche, prit le temps de regarder les dernières nouvelles venues de Chine. Franck n'avait pas laissé de message supplémentaire depuis leur dernière conversation. Il surfa sur un moteur de recherche économique qui donnait régulièrement les analyses d'observateurs indépendants sur place. Ainsi eut-il la confirmation d'une envolée de la croissance chinoise dopée une fois de plus par les exportations. La nouvelle était d'autant plus parlante qu'au même moment, l'économie française montrait de nouveaux signes d'essoufflement, avec un commerce extérieur complètement dégradé malgré les ventes d'avions, et une consommation atone. Guy Deroubaix ferma le site et passa une main sur son visage. La fête cycliste était finie. Il était temps de retrouver le terrain sur lequel il était devenu un champion incontesté. Il appuya sur le bouton de sa boîte vocale et pria son assistante de faire monter la jeune visiteuse. Il songea en l'attendant que de traiter avec les Chinois était vraiment la seule manière à ce jour de faire, comme l'avait annoncé Mao pour son pays, un « grand bond en avant ».

Aussitôt qu'elle parut, le patriarche tomba sous le charme. Non pas qu'il se figurât voir cette belle fleur d'Asie tomber toute crue dans son lit : il n'avait guère le tempérament fougueux de sa jeunesse, lorsqu'une belle femme était à ses yeux une proie. Ce qu'il ressentit fut plutôt d'un ordre quasi filial. Un sentiment comparable à celui qu'il éprouvait pour sa petite-fille Lise dont il parla aussitôt à la jeune Chinoise.

— Je m'appelle Hu Ming Yue, déclara-t-elle d'abord, dans un français assuré qui témoignait qu'en six mois de présence en France, elle n'avait pas perdu son temps. Je suis très heureuse de pouvoir vous rencontrer et j'apprécie que vous ayez pu m'accorder un peu de votre temps précieux.

Guy Deroubaix repoussa ses journaux pour bien montrer à sa visiteuse qu'il était tout ouïe. Il demanda à son assistante de ne pas être dérangé et proposa de nouveau une tasse de thé à la future stagiaire. Celle-ci remercia.

— J'en ai déjà bu une tasse et cela suffira, fit-elle poliment.

— Il n'était pas à votre goût ? s'inquiéta Guy Deroubaix en lançant des œillades à la ravissante Chinoise.

— Au contraire, je suis très touchée par votre attention, il était délicieux.

— Je sais que vos patronymes ont souvent un sens imagé, poursuivit le patriarche, cherchant à montrer d'emblée son intérêt pour cette petite de vingt ans. Que signifie Ming Yue ?

La jeune fille eut un sourire qui n'était pas de timidité, plutôt de malice. S'ils avaient été plus familiers, sans doute l'aurait-elle invité à deviner.

— Ming Yue veut dire « lune brillante », répondit-elle.

— Lune brillante, répéta ravi et songeur Guy Deroubaix. Savez-vous que l'un de nos chansonniers célèbres, et comédien comique encore plus célèbre, chantait jadis « Tout ça ne vaut pas un clair de lune à Maubeuge »...

— Maubeuge ?

— C'est une petite localité du Nord. Si vous restez quelque temps parmi nous, je serai heureux de vous la faire découvrir.

— Avec plaisir ! fit Ming Yue, touchée de se sentir ainsi adoptée par un « ancien ».

— Mais revenons à vous. Dites-moi tout et d'abord, qu'êtes-vous venue faire chez nous ? De l'art ou de l'économie ?

— Je suis venue de Kunming pour compléter ma formation d'économiste dans un secteur concret. Mon père a longtemps travaillé avec M. Xue Long Long, il lui fournissait du coton en gros. Tout naturellement, j'ai opté pour le textile. C'est pourquoi j'ai tenté d'entrer à l'Ensait, à Roubaix.

— Un excellent établissement, coupa le patriarche. J'y ai moi-même étudié, ainsi que mon fils Patrick.

La seule évocation de son aîné assombrit quelques secondes son visage. Machinalement il regarda sur son écran, au cas où serait arrivé un message de Franck. Mais il restait désespérément vide.

— L'Ensait, reprit-il. Savez-vous que nous aurions pu nous y croiser. J'y suis invité de temps en temps pour des conférences.

— Mais je vous y ai vu, répondit Ming Yue en gloussant un peu.

— Comment ?…

— J'ai même assisté à une de vos conférences en novembre. Mon français n'était pas aussi perfectionné que maintenant, mais je crois avoir saisi l'essentiel sur l'essor de certains textiles spécifiques. Je me souviens que vous aviez parlé des textiles techniques, ceux qui sont à vos yeux les plus prometteurs, c'est bien cela ?

Guy Deroubaix fronça les sourcils. Il avait bien en effet donné une conférence à l'Ensait à l'automne. Mais dans son souvenir, il n'avait consacré que très peu de temps aux textiles dits techniques, et cela l'étonnait que la jeune étudiante, encore peu aguerrie au français de surcroît, ait pu retenir cet aspect très pointu.

— Comment avez-vous appris notre langue ? demanda le patriarche d'un air de nouveau dégagé.

— Une sœur de ma mère avait trouvé un emploi chez des ingénieurs français qui travaillaient à Shanghai dans le domaine de la construction. Ils avaient deux jeunes enfants et leur mère donnait souvent à ma tante des petits livres en français, ou alors des cassettes vidéo de Walt Disney. Je les regardais pour les images mais peu à peu, l'alphabet et le langage me sont devenus proches. Si bien qu'au lycée, j'ai pris une option de français.

Guy Deroubaix siffla entre ses dents.

— Votre système éducatif aurait à en remontrer au

nôtre, lança-t-il avec sincérité. Quand je vois le mal que nous autres malheureux Français avons pour apprendre la moindre langue étrangère, et je parle des plus simples comme l'anglais ou l'espagnol. Le chinois, pas la peine d'y penser. Je me suis même laissé dire que nos diplômés des Langues orientales n'étaient pas vraiment au point quand ils arrivaient chez vous.

— Il ne faut pas être aussi sévère, releva Ming Yue, qui venait ainsi de déceler un des traits de caractère très prononcé chez l'industriel. Notre langue est très compliquée, y compris pour nous Chinois. Alors…

Le patriarche sourit à cette marque d'indulgence. La jeune femme fouilla dans son sac et en retira une chemise cartonnée qu'elle lui tendit dans un mouvement humble de soumission ostensible.

— Voici mon dossier universitaire, avec une lettre de mon professeur de technologies appliquées.

— Merci, fit Deroubaix, touché par ce geste. Mais vous savez, mon associé chinois m'a dressé de vous un portrait suffisamment précis et flatteur pour que je vous prenne en stage les yeux fermés. Dites-moi plutôt dans quel domaine il vous serait agréable de travailler. Mon service d'export est très actif, nous travaillons avec l'ensemble de l'Europe et aussi, au-delà de la Chine, sur l'ensemble du continent asiatique, à des degrés moindres il est vrai. Il me semble que ce serait pour vous une bonne façon d'entrer dans le vif du sujet.

La jeune femme acquiesça, mais l'industriel sentit qu'elle s'attendait à autre chose.

— À moins, continua-t-il, que vous soyez particulièrement intéressée par un département spécifique…

— En effet, fit Ming Yue, dont le regard avait des reflets durs et brillants au milieu d'un visage lisse presque enfantin. Il restait d'ailleurs pas mal de marques de l'enfance dans la silhouette de la jeune fille, bien qu'elle fût déjà très élancée, fine et gracieuse comme une femme, plus proche des canons européens que la majorité des Chinoises de son âge. En effet, fit-elle, je serais très heureuse de travailler sur les textiles techniques dont nous parlions tout à l'heure.

— C'est vraiment technique, commenta Guy Deroubaix, mais si cela vous fait tant envie, je ne saurais m'y opposer.

Aussitôt dit, il appuya sur une touche précise de son clavier téléphonique et tomba directement sur son directeur des ressources humaines.

— Philippe mon cher, j'ai dans mon bureau la jeune stagiaire dont je vous ai parlé l'autre jour. Oui, elle parle parfaitement le français, mieux que nos ch'timis, ils vont prendre des leçons à l'écouter ! Alors changement de programme. On oublie l'export, elle ne pense qu'aux textiles techniques. En voilà une idée, je ne vous le fais pas dire... Je vous attends dans mon bureau.

Il raccrocha et arbora un large sourire.

— Philippe Van Duren va venir vous chercher. C'est le patron des ressources humaines du groupe. Il sera ravi de vous prendre en charge. Vous me permettez de garder votre dossier jusqu'à demain ?

La jeune femme tressaillit légèrement, mais elle sut donner le change.

— Avec plaisir, j'espère que vous ne regretterez pas votre choix. Je ne suis pas une championne dans toutes les matières !

— Mademoiselle Hu, vous avez devant vous un ancien cancre, alors soyez tranquille.

Le DRH frappa quelques minutes plus tard. Philippe Van Duren était un homme d'une cinquantaine d'années, au service de l'entreprise depuis plus de vingt ans. Il connaissait bien son patron, et savait même déchiffrer ses envies ou ses contrariétés sans que ce dernier ait besoin de les exprimer. Une qualité rare et précieuse que Guy Deroubaix appréciait. Van Duren avait gravi tous les échelons de la société, arrivé comme simple employé aux écritures pour se découvrir une véritable vocation pour les ressources humaines. Sitôt entré dans le bureau, il sentit que son patron était contrarié, sans pouvoir encore donner un motif à cette contrariété.

— Donnez-vous la peine d'approcher, Philippe, fit le patriarche. Et laissez-moi vous présenter Mlle Hu Ming Yue, la meilleure surprise que nous ait apportée l'empire du Milieu depuis bien longtemps.

Van Duren serra la main de la jeune fille et saisit comme une effervescence dans son regard.

— Pareille présentation n'est pas donnée à tout le monde, répondit le DRH à l'adresse de Ming Yue. Vous avez dû déployer un éventail de talents considérables !

— Vous me flattez, monsieur, fit modestement l'étudiante chinoise.

— Pas du tout, j'apprécie les paroles de mon patron en leur donnant leur juste poids.

— Comme je vous l'ai dit, Philippe, cette jeune personne a un faible pour les fibres techniques. Avouez qu'elle a du flair. Vous savez comme moi qu'en Europe, c'est le secteur le plus prometteur comparé à nos filatures traditionnelles pour le textile d'habillement.

— C'est juste, approuva Van Duren.

— C'est pourquoi je vous invite à lui faire découvrir nos différents départements de façon assez sommaire avant de la guider là où elle veut aller. Sans doute aurons-nous des taches utiles à lui confier, de la prospection de marchés ou de la collecte de données sur l'essor de ces matériaux et leurs nouveaux débouchés. Nous en savons encore trop peu à ce sujet, il est temps d'aller de l'avant dans la recherche de pistes nouvelles. Vous savez que la victoire dépend toujours de la capacité à anticiper.

Cette fois, Ming Yue acquiesça de conserve avec Van Duren.

— Ne perdons pas de temps, décréta ce dernier. Venez avec moi, je vous emmène dans les ateliers, il faut bien commencer par le commencement.

Et tous deux disparurent, laissant Guy Deroubaix seul et songeur. Plus tard, sachant leur nouvelle stagiaire occupée à regarder le conditionnement des pièces de tissu, le patriarche joignit Van Duren sur son téléphone portable.

— Vous êtes seul ? demanda-t-il au DRH.

— Absolument seul, monsieur. Quelque chose ne va pas, il me semble.

— Vous avez vu juste, observa Guy Deroubaix. Je n'ai aucune confiance en cette fille. Je suis sûr qu'elle nous dissimule ses véritables intentions.

— Une espionne ?

— Possible. Ça s'est déjà vu. Les étudiants chinois sont spécialistes en la matière. Pas mal d'entre eux financent leurs études en rendant de petits ou de gros services à leur pays, ou à des sociétés de leur pays, c'est tout comme. La Chine est un État-parti et un État-patron, avec des intérêts supérieurs pour lesquels la fin justifie les moyens.

— Elle paraît si jeune, si fraîche...

— Vous avez vu son regard, ses yeux qui vous découpent au laser.

— Ça, je dois avouer que son regard n'est pas commun ! s'écria Van Duren.

— Bon, inutile de nous alarmer outre mesure. À nous d'être prudents. Surveillez discrètement ses faits et gestes, notez ses questions et soyez assez général sur les réponses.

— Comptez sur moi, monsieur.

— Et résistez au charme, Philippe, ces Chinoises sont diaboliques, quand on s'approche de trop près.

— Entendu, entendu.

Ils raccrochèrent. Ming Yue s'était approchée sans bruit du DRH.

24

Dans le jardin de son amie Rose, Franck dégustait sur une table en fer forgé blanche un excellent petit déjeuner. La belle Eurasienne qui le lui avait préparé avait déjà pris congé pour rejoindre son atelier de bijoux. Sa nouvelle collection marchait fort. Et, pour faire face aux commandes, l'artiste travaillait plus qu'il n'était raisonnable. Avant son départ, l'archéologue lui avait recommandé de se ménager, ce dont – il le savait – la jeune femme ne tiendrait pas compte. Ces jours derniers, l'amitié de Rose s'était révélée particulièrement précieuse, songea le Français en goûtant une tartine de pain frais recouverte de beurre et de miel. Pour lui, comme pour sa nièce, l'artiste multipliait les marques d'attention et son hospitalité ne connaissait pas de limite.

À cette heure matinale, la lumière douce rehaussait la beauté des massifs de fleurs. Franck avala une gorgée de café et savoura le moment présent. Cela faisait longtemps qu'il ne s'était pas senti aussi bien. Joli cadre, délicieux petit déjeuner, climat agréable… Une pensée pour Jiao vint pourtant obscurcir son horizon. Il lui avait téléphoné la veille pour lui annoncer son retour prochain. Un instant, il avait espéré percevoir l'entrain usuel qui présidait à ces perspectives de retrouvailles. Retrouvailles qu'ils savouraient habituellement ensemble avec tendresse et volupté. Mais le ton glacé de son épouse l'avait refroidi. Son retour la dérangeait-elle à ce point ? La situation était absurde ; la question ne l'était pas.

L'archéologue en était là de ses réflexions lorsque Lise sortit joyeusement de la maison pour le rejoindre dans le jardin.

— Tu en fais une drôle de tête, mon oncle, lança-t-elle gaiement.

— Ah bon ! Toi tu as l'air plutôt en forme, répondit-il sur un ton qu'il voulut dégagé.

— Oui, mis à part la disparition de mon père, tout va bien. Très bien même et grâce à toi qui as su me placer entre de bonnes mains. Je ne te cache pas que je trouve parfois cette situation paradoxale, mais je suis heureuse.

— Amoureuse peut-être ?

— Ça se pourrait, Franck. Un peu bizarre, non ?

— Oui... enfin non. Je préfère te savoir épanouie, fit son oncle avant d'ajouter avec un pâle sourire : Je suis sûr que ton père partagerait cet avis.

— Tu as sans doute raison. Je connais mon père si mal. Tu restes encore quelques jours ?

— Non, je pars tout à l'heure.

— Pour Pékin ? Mais on s'est à peine vu ! lança la jeune fille avec une moue enfantine.

— Tu étais très occupée. Quant à ma destination, je m'interroge. Pas plus tard que tout à l'heure, je pensais effectivement rentrer à la maison. Et puis, ce petit déjeuner, ce jardin, ces journées éreintantes passées à jouer l'homme d'affaires... bref, les fouilles me manquent. Et j'irais bien me ressourcer deux à trois jours sur un chantier au bord du Yang-tsé.

— À voir ta figure, je n'hésiterais pas une seconde. Tu as besoin de reprendre des forces. Tes recherches concernant mon père peuvent attendre quelques jours. Elles n'en seront que plus efficaces.

L'archéologue sourit à sa nièce qui se méprenait sur les raisons de son abattement. Elle ne pouvait pas savoir, même Rose sa confidente n'était pas au courant. Ses problèmes avec Jiao ne regardaient personne. En attendant, Lise avait raison, mieux valait s'aérer les neurones et revenir « frais et dispos ». Fatigué, il se montrerait certainement incapable de juguler la crise conjugale.

Dans l'après-midi, Franck traversa la nouvelle localité de Fengjie. La construction du gigantesque barrage qui prévoyait de réguler le cours du Yang-tsé et de répondre à la demande toujours croissante d'énergie pour soutenir la croissance économique bouleversait la région. En 2003, le niveau des eaux était monté à cent trente-cinq mètres au-dessus de zéro. À la fin des travaux, prévus pour l'année 2009, il s'élèverait à cent soixante-quinze mètres, engloutissant la ville historique de Fengjie qui surplombait la gorge de Qutang, première de la série des célèbres gorges du Yang-tsé. Après sa démolition à l'explosif fin 2002, ses quatre-vingt mille habitants avaient été relogés dix kilomètres plus loin, et plus haut. Auparavant, de nombreux touristes chinois déposés par les bateaux de croisière faisaient escale dans la sympathique bourgade. Certains sillonnaient les rues à la recherche du temple où Du Fu, poète réputé de la dynastie Tang, avait habité. D'autres se dirigeaient vers Baidicheng, la ville de l'Empereur blanc où Liu Bei, roi de Shu, avait confié avant de mourir son fils et son royaume à Zhu Geliang, épisode illustré par des statues de plâtre et préalablement relaté dans le *Roman des Trois Royaumes*, un grand classique de la littérature chinoise. Quant aux plus bucoliques, ils recherchaient simplement les meilleurs points de vue pour admirer le paysage. À présent, plusieurs bâtiments de l'ancienne cité avaient été rebâtis à l'identique, mais le charme de la cité d'antan avait disparu.

Dans la voiture, le jeune Français était accompagné par un collègue de l'Institut d'archéologie de Pékin, venu le chercher à l'aéroport de Jiangbei, au nord de Chongqing.

— Nous sommes presque arrivés, annonça ce dernier. Nous logeons dans un petit village de pêcheurs, à proximité des fouilles. C'est la première fois que tu viens ici, n'est-ce pas ?

— Oui. J'ai travaillé sur une dizaine de chantiers le long du Yang-tsé. Je crois qu'il y en a plus de cent répertoriés. Mais ici, jamais. Je ne connais Fengjie, je veux dire l'ancienne Fengjie, que par les livres et les photos. C'est triste de penser que cette ville qui comptait près de deux mille cinq cents ans d'existence ait été démolie. À l'époque des Printemps et des Automnes, Fengjie était la capitale de l'État de Kui.

— Puis celle des Royaumes combattants ! Nous avons fait de nombreuses découvertes, de magnifiques pièces sculptées en bronze datant de plusieurs siècles avant notre ère. Elles rejoindront pour la plupart le musée des Trois Gorges de Chongqing.

— Au bout du compte, la construction du barrage constitue à la fois une aubaine et une catastrophe pour l'archéologie, fit Franck. Une catastrophe car plus de mille sites historiques ont disparu, ou vont disparaître sous les eaux. Une aubaine car des recherches sans précédent ont ainsi été financées.

— La montée programmée des eaux contraint aussi le gouvernement et les organismes internationaux à nous fournir les équipements les plus modernes : la thermoluminescence, l'accélérateur de masse spectrométrique, l'énergie dispersive à rayons X fluorescent, sans oublier la technologie digitale utilisée pour construire des modèles virtuels des zones d'excavation.

— Tout de même, répliqua Franck, à toutes ces inventions dernier cri, je préfère nos outils traditionnels. Quel plus grand plaisir que de dégager à la main, puis au pinceau une statuette ancienne, des poteries ou même des pièces de monnaie.

— Comme tous les Français, tu es un éternel romantique. Moi, je ne te cache pas que je préfère l'efficacité. Que serions-nous aujourd'hui sans ces banques de données qui nous permettent de partager les informations en temps réel ?

— Tu as raison, mais la beauté du geste… Tiens, trouver un nouvel objet, c'est un peu comme découvrir le corps d'une femme. On ne l'aime pas encore, mais on sait qu'on va l'aimer. On contemple chaque fragment dévoilé avec volupté. On savoure ce spectacle. On a le cœur qui bat…

— *French lover !* plaisanta son collègue chinois. Nous arrivons. Je vais te présenter au chef de mission. Au lieu de divaguer, tu vas pouvoir te mettre sans tarder au travail.

Trois quarts d'heure plus tard, Franck était à pied d'œuvre sur une mince parcelle dûment numérotée et délimitée. À sa droite, besognait une jeune Asiatique. À sa gauche, un Européen plus âgé. Devant lui, le fleuve déployait toute sa majesté. Mais rien ni personne n'aurait pu détourner l'archéologue français de sa tâche. Doucement, avec tendresse, il commença à creuser. Quelle merveilleuse sensation ! Il n'avait pas plu depuis plusieurs jours et la terre friable coulait entre ses doigts. Discrètement, il en préleva un échantillon dans un tube à essais pour sa collection. Sur l'étiquette, il inscrivit le lieu et la date. Son collègue avait sans doute raison, qui le décrivait comme romantique, mais il assumait. Après tout, à chacun ses vices et ses petits plaisirs ! Sans s'en rendre compte, Franck se mit à fredonner comme d'autres chantent sous la douche au moment de renaître à eux-mêmes. Délicatement, il creusait, creusait et creusait encore. De leur temps, les Shadocks ne faisaient pas mieux qui pompaient sans discontinuer, sans protester et sans se fatiguer. Une expression radieuse, presque enfantine, s'installa sur le visage du jeune homme.

Le soleil baissait à l'horizon. Ses collègues s'en étaient allés pour déguster une tasse de thé. Ils avaient fini leur journée, mais Franck insistait. Son intuition, une petite voix intérieure, le poussait à continuer. À moins qu'il ne se racontât des histoires, pour prolonger le plaisir retrouvé des fouilles. Inlassablement, l'archéologue excavait lorsque le bout de son index droit toucha un élément dur et froid. Peut-être un petit caillou, mais la chose paraissait plate. Peut-être… Il se sourit intérieurement. Son sixième sens ne l'avait pas trompé. Avec des gestes délicats, comme on dégage un pied et une main cachés dans le sable sans les toucher, Franck entreprit minutieusement de découvrir l'objet vers lequel se portaient tous ses désirs. Une tache verte se découpa rapidement qui tranchait sur le brun du sol. Il attrapa son pinceau et épousseta la pierre. Du jade ciselé de fines spirales ! Son cœur battait la chamade. Pas de panique, Franck devait garder son calme, travailler avec méthode. Ses collègues étaient loin. Impossible de les héler à cette distance. Tant pis, rien au monde n'aurait éloigné l'archéologue de son trésor. Il poursuivit seul.

Un quart d'heure plus tard, le jeune homme ragaillardi contemplait un joli petit dragon stylisé et plat d'une quinzaine de centimètres taillé dans le jade. Une pièce magnifique apparemment complète. Il exultait. Son collègue de Pékin apparut sur ces entrefaites :

— Toi, on peut dire que tu es en manque, lança-t-il. Comptes-tu creuser toute la nuit ?

— Au lieu de dire des bêtises, approche. Viens voir cette merveille. Je ne l'ai pas déplacée pour les clichés.

Intrigué, le Chinois s'inclina vers le trou :

— Le soleil est couché, je n'y vois pas bien clair.

— Regarde ! dit Franck en se penchant sur sa découverte pour l'éclairer avec sa lampe frontale.

— Wahou ! Tu avais consulté un astrologue avant de venir ou quoi ? Magnifique ! Splendide ! Je vais tout de suite chercher les copains.

Ces derniers rappliquèrent aussitôt. Ils firent cercle autour de la parcelle et commentèrent avec entrain la découverte. Le chef de mission en personne photographia le dragon, d'abord seul puis avec celui qui l'avait exhumé. Il se déplaça ensuite auprès de Franck, le félicita chaudement et tendit son appareil à un collègue qui immortalisa la scène. L'archéologue français qui, contrairement à son père, n'était pas homme de compétition savourait sa victoire. Soudain, il se raidit. Dans le brouhaha provoqué par sa découverte, une expression revenait sans cesse « long », « long », « long ». En mandarin, le mot signifiait « dragon ». La prophétie de l'aveugle de Kunming lui revint à l'esprit : « Méfie-toi des dragons ! » Décidé à goûter son heure de gloire, le Français réfuta immédiatement cette mauvaise pensée. Mais à peine chassée, celle-ci revint de plus belle : « Long Long ». Comment n'y avait-il pas pensé plus tôt ? Le prénom du partenaire de Patrick contenait à lui seul deux fois le terme tant redouté. Le chef de la mission lui tapa sur l'épaule :

— Vous ne vous sentez pas bien ?

— L'émotion, déclara Franck en se ressaisissant. Je suis ému. C'est bête, mais il paraît que les Français sont sentimentaux !

En procession, l'équipe des fouilles rapatria le trésor dans la tente qui abritait le matériel informatique. Plusieurs photos du petit dragon vert furent téléchargées pour alimenter la base de données des Trois Gorges. Le chef de mission renseigna la fiche attenante à l'objet. Franck le regarda faire. Lorsque ce dernier inscrivit son nom au registre, une nouvelle bouffée de fierté l'envahit. Oubliée, la prophétie de l'aveugle ! Au diable le partenaire chinois de son frère ! Ce soir, le jeune homme comptait fêter dignement l'événement.

— L'ordinateur m'indique que l'objet que vous avez trouvé date probablement de quatre à trois siècles avant Jésus-Christ, lança le chef de mission.

— Pardon ? fit avec surprise Franck qui vivait ces instants comme sur un nuage.

— L'époque des Royaumes combattants ! La base de données permet de comparer l'objet avec ceux qui ont déjà été expertisés. Les images, les formes, les renseignements sont confrontés. Évidemment, cela ne remplace pas nos tests, mais l'ordinateur se trompe rarement. Encore bravo ! Cela mérite bien une coupe de champagne français.

25

Était-ce le jour ou la nuit ? C'était un lieu de rendez-vous discret sinon secret, dans une métropole chinoise, était-ce Pékin, Shanghai ou ailleurs encore ? Cela se passait dans une salle aux fenêtres closes, à moins qu'aucune fenêtre n'ait été percée dans ce lieu. En tout cas, la lumière du jour ne passait nulle part. Mais encore une fois, peut-être n'était-ce pas le jour.

Des hommes entraient selon un cérémonial préétabli, et s'asseyaient autour d'une table en respectant un rituel probablement très ancien, plus vieux qu'eux, bien qu'on ne puisse savoir quel âge était le leur et pour cause : tous avançaient masqués, au propre comme au figuré. Parmi ces personnages inquiétants émergeaient deux visages. Aucun n'était humain puisqu'il s'agissait de masques. Le premier était un dragon. Le second un crapaud. Ils se saluèrent en entrelaçant leurs mains, d'un geste sectaire marquant les signes de reconnaissance à l'intérieur des triades.

— Tout est en ordre ? interrogea Dragon en invitant Crapaud à s'asseoir.

— Oui, maître, répondit Crapaud. Nous l'avons échappé belle. La descente des stups a failli nous être fatale. Je me demande comment ils ont pu nous repérer. Nous avions pris toutes les précautions. Cette planque était une des plus sûres que nous possédions dans le

Sud. À dix minutes près, c'en était fait d'une partie de notre organisation.

— Et de notre tête-à-tête avec ce Français plutôt têtu.

Sous son masque, Crapaud eut une grimace d'amertume qui échappa naturellement à son interlocuteur.

— Où en sommes-nous avec lui ? demanda Dragon.

— Je crois qu'il va finir par craquer. L'évocation de sa fille a été assez efficace. Vous avez eu raison d'attirer mon attention sur ce détail familial. J'y vois là un vrai point faible. Il était au supplice, quand j'ai prononcé le nom de cette jeune femme.

— Le problème est que nous l'avons pour l'instant perdue de vue.

— Qu'importe : ce qui compte, c'est ce qu'il éprouve. Nous en avons dit assez pour que la menace agisse comme un véritable sérum de vérité. Une piqûre, je vous dis, que cette évocation de la jolie Lise. J'ignore si elle est jolie, mais elle l'est forcément si la seule mention de son nom nous permet d'aboutir auprès de son père.

Les deux hommes se mirent à rire sous leurs masques.

On leur servit une soupe de gingembre. Ils soulevèrent la partie inférieure de leurs masques afin d'y goûter. On ne vit plus pendant quelques minutes que le bas de leurs visages, méconnaissables, absorbant le liquide brûlant. Ensuite, chacun redevint à part entière Dragon et Crapaud.

— Le plan se déroule comme prévu, reprit Dragon, visiblement le commanditaire de toute cette affaire, de l'enlèvement de Patrick à l'installation opportune de Mlle Hu Ming Yue chez Deroubaix Fils en France. Disons que le loup est entré dans la bergerie.

— Un joli loup, là encore ! s'esclaffa Crapaud.

— Il faut de jolis loups pour réussir de jolis coups,

rétorqua Dragon, assez content de sa formule. Maintenant, à elle de jouer.

— Quand commence-t-elle vraiment ?

— D'après mes dernières informations, elle est à pied d'œuvre. Elle sera présentée demain aux responsables du département qui nous occupe. Nous avons établi une liaison informatique particulièrement sophistiquée, et surtout parfaitement étanche. Ils n'y verront que du feu.

— Faut-il prévoir des transferts de fichiers massifs ?

— Je l'ignore encore. Nous devons vérifier l'état de leur véritable avancement dans les textiles techniques. Nous saurons rapidement si nous avons percé le bon coffre-fort.

— Bien. Espérons.

Dans la pénombre, ils attrapèrent les baguettes posées près de leur main droite pour picorer dans un bol de riz gluant. On aurait cru une scène de théâtre. La lumière indirecte de deux petites lampes de coin projetait sur les murs leurs ombres animales. De drôles d'ombres chinoises, inquiétantes à souhait. Eux-mêmes, en voyant leurs silhouettes déformées contre les parois, en ressentaient une certaine frayeur, malgré l'habitude qu'ils avaient de ce cérémonial.

Tout aurait pu être dit sans ces masques, sans cet apparat. Mais c'eût été enfreindre la règle ancestrale des triades, ce dédoublement qui fait que les mortels puisent dans les énergies animales leur force et leur clairvoyance, une forme d'invincibilité.

— La jeune femme est de toute confiance ? reprit Crapaud.

— J'en réponds comme de moi-même, confirma Dragon. Je l'ai formée depuis son plus jeune âge. Sa fiabilité est à toute épreuve. Et vous serez surpris par sa manière de « délivrer », comme on dit chez nos amis de Sicile. Ses renseignements sont toujours de premier ordre. J'ai eu déjà l'occasion de la tester sur des affaires de moindre importance qui concernaient la construction navale. Je n'ai pas eu à le regretter.

— Peut-on utiliser ce qu'elle va nous délivrer dans les prochains interrogatoires du long nez ?

Dragon réfléchit. Ses baguettes restèrent un instant en l'air, serrant leur butin de riz sans en lâcher un seul grain. Puis il enfourna le tout dans sa bouche et acquiesça :

— Pourquoi pas ? Allez-y par bribes. Cela nous rendra plus menaçants, et donc plus crédibles à ses yeux.

Les deux hommes terminèrent leur frugal repas en absorbant quelques nougats tapissés de grains de sésame. Crapaud quitta la table le premier. Dragon resta encore un moment seul et silencieux, savourant son pouvoir.

26

La femme d'un dignitaire du Parti hésitait. Prendrait-elle cette tunique de soie qui, décidément, n'avantageait pas sa silhouette un peu alourdie, mais l'enchantait par ses multiples chatoiements couleur flamme ? Ou se résoudrait-elle à emporter cet ensemble violet, veste et pantalon, dans lequel elle se sentait parfaitement bien, mais qui accusait son âge, son rang de femme de notable ? Le temps s'éternisait. La cliente hésitait. Il s'agissait de pièces chères dans les deux cas. Jiao regardait discrètement sa montre et parfois passait dans ses yeux une expression d'impatience ou de panique, c'était selon. La femme hésitante finit par choisir. Elle opta, comme Jiao l'avait deviné, pour l'ensemble violet. Elle se doutait bien qu'au bout du compte, cette cliente très distinguée, très comme il faut, ne se laisserait pas aller à une fantaisie de soie.

Jiao fit préparer le paquet par sa jeune assistante puis encaissa. Elle salua ensuite l'épouse du dignitaire et la regarda s'éloigner à travers la vitrine. Une douce musique d'ambiance imprégnait le magasin. Jiao était maintenant pressée de partir mais quelque chose la retenait. Comme elle avait aimé ouvrir ce lieu, le créer littéralement, en choisir les couleurs, les décors, avant d'y exposer des vêtements uniques à Pékin qui mélangeaient la tradition de l'Orient éternel avec l'audace des

jeunes créateurs imprégnés de culture et de tons univer-
sels, mondialisés, comme on disait maintenant.

La jeune femme ne se départait pas d'un air de lan-
gueur, d'une expression triste et grave, comme si elle
avait été le jouet d'une force intérieure très sombre.
Tout autour d'elle chantait la gaieté, les couleurs vives
et pétillantes, mais son univers profond, au plus intime,
avait le noir épais de l'encre de Chine.

Une autre cliente entra dans le magasin, faisant
chanter les arceaux de métal qui tenaient lieu de sonnette. Jiao toisa l'arrivante et la « soupesa » aussitôt
financièrement. Elle comprit que sa présence n'était pas
indispensable et chargea son assistante de l'accueillir.
Pendant que les deux femmes allaient et venaient d'un
coin à l'autre du magasin, poursuivant une conversation
soutenue et très argumentée sur les avantages compara-
tifs du cachemire et de la soie, Jiao s'absenta. Non
pas qu'elle quittât les lieux. Mais elle s'absenta mentalement, vers une destination connue d'elle seule, dont
la vision semblait la plonger dans le même abîme de
perplexité. D'une main machinale, elle caressa quelques vêtements, des robes, des foulards, remit en ordre
quelques piles dérangées. Elle donnait l'impression de
ne plus s'appartenir vraiment. Avait-elle oublié toutes
les joies vécues ici, toutes les bonnes nouvelles apprises
dans ce lieu qui contenait comme un écrin quelques-uns
des plus beaux instants de sa vie ?

Certainement pas, assurément. Comment aurait-elle
pu oublier le temps passé avec Franck pour trouver le
meilleur emplacement où ancrer sa boutique, bâtir une
collection, une « patte » propre au magasin ? Ensemble ils avaient rêvé cette aventure, et son mari n'hésitait
jamais, entre deux missions de fouilles, à lui prodiguer
des conseils. Parfois même, il profitait de ses voyages
dans les fins fonds du pays pour lui rapporter des étof-
fes, des tissus ou des vêtements tout faits destinés à

stimuler son inspiration et à renouveler sans cesse sa gamme. C'est ainsi qu'en quelques mois, le magasin était devenu un des endroits à la mode du Pékin chic. Sans avoir l'air de s'encanailler, des officiels y conduisaient leurs épouses, puis ces dames revenaient souvent seules, une fois l'adresse connue. Mais Jiao s'était attachée à proposer aussi des modèles assez drôles et bon marché, tout en se montrant d'une exigence farouche sur la qualité, pour attirer un public plus jeune et moins fortuné. C'est en respectant cet équilibre qu'elle s'était sentie devenir, à l'instar d'une fleur à son apogée, très épanouie, heureuse. La naissance de sa fille était venue parachever cette sensation de bonheur qui s'enroulait durablement dans la douceur des tissus et des caresses d'enfant.

La conversation se poursuivait de plus belle entre la cliente et l'assistante. Jiao fit signe à sa collaboratrice qu'elle s'absentait. Elle lui laissa la clé pour fermer le magasin puis se dirigea vers sa demeure. Elle ne prêta guère attention au spectacle de la rue. Elle avait sauté dans un autobus et attendait que vienne son arrêt, comme anéantie, sans donner le sentiment qu'elle pouvait être encore vivante. Une fois dans sa maison, elle se précipita dans la chambre conjugale et ôta sa robe pour des vêtements passe-partout qui n'attiraient en rien le regard sur elle. Encore que sa beauté l'habillât de manière somptueuse. Même en portant des effets d'une grande banalité, Jiao ne pouvait nulle part passer inaperçue.

Entendant le babillage joyeux de sa petite fille, elle traversa la maison pour la rejoindre dans la salle de séjour où elle jouait en compagnie de son *ayi*. La petite explosa de joie à la vue de sa mère. Ce fut le seul instant de cette journée où Jiao retrouva dans son regard une flamme de vie et, peut-être, de ce bonheur qui semblait la fuir à la vitesse du cheval au galop. Elle fut traversée par l'envie de rester un moment avec l'enfant, mais une autre force la tenait, l'appelait, plus puissante que l'amour filial, une force dévastatrice, à n'en point douter.

— Je dois aller chez mes parents, fit Jiao en s'adressant à l'*ayi*. Je serai de retour assez tard. Dites à mon mari qu'ils pourront dîner sans attendre que je rentre.

— Bien, madame, répondit la jeune servante, qui posa son regard avec insistance sur le visage hermétique de sa maîtresse. À propos de votre mari, j'ai oublié de vous dire qu'il avait appelé ce matin. Il rentrera dans quelques jours à Pékin. Il se trouve actuellement sur un chantier de fouilles. Vous pouvez le joindre sur son portable.

— Très bien, rétorqua la jeune femme sans se troubler, faites dîner Mei.

Jiao sortit et marcha d'un bon pas dans la rue avant de héler un taxi. Il faisait bon et elle se fit arrêter le long d'une artère populeuse où le trafic automobile était intense. Elle reprit alors sa marche et s'arrêta un moment devant un cybercafé. Elle fut tentée d'y entrer et de se précipiter sur un ordinateur, mais elle n'avait guère confiance dans la confidentialité de ces appareils pourtant dernier cri. Jiao était bien informée sur les méthodes de contrôle des citoyens en vigueur en Chine. Au cours des derniers mois, son pays avait acquis des technologies et du matériel de pointe auprès d'entreprises américaines afin d'espionner les individus, à leur insu évidemment. La firme Cisco Systems avait ainsi vendu à Pékin pour une petite fortune – plus de seize mille euros pièce – plusieurs milliers de routeurs, afin de constituer l'infrastructure de surveillance du régime. Ce matériel, paramétré avec l'aide des ingénieurs Cisco, permettait de lire les informations transmises sur le réseau et de repérer des mots-clés « subversifs ».

La police chinoise avait de cette manière les moyens de savoir qui consultait des sites prohibés ou envoyait des courriers électroniques tenus pour dangereux. Les autorités disposaient désormais d'un filtrage efficace de la Toile. Le spectre de la censure se révélait même extrêmement large, allant de sites d'informations à des publications sur les minorités ethniques, en passant par la pornographie, certains mouvements spirituels ou les droits de l'homme. La Chine bloquait de cette manière plusieurs centaines de milliers de sites. Pékin pratiquait maintenant le détournement, une méthode qui permettait, lorsqu'un internaute cherchait à consulter un site interdit, de le rediriger vers un autre site, ou vers une adresse invalide. Un type de censure difficile à déceler par l'utilisateur, qui croyait erronée l'adresse tapée. Les autorités parvenaient également à censurer directement les moteurs de recherche. Pour Yahoo !, la tâche était aisée puisque l'opérateur avait accepté de se plier à la demande du gouvernement. Le moteur de recherche Google était lui aussi contrôlé contre son gré par le pouvoir. La Chine avait réussi à bloquer ses résultats de recherche, excluant les thèmes controversés. À présent, une recherche Google sur un site interdit entraînait soit un blocage temporaire de la connexion de l'internaute, soit ne donnait aucun résultat.

Jiao savait ainsi qu'elle ne pouvait évoluer en confiance sur la Toile. Jamais elle ne s'était sentie aussi démunie, aussi seule, et un lien avec l'extérieur lui aurait à l'évidence été indispensable à ce moment de son existence. Mais tout lui paraissait trop dangereux à ce stade. Elle s'était enserrée dans les lois du destin. Elle n'était plus une femme libre. Elle avait même le sentiment de ne plus être personne.

Elle s'éloigna du cybercafé en songeant à ces pauvres jeunes gens qui étaient surveillés sans le savoir. Elle s'écarta de l'avenue principale où le trafic s'intensifiait de minute en minute et marcha à travers d'étroites venelles sombres. Elle traversa ensuite plusieurs cours en enfilade avant de se retrouver face à une porte étroite. Elle s'arrêta et reprit son souffle. Son cœur cognait dans sa poitrine. Elle pensa que si elle avait eu le courage et la force de se rendre jusqu'ici, le plus difficile était fait. Il lui suffisait de cogner trois coups brefs comme convenu, puis deux, puis un seul. C'était simple comme bonjour, presque trop simple, une tâche enfantine.

Jiao finit par s'exécuter. Au bout d'une poignée de secondes, la porte s'entrebâilla, laissant voir la silhouette chenue d'un très vieil homme.

— Je t'attendais, fit-il, sans rien ajouter.

Il trottina à travers la pièce sans fenêtre, seulement éclairée de quelques bougies, et parfumée à l'encens. Il se dirigea sans hésiter vers un meuble ciré dont il ouvrit un battant. Il se pencha et choisit parmi une rangée de fioles celle qu'il recherchait. Sans aucun commentaire, il la saisit précautionneusement, vérifia l'étiquette et la glissa dans un étui de tissu.

Il trottina en direction de Jiao et lui remit le flacon ainsi protégé.

— Voilà, dit-il.

Jiao repartit comme elle était venue, pareille à un automate. L'*ayi* avait fait dîner la petite à qui maintenant elle lisait une histoire. Jiao se fit discrète et gagna la salle de bains attenante à la chambre. Elle se fit couler un bain presque froid, tant elle se sentait bouillonner à l'intérieur. Une fois dans l'eau, elle se mit à penser à mille choses sur sa vie, sur sa famille, sur la décision qu'elle se devait de prendre. Finalement, l'absence de son mari lui facilitait la tâche. Elle se savonna consciencieusement, sans éprouver la moindre volupté à cet acte banal qui, cette fois-ci, revêtait une intensité particulière, comme tout ce qu'elle faisait ce jour-là.

Puis elle sortit du bain et s'enveloppa encore mouillée dans un long peignoir d'éponge, un cadeau de Franck rapporté de France, bien des années auparavant. Tout en s'essuyant, elle se dévisagea longuement dans le miroir de la salle de bains, comme si elle révisait une leçon avec l'application des élèves consciencieux qui craignent d'oublier quelque chose avant l'interrogation. Ensuite, d'un pas lent, résigné, elle s'avança vers le petit bureau installé dans la chambre conjugale et se mit à écrire quelques mots sur une feuille blanche, de sa belle et fine écriture. Elle se relut, laissa l'encre sécher, la feuille pendant au bout de ses doigts qui tremblaient un peu. Elle glissa ensuite le mot dans une enveloppe et le posa sur la table de nuit de Franck, après avoir précisément écrit son prénom sur l'enveloppe, souligné d'un trait.

Jiao sortit alors la fiole de son tissu protecteur et dévissa le bouchon. Elle ferma les yeux et en but le contenu d'un trait. Enfin elle s'allongea nue sur le lit. Nue et seule.

27

Franck se réveilla à l'aurore. Cette nuit-là, son sommeil avait été agité, agitation qu'il attribuait à sa découverte de la veille, désormais à l'abri dans le coffre de la mission des fouilles. Sous la grande tente vert kaki, ses collègues dormaient encore à poings fermés. L'archéologue se leva discrètement et sortit sans faire de bruit.

Son premier réflexe consista à humer l'air frais et humide du petit matin. Comme souvent à cette heure, un brouillard épais recouvrait indifféremment le fleuve et les montagnes environnantes, octroyant aux paysages un aspect mystérieux et irréel. L'archéologue marcha jusqu'au Yang-tsé, affectueusement baptisé par les autochtones « Ligne de Vie de la Chine » ou plus couramment « Fleuve bleu ». Premier grand fleuve du pays, et troisième du monde après l'Amazone et le Nil, l'impétueux cours d'eau avait joué un rôle de tout premier plan dans l'histoire de la nation chinoise. Sur ses rives, pas moins de soixante ruines du paléolithique avaient été authentifiées. Sans compter les premières civilisations chinoises qui s'y étaient développées du temps où les Égyptiens commençaient à bâtir des pyramides et où les Sumériens gravaient les premiers signes cunéiformes dans la vallée de l'Euphrate. Quatre à trois siècles avant notre ère, les Royaumes combattants inventaient la fonte du fer, se dotaient d'une monnaie métallique et centralisaient l'administration en s'appuyant sur des lois écrites.

La veille au soir, les collègues de Franck lui avaient expliqué que leur campement était établi au centre des six mille trois cents kilomètres que parcourait le fleuve, dans la zone médiane dite du « fleuve moyen ». Au loin, dans les brumes matutinales, l'archéologue aperçut des bateaux : une jonque, un sampan et d'autres embarcations plus modestes. Sur une barque, il crut discerner une femme en train de godiller tandis qu'un homme, probablement son mari, jetait à l'eau un filet. Ici, pêcheurs et paysans menaient une existence rude. Vents violents, vagues hautes et brouillards avaient formé le caractère des peuples locaux, durs à la tâche. Qui plus est, après chaque inondation, ces derniers devaient reconstruire leur maison, inaugurer une nouvelle vie. Avec la construction du barrage, la plupart d'entre eux étaient ou seraient délogés, relogés… Éternels recommencements !

Mélancolique, Franck longea le Fleuve bleu. Il songea aux nombreux poètes qui au cours des siècles avaient célébré sur ces rives l'union harmonieuse des paysages naturels et de la culture humaine. Du Fu, à l'époque de la dynastie Tang, écrivit à lui seul quatre cent trente-sept poésies dans la ville de Fengjie. Li Bai, Liu Yuxi, Bai Juyi, Wang Wei, Su Shi, Lu You… Certains prétendaient même que les Trois Gorges avaient inspiré plus de deux cents vers par kilomètre. Au détour d'un méandre, un gros bateau moderne surgit. Probablement un de ces bâtiments flottants qui proposaient des croisières de luxe. Et si l'archéologue offrait à son épouse une escapade amoureuse, accepterait-elle ? Quand bien même… il ne pouvait laisser tomber son frère. Ne s'était-il pas promis de le retrouver ? Pour enrayer la succession de ces vaines pensées, Franck choisit un lieu propice pour pratiquer son sport habituel.

Jambes légèrement pliées, bras arrondis qui se rejoignaient presque à la hauteur de la poitrine, le jeune homme resta plusieurs minutes dans la position dite de l'arbre pour faire le vide dans sa tête et habiter entièrement son corps. Une série d'exercices lui permirent ensuite de s'échauffer. Puis vint l'enchaînement, toujours réitéré, renouvelé, amélioré, retravaillé, de sorte que cette suite de mouvements identiques parvenait à résonner différemment. Le secret résidait dans l'intention, dans l'impulsion, dans l'énergie. Plusieurs années de pratique avaient été nécessaires à Franck pour comprendre la plupart des maximes que son maître se plaisait à lui répéter patiemment. Éternels recommencements ! Encore quelques années et Franck serait plus chinois que beaucoup de Chinois. Le jeune homme pensa aux spirales dessinées sur le dragon de jade trouvé la veille. L'envie de creuser le reprit tout à coup. En allongeant le pas, il rejoignit le camp.

À son arrivée, ses compagnons qui étaient réunis pour le petit déjeuner le taquinèrent. S'était-il levé aux aurores pour reprendre le travail sur la parcelle qui lui avait été attribuée ? Avait-il déjà trouvé un nouveau trésor ? Franck, qui ne manquait pas d'humour, leur déclara qu'il avait profité de leur sommeil pour invoquer l'esprit du fleuve afin qu'il favorise ses recherches. Puis il s'attabla avec eux. L'archéologue français aimait l'ambiance qui présidait aux chantiers de fouilles : une franche camaraderie mêlée d'un soupçon de compétition. Et si la joie éveillée par la découverte d'un objet était d'abord celle de son auteur, elle rejaillissait en général sur toute l'équipe. Les qualités capitales de tout archéologue qui se respectait n'étaient-elles pas l'enthousiasme, la persévérance et la curiosité ?

Après s'être convenablement restauré, le jeune homme se dirigea vers la tente afin d'y quérir son matériel. Au passage, il attrapa son téléphone portable et l'alluma, déclenchant la musique du *P'tit quinquin*, berceuse du nord de la France, qui résonna doucement à ses oreilles. Sans tarder, un bip plus discret l'avertit de la réception de nouveaux messages. Il appela son répondeur et écouta. Le premier appel, quasiment inaudible, provenait de son domicile de Pékin. Franck crut reconnaître la voix de l'*ayi*. Le second, plus clair, n'était pas moins inquiétant. La jeune paysanne qui s'occupait de sa fille demandait qu'il rappelle la maison de toute urgence. Le Français blêmit et composa immédiatement le numéro de son *siheyuan*. Occupé ! Un sentiment de panique se répandit dans tout son corps, l'obligeant à s'asseoir sur son lit de fortune. Il réitéra son appel. Toujours occupé ! Était-il arrivé quelque chose à sa fille Mei ? Sur le premier message, il avait cru identifier ses pleurs. Et Jiao ? Pourquoi était-ce l'*ayi* qui l'appelait ? À 7 h 30, Jiao n'était-elle pas à la maison ? Il activa la touche rappel en vain. Un camarade de chambrée qui s'apprêtait à sortir de la tente faillit lui lancer une plaisanterie, mais un regard éperdu du Français l'en dissuada.

Dix minutes passèrent ainsi qui semblèrent une éternité au jeune homme. Occupé ! Occupé ! Occupé ! Pendant ce temps, d'épouvantables scénarios s'échafaudaient dans son cerveau. Finalement, la ligne sonna. Une sonnerie, deux sonneries… les battements du cœur de Franck s'accélérèrent.

— Allô !

Une voix désagréable et familière qu'il reconnut immédiatement lui répondit. Il s'agissait du timbre tant redouté de sa belle-mère. Que faisait-elle chez eux à cette heure-là ? L'archéologue n'en oublia pas moins d'utiliser le terme de politesse approprié pour nommer la mère de sa femme.

— *Ni hao yuem !* (Bonjour, belle-maman !) L'*ayi* m'a laissé un message. Que se passe-t-il ?

— Que se passe-t-il ? répondit-elle des sanglots dans la voix. Il se passe que ma fille est morte !

La nouvelle secoua littéralement le jeune Français. Des frissons se formèrent au sommet de son crâne et envahirent tout son corps. Il ferma les yeux. Incrédule, il répéta :

— Morte ?

— Oui, morte ! Au moment où je vous parle, elle est allongée nue sur son lit. Froide et nue. Nue comme le jour où je l'ai mise au monde, il y a trente-cinq ans. Je lui ai donné la vie et voilà que…

Incapable de continuer, la mère de Jiao s'interrompit. Un long silence s'installa entre les deux interlocuteurs.

— Comment… comment est-ce arrivé ? osa finalement Franck.

— Suicide ! Poison sans doute. On a retrouvé une fiole.

— Mais… ce n'est pas possible…

— Si. La preuve ! lança avec rage la belle-mère de l'archéologue. Je suppose qu'elle n'était pas heureuse.

— Ces jours derniers, elle avait changé, admit imprudemment le jeune homme. Je ne reconnaissais plus Jiao.

— Et vous l'avez laissée seule à la maison !

— Je…, commença Franck avant de réaliser qu'il ne devait aucune justification à sa belle-mère qui le tiendrait de toute façon responsable de la mort de sa fille. Je l'aimais !

— Et comment ! ?

L'archéologue ignora le sarcasme. Après un moment, il demanda :

— Mei ? ! Comment va-t-elle ?

— L'*ayi* lui a expliqué que sa mère dormait. Elle n'a pas réalisé.

— Je prends le premier avion. Je suis en pleine campagne. Je pars immédiatement pour l'aéroport de

Chong-qing et je vous rappelle. Embrassez Mei de ma part. Dites-lui que son papa arrive vite. *Yuem*, merci de ne pas toucher au corps. Je crois que j'ai besoin de me rendre compte par moi-même.

Franck raccrocha et prit sa tête entre les mains. Il avait envie de pleurer, de hurler. Il ne le pouvait pas. Un brouillard se forma devant ses yeux tandis que dehors la brume se levait. La mort de sa mère lui revint en mémoire. Il s'agissait d'un dimanche, d'un dimanche après-midi, un de ces premiers dimanches de printemps où le soleil vous surprend. Il avait rejoint des amis sur des fouilles près de Lille. Sa mère était malade, très malade. Un cancer, des métastases qui se répandaient rapidement. Sachant son cas désespéré, il avait refusé les chantiers qui l'auraient éloigné de plus de cent kilomètres du CHU où elle était hospitalisée. Lorsqu'il était passé à l'hôpital, il était trop tard. Elle était décédée. Des médecins l'avaient dirigé vers la morgue où un employé hospitalier lui avait présenté son corps. Un corps sans vie, un corps vide.

Deux larmes roulèrent sur ses joues. Franck ne parvenait pas à réaliser la mort de Jiao, encore moins son suicide. Le corps de sa femme, de la femme qu'il aimait, ne pouvait pas être inerte, vide, sans vie. Tant bien que mal il rassembla ses affaires et se dirigea vers la tente du chef de la mission. Il le trouva seul, en grand entretien téléphonique avec un correspondant à qui il faisait part de sa découverte de la veille. Lorsqu'il vit Franck, son premier réflexe fut de lui décocher un large sourire. Mais un bref examen du visage du Français lui suffit pour comprendre que celui-ci était en butte à une grosse difficulté. Il écourta sa conversation puis se tourna vers le jeune homme.

— Que puis-je pour vous, cher collègue ?

— Je dois rentrer de toute urgence à Pékin, déclara Franck avec peine. Un grave problème familial.

— Je mets tout de suite une voiture et un chauffeur à votre disposition. Vous avez besoin d'autre chose ?

— Non. Je vous remercie.

Cinq minutes plus tard, le chef de la mission vint trouver l'archéologue français.

— La voiture vous attend. Puis-je vous demander un petit service ?

Franck lui lança un regard interrogateur auquel le Chinois s'empressa de répondre :

— Pourriez-vous emporter avec vous cette valise blindée qui contient nos dernières trouvailles dont le joli dragon vert d'hier ? Il vous suffira de la déposer à l'Institut d'archéologie de Pékin afin que les objets soient expertisés. Je vous rédige immédiatement un papier officiel au cas où la douane vous ferait des difficultés.

Pendant le trajet en voiture, à l'aéroport, tout au long du vol pour Pékin et dans le taxi qui le menait chez lui, le brouillard ne se leva pas sur Franck. Immobile, le temps s'était arrêté comme pour suspendre la souffrance du jeune homme qui était anesthésié par la douleur. À cause de l'étroitesse des *hutong* de la capitale, l'archéologue parcourut à pied les derniers mètres qui le séparaient de son *siheyuan*. Pas de trace de deuil sur la façade. Et si tout cela n'était qu'un mauvais rêve ? Avec anxiété, Franck passa le seuil. L'*ayi* se précipita vers lui pour l'accueillir.

— Pauvre monsieur !

Discrètement, elle lui glissa une enveloppe dans la main qu'il rangea immédiatement dans sa poche. Elle le débarrassa de ses bagages.

— Mei ? ! demanda-t-il.

— Elle fait la sieste.

À lentes enjambées, l'archéologue se dirigea vers la pièce où reposait la défunte, vers leur chambre, vers leur lit. Mon Dieu qu'elle était belle ! Blanche Neige, sa princesse aux yeux bridés telle qu'aucun livre d'enfant n'avait jamais osé la représenter. Nue, intégralement nue. Sans même apercevoir sa belle-mère, il s'approcha du corps et embrassa sa femme. Elle ne se réveilla pas.

— Vous voyez, j'ai respecté votre vœu. Rien ni personne n'a été déplacé, *unu* (beau-fils).

Le jeune homme sursauta. Il ne s'était jamais habitué à cette voix rocailleuse et autoritaire, reconnaissable entre toutes. Il se retourna. Dans l'ombre, assise dans un fauteuil rouge, trônait la reine mère.

— Merci, *yuem*, pouvez-vous me laisser seul un instant avec Jiao ?

— Ma fille est morte, *unu*. Ma fille unique. Elle s'est suicidée. À qui la faute ?

Sa belle-mère s'avança vers lui. Son visage ravagé avait vieilli d'un coup. Pour la première fois, Franck eut pitié d'elle. Il voulut prendre ses mains dans les siennes, mais elle recula avec, dans le regard, une expression de dégoût.

— Je vous rejoins au salon, *yuem*. Moi aussi je me pose des questions. Mais pour l'instant, j'ai besoin d'adresser quelques paroles d'adieu à mon épouse, fit-il.

À contrecœur, la vieille dame s'éloigna. Lorsqu'il en fut assuré, Franck s'agenouilla en posant ses coudes sur le lit. Il se recueillit un moment puis se souvint de la lettre que lui avait remise l'*ayi*. Sur l'enveloppe était inscrit son nom. Il reconnut immédiatement l'écriture appliquée de Jiao.

28

Si Franck ne portait pas la famille de Jiao dans son cœur, l'inverse était plus vrai encore. La mère de sa défunte épouse, le véritable chef du clan, n'avait guère pardonné au Français de lui avoir enlevé sa fille. Chez les Wan, on se destinait par nature à construire une lignée pleine et entière d'authentiques Chinois. Les arguments de Jiao selon lesquels, par son métier d'archéologue, Franck était plus savant sur leur pays que bien des Chinois, n'avaient guère ébranlé le jugement de sa mère. Elle avait gardé à l'encontre du jeune homme une rancœur tenace qui s'exprimait par la froideur et la distance. La naissance de sa petite-fille avait à peine amélioré les relations entre eux. Franck ne s'était pas formalisé outre mesure, n'ayant que très peu à supporter la présence de cette femme d'une grande autorité, pour ne pas dire d'un grand autoritarisme. Il avait pris le parti de l'indifférence et même d'une certaine dérision, quand il se mettait à l'imiter devant Jiao, réussissant à soutirer quelques éclats de rire à son épouse s'il caricaturait le grotesque de la reine mère, comme il l'appelait. C'était au temps où Jiao riait encore, avant toute cette affaire qui avait ôté le sourire et la joie de vivre à chacun.

Le suicide de Jiao avait eu pour premier effet de

faire rappliquer au domicile conjugal cette belle-mère d'autant plus cassante qu'elle tenait à tort Franck pour responsable de ces malheureux événements. Le summum de la tension fut atteint pour la préparation des obsèques de Jiao. Sa famille, par la voix de sa mère, tenait impérativement à une cérémonie traditionnelle dans un temple bouddhiste de Pékin. Franck tenta de s'y opposer, mais il dut rapidement céder devant l'insistance du clan représenté par Mme Wan mère. Ses propos furent des plus blessants à l'égard du Français. La purification de Jiao selon les rites anciens était d'autant plus impérative que sa fille avait en quelque sorte trahi son sang durant de nombreuses années, les années de son mariage. Franck fit des efforts considérables pour ne pas chasser cette femme méchante et bornée qui, après tout, était la mère de la femme qu'il aimait, et la grand-mère de sa fillette. Mais il se résolut, les cérémonies une fois terminées, à couper les ponts aussitôt que possible.

Au départ, le rituel était prévu pour durer trois jours et deux nuits. La famille et les proches étaient supposés apporter au temple des offrandes et des victuailles qu'elle aurait consommées tout en veillant sur la défunte allongée dans son cercueil non refermé afin que chacun puisse la voir et lui parler, lui adresser des vœux d'éternité et des encouragements en prévision de l'épreuve des enfers. Mais Franck s'était opposé à ce que l'enterrement – qui, selon les vœux de Jiao, devait se terminer par une crémation – se déroulât sur plus d'une journée. La veille des obsèques, la famille de Jiao prit possession de la maison de Franck : ses beaux-parents et le jeune frère de sa femme, avec lequel il entretenait une relation distanciée mais dénuée d'animosité. Han aimait beaucoup sa nièce et appréciait la conversation de Franck sur l'histoire de la Chine ancienne. Des sujets passionnants qui, pour l'archéologue, paraissaient maintenant dérisoires au moment de dire un ultime adieu à Jiao. Il fallait qu'il surmonte sa peine et sa contrariété à la fois devant cette véritable invasion de son intimité. La journée qui l'attendait serait sûrement la plus longue de sa vie.

Franck leur abandonna le séjour et la cuisine pour se réfugier dans la chambre de sa fille où son *ayi* lui lisait une histoire avant de l'endormir avec de douces chansons mélancoliques. La petite devait bien sentir que quelque chose de grave était arrivé, mais elle ne réalisait pas que sa mère pouvait être morte. Jiao avait été préparée dans son cercueil selon les usages boudhistes, habillée d'une longue robe toute blanche symbolisant le deuil chinois. Une altercation avait eu lieu entre Franck et sa belle-mère à propos de Mei. Le rituel prévoyait que, comme pour toutes les femmes ayant eu un enfant, le corps de Jiao baignât quelque temps dans un « étang aux lotus » symbolique, rempli de liquide rouge figurant du sang. On laissait ainsi la défunte dans ce bain jusqu'à ce que, par leurs prières, des bonzes convoqués pour l'occasion donnent leur assentiment pour l'en retirer. Ensuite, il était admis que l'on versât un verre de vin aux enfants de la mère décédée. De plus en plus, ces pratiques s'étaient raréfiées, laissant place à des cérémonies moins scrupuleuses de suivre l'étiquette à la lettre. Mais la mère de Jiao insistait : non seulement sa petite-fille devait venir au temple, mais elle serait invitée à boire du vin rouge afin de pouvoir métaphoriquement renaître du sang de sa mère. Franck mit son veto avec véhémence. Il n'était pas question que sa fille voie sa mère ainsi. C'est pourquoi il veilla, jusqu'au terme des préparatifs, à ce que l'*ayi* reste avec l'enfant. Le lendemain matin, il emmena lui-même Mei et la servante au domicile d'un ami pour être bien sûr que sa volonté et celle de Jiao seraient respectées : dans l'ultime lettre de son épouse, celle-ci lui recommandait d'ailleurs d'écarter l'enfant de toutes ces cérémonies de la mort.

Vers 10 heures, le cortège de voitures s'arrêta sur une petite place à proximité d'un beau temple bouddhiste où régnait un calme absolu. Le lieu avait été réservé pour la famille. Elle serait ici chez elle tout le temps des funérailles. Dans l'entrée, des toiles blanches avaient été accrochées le long de portemanteaux en bois, pour ceux qui auraient enfreint la règle du deuil en blanc. Franck, qui ne possédait pas de veste blanche, passa une de ces blouses qui lui donna l'allure d'un médecin. Comme il aurait voulu, à cet instant, pouvoir rendre la vie à Jiao ! Tous avancèrent au centre du temple. Là, une grande table attendait les offrandes. Rapidement elle se couvrit de mets qui, en d'autres lieux et d'autres circonstances, auraient paru très appétissants : du poulet, du porc bouilli, des calamars séchés, des mangues et de nombreux fruits, des morceaux de canne à sucre, des biscuits, du thé bien sûr et aussi de l'alcool. Il faudrait tenir toutes ces heures dans une atmosphère assez fraîche. Les vieilles pierres ne laissaient guère entrer l'air tiède du dehors. À l'intérieur du temple, ce n'était jamais le printemps, seulement un éternel hiver.

La mère de Jiao déposa dans un autre lieu, près du cercueil ouvert, une tablette portant le nom et le prénom de la jeune femme. On accrocha aussi sa photo : une image d'elle souriante, que Franck s'abstint de trop regarder, car il avait du mal à détacher ses yeux de son épouse saisie ainsi avec une expression de joie insouciante. On agença aussi de nombreux vases d'encens dans lesquels étaient plantés des bâtonnets de santal. Une oriflamme de papier figurait l'âme de Jiao. Une dizaine de bonzes de tous âges se rassemblèrent autour du cercueil et invoquèrent l'âme de la disparue. Leur présence eut pour effet de soulager Franck qui redoutait le tête-à-tête avec cette famille qui le tiendrait à jamais pour un étranger. À l'évidence, il se serait passé de la cérémonie du coq. Mais sa belle-mère n'avait pas transigé sur cette dimension que le Français jugeait superfétatoire et, pour tout dire, un peu arriérée. On porta un coq vivant sur la table des offrandes et, selon un rituel éprouvé, on incisa sa crête avant d'asperger chaque mets du sang de l'animal. Franck ferma les yeux et se boucha discrètement les oreilles au moment du sacrifice, ne supportant ni ces cris d'animal effrayé, ni ce spectacle de boucher. Les bonzes et l'assistance poursuivirent leurs prières avec une intensité renouvelée. D'un signe, un religieux fit comprendre à tous que l'âme de la défunte était vraiment là. Il faudrait à présent l'aider à traverser le pont étroit, symbolisé par un drap blanc posé sur une autre table, séparant le monde des vivants et celui des morts. Instant pénible et beau à la fois, avec ces voix graves qui résonnaient dans le temple, cette ferveur parfumée d'encens qui pouvait laisser croire au plus incroyant des hommes à l'existence d'un monde éternel. Plusieurs heures passèrent ainsi, entrecoupées de silences, de prières, de discrètes et silencieuses libations.

Franck repéra aussi des objets de papier auxquels il n'avait pas prêté attention jusqu'ici. Ils représentaient certaines choses que Jiao laissait sur cette terre et qui pourraient sans doute lui servir dans l'au-delà. À condition que cet au-delà comporte des routes : il s'agissait notamment d'une voiture en papier, d'un ordinateur en papier, d'une maison de papier. Une fois brûlés, ces objets seraient transposés dans l'autre monde. Sa mère avait aussi préparé de vrais objets : des chaussures souples d'été, au cas où Jiao aurait dû marcher longtemps, une paire de lunettes, un chapeau de toile. Franck avait aussi pris la cithare de sa femme, obéissant là encore à la demande écrite.

Pendant que la cérémonie prenait un tour plus grave, que les voix psalmodiées appelaient les clémences de l'au-delà, le jeune homme réalisa pour la première fois qu'il était veuf. Le mot lui-même ne voulait pas dire grand-chose. Veuf, à ses yeux, c'était une situation de vieillard, et non d'homme mûr. Toute l'incongruité de la scène, et son épaisseur dramatique, prenaient forme tout à coup, dans ce temple inconnu, tandis que le visage immobile de Jiao témoignait du cours irréversible des choses. Franck repensait à la lettre que lui avait remise l'*ayi* de Mei. Avant de mourir, ou plutôt de se donner la mort, Jiao avait eu la présence d'esprit de récapituler l'essentiel. Cela lui ressemblait bien, ce sens invétéré de l'organisation, que rien n'avait pu prendre en défaut, pas même le désespoir de la jeune femme pressée d'en finir. Quelle force l'avait donc précipitée dans ce gouffre du non-retour ? « Je pars car je ne veux pas te trahir. Je préfère cette issue plutôt que de te décevoir », avait écrit Jiao dans ses ultimes volontés, enjoignant à Franck de mettre Mei à l'abri, loin de sa propre famille. Que craignait-elle ? Que s'était-il passé ? La porte du temple s'ouvrit. Au moment où Franck se posait toutes ces questions, un homme d'un certain âge, de blanc vêtu de la tête aux pieds, les cheveux blancs aussi, pénétra dans l'enceinte. Le regard fixe, l'œil brillant, comme mû par une mécanique secrète, il s'avança vers le groupe. C'était Sun Chuk Yan, l'oncle maternel de Jiao. À sa seule vue, Franck frissonna. Ce personnage qu'il connaissait mal l'avait toujours inquiété. Tout en lui inspirait de l'appréhension. Sa démarche, sa façon de scruter l'assistance, son silence même. Leurs regards se croisèrent un bref instant. Franck finit par baisser les yeux. L'oncle lui avait jeté un sourire étrange, quelque chose comme de la compassion mélangée avec une pointe de cruauté. Le jeune homme fut tenté de lui parler. Il aurait eu envie de lui demander comment il avait trouvé Jiao, la dernière fois qu'il l'avait vue. Mais l'oncle se comportait comme un être lointain et inaccessible, et ce n'était sûrement pas à un « long nez » qu'il aurait fait ses confidences.

Franck soupira d'aise à l'idée de savoir Mei avec sa gouvernante. Pareil spectacle aurait fini par l'apeurer. Sans doute aurait-elle réclamé de voir sa mère, et qui sait quelles traces auraient laissées ces images d'une maman inerte, les yeux à jamais clos, ne pouvant plus prendre son enfant dans ses bras, ni personne. C'était décidé. Mei partirait dès que possible avec son *ayi* en France, chez le patriarche. Guy Deroubaix serait aux anges de veiller sur sa petite-fille. Sous ses dehors de matamore, sous sa cuirasse de dur à cuire, il y avait un trésor de tendresse auquel seul un enfant pouvait accéder. En attendant, ça n'en finissait plus. Faisait-il jour, la nuit était-elle tombée ? Difficile de le savoir car aucune ouverture ne donnait sur l'extérieur, et Franck ne portait pas de montre. Une femme fit son apparition, en provenance d'une salle voisine composée de nombreux autels de prière. Son arrivée provoqua une certaine excitation dans l'assistance. Les parents de Jiao apportèrent une grande bouteille au goulot évasé, dans laquelle était plongée une petite baguette de buis. La femme, presque aérienne dans ses habits de grande prêtresse, saisit la bouteille et commença son travail de médium. C'était par elle, par sa voix et ses gestes, que l'on saurait si l'âme de Jiao était présente, et si elle était en mesure de s'exprimer une dernière fois avant la grande traversée. S'il ne croyait guère à ces rites, Franck les respectait. Jamais il n'avait assisté à une séance de spiritisme mortuaire, et il observa la scène avec appréhension, même s'il était curieux de voir se manifester ce qui pouvait être l'esprit de son épouse. Après de longs prolégomènes à peine murmurés par la prêtresse puis repris en chœur par les participants, le silence se fit. Tous avaient le regard tourné en direction de la bouteille. Le bâton restait immobile. Mais après une minute d'attente, il se mit à remuer sèchement, cognant deux coups brefs contre le goulot. La prêtresse demanda à l'âme vive de Jiao qui elle choisissait pour s'exprimer en son nom. L'âme désigna sa mère. Et comme c'est souvent le cas dans ces rituels, la mère prit soudain la voix de sa fille. Ce fut pour Franck un choc si violent qu'il manqua de tomber à la renverse. Sa belle-mère avait d'ordinaire une voix conforme à son physique, revêche et rauque, en raison des cigarettes qu'elle fumait plus que de raison. Par l'effet d'un sortilège incroyable, elle parlait maintenant avec la voix cristalline et flûtée de Jiao. La prêtresse demanda à l'âme de la défunte ce qu'elle avait à dire. Et la mère, avec la voix troublante de sa fille, se dirigea vers Franck pour lui dire ces paroles venues de loin : « Sois prudent, mon chéri. » L'archéologue fut d'autant plus troublé que ces mots étaient précisément ceux que Jiao lui avait écrits dans sa dernière lettre. Que sa belle-mère soit la messagère de ces paroles aimantes tourmenta Franck au plus haut point. Et il n'était pas au bout de ses émotions. Le bâton se mit à remuer de plus belle dans la bouteille. La mère de Jiao devint d'une pâleur extrême et commença à articuler, avec la même voix légère : « Méfie-toi de… » À ce moment, la vieille femme tourna de l'œil, aussitôt secourue par son frère qui lui posa étrangement la main sur la bouche, comme s'il avait voulu l'empêcher de parler. Franck était trop mal en point pour noter ce détail, et la séance s'interrompit de la sorte. Quelques minutes plus tard, tout fut brûlé : les objets de papier de Jiao, son cercueil, sa cithare, et Jiao elle-même, dont les restes furent délicatement recueillis dans une urne funéraire en bois de santal. Franck rentra chez lui sans dire un mot d'adieu. La seule personne à qui il aurait aimé parler n'était plus que cendres.

29

Le lendemain de l'enterrement, Franck accompagna Mei et son *ayi* à l'aéroport de Pékin. En ces moments douloureux, se séparer de sa fille n'était pas chose aisée et, après l'enregistrement des bagages, lorsque vint l'heure de se diriger vers la porte d'embarquement, ce fut avec difficulté qu'il rassembla toutes ses forces pour incarner un papa rassurant. La veille au soir, il l'avait emmenée dîner le long du lac Houhai, lieu favori de leurs promenades. Après le repas, comme à l'accoutumée, ils avaient nourri les cygnes. Sur un banc, Franck lui avait expliqué en choisissant soigneusement ses mots la mort de sa mère et son départ pour la France. Il lui avait parlé de son grand-père et de Virginia, la cuisinière, qui s'apprêtaient à l'accueillir.

L'heure de l'embarquement s'annonçait. Avant de disparaître de l'autre côté du poste de contrôle, Mei se retourna, faisant virevolter ses couettes brunes. Elle adressa à son père un dernier signe de la main auquel il s'empressa de répondre. Un instant, l'archéologue fut tenté de rattraper sa fille et sa gouvernante chinoise, de prendre un billet et de s'envoler avec elles pour l'Hexagone. Au lieu de quoi, maintenant qu'il n'avait plus à donner le change, il tourna les talons et éclata en sanglots. Un taxi le ramena chez lui.

Seul. Franck s'était senti incommensurablement isolé ce dernier mois, mais jamais seul. Toutes ces années, il avait vécu avec la présence irremplaçable de Jiao à ses côtés, celle de sa fille et, avant les funérailles, de sa belle-mère avec qui il avait partagé quelques jours durant un même chagrin. Seul. Personne pour le regarder, pour le juger. Franck se déshabilla et se jeta nu sur le lit. Il se saisit d'un oreiller sur lequel il frappa rageusement de toutes ses forces avec ses poings. L'épuisement ne tarda pas à venir. Les larmes aussi. L'espace et le temps s'effacèrent, le chagrin s'installa.

Lorsque Franck sortit de sa torpeur, il n'avait ni faim, ni soif. La nuit était tombée. Sa seule aspiration, disparaître. Mais il avait une mission à accomplir. Le devoir l'appelait, comme s'était plu à lui répéter tant de fois dans son enfance le patriarche. Comme il avait pu détester ce mot, le « devoir » ! Mais en existait-il d'autres pour exprimer ce qu'il s'apprêtait à entreprendre ? Le cauchemar qui avait suivi la disparition de son frère lui revint en mémoire : l'île sur laquelle il se trouvait, l'obscurité, les voix de Patrick et de Jiao qui l'interpellaient au loin dans des directions différentes, ses tergiversations, son immobilisme et le silence, le terrible silence. À présent, le sens de ce songe était clair, limpide même. Jiao s'était tue définitivement. Elle s'était immolée afin qu'il sauve son aîné. Il devait s'exécuter pour son frère bien sûr, pour son père, mais surtout pour sa femme, en sa mémoire, pour donner un sens à son sacrifice. « Sacrifice », encore un terme qu'il exécrait tant il avait été employé par sa grand-mère maternelle qui collectionnait les images saintes et multipliait les pèlerinages à Lourdes.

Pourquoi Jiao craignait-elle de le trahir ? Pourquoi avait-elle émis le souhait que leur fille soit à l'abri ? Quel orage se préparait ? Quelqu'un avait-il exercé une pression sur elle ? Il fallait que ce soit une personne à qui son épouse ne pouvait rien refuser. Et si en l'absence d'issue, elle avait décidé de se suicider ? Par amour et non par sacrifice ? Franck éprouva soudain un violent besoin de serrer sa femme dans ses bras. Existait-il des situations inextricables ? Il aurait tant voulu la protéger, la défendre. Une seule chose était certaine : une relation évidente existait entre l'enlèvement de Patrick et le suicide de Jiao. Or, le lien qui les unissait portait un nom, le sien. Il se trouvait au cœur d'une tourmente impossible à esquiver.

Agir. Deux syllabes simples. Agir pour eux, pour lui, pour trouver la clé de ces mystères indiscutablement soudés. Une image traversa l'esprit de l'archéologue : des morceaux de sucre, des centaines de morceaux de sucre appuyés les uns aux autres, agencés de sorte que le premier entraîne les autres, tous les autres sans exception. Puis un visage enfantin, doux et rieur, s'imposa soudain. Une vision délicieuse. Une frimousse dont il connaissait chaque expression pour l'avoir observée à maintes reprises sans jamais se lasser. Leur fille Mei ! Son avion ne tarderait pas à se poser sur le tarmac de l'aéroport de Roissy. Il imagina le patriarche radieux, rajeuni de dix ans, impatient de faire sa connaissance. Aux dires de ses petits-enfants, Guy Deroubaix était un grand-père merveilleux, joueur et attentionné. Le contraire du père autoritaire et absent qu'il avait incarné pour ses deux fils. Mei était-elle inquiète ?

Franck se leva. Il se dirigea vers la chambre de sa fille. Après avoir considéré les différentes peluches échouées sur son lit, il en choisit une, un petit agneau blanc au regard innocent. Il le posa sur sa table de nuit et le contempla longuement. Enfin, le plus sérieusement du monde, il lui adressa la parole :

— Mei, ma chérie, je te promets d'élucider les énigmes que constituent la disparition de ton oncle et…

le décès de ta maman. Je te promets aussi de ne pas prendre de risques inutiles et de te protéger longtemps, aussi longtemps que cela me sera possible.

Vers 10 heures le lendemain matin, Franck se tenait immobile dans une cour anonyme de la capitale. Faisant fi des bruits extérieurs, du chant des oiseaux, des cris joyeux des enfants, des pions de mah-jong bruyamment posés sur le sol et des exhortations des colporteurs, il était concentré sur la circulation de son *qi*, de son énergie vitale, de son souffle. À quelques mètres stationnait son maître, le vénérable Cui Yunshen, installé lui aussi dans la posture de l'arbre. Ils restèrent ainsi longtemps sans bouger, sans se soucier de leur environnement. Puis, d'une voix douce et profonde, le précepteur invita son élève à ouvrir plusieurs fois les bras lentement en inspirant et à les refermer en expirant.

Cui Yunshen était un sage, un homme de près de quatre-vingts ans que la pratique de différents arts martiaux et énergétiques chinois avait formidablement conservé. Seule la présence de rides et de magnifiques cheveux blancs trahissait chez lui le poids des années. Pendant sa jeunesse, le vieux Chinois avait sillonné les routes à la recherche des meilleurs enseignements. Ainsi avait-il commencé par le xing-yi-quan, la boxe de la forme et de la pensée. Au célèbre monastère de Shaolin, les bonzes lui avaient ensuite enseigné le xin-yi-men, une technique apparentée, dite « école du cœur et de la pensée ». Puis, dans les années 1940, il avait rencontré son maître, Wang Xiangzhai, le fondateur du yi-quan, la boxe de l'intention ou de l'esprit, que certains désignaient aussi par le nom de da-cheng-quan ou « boxe du grand accomplissement ». L'histoire disait que pour démontrer la légitimité de sa technique, Wang ne reculait devant aucun défi. Il avait ainsi affronté victorieusement un boxeur poids léger d'origine hongroise à Shanghai en 1929, et un célèbre maître de boxe hong-xuru à Pékin en 1937. Pendant une dizaine d'années, maître Wang avait inculqué à son disciple Cui les fondements de sa méthode : l'immobilité à travers la posture de l'arbre, le déplacement, le développement et l'expression de la force, le combat avec les poussées et la séparation des mains. Puis, avec l'instauration du régime communiste en 1949, Wang s'était retiré, abandonnant l'enseignement martial pour approfondir les applications thérapeutiques de la posture de l'arbre. Jusqu'au décès de son maître, Cui avait conservé le contact avec lui. Ainsi avait-il pu bénéficier encore quelque temps de la bonne parole de son vénéré maître, mais pour parfaire sa technique il s'en était remis à son successeur.

À présent, Cui Yunshen n'était plus un jeune homme. Comme son modèle, il aspirait désormais davantage aux aspects énergétiques et thérapeutiques que martiaux de son art, d'où une pratique assidue du tai-chi-chuan et du qi-gong. Il sélectionnait avec soin ses élèves. Franck Deroubaix, par exemple, lui avait été recommandé avec insistance par un ami. Dès leur première rencontre, le futur professeur avait décelé chez l'archéologue une grande franchise, beaucoup de douceur et une immense curiosité pour la culture chinoise. Le Français lui avait tout de suite plu. Les débuts s'étaient pourtant révélés difficiles pour ce dernier qui présentait des raideurs propres aux Occidentaux, mais il avait persévéré avec application et constance. Pour le plus grand plaisir de son maître il avait réalisé des progrès considérables, ces deux dernières années.

Ce matin, Cui avait reçu un curieux appel de son élève. Un appel au secours en quelque sorte, du moins l'avait-il ressenti ainsi. Franck Deroubaix souhaitait le voir rapidement et la réponse de son précepteur ne s'était pas fait attendre qui, alerté par le timbre de sa voix, avait accepté sans hésitation. Une demi-heure plus tard, l'archéologue avait sonné chez lui. Le visage glabre et l'œil éteint, son allure était pitoyable. D'un geste, Cui l'avait invité à le suivre dans la cour. Sans échanger de paroles, il avait placé à hauteur de son torse son poing droit dans sa paume gauche en s'inclinant légèrement afin d'effectuer le salut traditionnel qui inaugurait toute séance de travail. Spontanément, Franck avait répété les mêmes gestes, puis tous deux s'étaient installés en fermant les yeux dans la posture de l'arbre.

La leçon de maître Cui dura deux heures à l'issue desquelles le professeur proposa à son élève une tasse de thé. Silencieux, ils s'assirent tous les deux autour d'une table basse sous un patio ombragé, où une femme âgée d'une cinquantaine d'années leur apporta la boisson attendue. Elle les servit et s'en retourna. Le vieux précepteur souleva délicatement sa tasse. Il huma son contenu, puis il porta la boisson encore brûlante à ses lèvres.

— Franck, sais-tu reconnaître nos différentes sortes de thé ? demanda-t-il.

— Vaguement. Je ne suis pas un expert.

— Tu reconnais peut-être mieux les vins de ton pays ?

— Sans doute. Juste un peu mieux, répondit le Français. Là encore, j'ai beaucoup à apprendre.

— Apprendre. Dans tous les domaines, il nous reste toujours à apprendre. De ce point de vue, la vie est trop courte. Par exemple, existe-t-il des choses que tu ne connais pas du tout et sur lesquelles tu désirerais t'instruire ?

— Oui. Justement…

Franck marqua un moment d'hésitation, mais, d'un signe de la main, son professeur le pria de continuer.

— Maître, fit l'archéologue en le regardant droit dans

les yeux, j'ai une faveur à vous demander. Je souhaiterais que vous m'appreniez les bases du da-cheng-quan. Et… en une semaine.

Cui Yunshen marqua le coup. Il manqua même de lâcher sa tasse, mais sa placidité naturelle reprit rapidement le dessus.

— Ta demande est effectivement extraordinaire, enchaîna-t-il. À plusieurs titres. D'abord parce que je ne pratique plus depuis un moment le da-cheng, que je préfère, soit dit entre nous, nommer yi-quan. Du moins l'aspect martial qui est celui qui, je suppose, t'intéresse. D'autre part parce que même une initiation est impossible à envisager sur une semaine. Mais j'imagine que tu sais déjà tout cela.

— Maître, je suis désolé de vous avoir importuné.

— Franck, sache que tu ne me déranges jamais. Par ailleurs, il me suffit de te regarder pour comprendre que tu dois avoir de sacrément bonnes raisons pour me solliciter à ce sujet. Reste déjeuner avec moi. Tu me raconteras tout cela. Nous verrons ensuite ce qu'il est possible de faire.

L'après-midi même, maître Cui inculquait à son élève les fondements théoriques de la boxe de l'intention.

— Pour commencer, le yi-quan est un art martial interne d'origine chinoise, comme le tai-chi. Autrement dit, il est considéré comme souple, contrairement aux arts martiaux externes plus durs, comme le kung-fu par exemple. L'enseignement du yi-quan comporte plusieurs aspects. Tout pratiquant doit d'abord se renforcer à travers la posture de l'arbre que tu connais bien. Il existe aussi d'autres postures de santé et de combat. L'apprentissage du mouvement passe, lui, par des exercices lents de deux types : l'un insistant sur la partie haute du corps, l'autre sur les déplacements. Certains exercices de coordination et de maîtrise pratiqués à deux précèdent le combat. Ceux-ci te rappelleront certainement les tui-shou. Voilà pour la base qui compte de nombreuses similitudes avec le tai-chi, Le yi-quan requiert aussi que tu apprennes à émettre la force, à projeter la force acquise grâce aux postures. Le son doit jaillir spontanément de tes entrailles. Tu utiliseras également des images pour permettre à ton esprit de rester en contact avec ton corps. Ainsi seras-tu toujours aussi agile qu'un poisson dans l'eau quelle que soit la situation à laquelle tu devras faire face. Concernant le combat lui-même, l'entraînement qu'il suppose est considéré comme néfaste pour la santé. Ne l'oublie jamais ! Tu devras donc t'exercer aux sept autres méthodes ainsi qu'aux quatre manières de pratiquer le yi-quan, sur le dos, assis, debout et en marchant. Enfin, bien sûr, et cela constituera sans doute la tâche la plus délicate, nous t'enseignerons les fameuses poussées des mains qui doivent concentrer et révéler ta force interne.

— Nous ? demanda Franck.

— Oui, ma fille que tu as aperçue tout à l'heure est une experte. Crois-moi sur parole ! Elle te donnera du fil à retordre.

L'archéologue sourit. Jamais il n'aurait soupçonné les compétences martiales de la femme d'âge mûr qui les avait servis à table. En réalité, la modestie de la coiffure, des vêtements et l'allure banale de cette Chinoise discrète dissimulaient une combattante redoutable. Franck l'apprendrait bientôt à ses dépens, au prix de plusieurs bleus.

— Voilà pour l'essentiel, résuma Cui Yunshen. Un dernier détail historique, le yi-quan a été fondé en 1920 par mon regretté maître Wang Xiangzhai. Voici une de ses maximes que je t'invite à méditer : « L'intention est dégagée par la forme, la forme se manifeste à partir de l'intention, la posture suit l'intention, la force est émise à partir de l'intention. »

30

L'avion de Franck se posa sur le tarmac de l'aéroport de Hong Kong, à Chek Lap Kok au nord de l'île de Lantau. Depuis plusieurs années, l'époque des atterrissages chocs était révolue. Les bâtiments de Kai Tak avaient été écartés au profit de nouvelles aérogares ultra-modernes construites à l'écart de la ville et il n'était plus possible à partir des hublots des appareils de contempler les intérieurs des nombreux appartements bordant les pistes. Fini les battements accélérés du cœur, terminé les regards inquiets vers les extrémités des ailes, des fois que celles-ci effleureraient les immeubles alentour. L'amélioration incontestable en termes de sécurité attristait pourtant le jeune Français adepte du bon vieux temps. De nuit, se rappela-t-il, il était alors presque possible de distinguer les programmes de télévision des logements éclairés. Il avait toujours trouvé cela follement amusant. Franck réfléchit : six années déjà que les vieilles installations avaient été abandonnées. À l'époque, Mei n'était pas encore née et il venait tout juste de faire la connaissance de Jiao. Une ride d'amertume borda un instant la commissure de ses lèvres.

Le pilote avait à peine garé l'engin à proximité d'un des nombreux tentacules du nouvel aéroport que déjà les passagers se levaient pour récupérer leurs bagages à main dans des casiers bondés. Franck, que cette attitude agaçait, resta assis, concentré sur ses pensées. Rien ne servait de courir puisqu'il devait récupérer son sac à dos sur le tapis roulant des bagages.

Dieu seul savait quelles aventures l'attendaient. Cette semaine d'entraînement intensif avec maître Cui et sa redoutable fille l'avait partiellement initié au combat. Certes, il n'était pas Rambo, héros du Vietnam errant de ville en ville à la recherche d'anciens compagnons d'armes. Encore moins Rocky, incarné lui aussi au cinéma par Sylvester Stalone, se préparant à affronter sur le ring un champion du monde. Ni le boxeur Jake La Motta, merveilleusement interprété par Robert de Niro dans *Raging bull*, prêt à tout pour devenir une star. Ni Bruce Lee, champion de kung-fu, ou Jean-Claude Van Damme, l'acteur belge devenu célèbre pour sa maîtrise du karaté. Et surtout pas Arnold Schwarzenegger, le comédien d'origine autrichienne adepte de culturisme et depuis peu de politique. Il n'avait rien à voir avec ces gens-là, ni hélas avec Li Mu Bai, virtuose des arts martiaux et en particulier du sabre, dans *Tigre et Dragon*. Non, Franck Deroubaix était simplement un Français qui s'était exilé en Chine, dont le frère avait disparu et dont la femme s'était suicidée. Il avait sûrement une revanche à prendre, mais sur des adversaires qu'il ne connaissait pas, qu'il ne parvenait même pas à identifier. Physiquement et mentalement, il s'était préparé tant bien que mal la semaine précédente. Désormais, l'objectif de son voyage à Hong Kong consistait à débroussailler le paysage. Il souhaitait y voir plus clair dans cet imbroglio invraisemblable qui l'avait conduit, lui, le plus doux des hommes, à adopter une attitude martiale, presque agressive et revancharde. Non, il ne tomberait pas dans ce panneau-là, à cause de sa fille Mei, grâce à elle.

Franck redressa la tête. Les rangées de l'avion étaient pratiquement vides. Il se leva, rassembla sans hâte ses affaires et rejoignit la sortie où un steward et deux hôtesses lui souhaitèrent une bonne journée.

Un taxi conduisit Franck du nord à l'ouest de l'île de Lantau, au village de Tai O où il avait rendez-vous avec son ami, le père Maxime Wautier. Par la fenêtre, l'archéologue admira les paysages montagneux étonnamment verts et boisés. Leur véhicule bleu passa devant le monastère Po Lin, principale attraction touristique de l'île qui, avec son bouddha géant en bronze hissé au sommet d'une colline, arborait la plus grande représentation du sage au monde. Le chauffeur proposa à l'archéologue de s'arrêter le temps d'une visite, mais ce dernier déclina l'offre : il était attendu. La mer de Chine – l'île était située à l'embouchure de la rivière des Perles – réapparut bientôt au détour d'un virage, puis se présenta une baie garnie de petits bateaux de pêche. Enfin, Franck aperçut des maisons précaires construites au bord de l'eau sur pilotis. Il remarqua aussi la présence systématique de barges colorées attachées aux pieux de ces cabanes pauvres enjolivées de fleurs en pots. De loin, à côté de l'arrêt de bus, se tenait la silhouette massive du père Wautier. L'archéologue paya la course et se dirigea vers son ami qui le serra dans ses bras.

— Mon cher, fit l'octogénaire de sa voix chevrotante aux accents renforcés par l'émotion, une connaissance de Pékin m'a dit pour Jiao. Je suis sincèrement désolé. Je prie Dieu pour qu'Il vous aide à traverser cette terrible épreuve !

Surpris car il ne l'avait pas mis au courant, le jeune Français recula, par pudeur, par peur aussi des larmes qu'il sentait monter au bord de ses yeux.

— Merci, mon père, répondit-il mécaniquement, presque un peu sèchement. Le décès de ma femme et les circonstances qui l'entourent font partie des points que je désire aborder avec vous. Dans un lieu discret de préférence. Je commence à devenir méfiant. Vous n'avez dit à personne que vous me voyiez ?

— Non. La connaissance dont je vous parlais à l'instant ne sait pas que nous avions rendez-vous, encore moins que vous deviez venir ici.

— Très bien. Où allons-nous ?

— Plusieurs chemins de randonnée démarrent de Tai O. Choisissons-en un. C'est ici une occupation courante pour les Blancs dans notre genre. Mais peut-être souhaiteriez-vous déposer quelque part votre sac à dos. Quelques habitants louent des chambres. Rien d'extraordinaire. Ce sont de pauvres gens, des pêcheurs pour la plupart qui font sécher leur poisson avant de le vendre.

— Je vous suis !

L'archéologue plaça ses pas dans ceux du jésuite dont l'agilité le surprit. Pour son âge, le prêtre était une véritable force de la nature. Ensemble, ils déambulèrent rapidement dans de minces venelles. Aux habitants qu'il connaissait, le vieil homme adressait un geste de la main ou une parole réconfortante. Trois ou quatre rues plus loin, le père Wautier s'arrêta net devant une maison munie d'un panneau « B & B ».

— Pour un *bed and breakfast*, le confort est un peu sommaire. Mais je connais les propriétaires, une famille dont je peux vous garantir la discrétion. Vous serez chez eux en confiance. Il leur est arrivé de loger des prêtres en situation un peu délicate, si vous voyez ce que je veux dire.

Franck comprit tout de suite l'allusion de l'octogénaire aux membres de l'Église cachée, interdite sur le territoire chinois, et une irrépressible envie de sourire s'empara de lui.

— Jamais je n'aurais cru rentrer un jour en résistance, déclara-t-il.

— Vous êtes prudent et vous avez raison, mon jeune

ami. Votre attitude n'est pas paranoïaque, croyez-en un vieux singe de mon acabit.

La chambre, une pièce exiguë, comportait un lit d'un couchage, une table et une chaise en bois des plus simples. Pour la toilette, un vague recoin était aménagé avec un évier et, pour se doucher, un trou était destiné à l'évacuation des eaux. Les murs et le sol demeuraient en béton gris, non peint, et le plafond en tôle.

— C'est un peu brut de décoffrage, n'est-ce pas ? Rien à voir avec votre luxueux *siheyuan*. Pour l'eau chaude, mentionna le jésuite, demandez aux propriétaires, ils vous la feront chauffer et vous passeront un broc. À la guerre comme à la guerre !

— Sur les chantiers de fouilles, le camping est souvent de rigueur, plaisanta Franck qui posa son sac à dos sur le sol.

— Que faites-vous, malheureux ! s'exclama le père Wautier. Ne posez rien à terre car vous le retrouveriez trempé dans moins de deux heures. Même pas une paire de baskets. Ici le taux d'humidité est maximal.

— D'accord, mon général ! fit le jeune homme en déplaçant son sac sur la table.

Trois heures plus tard, le prêtre reprenait le bus n° 1 en direction de Mui Wo où il embarqua sur un ferry pour l'île de Hong Kong. Durant le trajet, il récapitula les propos de Franck Deroubaix. Ils avaient marché ensemble sur un sentier qui bordait la mer en direction du sud, vers Fan Lau. Plusieurs fois, la voix du jeune Français avait manqué de se briser, mais il était toujours parvenu à se ressaisir. Sa détermination avait impressionné le vieil homme. Avant de se quitter, ils avaient partagé un plat de poisson au village et le jésuite avait promis de faire tout son possible pour l'aider. Désormais, appuyé sur le bastingage, il réfléchissait à la meilleure manière d'y parvenir.

Pour commencer, il était question dans cette affaire de triades qui travaillaient pour leur compte ou recevaient des ordres d'un commanditaire extérieur prééminent. Patrick, le frère de Franck, était un ingénieur doublé d'un industriel. Il était probable que ses ravisseurs en voulaient à ses connaissances puisque aucune demande de rançon n'avait été déposée. Le suicide de Jiao était plus mystérieux, mais de toute évidence un personnage ou une organisation puissante avait cherché à ce qu'elle dirige des actions contre son mari. Apparemment, de Kunming à Pékin, un véritable réseau s'était constitué autour de l'enlèvement. Qui était à même de le renseigner ? Qui mieux que… « Eurêka ! » s'exclama le vieil homme à l'œil malicieux, qui, fort de son expérience, disposait lui aussi d'un réseau impressionnant d'informateurs.

Rendez-vous fut fixé pour le soir même dans le port d'Aberdeen. Comme à son habitude, le prêtre emprunta un bus. À 7 heures, il atteignit le quartier bordé d'immeubles anciens, modernes ou en construction, rassemblés dans une même laideur autour de la rade antityphon que se partageait une flottille bigarrée. À main gauche, le yacht-club, au centre une armada de restaurants flottants et à main droite un enchevêtrement de jonques et de sampans, résidences de familles de pêcheurs et tout particulièrement des Tankas, peuple de l'eau que la ville s'employait à reloger dans des cités et dont le nombre diminuait de jour en jour. Le père Wautier affectionnait particulièrement cette ethnie minoritaire et méprisée, présente également dans le village de Tai O, et dont les traditions tendaient malheureusement à disparaître. Depuis de nombreuses années, différentes communautés religieuses chrétiennes tentaient en vain de les protéger de l'administration. Mais tout au plus parvenaient-elles à retarder le phénomène inéluctable de leur perte d'identité.

Une barque s'approcha du quai. Elle était dirigée par une femme ridée qui lui sourit. Le vieil homme s'embarqua et lui demanda des nouvelles de sa famille tandis qu'elle pagayait en direction d'un sampan pareil à mille autres. Il descendit dans la soute du bateau, à l'abri des regards indiscrets, et y retrouva Shi Pok Too, un sexagénaire rusé dont le bras gauche s'arrêtait au coude.

Shi Pok Too n'était pas tanka mais hakka, une ethnie Han très présente dans le Sud-Est asiatique, réputée pour sa droiture et sa bravoure et qui avait fourni à la Chine, au fil des siècles, bon nombre d'individus exceptionnels parmi lesquels figuraient, pour les plus récents, Sun Yat-Sen, Deng Xiaoping et Li Peng. Aussi ce chef de clan respecté n'habitait-il pas une barge, mais un bel appartement confortable de Kowloon. Au fil des années, il avait assis son autorité sur sa maîtrise des arts martiaux et son sens aigu de la justice. Un jour, il y a près de vingt ans, le père Wautier l'avait trouvé gravement blessé, presque agonisant au fond d'une impasse. Shi était tombé dans un guet-apens tendu par un clan rival qui avait tenté de le fusiller et l'avait laissé pour mort. En passant, le jésuite, qui à l'époque avait encore l'oreille fine, avait entendu ses râles. Ses quelques connaissances médicales lui avaient permis d'apporter les premiers soins au blessé et de stopper une hémorragie qui risquait de lui être fatale. Ensuite, il avait appelé du secours. Shi Pok Too avait été sauvé. Au prêtre, il ne devait rien de moins que la vie.

Les deux amis se saluèrent. Le propriétaire du sampan s'éclipsa. Il monta sur le pont pour surveiller les environs. Après les politesses d'usage, le père Wautier exposa à son ami hakka les données du problème. Ce dernier l'écouta, ponctuant son discours de « hum » et de « ah ». Lorsqu'il eut fini, le prêtre remarqua une tension inhabituelle dans le regard du sexagénaire qui prit la parole.

— Deux jours ! Retrouvons-nous ici dans deux jours et je te donnerai tous les renseignements dont tu as besoin. Mais, mon ami, je peux d'ores et déjà te dire que l'affaire est délicate.

31

Guy Deroubaix avait tenu à l'accueillir lui-même à la gare TGV. L'avion en provenance de Chine était arrivé deux heures plus tôt à Roissy, et sa petite-fille, accompagnée de son *ayi*, avait aussitôt pris place dans un train rapide pour Lille. Le patriarche avait veillé à se raser de près pour ne pas piquer sa petite-fille. Il était plus ému qu'il ne l'aurait imaginé en venant à la rencontre de cette enfant probablement inconsciente encore du malheur qui venait de s'abattre sur elle. Guy Deroubaix n'avait vu Mei qu'une seule fois à Pékin, lors d'un voyage éclair. Elle n'était alors qu'un bébé remuant dans son berceau, et il n'y avait guère prêté attention. L'envoi régulier de photos par Franck était pourtant parvenu à l'associer à l'épanouissement de la ravissante petite Eurasienne qui empruntait à part égale les traits de son père et ceux de sa défunte mère.

Dans les jours précédant la venue de sa petite-fille, le vieil homme avait fait préparer le fond du rez-de-chaussée de sa grande maison, de manière à lui éviter des allées et venues dans les escaliers. Au bout du couloir, après le grand séjour qui donnait sur le jardin, deux petites chambres d'amis communiquant l'une avec l'autre avaient été reconverties de manière à accueillir l'enfant et sa gouvernante chinoise. Elles disposaient chacune d'une porte-fenêtre coulissante qui donnait sur un petit jardin clos planté de trois arbres fruitiers – dont un cerisier – et d'une haie de troènes. Il faudrait attendre encore un peu pour manger des cerises mûres, mais la configuration des lieux semblait parfaite pour la circonstance. Guy Deroubaix avait consacré une fin d'après-midi à acheter des jouets pour tout-petits, un lit équipé d'une barre protectrice amovible, quelques peluches et un tapis de jeu bien moelleux pour que Mei se sente aussitôt chez elle. Il s'était renseigné sur les habitudes alimentaires de l'enfant, apprenant avec plaisir qu'elle n'était pas difficile et qu'elle mangeait à peu près de tout.

La veille du départ de sa fille, Franck avait adressé par e-mail à son père les photos les plus récentes de Mei ainsi qu'une photo de sa gouvernante. Mais deux Chinoises dans le train de Lille se feraient suffisamment remarquer pour qu'il ne les manque pas ! Tout se déroula comme prévu. L'arrivée en gare, les bras tendus de l'enfant dès qu'elle vit son grand-père, comme si un instinct lui avait soufflé qu'elle retrouvait en lui une part d'elle-même. Guy Deroubaix ressentit une intense satisfaction dès qu'il la vit et qu'il la serra contre lui. Un sentiment de plénitude, comme si un cercle de vie se prolongeait ou s'élargissait, une sorte de justification aussi qui s'accomplissait à travers cette enfant qu'il ne voyait pas comme une héritière mais comme une promesse de jeunesse et d'affection. Ce qu'il n'avait pas donné à ses enfants, pas assez, habité par des critères de réussite inflexibles et par une exigence sans faille qui avait tourné parfois au harcèlement, notamment vis-à-vis de son aîné Patrick. Bref, le défaut de tendresse paternelle dont avaient pâti ses propres fils, il désirait le compenser avec cette mouflette tombée du ciel chinois. Lise, la fille de Patrick, était déjà trop grande pour qu'il puisse jouer une semblable partition. Et puis l'occasion était trop belle, puisqu'il se trouvait momentanément en charge de ce jeune destin.

Après s'être assuré que Mei et sa tutrice étaient confortablement installées, le patriarche retourna au bureau et, comme chaque matin, consulta son tableau de bord. Pareil à un pilote de gros avion, il aimait pouvoir d'un seul coup d'œil apprécier la situation du moment : les chiffres de production de ses différentes usines, l'état des carnets de commandes, l'état des stocks, et ce que ses collègues britanniques appelaient le « pay back », ces retours sur investissements qui lui permettaient de projeter de nouvelles acquisitions, de nouveaux développements. Sous ses dehors rustiques, Guy Deroubaix agissait en finesse. S'il avait réussi à développer son affaire, c'était grâce à une grande ouverture d'esprit en la matière, ouverture qui, au grand dam de son entourage, de ses fils en particulier, ne s'étendait pas aux autres domaines de la vie de tous les jours. Lorsqu'il s'agissait des intérêts supérieurs de l'entreprise, le patriarche faisait chaque fois montre d'un sens si avisé qu'il en bluffait plus d'un. Depuis quelques années, il avait compris que les textiles classiques avaient encore de beaux jours devant eux à condition d'être inventif : prospecter les nouveaux lieux de production dans les zones à main-d'œuvre bon marché mais qualifiée. Prospecter aussi les zones de forte consommation qui assureraient dans un avenir proche un débouché à ses productions. C'est pourquoi il avait tant misé sur la Chine. Autant pour son aptitude quasi millénaire à travailler le textile que pour son appétit, plus récent, de consommation. C'est ainsi que chaque jour, le patron de Deroubaix Fils se nourrissait scrupuleusement des dernières nouvelles économiques venues de l'empire du Milieu, leur accumulation et leur synthèse dessinant jour après jour le visage d'un pays décidé à stimuler sa croissance intérieure et la capacité des ménages à devenir de véritables acteurs de la vie économique. Avec pragmatisme, le patriarche n'était guère sensible aux problèmes des droits de l'homme dans ce pays dépassant le milliard d'habitants. Il considérait cette dimension comme anecdotique, et les événements anciens de la place Tian'anmen l'avaient laissé plus que froid. Il préférait méditer sur les récentes déclarations du président de la Banque centrale chinoise Zhou Xiaochuan, invitant ses compatriotes à diminuer leur taux d'épargne qui s'élevait encore à quarante pour cent de leurs revenus, montrant qu'ils n'étaient pas encore assez en confiance pour se lancer dans le grand flot de la consommation.

Dans ses rares moments d'euphorie, Guy Deroubaix rêvait d'inventer le vêtement culte du XXIe siècle, une pièce de tissu révolutionnaire qui siérait à la population chinoise, une sorte de nouveau must dont l'impact serait aussi fort que la veste à col Mao du temps du Grand Timonier. C'est dire à quel point il ne manquait guère d'ambition lorsqu'il songeait à son entreprise. Or, pas un jour ne se passait sans qu'un haut responsable politique de l'empire du Milieu ne vienne clamer au monde sa boulimie pour les biens de consommation occidentaux, même s'il fallait décrypter ce qu'il y avait de possible agressivité dans ces propos. Depuis plusieurs années, les firmes chinoises n'hésitaient pas à s'attaquer à des géants américains ou européens dans le cadre d'OPA très peu amicales. Il n'en était pas moins vrai que de véritables créneaux s'ouvraient pour des hommes d'initiative de la trempe de Guy Deroubaix. C'est ainsi que, parcourant dans ses « favoris » les dernières nouvelles d'une *newsletter* spécialisée dans l'économie chinoise, le patriarche eut la satisfaction de découvrir les déclarations publiques du vice-Premier ministre chinois Cheng Peiyan : « L'objectif de Pékin est de doubler le produit intérieur brut par habitant d'ici 2010. » Cette annonce lui rendit encore plus douce l'arrivée de sa petite-fille aux yeux bridés.

Pour ce premier jour en tous points exceptionnel, le patriarche abrégea sa journée au bureau, demandant à son assistante et à ses directeurs de le joindre sur son portable en cas de besoin. Il jugea d'autant plus urgent de rentrer chez lui qu'il avait omis, tout à sa joie d'accueillir sa petite-fille, de faire les présentations officielles avec Virginia. Dans cette maison, la gouvernante portugaise des Deroubaix, au service de la famille depuis près de vingt-cinq ans, avait de la maestria pour régenter son monde. Avec douceur pour le patron. Avec une aimable impertinence parfois pour feu son épouse, quand Virginia se piquait de discuter les goûts vestimentaires de madame. Avec une éperdue dévotion quand il s'était agi de veiller sur les deux garçons, enfants et adolescents. Si elle aimait fidèlement Patrick qu'elle plaignait secrètement d'avoir été si longtemps sous la coupe de son père, son faible allait pour Franck, le petit dernier parti au loin, dans cette Chine mystérieuse et peut-être hostile. En bonne Portugaise, Virginia avait appris à admirer les empires. Mais les Jaunes restaient à ses yeux un peuple soumis au communisme, qui ne valait guère mieux que la dictature du temps de Salazar.

Quand Guy Deroubaix rentra chez lui en milieu d'après-midi, il trouva sa petite-fille dans les bras de Virginia, pendant que l'*ayi*, tout en restant silencieuse, semblait fortement contrariée. C'est la petite qui expliqua à son grand-père que son *ayi* voulait lui faire faire la sieste, ce que Virginia avait refusé, estimant qu'il y avait bien assez de la nuit pour dormir. Et comme l'enfant n'avait pas sommeil, elle avait eu tôt fait de se ranger à l'avis de la maîtresse des lieux, au grand dam de la gouvernante chinoise. Guy Deroubaix vit là les prémices d'un conflit latent qu'il s'employa à désamorcer.

Il n'était pas question qu'une guerre sino-portugaise éclatât sous son toit !

— Virginia, fit-il de sa voix claire qui ne supportait guère la contradiction, si vous nous serviez un verre de ce vieux porto que vous avez rapporté de votre dernier voyage chez vous.

— Le vieux ? Vous voulez dire le *vintage* de chez Calem ?

— Parfaitement, ma bonne Virginia. Gardez votre *ruby* tout jeune pour les petites occasions. Aujourd'hui nous recevons ma petite-fille que son *ayi* – c'est ainsi que l'on dit, Mei ? (et l'enfant hocha la tête avec un grand sourire) –, que son *ayi* a eu la bonté de conduire jusqu'ici, acceptant de quitter son pays et sa famille toutes affaires cessantes, dans les conditions que vous savez.

— Ce n'est pas un exploit. J'ai fait cela moi aussi il y a longtemps, répondit Virginia avec une certaine humeur.

— Allons, ma bonne amie, ne soyez pas jalouse de cette Chinoise qui ne comprend pas un traître mot de nos paroles. Montrez-vous aimable et tout ira pour le mieux.

— À condition qu'elle ne perturbe pas l'ordre des choses ! grinça la gouvernante portugaise.

— Qu'est-ce à dire ? demanda le patriarche.

— Que je puisse préparer à votre petite-fille de la cuisine de chez nous et non du riz et des plats épicés à longueur de repas. À la rigueur une bonne morue bien dessalée comme j'ai appris à la préparer chez les meilleures familles de Lisbonne et de la vallée du Douro.

— Mais parfaitement, Virginia. À condition que Mei puisse tolérer ce changement de cuisine. Peut-être pourriez-vous alterner la préparation des repas, une fois français, une fois chinois… Savez-vous que le canard laqué est une chose excellente, et le riz gluant un régal.

Mon fils m'a dit que l'*ayi* de la petite était un fameux cordon-bleu. Pourquoi ne pas varier les plaisirs ?

Décidément, Guy Deroubaix était de très bonne humeur et rien ne devait entraver cette légèreté du moment, surtout pas des querelles de boutique. Il lui suffisait de regarder cette fillette de trois ans qui présentait déjà toute la grâce d'une jeune femme dans un corps d'enfant pour voir la vie du bon côté, en dépit du tragique des événements qui se jouaient sans doute au même moment en Chine, avec son fils Patrick pour cible.

Virginia, qui avait quitté la pièce en traînant des pieds, revint avec un plateau d'argent sur lequel avaient été déposés trois verres ronds autour d'une bouteille trapue de vin bien noir. Un porto vieux de quinze ans dont le goût fruité faisait le délice du patriarche et de Virginia, certains soirs, quand ils se prenaient à évoquer toutes ces années passées ensemble, l'une au service de l'autre. Il se produisit alors un petit incident qui, dans le contexte du moment, faillit tourner au camouflet diplomatique avec échange d'ambassades et plainte aux Nations unies ! Il apparut en effet que la jeune Chinoise n'aimait pas le porto… Elle fit réellement un effort, trempa ses lèvres à deux ou trois reprises, mais ce goût sirupeux – dont elle ne put exprimer l'effet qu'il produisait sur elle autrement que par une grimace – ne passait pas. Trop inhabituel. Rien de bien grave, si Virginia n'avait suivi du regard chacune des tentatives de l'*ayi* pour avaler ce maudit porto. La cuisinière ne se priva pas de critiquer cette barbare qui ne savait pas apprécier le nectar des choses. Elle enchaîna en se demandant ostensiblement devant la petite comment quelqu'un qui tordait le nez devant un verre de porto pouvait raisonnablement former le goût d'une petite Deroubaix, certes chinoise par sa mère, mais si typiquement française de par son lignage paternel. Guy

Deroubaix se posa de façon ferme en arbitre. Cette fois, sa fidèle servante était allée un peu loin dans l'irrespect, et au nom de sa défunte femme comme en son nom propre, il ne tolérait pas que qui que ce soit fût insulté ou malmené sous son toit.

— Aimez-vous le thé, ma chère Virginia ? demanda tout à trac le patriarche.

— Le thé ? Mais quelle question, vous savez bien que je ne supporte pas l'eau chaude ! Un bon café arabica du Brésil, aussi noir que notre porto, voilà qui fait mon bonheur !

— Eh bien voilà ! triompha le maître des lieux. Supposez que pour vous complaire, cette jeune femme vous serve un excellent thé de Chine, un yunnan par exemple, et que vous ne puissiez en avaler une gorgée.

Virginia comprit la leçon et, sans s'avouer vaincue, n'insista pas. La paix était actée : il faudrait cohabiter. Avec Mei comme traductrice, les deux femmes concoctèrent ainsi le premier dîner chinois qui marquerait l'arrivée de ces visiteuses du bout du monde. Il serait préparé des nems aux crevettes, des rouleaux de printemps, du poulet aux cinq parfums, et un ananas frais en guise de dessert. Histoire de mettre son grain de sel, Virginia avait prévu de glisser en entrée quelques rondelles de saucisse sèche spécialement rapportée du Portugal en même temps que le vieux porto. Il n'était pas trop tôt pour commencer l'éducation de la petite, même si le cas de sa servante était à peu près désespéré. Guy Deroubaix s'apprêtait à conduire les deux femmes en auto dans le centre de Lille quand son téléphone portable sonna. C'était Leclerc, son directeur informatique.

— Je vous dérange, patron ?

— Pas le moins du monde. Que se passe-t-il, mon petit Christophe ?

Comme la plupart de ses proches employés, Guy Deroubaix n'hésitait pas à donner du « mon petit » et du prénom, histoire de montrer à ses cadres qu'il n'était pas l'homme calculateur au cœur dur que la presse présentait parfois. Pas mal de ses cadres avaient été recrutés par ses soins, au feeling, sans passer par de coûteuses agences de chasseurs de têtes. Un *curriculum vitae* n'était aux yeux du patriarche qu'une indication, parfois trompeuse. Il aimait le contact direct, savoir comment un gars parlait, comment il regardait ou non dans les yeux de son interlocuteur, comment il serrait la main. Comment il parlait de lui et de son métier. Autant de critères qui supposaient un contact personnel et non aseptisé. Guy Deroubaix n'était pas un as du dialogue social ni des relations humaines, mais il savait flairer les bons éléments, à la manière d'un maquignon sur un champ de foire, face au bétail dont on a trop bien brossé le poil pour cacher qu'il ne fait pas le poids. Christophe Leclerc n'était pas n'importe qui. Avant de devenir son directeur informatique, c'était le fils de son plus vieil ouvrier, Eugène Leclerc, un increvable du tissage à façon qu'il avait recruté dans sa première usine pour enseigner le métier aux jeunes ouvrières. Un jour, Eugène Leclerc avait amené Christophe à l'usine pour un stage d'été au comptage, à l'entrepôt. « C'est mon gars, avait lancé l'ouvrier avec son laconisme habituel. Y veut rien faire à l'école. Ce qui l'intéresse, c'est les ordinateurs. » Guy Deroubaix avait pris le gamin en main, l'avait aidé à s'orienter vers une formation d'informaticien. Plus de douze années avaient passé. Christophe Leclerc était à peine plus causant que son père, mais il gérait toute la partie informatique de Deroubaix Fils, ce qui était plus éloquent que de longs discours.

— Je t'écoute, fit le patriarche, faisant signe à Virginia de filer en ville avec l'auto de feu son épouse.

— C'est au sujet de la stagiaire chinoise, commença l'informaticien sur un ton légèrement gêné.

— Eh bien, vas-y !

— Je crois qu'elle copie des fichiers.

— Tu crois ou tu es sûr ?

— En fait, je suis sûr, patron.

— Quel genre de fichiers ?

— Pas n'importe lesquels, évidemment. C'est pour ça que je me suis dépêché d'appeler. Des fichiers top secret, ceux classés « confidentiels ». Toutes nos modélisations sur les fibres techniques. Résistances à la chaleur, taux d'extension, enfin, vous voyez le topo…

— Et comment ! Sacré nom de nom ! jura le patriarche, libérant sa colère d'une manière qu'il ne se serait pas autorisée du temps où sa femme, très pieuse, était encore de ce monde. Vous vous rendez compte : on leur ouvre nos portes, on les accueille avec tous les égards, et à peine on a le dos tourné, voilà qu'ils traficotent dans notre système informatique ! J'avais entendu parler de l'espionnage industriel et de toutes ces histoires de Mata Hari aux yeux bridés, mais j'avoue que cela me semblait du roman. Il va falloir que je révise sérieusement mes jugements, et vite !

— Ne nous emballons pas, tempéra Leclerc. Peut-être s'agit-il d'une méprise. Après tout, elle aura pu faire une fausse manœuvre et…

— Le fait même qu'elle touche aux ordinateurs est tout de même très suspect, le rembarra le patriarche. Je veux bien qu'on lui donne carte blanche, mais de là à nous faucher nos avant-projets et nos analyses techniques !

Il faut dire que, conformément à son éducation, Christophe Leclerc était un jeune homme modeste, presque effacé, et surtout très respectueux des hiérarchies et de l'ordre établi. Aussi l'idée d'abriter au sein de l'usine quelque chose comme une espionne lui paraissait pour le moins incongru, sinon totalement impossible. Une jeune stagiaire introduite dans l'entreprise par le patron lui-même ne pouvait être qu'une personne

254

de toute confiance, au moins le croyait-il jusqu'à cet instant. Mais l'idée que Mlle Hu Ming Yue fût une espionne avait en revanche pris toute sa dimension dans l'esprit de Guy Deroubaix.

Au téléphone, les deux hommes mirent au point une stratégie.

— Retrouvons-nous demain matin au bureau, fit Guy Deroubaix en conclusion. Et surtout qu'elle ne se rende compte de rien. Ce n'est pas le moment d'éveiller ses soupçons. Je veux savoir comment elle s'y prend, et ce qu'elle fait une fois son larcin opéré. Elle doit bien transmettre ses données, mais à qui ?

Christophe Leclerc savait à quoi s'en tenir. Son patron lui donna encore quelques recommandations pratiques puis ils raccrochèrent. Le lendemain serait une journée cruciale. Mais le soir même, le patriarche trouva un drôle de goût à la cuisine chinoise préparée dans sa cuisine. Il se garda de la moindre réflexion, et répondit aux sourires de l'*ayi* par des sourires tout aussi enjoués.

32

Jusque tard dans la nuit, Guy Deroubaix avait consulté ses archives personnelles. Depuis qu'il avait jeté son dévolu sur la Chine, il s'était constitué au fil du temps une enviable documentation tout à fait empirique sur toute sorte d'événements, petits ou grands, qui touchaient l'empire du Milieu et ses relations, multiformes, avec la France. Ses horizons n'étaient pas uniquement industriels. C'est ainsi qu'il s'était passionné pour la percée spectaculaire des élèves chinois dans les conservatoires de musique français, en piano, chant et orchestration. Depuis quelques années, ces petits prodiges n'hésitaient pas à quitter leur région d'origine et leur pays pour truster les premières places dans les concours d'entrée, puis pour rafler les prix lors de prestigieux concours internationaux. Le patriarche n'avait rien d'un mélomane, lui qui n'éprouvait de véritable plaisir musical qu'en écoutant le répertoire traditionnel des fanfares du cru, avec en point d'orgue le fameux *P'tit Quinquin*. Pourtant il avait lu avidement les comptes rendus d'auditions des jeunes musiciens chinois, y trouvant là des motifs à se satisfaire pour ses propres développements futurs dans l'empire du Milieu. En effet, les professeurs français étaient unanimes pour souligner certaines qualités fondamentales de leurs élèves asiatiques : une capacité de concentration stupéfiante ; un art consommé de la respiration et de la maîtrise de leur énergie. Des atouts qu'ils travaillaient depuis l'enfance. Concentration et énergie, ces deux termes convenaient parfaitement à un industriel du textile désireux d'essaimer en Chine. Autre chose avait frappé le patriarche dans les témoignages recueillis directement auprès de ces jeunes : ils avaient envie de percer et, pour cela, considéraient qu'ils devaient s'adapter aux situations nouvelles. L'unique solution pour réussir, à leurs yeux, était de se dépasser pour faire honneur à leurs familles qui avaient misé sur eux et qui, souvent, leur avaient donné l'argent du coûteux voyage vers l'Europe.

Tôt le lendemain matin, Guy Deroubaix avait de nouveau consulté ses archives, dans la solitude de la salle à manger, pendant que toute la maisonnée dormait encore. Devant un café noir que lui avait préparé Virginia, lève-tôt comme lui, il s'était mis à méditer sur le cas d'une stagiaire chinoise qui avait été pincée, quelques mois plus tôt, chez un grand équipementier automobile de la région parisienne. Était-il possible qu'un réseau soit à l'œuvre sur le territoire français ? Depuis la chute du mur de Berlin et la fin de la guerre froide, l'espionnage, jusqu'alors « classique », avait peu à peu changé d'allure et de visage. Aux petits hommes gris à cheveux courts, armés jusqu'aux dents et dotés d'une pastille de cyanure au cas où, avait succédé une armée des ombres plus hétéroclite, plus difficilement cernable et discernable. Un rapport du FBI avait sonné l'alerte en soulignant que la Silicon Valley était désormais truffée d'espions venus de Chine, souvent des étudiants en doctorat recrutés sur les campus pour des recherches très poussées. Ils réussissaient à s'introduire comme stagiaires et copiaient pour leur pays, moyennant le financement prolongé de leurs études sur place, des fichiers entiers disponibles sur les réseaux intranet de ces compagnies. L'automobile, l'informatique, la biologie, il ne semblait guère exister de limites à leur appétit et à leur curiosité... Le patriarche découvrit avec une certaine émotion que pas moins de trois mille cinq cents firmes américaines avaient été placées sous surveillance par le State Departement, ces entreprises étant toutes susceptibles d'abriter des espions attirés par leurs activités sensibles : les systèmes informatiques, l'aéronautique, les lasers et la mise au point de capteurs. Cette fois, l'heure était grave. Il n'était plus question pour la Chine de se limiter aux industries militaires. Le civil était aussi un nerf de la guerre et méritait à ce titre le même niveau d'investigation occulte. Une organisation d'espionnage chinois agissant dans toute l'Union européenne, avec un centre névralgique situé à Bruxelles, avait également été démantelée.

— Certes, certes, songeait Guy Deroubaix à haute voix. Mais en quoi notre activité textile peut-elle bien motiver les Chinois ? Après tout, ce sont eux les maîtres du jeu !

— Vous parlez tout seul, monsieur, fit Virginia en versant au patriarche une deuxième tasse de café qu'il ne refusa pas.

— Allez-y, je vais en avoir besoin aujourd'hui. Il faudra ouvrir l'œil et le bon !

Il n'en dit pas davantage, mais sa fidèle servante, heureuse de se retrouver seule avec le maître après la pénible soirée de la veille, lui jeta un clin d'œil complice.

— Ma bonne Virginia, cette fois c'est la guerre !

— Avec les Chinois ? demanda la madrée portugaise, obnubilée par la présence de l'*ayi* sous le toit familial.

— Oui, mais pas avec celle que vous croyez. Laissez donc cette pauvre fille tranquille une fois pour toutes ! Je vous parle d'une guerre mondiale, une guerre économique avec des intérêts en jeu colossaux, des millions d'emplois, des milliards de dollars, des vies humaines aussi, sans doute.

Et, disant cela, sa voix se cassa imperceptiblement. Il venait de penser à son fils Patrick dont il restait sans nouvelles, chaque jour passant alourdissant l'angoisse de tous. À l'heure dite, il prit sa voiture et rejoignit les bureaux de Deroubaix Fils. Comme prévu, Christophe Leclerc l'attendait. Ils se mirent aussitôt au travail.

— J'ai suivi à la lettre vos recommandations, monsieur.

— Bien, petit, fais-moi voir.

Le directeur informatique montra le leurre qu'il avait constitué. Un dossier obsolète sur les fibres techniques, dont il avait seulement modifié les éléments chronologiques pour donner l'impression qu'il avait été actualisé.

— Parfait, fit Guy Deroubaix en hochant la tête. Il faut maintenant l'installer avec une mention hautement confidentielle. Et attendre que le poisson morde.

— S'il a envie de mordre ! répondit Leclerc.

— Que veux-tu dire ?

— Un pressentiment. Comme si nous suivions une fausse piste. Après tout, je me suis peut-être un peu emballé. Des stagiaires qui copient des dossiers pour la rédaction de leur rapport, cela doit se faire souvent, non ?

— Sans doute, admit le patriarche. Tout dépend de ce qu'ils font ensuite de leur copie.

— Oui, c'est toute la question. Mais si elle n'en fait rien d'autre ?

— C'est justement ce que nous allons vérifier, mon jeune ami.

Le patriarche arbora un large sourire. Visiblement, cette chasse aux espions le mettait en joie. Il consulta sa montre et s'assura que Mlle Hu Ming Yue était bien arrivée dans les locaux dédiés aux fibres techniques.

— Il faut l'appâter, suggéra le patriarche. Nous serons plus vite fixés.

— Vous croyez vraiment ? fit Leclerc, interloqué par l'audace du vieil homme, lui qui restait en tout point timoré, prudent et réfléchi.

— Bien sûr ! bondit son patron. On ne va pas languir une journée entière. Voyons plutôt si elle mord à l'hameçon. Vous avez prévenu le responsable des fibres techniques ?

— Parfaitement. Le leurre a été installé dans les fichiers confidentiels, avec une date actualisée à hier 23 heures.

— Très visible, la date ?

— On ne voit que ça. Mlle Hu Ming Yue doit être chargée ce matin d'effectuer des relevés informatiques sur l'évolution des normes internationales en matière de fibres techniques. Les données que nous lui mettrons sous la dent concernent les usages en matière d'aérospatiale. Vu les programmes chinois en la matière, le sujet pourrait la passionner...

Guy Deroubaix émit un grognement de satisfaction.

— Vous voyez, mon petit Christophe, que vous aviez une vocation rentrée pour le contre-espionnage ! Maintenant, sus à la taupe chinoise, haro sur le péril jaune, un péril fort séduisant, vous ne trouvez pas ?

— Si, monsieur, fit le jeune directeur informatique en rougissant jusqu'aux oreilles.

Jamais Guy Deroubaix ne l'avait habitué à tant d'enthousiasme, ni à tant de familiarité. Il est vrai que le patron l'avait connu en culottes courtes. Christophe Leclerc lui vouait une admiration sans bornes, doublée d'une obéissance en proportion avec la confiance qu'il avait dans ses choix. Confiance réciproque. Tout allait donc pour le mieux dans ce bras de fer feutré.

L'ordinateur dédié au département des fibres techniques se trouvait au premier étage sur l'aile droite du bâtiment principal de Deroubaix Fils. Il était relié à un ordinateur central accessible directement du bureau présidentiel. Grâce à une webcam installée de fraîche date, Guy Deroubaix pouvait en outre repérer qui était installé derrière le clavier, et lui donner le cas échéant des ordres à distance. Il s'en garda bien dans la circonstance. La jeune femme était bel et bien occupée à pianoter sur le clavier, mais pour rien au monde il ne fallait qu'elle se rende compte de la moindre surveillance à son endroit. Grâce au dispositif mis en place par Christophe Leclerc, les deux hommes pouvaient suivre sur un écran double les opérations effectuées par la stagiaire chinoise dans les dossiers informatiques, tout en fixant l'expression de son visage par le biais de la caméra rapprochée.

— Ce n'est pas Big Brother, c'est Little Brother ! triompha Guy Deroubaix. Notre championne du larcin informatique fonce sans prendre de précautions. Ce sera d'autant plus simple de la coincer !

— Attendez ! le stoppa Christophe. Elle n'a encore rien pris. Pour l'instant, elle se déplace dans les fichiers sans copier aucun document. Elle se contente de lire avec manifestement beaucoup d'application.

— C'est vrai, admit le patriarche. Je trouve même qu'elle en met, du temps, pour lire. Ce n'est pourtant pas sorcier, et la moitié des données sont en anglais, qu'elle parle parfaitement, d'après ce qu'on m'a dit.

— Peut-être a-t-elle déjoué notre piège et qu'elle se met à les apprendre par cœur. Ça s'est déjà vu, je crois.

Guy Deroubaix fit non de la tête.

— Je n'imagine rien de tel. Il faudrait qu'elle ait un ordinateur à la place du cerveau, avec une mémoire super extensible. Ou alors un appareil photo glissé dans les yeux, vous savez, ces lentilles photosensibles que portent certains espions.

— Là, monsieur, sauf votre respect, je crois que c'est vraiment du cinéma. Je n'ai jamais rien vu de tel dans la réalité.

— Alors c'est que vous n'avez pas vu grand-chose, répondit-il sans mesurer combien parfois, sans en avoir conscience, il pouvait se montrer cassant ou désobligeant.

Ses fils, eux, le savaient, qui avaient fini par prendre leurs distances, Franck en particulier, Franck le premier.

Certains soirs, le patriarche se demandait si cette affaire d'enlèvement concernant son aîné n'avait pas été montée de toutes pièces, pour permettre à Patrick de couper les liens avec l'entreprise paternelle. Mais cette idée lui était si insupportable qu'il la rejetait aussitôt avec humeur. Christophe Leclerc ne se formalisa pas du ton un peu méprisant de son patron, tout pris qu'il était dans le feu de l'action.

— Ça y est ! s'écria-t-il soudain.

— Ça y est quoi ? demanda Guy Deroubaix en état de surexcitation.

— Regardez ce signe qui apparaît au bas de l'écran.

— Le logo bleu, à droite ?

— Oui !

— De quoi s'agit-il ?

— C'est la même chose qu'hier. Le système détecte un corps étranger qu'elle a introduit pour importer des données.

— Nom de Dieu ! tonna le patriarche sans prendre le temps de se signer. (Il irait à confesse une autre fois.)

C'était la guerre oui ou non ? Sa société était en jeu oui ou non ? Il fallait tirer son fils du pétrin oui ou non ?

Sur le petit écran de la webcam, le visage de la jeune Chinoise affichait une parfaite sérénité. La stagiaire envoyée par Long Long dépossédait Deroubaix Fils

262

comme on tisse tranquillement sa toile ou, plutôt, comme on défait un immense tricot, maille après maille.

— Petit, s'enquit le patriarche, tu es sûr qu'elle n'embarque pas tout le contenu du serveur ?

— Non, patron, mais je vais vérifier qu'elle s'est bien plantée là où on a voulu la ferrer.

Quelques tapotements sur le clavier suffirent à faire apparaître la zone « travaillée » par la Chinoise.

— Alors ? demanda Guy Deroubaix avec une légère pointe d'inquiétude dans la voix, pareille, en plus modérée, à Harpagon constatant l'absence d'une pièce d'or dans sa cassette.

— Alors tout va bien. Il n'y a plus qu'à attendre qu'elle fracture le tout. On pourra ensuite aller la cueillir tranquillement.

— Pas de précipitation ! protesta le patron. Je veux savoir ce qu'elle fait précisément de son butin.

— Mais si elle nous échappe ? Il se pourrait parfaitement qu'elle se volatilise dans la nature aussitôt le chargement effectué. Qu'elle prenne un train ou même un avion pour la Chine, qui sait de quoi elle est capable ?

— De quoi se sert-elle pour accomplir ses œuvres ? demanda calmement Guy Deroubaix.

— Soit d'un minidisque dur qu'elle plaque sur notre système, soit d'une clé USB formatée pour stocker de très nombreux fichiers.

— Bien, bien, grommela le patriarche, assez déconcerté par la maestria de l'espionne dont le visage restait impassible. On lui donnerait le bon Dieu ou Bouddha sans confession, plaisanta-t-il. Quelle histoire ! C'est fascinant !

— Et très inquiétant, ajouta le jeune directeur informatique, lequel ne pensait qu'aux intérêts supérieurs de la maison. Allons-nous prévenir la police ?

— Que dis-tu là, malheureux ! se cabra Guy Deroubaix. Mêler la police à tout cela serait une grave erreur.

Mon petit, à nous de poursuivre l'enquête et de voir où et à qui elle nous mène.

— Mais si elle a des complices ? S'ils sont armés ?

— Tu as peur ?

Le jeune homme eut un mouvement de protestation, vexé d'avoir ainsi été soupçonné de manquer de cran.

— Pas du tout, monsieur ! C'est une question de sécurité. S'il s'agit vraiment du crime organisé, d'espionnage industriel à grande échelle, nous avons aussi intérêt à obtenir de l'aide pour, le cas échéant, contrôler les envois sur la Toile en direction de la Chine, ou alors tout simplement les avions…

Guy Deroubaix réfléchit quelques secondes. Mais il fut interrompu par l'image qui s'affichait sur l'écran de contrôle de la webcam.

— Christophe, elle fiche le camp !

En effet, sans montrer le moindre signe de nervosité, elle s'était levée, éteignant l'ordinateur.

— Il n'y a pas un instant à perdre ! s'exclama le patriarche. Suivons-la !

— Mais il n'est pas certain qu'elle quitte l'usine. Peut-être est-elle simplement sortie de la pièce.

Le téléphone sonna dans le bureau du président. Il reconnut la voix de son directeur des ressources humaines qu'il avait mis dans la confidence de ses soupçons.

— Notre jeune stagiaire doit partir prématurément car elle a l'opportunité de suivre une session de formation professionnelle à Londres, dit le DRH. Elle tenait à s'excuser et demande à vous saluer.

— Me saluer ? balbutia Guy Deroubaix. Alors ça, quel toupet, fit-il en se retournant, incrédule, en direction de Christophe Leclerc. Qu'elle monte d'ici dix minutes. Venez avec elle.

— Très bien, répondit le DRH avant de raccrocher.

— Qu'en dites-vous ? demanda le patriarche en se tournant vers le jeune Leclerc.

— Vous avez raison, monsieur, elle a un sacré toupet, et pas mal de sang-froid aussi !

— Ils doivent les former à la dure, je vous jure. C'est une professionnelle, pas un détail qui cloche, cette Mlle Hu Ming Yue. Seulement voilà. Ce n'est pas à un vieux singe comme moi qu'elle va apprendre à faire des grimaces. Tu te souviens de la blague du Général ? Non, tu es trop jeune, évidemment.

— Quelle blague, monsieur ?

— Oh, c'était une caricature. Le dessinateur avait représenté le président chinois dans un salon de l'Elysée. Avec toute sa superbe de puissant, il se présentait au président de Gaulle par son nom : MAO. Et notre général, avec toute sa moyenne puissance, il faut bien le reconnaître (car que pesait la France devant la Chine ?), mais avec son grand culot devant l'Histoire, répondait seulement : MOA...

Les deux hommes s'esclaffèrent.

— Ils vont arriver d'une minute à l'autre, souffla Guy Deroubaix, retrouvant tout son sérieux. Tu vas sortir la voiture banalisée, celle qui ne porte aucune inscription Deroubaix Fils, puis tu m'attends dans la petite rue derrière l'usine. Nous allons donner une autre dimension au métier.

— À quel métier ?

Guy Deroubaix éclata d'un rire sonore.

— À la filature, mon petit vieux, à la filature, pardi !

Mlle Hu Ming Yue garda toute sa dignité et son port de tête noble pour s'excuser auprès du patriarche de son départ précipité. Elle lui expliqua combien elle avait appris en quelques jours et le remercia pour son aimable coopération. En lui-même, le patron bouillait, pressé de montrer à la jeune femme de quel bois il se chauffait. Il se demanda si une clé USB faisait un bon feu.

— Voulez-vous qu'on vous dépose ? Un de mes

employés part vers le centre dans moins d'une demi-heure.

— Ce n'est pas la peine, répondit la stagiaire. J'ai appelé un taxi, il doit être dans la cour maintenant.

Et en effet, se penchant par la fenêtre, Guy Deroubaix aperçut une voiture qui attendait. Il regarda plus attentivement et s'aperçut que le chauffeur ne ressemblait guère aux habituels conducteurs de taxi du Nord. Disons que celui-ci avait l'air soit de souffrir d'une hépatite, soit d'être fortement chinois. Un frisson parcourut Guy Deroubaix. Allait-elle lui échapper alors que tout était en place pour la filer ?

— Je regrette de vous voir nous quitter si vite, fit-il en cherchant le moyen de temporiser. Mais vous ne pouvez pas partir sans le cadeau que nous faisons habituellement aux visiteurs.

Dans le même temps, il adressa un petit signe au DRH qui comprit tout de suite la manœuvre.

— C'est un présent modeste, enchaîna ce dernier. Vous allez venir avec moi le choisir, car il s'agit d'un vêtement. Nous espérons qu'ainsi, vous garderez longtemps le souvenir de votre bref passage ici.

L'observant tandis qu'elle remerciait, montrant dans un sourire un parfait alignement de dents blanches comme des perles, Guy Deroubaix se demanda l'espace d'une seconde s'il ne s'était pas inventé une histoire à dormir debout. Si Mlle Hu Ming Yue n'était pas simplement et uniquement une sage étudiante. Mais non, il avait les preuves de sa corruption, et ce sourire angélique ne pouvait le détourner de la mission qu'il s'était assignée. Pendant que la jeune femme choisirait un pull-over bien chaud, il rejoindrait Christophe Leclerc dans l'auto banalisée. Ils ne seraient pas trop de deux pour mener à bien cette filature. Le jeune homme au volant et Guy Deroubaix à ses côtés, prêt à bondir au cas où il faudrait courir à travers les vieilles rues de Lille dont certaines étaient malcommodes, voire inaccessibles aux voitures.

Le patriarche put se féliciter de sa présence d'esprit. Cette idée de cadeau l'avait traversé *in extremis*, lui laissant le temps de passer une veste légère et de retrouver la petite rue derrière l'usine. Dans un réflexe puéril, il avait emporté avec lui ses lunettes de soleil, se donnant l'image presque fidèle des détectives à la Bogart qui avaient jadis illuminé sa jeunesse.

— Vous voilà, patron ! fit le jeune homme soulagé. Le compteur du taxi tourne encore, elle va en avoir pour bonbon !

— Je ne la plains pas, elle doit avoir tous ses frais payés, vu ce qu'elle rapporte ! Et puis, s'il s'agit d'un de ses compatriotes, ils ont sans doute un arrangement. À propos, continua le patriarche, quand se rendra-t-elle compte que nos documents ne tiennent pas la route ?

Christophe Leclerc fit la moue.

— Visiblement, elle les a parcourus rapidement et n'a rien constaté d'anormal, sinon elle ne les aurait pas copiés.

— Mais supposons le contraire.

— C'est-à-dire ?

— Supposons qu'elle se soit aperçue de notre supercherie et qu'elle sache pertinemment qu'il s'agit d'un leurre.

— Alors elle va tenter de nous semer. D'ailleurs nous n'allons pas tarder à être fixés : voilà le taxi qui démarre.

Le patriarche ajusta ses lunettes de soleil sur le bout de son nez. Où tout cela allait-il le conduire ? Malgré l'importance et la gravité de l'enjeu, il se sentait rajeunir d'heure en heure, voilà qui suffisait à ce stade pour lui maintenir son énergie, voire pour la décupler.

— Ne la suis pas trop près, conseilla-t-il à son jeune directeur informatique qui se demandait bien ce qu'il faisait à pareille fête. Visiblement, il y avait de l'aventure dans l'air, et le ciel de Lille offrait un décor inattendu à cet épisode haletant d'espionite aiguë.

33

Passé le beffroi de Lille, plus rien ne se passa comme prévu. Mais quelque chose était-il vraiment prévu ? Le trafic n'était pas très dense, en ce milieu de matinée, et les deux hommes n'avaient guère de mal à suivre le taxi à petite distance, veillant toutefois à ne pas se laisser piéger par un feu rouge malencontreux. Or, après le beffroi, alors que le patriarche cherchait déjà dans quel quartier de la cité la jeune femme se ferait déposer, le taxi bifurqua vers des boulevards de ceinture, direction Paris ou Bruxelles. Ce coup de théâtre laissa les apprentis détectives médusés.

— Mais où donc file-t-elle ? se demanda Guy Deroubaix à haute voix.

— On ne va pas tarder à être fixés, enchaîna Leclerc. Dans moins de deux kilomètres, les directions se séparent entre la capitale et la Belgique.

— Ça alors ! s'exclama son patron. Il n'y a pas à dire : cette fille m'épate.

— Pourvu, surtout, qu'elle ne nous ait pas repérés !

— Aucun risque, nous avons été très discrets.

Le jeune homme fit une légère moue dubitative.

— Tu ne crois pas, petit ?

— Si, monsieur, vous avez raison, abdiqua Leclerc en rase campagne.

Il s'agissait d'ouvrir les yeux et de ne laisser place à aucun moment d'inattention. Lors des passages à hauteur des échangeurs, un coup de volant était vite donné, qui les aurait mis « dans le vent » pour de bon, si telle était l'intention de la Chinoise. Pour l'instant, le taxi tenait bien sa ligne, sans donner de signes de fébrilité par des changements de voie ou de vitesse intempestifs.

— Eh bé ! s'exclama Leclerc.

— Quoi donc ? interrogea le patriarche sur le qui-vive.

— Je pense au chauffeur de taxi. Si ça continue, il va se faire une jolie course. Bruxelles ou Paris, dans les deux cas, c'est un beau jackpot !

— C'est le signe que notre belle étrangère a de la ressource, mais je n'en doutais pas.

— Ils se dirigent vers Paris, patron.

Guy Deroubaix consulta le voyant d'essence.

— Une chance : j'ai demandé à l'intendance qu'ils fassent le plein hier. On ne sera pas stoppé par une idiote panne d'essence. Dans deux heures, on sera à Paname !

— Paname ? demanda Leclerc.

— C'est vrai qu'on ne parle pas comme ça, dans ta génération. Paname, c'est Paris, fit-il un brin nostalgique de ses vingt ans, quand il avait étudié certains aspects techniques à l'Institut textile des Batignolles. Il y avait une belle chanson de Francis Lemarque qui s'appelait *Paname*, mais ce nom ne te dit rien, bien sûr.

— Lemarque ? Non, patron.

— Ton père en saurait plus long… Va, ce n'est pas grave, file-leur bien le train, je fais un somme d'un quart d'heure, tu me réveilles au moindre élément suspect.

Le jeune homme acquiesça. Il tourna le bouton de la radio et opta pour une station d'informations en continu. Justement, après les gros titres, quelques minutes d'antenne furent consacrées à la libération de Li Li, la jeune Chinoise qui avait été soupçonnée d'espionnage chez un grand équipementier automobile français. La jeune femme venait de purger cinquante-quatre jours de détention dans une prison de Versailles.

— Si notre belle entend ça, cela va peut-être la dissuader de poursuivre dans cette voie, murmura Leclerc.

— Tu ne les connais pas, ils n'abandonnent jamais, grogna le patriarche qui ne dormait qu'à moitié.

Sa curiosité était piquée. Il se redressa sur son siège et monta le son.

— Je dormirai une autre fois, fit-il fataliste.

À la radio, le reporter rappelait les accusations portées contre Mlle Li Li avant de lui donner largement la parole. « Mise en examen pour intrusion dans un système automatique de données, cette dernière a obtenu le droit de sortir en application d'une décision de la chambre d'instruction de la cour d'appel, rappelait le journaliste. Elle devra cependant rester sur le territoire français pour répondre à une enquête complémentaire. » Suivit ensuite l'interview en bonne et due forme de la jeune Chinoise libérée. Son témoignage était fort et plein de malice, comme si, de sa voix chantante, elle avait joué un tour à la police et à la justice françaises. Ses intonations, son timbre, tout pouvait rappeler, à un point troublant, la voix de la jeune stagiaire installée dans le taxi devant eux…

« J'ai connu une détention très difficile, commença la prisonnière goûtant tout juste sa liberté nouvelle. Nous étions plusieurs dans la cellule et j'ai souvent été agressée par les autres détenues. Je passais mon temps comme je le pouvais, en écrivant des lettres, en regardant la télévision et même en fabriquant des colliers de perles que j'ai laissés aux femmes qui étaient avec moi. Je trouve que vos prisons ne sont pas à la hauteur de votre démocratie. »

— Voilà qu'elle nous donne des leçons de démocratie ! s'insurgea le patriarche. Quand on voit comment ils traitent leurs prisonniers en Chine, vraiment elle ne manque pas d'air.

— Chut patron ! Elle parle d'espionnage, le coupa Leclerc.

« … et de toute façon, je n'ai rien à me reprocher s'agissant du stage que j'ai effectué chez ce fabricant d'équipements automobiles. J'avais expressément été autorisée à manipuler des données, et à les copier sur mon ordinateur afin de préparer mon rapport de stage. Dans mon école, c'est chose courante que d'emporter son disque dur personnel pour copier toutes sortes de documents qu'on ne peut pas lire en bibliothèque. J'ai fait de même et jamais personne ne m'a dit que j'avais accès à des informations top secret. Je voudrais ajouter autre chose, continua Li Li, tandis que le reporter l'encourageait à s'exprimer encore : dans vos journaux, vous avez écrit et dit que je parlais l'arabe, le russe et même l'espagnol, que je possédais six ordinateurs et que sais-je encore ! Sachez que la seule langue étrangère que je parle est la vôtre, le français, et que je possède en tout et pour tout un micro-ordinateur dont la puissance est ridicule au regard des documents qu'on me soupçonne d'avoir exportés vers la Chine ou vers je ne sais quelle autre puissance. Je suis certaine que mon avocat maître Joubert saura démontrer tout cela pour prouver mon innocence. Même dans un journal qui n'écrit pas votre langue maternelle, il est toujours douloureux de lire qu'on est une voleuse. »

— Je ne sais pas si elle parle d'autres langues, mais en français, chapeau ! fit le patriarche en sifflant entre ses dents.

L'interview s'achevait sur les projets immédiats de Li Li.

« Je vais rester quelques jours à Paris chez des cousins, répondait-elle. Ensuite, dès que je pourrai, je rentrerai chez moi en Chine avant de repartir vers un autre pays, sûrement la Belgique, car on y parle français aussi. Je veux essayer d'effacer ce très mauvais souvenir. »

— Vous entendez, patron, elle dit qu'elle va passer quelques jours à Paris.

— Oui, et alors ? rétorqua Guy Deroubaix.

— Je pense soudain à quelque chose, poursuivit Leclerc. Supposez qu'elles se connaissent, la Chinoise de la radio et celle dont nous filons le train. Imaginons même qu'elles vont se retrouver pour concocter un plan ensemble. Voyez, elles seraient de mèche : peut-être Li Li a-t-elle fait savoir à notre jeune amie qu'elle sortait aujourd'hui de prison et qu'elle pourrait la retrouver quelque part dans la capitale ?

— Mon petit Christophe, j'ai sous-estimé tes talents de limier. Je ne sais pas s'il y a une once de vrai dans ce que tu racontes, mais ce serait rudement fortiche, et au plus haut point excitant. Ce n'est pas possible, tu as dû lire tous les Maigret de ton père !

— Lire, non, ce n'est pas mon truc, vous savez bien. Mais les jeux d'énigme sur la Toile, ça me connaît !

Ils se mirent à rire de bon cœur. Guy Deroubaix consulta sa montre. Dans une demi-heure à peine, ils entreraient dans Paris par la gare du Nord. Le patriarche appela chez lui et tomba sur Virginia. Il prit des nouvelles de la maisonnée et informa sa gouvernante qu'il ne déjeunerait pas à la maison. Peut-être même qu'il serait absent pour le dîner. Il aviserait en fonction des circonstances. Il pria la vieille Portugaise de ne pas s'inquiéter et de veiller sur sa petite-fille comme sur l'*ayi*, bien qu'il fût un peu refroidi quant aux égards à réserver aux Chinoises même lorsqu'elles sont d'apparence tout à fait inoffensive.

Une fois à Paris, le taxi stoppa devant une station de métro, précisément celle de la gare du Nord. En hâte,

Leclerc gara son auto à proximité. Il ne trouva de libre qu'une place marquée d'une grande croix jaune et réservée aux livraisons.

— Tant pis si on prend une prune ! cria le patriarche. Je me la ferai sauter auprès des services de la préfecture, j'ai mes entrées, fit-il en appuyant son propos d'un clin d'œil.

Les deux hommes suivirent la jeune Chinoise à pied, puis montèrent dans un wagon de métro voisin de celui où elle avait pris place. L'un et l'autre s'écartèrent de quelques mètres pour éviter au maximum d'attirer son attention. Ils l'observèrent à la dérobée. Elle portait en tout et pour tout un sac à dos à trois étages, dans lequel devaient être rangées toutes ses affaires, vêtements, cours et ordinateur. Malgré le fracas du métro, elle téléphonait avec son portable. Son visage était aussi lisse et détendu que quelques heures plus tôt, quand elle avait visité les fichiers réputés secrets de l'entreprise. Décidément, ce petit bout de femme était un drôle d'oiseau.

Après deux changements qui s'effectuèrent sans incident, sauf sur le quai d'une correspondance ou une bousculade manqua de la faire perdre de vue, le trio – une devant et deux derrière – descendit à la Sorbonne.

— De plus en plus étrange, fit Guy Deroubaix. La Sorbonne, c'est pas pour les élèves ingénieurs…

— Elle ne va pas forcément à l'université, corrigea Leclerc.

— C'est juste. Continuons. Elle marche vite, on dirait qu'elle est pressée.

— Autant que moi de découvrir son manège, confia le jeune homme.

Ils débouchèrent dans une petite rue en contrebas de la faculté. Là se tenait un cinéma d'art et d'essai dont le hall d'accueil était aménagé en salon de thé pour étudiants. Et derrière les rares tables toutes occupées, trois ordinateurs étaient installés.

— Une sorte de cybercafé, murmura Leclerc.

— Voilà donc où elle voulait en venir !

— Je ne sais pas. Il en existe aussi à Lille. Si elle est venue à Paris, c'est qu'elle doit avoir une raison précise, voir quelqu'un, ou recevoir un paquet.

— Ou en envoyer un…, ajouta son patron.

— En effet.

La jeune femme s'installa devant le seul ordinateur qui n'avait pas été pris d'assaut par des jeunes férus de jeux de toutes sortes. Par chance, elle tournait le dos à la salle, ce qui permit au patriarche et à Leclerc d'entrer discrètement.

— J'ai une idée, fit Leclerc.

— Je t'écoute.

— Notre Chinoise vous connaît, mais moi, elle ne m'a jamais vu.

— Tu es sûr ?

— Oui, c'est le DRH qui chaque fois a traité avec elle, même pour lui ouvrir l'intranet, il n'y avait pas besoin de moi.

— Donc ?

— Donc je vais m'approcher d'elle et tenter de voir ce qu'elle fabrique. Elle ne se méfiera pas. Je suis à peine plus âgé que les clients de cette boutique, vous ne trouvez pas ?

— À un ou deux détails près, oui, admit Guy Deroubaix en défaisant la cravate de son jeune collaborateur et en décoiffant sa chevelure parfaitement ordonnée. Cette fois, tente ta chance. J'attends dehors.

Le patriarche n'était pas mécontent de quitter cet endroit enfumé où des jeunes en tenue assez négligée – trop à ses yeux – semblaient gaspiller leur temps. Jamais il n'aurait laissé ses fils dans ce qu'il considérait comme des lieux pour gauchistes, sous prétexte qu'on y portait les cheveux longs, qu'on y fumait de l'herbe et que les programmations cinématographiques fleuraient bon – ou mauvais selon lui – les désolantes influences post-soixante-huitardes. À l'affiche, il y avait de vieux films de Jean-Luc Godard, dont un attira aussitôt son attention. Il s'agissait de *La Chinoise*. Son sang ne fit qu'un tour. Il eut envie de bondir dans le cinéma-café, mais se raisonna. Son intrusion brutale aurait pu faire tout rater et en tout cas mettre en difficulté son jeune collaborateur aux prises avec une autre Chinoise qui n'avait rien d'une fiction, encore que… L'esprit de Guy Deroubaix était littéralement chauffé à blanc. En tout cas, il se mettait à voir des signes partout, comme si un monde souterrain de symboles, invisible de prime abord, imposait sa logique et sa puissance.

Cette découverte l'avait frappé. Pour autant, elle n'avait peut-être aucune signification. Il pouvait seulement s'agir d'une pure et simple coïncidence. Mais qu'une jeune Chinoise présumée espionne traverse une partie de la France en taxi pour s'enfermer dans un cinéma du Quartier latin équipé d'ordinateurs et programmant un vieux film de Godard daté des années Mao, il y avait tout de même de quoi s'émouvoir un tant soit peu.

Au bout de quelques minutes, Leclerc reparut l'air penaud.

— Alors ? demanda le patriarche surexcité.

— Pas grand-chose. En réalité, je dois attendre qu'elle en ait terminé pour aller sur l'ordinateur immédiatement après elle. Je pourrai remonter des historiques et savoir ce qu'elle a envoyé et surtout à qui.

— Hum, fit son patron, contrarié que les choses n'avancent pas plus vite à présent.

Guy Deroubaix, ce n'était un secret pour personne, et surtout pas pour ceux qui travaillaient avec lui, souffrait d'une maladie très particulière : l'impatience. Si les choses ne venaient pas comme il voulait, si on n'allait pas au rythme qu'il souhaitait imprimer aux événements, il pouvait entrer dans des rages spectaculaires, bien que peu productives au final. Maintenant qu'il n'avait plus son épouse à ses côtés pour tenter de contenir cette fougue que l'âge ne calmait pas, au contraire, le patriarche lâchait ses grands chevaux et montait dessus sans crier gare, ou en criant fort…

— Il faut qu'on se partage la tâche, expliqua Christophe Leclerc.

— Comment ça ? fit son patron, piqué dans sa curiosité.

— Je pense que Mlle Hu Ming Yue va sortir d'une minute à l'autre. C'est pourquoi nous n'avons pas de temps à perdre. Moi je m'installe à l'ordinateur qu'elle aura laissé, et vous vous la prenez en chasse aussi discrètement que possible. Dès que j'en aurai fini, je vous appelle sur votre téléphone portable et je tente de vous rejoindre comme je peux.

Le sourire revint sur le visage de Guy Deroubaix. Enfin l'action allait reprendre son cours et son rythme échevelé. Il voulut attirer l'attention de Leclerc sur la programmation du film *La Chinoise*, mais le jeune homme était déjà rentré dans le café-ciné. Quelques minutes s'écoulèrent encore avant que la porte ne s'ouvre à nouveau. Guy Deroubaix portait toujours ses lunettes de soleil et s'était coiffé d'une casquette de turfiste qui le faisait davantage ressembler à Jean Lefebvre dans *Le Gentleman d'Epsom* qu'à un P-DG respectable de l'industrie textile, fût-il en goguette dans le Paris étudiant. La jeune femme n'eut pas un regard pour lui et fila d'un pas décidé en direction du Panthéon. C'était une heure de sortie des cours, les rues étaient peuplées d'une joyeuse jeunesse. Guy Deroubaix n'eut aucun mal à se fondre dans ce bain de jouvence.

De son côté, Christophe Leclerc avait dû forcer un

peu le passage pour accéder à l'ordinateur qu'avait utilisé avant lui la belle et mystérieuse Chinoise. Un jeune hurluberlu coiffé avec un clou s'était précipité sur l'appareil en poussant des cris de victoire. Leclerc l'avait repoussé sans ménagement en lui disant sèchement qu'il attendait depuis un moment. Ce ton cassant brisa l'ambiance bon enfant du lieu. Ceux qui étaient là, sirotant une bière ou un café, se retournèrent en direction du jeune ingénieur informatique qui ne demandait pas tant de publicité. Le barman, sentant la tension monter, augmenta le son de la radio qui diffusait de vieux standards de Stan Gates. Tout rentra dans l'ordre et, après avoir mesuré ses voisins du regard, Leclerc put enfin se consacrer à son investigation. Il identifia rapidement le modèle d'ordinateur et constata que ce genre d'appareil, assez classique dans sa configuration, était équipé de sécurités limitant les manœuvres de contrôle qu'il entendait effectuer. Cette découverte eut le don de l'agacer, mais il reprit ses esprits et procéda dans l'ordre. Manifestement, la jeune Chinoise avait consulté plusieurs sites web de journaux internationaux : *Financial Times, Wall Street Journal, Le Monde, International Herald Tribune*. Que cherchait-elle ? Visiblement, sa curiosité s'était portée sur un sujet : les essais spatiaux américains et les dernières nouvelles en matière d'aéronautique publiées en Occident sur les projets chinois, de la fusée Longue Marche à la prochaine mission de taïkonautes. L'attention de Leclerc fut aussi attirée par un site recherché par Mlle Hu Ming Yue. À première vue, il n'y avait là rien que de très banal : elle s'était connectée sur le site du conservatoire national de musique du Ve arrondissement, puis sur celui des spectacles musicaux donnés à Paris dans les quarante-huit heures. Leclerc songea que son but était de se programmer une sortie. Mais pourquoi avait-elle atterri sur le site du conservatoire qui, *a priori*, ne donnait pas de représentations ? Leclerc laissa cette question pendante et tenta ensuite de repérer les envois de mails auxquels Mlle Hu Ming Yue avait procédé.

Autour de lui, l'atmosphère s'échauffait un peu. Le jeune homme qu'il avait pris à partie se demandait à haute voix, prenant ses camarades à témoin, ce que l'intrus fabriquait avec l'ordinateur. « En plus, il ne joue même pas ! s'écria-t-il. Vous allez voir qu'il va nous le détraquer ! La police, faites quelque chose ! » Le barman le calma tout en jetant un regard suspicieux en direction de Leclerc. Il lui fit bien sentir que le mieux serait qu'il ne s'attarde pas. Leclerc comprit le message, mais il avait encore quelques rapides manipulations à faire. Il sortit discrètement de sa poche une clé USB qu'il enfonça à l'endroit prévu à cet effet dans l'ordinateur. Très vite il copia l'empreinte des circuits et des adresses utilisés par la Chinoise. Ce fut assez simple pour les adresses françaises. Il lui sembla qu'une adresse chinoise avait été tapée, mais cela demanderait vérification au calme, sur son propre ordinateur portable qu'il avait pris soin d'emporter et qu'il avait laissé dans la boîte à gants de l'auto. En attendant, la pression de l'entourage se faisait plus forte, et des jeunes chahutaient bruyamment autour de lui, histoire de le déconcentrer. Leclerc effectua une ultime manipulation qui le laissa pantois. La jeune femme s'était visiblement connectée à un site de Hong Kong sans spécialité visible. Le mystère s'épaississait.

Il éteignit l'ordinateur, paya au comptoir et sortit. Une fois dans la rue, il appela le patriarche sur son téléphone portable.

— Où êtes-vous ? demanda Leclerc.

— Je marche derrière elle. Nous approchons de l'église Saint-Paul. Visiblement la demoiselle connaît Paris comme sa poche. Je ne la vois jamais hésiter !

— Elle ne vous a pas vu, au moins ?

— Ne t'en fais pas, petit, je suis couleur de muraille. Attends un instant. Elle s'arrête devant le bâtiment de la cité des artistes.

— Le conservatoire de musique ? fit aussitôt Leclerc.

— Non, pas un conservatoire, plutôt une résidence étudiante, à ce qu'il paraît. Si tu sautes dans le métro jusqu'à Saint-Paul, tu es là dans cinq minutes.

— J'arrive !

Peu de temps après en effet, le jeune directeur informatique retrouva un Guy Deroubaix moins superbe qu'au moment où il l'avait laissé.

— Un problème, patron ?

— Je me suis fait berner comme un bleu, voilà le problème.

— C'est-à-dire ?

— Regarde le hall du bâtiment.

— Oui, un hall vitré.

— Et de l'autre côté ?

Leclerc approcha. De l'autre côté, une autre façade vitrée donnait sur une petite rue parallèle.

— Le temps que je m'en aperçoive, elle avait filé. Je ne suis pas certain qu'elle m'ait repéré, mais c'est possible. À un moment donné, elle s'est arrêtée brusquement de marcher, juste avant ce bâtiment, et je crois qu'elle s'est remaquillée. J'ai vu comme un reflet de miroir dans le soleil.

— Ne cherchez pas plus. L'affaire est entendue. Croyez-vous qu'elle avait un rendez-vous ici ? Je vous demande cela car parmi les adresses qu'elle a consultées sur le Net, certaines étaient liées à la musique, à des spectacles et des salles de concert, et aussi au conservatoire de musique du Ve arrondissement.

— Ici on est dans le IVe, grimaça le patriarche. Je ne sais pas. Il y a eu soudain un groupe de Chinois et je l'ai perdue de vue. Quand tout ce beau monde s'est égaillé, elle avait disparu.

— Elle a pu monter à l'intérieur des étages, accueillie par une ou un ami à qui elle aura donné les fichiers volés.

— Peut-être, fit Guy Deroubaix sans trop y croire, attaché à son intuition qu'elle avait quitté les lieux.

— À moins de se mettre en planque, je ne vois pas bien quoi faire sinon retrouver la voiture. Et puis à ce stade, il me sera plus utile de continuer la recherche sur mon propre ordinateur.

— Tu as sûrement raison, filons.

Ils hélèrent un taxi qui les ramena dans les parages de la gare du Nord.

— Bon Dieu, la bagnole ! s'écria le patriarche au moment de sortir son portefeuille. Tiens, paie la course, petit, ils vont nous la mettre en fourrière.

Ils arrivaient juste au moment où une voiture de la préfecture munie de chaînes et d'un palan s'apprêtait à enlever leur véhicule pour le déposer en effet à la fourrière de Paris. Pendant qu'il attendait la monnaie, Leclerc voyait son patron gesticuler, remuant les mains et les bras, donnant de la voix et s'agitant encore tant et plus.

— Il faudrait au moins que je puisse récupérer mon ordinateur dans la boîte à gants, souffla le jeune homme une fois sur les lieux.

— Ton ordinateur ? Mais pas seulement ! Tu vas voir qu'ils vont nous laisser la voiture et que dans moins de deux heures nous serons rentrés à Lille !

À force de palabres, puisque le véhicule de la fourrière n'avait pas encore commencé son office, un accord fut conclu. Le patriarche s'acquitta sans trop maugréer d'une lourde amende – après tout, il était garé sur une place réservée en journée aux livraisons – et put récupérer son auto ainsi que l'ensemble de son contenu, pour le plus grand soulagement de Leclerc.

— Partons d'ici, fit le jeune homme, une fois la situation rétablie. Je vais me connecter avec mon portable, voire mon wifi dès que nous serons sur l'autoroute, cela devrait marcher.

— Je te fais confiance, fit le patriarche en démarrant, quelque peu dépassé par les dernières innovations informatiques.

34

Depuis deux jours, Franck Deroubaix demeurait bloqué sur l'île de Lantau, à Tai O, dans l'attente de nouvelles du père Wautier. Longues journées qu'il occupait comme il le pouvait, comblant autant que faire se peut le vide, espace propice aux idées noires. Plutôt que de ressasser ses malheurs, il parcourait les chemins alentour et profitait des charmes d'une nature verdoyante et accueillante, une faune et une flore variées qui s'offraient avec grâce aux randonneurs contemplatifs de son acabit. Son autre passe-temps était l'entraînement de yi-quan. La chambre qu'il louait, trop sombre et exiguë, le poussait aussi pour cette activité vers l'extérieur. Dès le premier après-midi, l'archéologue avait repéré une petite plage isolée et calme où il pouvait pratiquer la posture de l'arbre, exercices et enchaînements divers en toute tranquillité. Deux séances de travail rythmaient son quotidien : la première à l'aube et la seconde en fin de journée à cause des températures déjà élevées du mois de juin.

Le premier soir, son loueur lui avait proposé de partager son ordinaire. Sa femme avait servi le repas, un menu assurément amélioré à base de poissons locaux, tandis que leur fillette âgée de quatre ans tourbillonnait autour de la table. Le dîner était bon, délicieux même, et ses hôtes charmants, mais cette soirée l'avait empli de

nostalgie. Plus jamais, avait-il alors songé, il ne connaî-
trait ces joies simples. Depuis, il avait poliment décliné
leurs invitations. Par conséquent, l'archéologue prenait
ses repas dans les gargotes du village. Il y croisait des
pêcheurs qui narraient leurs exploits et contaient leurs
meilleures prises, mais aussi des touristes occidentaux
en quête d'aventure. Ces derniers, qui effectuaient un
bref passage à Tai O, mitraillaient tout ce qui revêtait
la couleur de l'exotisme : maisons sur pilotis, barques
joliment décorées, jonques aux voiles ocre, paniers de
crevettes séchées et habitants typiques, en particulier les
enfants et les vieillards, à croire que les personnes d'âge
mûr ne présentaient aucun intérêt, photographique
s'entend. Ces visiteurs pressés restaient sur place deux
heures tout au plus. En observateur aguerri, Franck les
examinait comme l'aurait fait un ethnologue face à des
peuples éloignés. À heure fixe, ils rejoignaient les bus, s'y
entassaient et quittaient le village. Sans regret, songeait
le jeune Français, trop heureux de les voir partir. Au
même moment, d'autres arrivaient, semblables en tout
point : casquette, short et Patogas. Le coucher du soleil
enfin annonçait leur raréfaction, puis leur disparition.
Moment béni de la journée.

À cet instant seulement, Franck devenait pour les
habitants un objet de curiosité, car il constituait alors à
lui seul la touche exotique du paysage. Sa maîtrise de la
langue chinoise et sa gentillesse lui ouvraient toutes les
portes et les confidences. Ainsi apprit-il que la plupart
des villageois appartenaient à la communauté tanka.
Comme dans la baie d'Aberdeen à Hong Kong, ces derniers étaient sommés par le gouvernement de rejoindre des immeubles construits à leur intention, mais la
plupart d'entre eux faisaient bloc et refusaient. Ces
dernières années, la vie sur l'île avait changé : après l'aéroport bâti au nord et terminé fin 1998, voici qu'arrivait
Disneyland Hong Kong implanté à l'extrémité ouest, à

côté de Mui Wo, et dont l'ouverture était programmée pour le mois de septembre. Le château de la Belle au bois dormant, d'ores et déjà visible de loin, coiffait de gigantesques complexes hôteliers qui poussaient sur la côte comme des champignons vénéneux. À ce rythme, que resterait-il des belles forêts de Lantau dans quelques années ? L'archéologue écoutait et approuvait. Les soucis des autochtones parvenaient momentanément à dissimuler les siens. Restaient les nuits, le problème des nuits, des cauchemars à répétition et du marchand de sable qui se refusait à passer.

À l'aube du troisième jour, son hôte glissa un billet sous sa porte. Le prêtre annonçait son arrivée par le bus de midi. Voilà au moins un autocar dont Franck guetterait l'approche joyeusement. Le jésuite n'avait pas jugé bon de le joindre sur son portable. Il avait certainement ses raisons. Aurait-il de précieuses informations à lui communiquer ou, mieux, des nouvelles à lui annoncer ? Le jeune Français pensa à son frère dont il n'osait plus calculer les jours de détention. Des images lointaines lui revinrent en tête, les visages des quatre puis six otages du Liban que les différentes chaînes françaises avaient placardés longtemps en début de journal télévisé avec le décompte, ce terrible décompte, trois ans de détention pour plusieurs d'entre eux. Et cet homme, Michel Seurat, décédé du cancer dans sa cellule ? Ses ossements découverts au Liban venaient d'être authentifiés vingt ans plus tard grâce à l'analyse ADN ! Agité entre espoir et appréhension, l'archéologue se dirigea vers la petite plage, témoin de son entraînement biquotidien. Ce matin-là, il redoubla d'efforts.

Ponctuel, le fringant octogénaire descendit du bus et vint à la rencontre de Franck. Après l'avoir observé attentivement, il déclara :

— Le soleil du Sud vous réussit, jeune homme. Tai O, lieu rêvé de villégiature, personne n'y avait pensé et pourtant...

— Les jésuites ont toujours une longueur d'avance sur les autres, fit l'archéologue avec ironie. C'est même bien ce qui est agaçant chez eux !

— Cela s'avère parfois utile, répondit malicieusement le prêtre. Faisons une petite promenade, si vous le voulez bien.

Les deux hommes se turent en attendant de joindre un lieu où aucune oreille indiscrète ne pourrait surprendre leur conversation. L'impatience du jeune Français était décidément mise à rude épreuve. Enfin, à l'ombre d'un arbre protecteur qui leur permettrait de surveiller les alentours, ils s'assirent pour parler.

— Je vous écoute, mon père.

— Je ne vais pas vous faire languir plus longtemps, mon fils. Sachez simplement que les nouvelles sont à la fois bonnes et inquiétantes. Pour commencer, mes informateurs m'ont assuré que votre frère était en vie.

— Vos informateurs ? lâcha l'archéologue avec soulagement.

— Arrivé à mon âge, jeune homme, on connaît beaucoup de monde. Le terme n'est peut-être pas très approprié, mais, comme vous le savez, je suis tenu par le secret de la confession.

Le prêtre ne put s'empêcher de sourire à la pensée de son sulfureux ami Shi Pok Too et de leurs rendez-vous secrets dans la rade d'Aberdeen.

— Je vous prie de m'excuser, fit Franck. Poursuivez !

— Votre frère Patrick est donc en vie, mais entre les mains d'une redoutable triade dont la réputation est assise sur le trafic de drogue, d'où leur localisation à Kunming, près du Triangle d'Or.

— D'où la visite chez moi de cet agent de la Commission nationale des contrôles narcotiques.

— Oui, probablement. Cette organisation se nomme Soleil noir et s'appuie dans le Yunnan sur l'ethnie des Wa, présente de part et d'autre de la frontière sino-birmane. À Myanmar, cette minorité cultive encore l'opium. L'autre appellation pour les Wa est celle de coupeurs de têtes.

— Pardon ? l'interrompit l'archéologue interloqué.

— Oui, vous m'avez bien entendu. Et je préciserai même chasseurs de têtes humaines, une coutume destinée à leur assurer de bonnes récoltes mais dont la pratique s'est fort heureusement éteinte à la fin des années 1950. Je crois d'ailleurs me rappeler que les Wa avaient une prédilection pour les têtes barbues. Autant vous dire en tout cas qu'ils étaient craints par les Han, les missionnaires et les autres ethnies. Aujourd'hui, il serait plus juste de dire que les membres de la triade Soleil noir les manipulent. Dans la lutte contre les trafiquants, les têtes des Wa tombent plus facilement que celles des grands manitous.

— Est-ce que cela signifie qu'un lien existe entre mon frère et la drogue, comme le laisse supposer la brigade chinoise des stups ?

— Non. Comme je le pense depuis le début, l'enlèvement de Patrick a été commandité par des instances supérieures. Hélas, je n'en sais pas beaucoup plus. Le motif semble tourner autour de l'espionnage industriel. Au bénéfice de qui ? La question reste ouverte. Un affairiste, l'État, le parti… tout est possible. Si les triades sont aussi présentes, c'est qu'elles savent le cas échéant rendre des services.

— Tout cela est effarant ! s'exclama le jeune Français médusé.

— Oui, opina le prêtre, et pour reprendre l'expression de tout à l'heure, mes informateurs m'ont précisé que les enjeux étaient de taille. Autrement dit, vous courez de très grands dangers. Il va vous falloir redoubler de prudence.

Franck ne parvenait pas à en croire ses oreilles. Comment en étaient-ils arrivés là ? Comment allait-il s'y prendre ? Le père Wautier, qui s'était penché sur le sujet, le devança :

— Je vais vous donner deux noms et deux adresses qui pourront se révéler utiles lors de votre quête. Ne prenez pas de notes surtout. Vous devez les apprendre par cœur.

— Je suis prêt, fit Franck qui n'en espérait pas tant.

— Vous êtes attendu à Meixian dans le Guangdong où vous devrez trouver la plus grande maison circulaire. Je ne sais pas si vous êtes au fait de l'architecture hakka : ces constructions en terre sont des résidences communautaires qui abritent jusqu'à une vingtaine de familles. Une fois sur place, vous vous dirigerez vers les bâtiments du centre et demanderez Kok-Can. Le mot de passe qu'il vous faudra prononcer est le suivant : « Bambou fragile ne rompt pas. » Répétez !

— Meixian dans le Guangdong, la plus grande maison circulaire, les bâtiments du centre, demander Kok-Can, le mot de passe « Bambou fragile ne rompt pas ».

— À la bonne heure ! Cette adresse m'a été fournie par un de mes informateurs, glissa le jésuite avec un sourire. Ne mentionnez surtout pas mon nom, ni celui de quiconque. Pour le second contact, il s'agit d'une amie chez qui vous pourrez trouver refuge en cas de problème. Vous ne devez vraiment pas exclure cette possibilité. Son prénom est Zhen, qui signifie « précieuse ». Ma Zhen est une précieuse amie. Vous pourrez la trouver dans un petit village du Henan, Xinmi. Elle habite une maison troglodyte. Là, dites naturellement que vous venez de ma part et montrez-lui cette croix.

Le père Wautier glissa une croix simple en argent dans la main de Franck.

— Ma Zhen, Xinmi dans le Henan, une maison troglodyte. Je lui montre cette croix, répéta avec application le jeune homme.

— Parfait, Franck. Il va falloir que je vous laisse et que je rentre. Je ne puis rester plus longtemps. Je ne vous souhaite qu'une chose, mon fils : bonne chance !

L'archéologue aurait désiré retenir encore un instant son vieil ami. Avec lui, il se sentait en sécurité. Mais ce dernier en avait décidé autrement et Franck ne souhaitait pas le compromettre davantage. Il n'avait pas même eu le temps de le remercier. Avec regret, il le regarda partir. Lui aussi devait rapidement se mettre en route.

35

Le retour à Lille de Guy Deroubaix et de Christophe Leclerc s'était fait sans encombre. Contrairement à ce qu'il espérait, le jeune homme n'avait pu accéder aussi facilement que prévu aux réseaux du Net par le simple jeu des connexions sans fil. Les couloirs autoroutiers et la confusion des longueurs d'ondes avaient rendu l'opération aléatoire, ce qui l'incita à attendre l'arrivée dans les locaux de Deroubaix Fils pour se mettre activement au travail. Sur la route, le patriarche avait scrupuleusement respecté les vitesses, ne tenant pas à avoir une nouvelle fois affaire à la police, fût-ce par radar interposé.

Tandis que le jeune homme regardait défiler les paysages du Vexin, fermes isolées et peut-être désertes, grands champs plats de blé encore vert, Guy Deroubaix manipulait nerveusement les boutons de l'autoradio pour trouver une station donnant en continu des informations internationales. Cette fenêtre toujours ouverte sur le vaste monde était devenue sa drogue, et en particulier sur la Chine qui, pour mille raisons désormais, des plus professionnelles et matérielles aux plus intimes, ne quittait plus son champ de vision.

Les nouvelles venues de là-bas n'étaient guère réjouissantes s'agissant des droits de l'homme. À vrai dire, le patriarche n'avait jusqu'ici jamais été très regardant sur ce terrain qu'il jugeait réservé aux gauchistes et aux éternels romantiques. À ses yeux d'entrepreneur, seul comptait le résultat, le chiffre de bénéfice en fin de bilan, le reste n'était que littérature pour intellectuels en mal de cause à défendre. La Chine faisait son possible pour se sortir de la pauvreté. Il fallait avoir des préoccupations de nantis pour aller lui chercher des poux dans le chignon s'agissant de ces fadaises de droits de l'homme, de respect de l'environnement, de l'eau des rivières et des sites naturels ! Mais comme Guy Deroubaix était avant tout un pragmatique, élevé dans la religion des faits plus que dans celle des idées, il ne pouvait que prêter une oreille attentive aux évolutions inquiétantes dénoncées par les militants de tous bords. « Notre pays est sous l'emprise de véritables puissances de l'ombre, la police et les agents de la sécurité publique », assénait ainsi un opposant à la voix déformée par la colère, sous couvert de l'anonymat. Ainsi motivait-il la vague de grèves de la faim qui venait de commencer en Chine, pour protester contre cet état de fait. Véritablement porté par son sujet et ses convictions, l'homme s'adressait aux Occidentaux, cherchant à tailler en pièces l'image livresque et mythique qu'ils se faisaient complaisamment de la Chine. Il accusait le Parti communiste au pouvoir d'être le fossoyeur des espoirs de tout un peuple, et son cri résonnait de façon lugubre dans l'habitacle de la voiture, dans un français presque parfait.

— Ma parole, il n'y a pas que les espions ou les espionnes qui parlent notre langue, dans ce pays ! s'extasia Guy Deroubaix.

— Vous avez raison, répondit Leclerc, sous le choc de ce qu'il venait d'entendre. C'est vraiment un drôle de pays. J'avoue que je n'aimerais pas trop traîner mes guêtres par là-bas. Même si nous avons souvent à nous plaindre de nos démocraties, reconnaissons qu'elles nous laissent le droit de nous exprimer comme bon nous semble, et sans remettre en cause nos libertés.

— C'est vrai, admit le patriarche. Mais ne sous-estimons tout de même pas ce qui s'y passe, et surtout ce qui va s'y passer. Le boom est devant nous. Imagine que pour la seule énergie, les Chinois, qui représentent vingt pour cent de la population mondiale n'en consomment que treize pour cent. Par comparaison, les Américains, qui pèsent à peine quatre et demi pour cent de la population mondiale, en consomment eux vingt-trois pour cent, de vrais gloutons. Maintenant, il suffit de suivre les courbes. Si les Chinois se plaçaient seulement sur nos standards européens, leur seule consommation annuelle de carburant équivaudrait à la production actuelle du Moyen-Orient ! C'est dire que le choc en préparation va tous nous secouer. Si nous n'avons pas pris là-bas des positions solides, nous serons balayés par beaucoup plus forts que nous. Ne pas renoncer, voilà le mot d'ordre. Quoi que cela nous en coûte.

— Vous avez raison, s'inclina une nouvelle fois Christophe Leclerc, qui n'avait pas le cœur à contrarier son patron. Mais toutes ces histoires de grèves de la faim, de militants et d'opposants enlevés ou emprisonnés, de journalistes assassinés, de réseaux d'espionnage, toutes ces histoires bien compliquées le rendaient perplexe, pour ne pas dire inquiet. Et l'écheveau informatique qu'il devrait au plus vite démêler lui semblait porteur d'ennuis au-delà du raisonnable.

Les analyses qu'offrait ce matin la radio sur l'empire du Milieu confirmaient qu'une véritable opacité régnait encore. Dix-sept ans après les massacres de la place Tian'anmen, l'association des mères de victimes n'était toujours pas en mesure d'obtenir la liste exacte des jeunes gens massacrés par les forces du régime. Certes, la jeunesse d'aujourd'hui avait davantage de moyens d'expression, plus de facilités pour faire valoir sa différence et ses aspirations, par la musique, le cinéma, par Internet aussi. Bien que ce dernier espace fût régulièrement placé sous l'emprise du pouvoir. En censurant les mots « Taïwan » et « démocratie » ou en demandant régulièrement à certains représentants occidentaux une coupable coopération afin de pouvoir, le cas échéant, traquer et neutraliser les supposés opposants au régime. S'agissant de la place Tian'anmen, le site officiel de Google hors de Chine montrait plusieurs photos on ne peut plus explicites des chars ayant mené la répression sanglante contre les étudiants. Mais si l'on saisissait en chinois les caractères formant le mot Tian'anmen, il en allait bien différemment : s'affichaient alors de très belles photos en couleurs de cette place historique, façon carte postale, prises dans une quiétude idyllique.

Ce jour-là, une commission de la chambre des représentants américaine chargée des droits de l'homme se préoccupait sérieusement de la complicité et tout au moins de la complaisance des grands moteurs de recherche Google et Yahoo ! vis-à-vis des autorités de Pékin. « C'est comme si l'on disait aux Chinois : puisque vous construisez un mur pour oppresser le peuple, voulez-vous acheter nos briques ? » avait martelé un sénateur républicain. Face à ces accusations, les géants du web avaient présenté une défense commune, estimant qu'ils ne pouvaient isolément lutter contre le pouvoir chinois, mais seulement tenter de faire bloc ensemble. Dans le camp républicain, certains élus se montraient très offensifs, accusant les grands noms de l'Internet américain de devenir « un mégaphone pour la propagande communiste et un outil pour contrôler l'opinion publique ». Ils s'appuyaient ainsi sur le cas de Shi Tao, ce journaliste chinois condamné à dix ans de prison pour avoir envoyé à l'étranger des documents supposés secrets. C'est en fournissant des éléments personnels concernant le journaliste que Yahoo ! avait sciemment porté une aide décisive au pouvoir de répression. Le débat était vif, tendu, avec des enjeux financiers à l'évidence énormes.

Dès leur arrivée à l'usine, vers 6 heures du soir, les deux hommes se séparèrent. Guy Deroubaix monta aussitôt dans son bureau pour consulter les chiffres de production, sa drogue quotidienne qui lui manquait sitôt qu'il ne les avait pas. Quant au directeur informatique, il s'enferma dans son service pour se lancer sur les cybertraces de la jeune Chinoise.

Ce qu'il découvrit n'était pas pour le rassurer. Comme il l'avait déjà subodoré sur l'ordinateur du cinéma-café parisien, la stagiaire avait bien cherché à se connecter à une plate-forme d'adresses dont les racines e-mail indiquaient une localisation chinoise continentale ou hongkongaise. Mais sitôt qu'il approchait du but, un verrou informatique assez sophistiqué, soit l'envoyait vers une fausse adresse, soit le ramenait sur un site banalisé qui correspondait à l'équivalent d'un cul-de-sac ou d'une voie désaffectée en matière de circulation. Christophe Leclerc tenta à diverses reprises, et par des procédés chaque fois différents, de contourner l'obstacle. En vain. L'affaire devenait horriblement complexe. Lui qui détestait s'avouer vaincu dut admettre qu'il avait affaire à plus fort que lui.

Il commençait à perdre patience quand un éclair traversa son esprit. Il lui vint en mémoire le visage et le nom d'Ambroise Lenoos, son meilleur ami d'enfance. Ils s'étaient perdus de vue depuis quelques années. Tous deux toqués d'informatique, Christophe avait suivi les voies légales pendant qu'Ambroise, toujours tenté par les extrêmes, avait milité au sein d'organisations internationales pour le web libre, l'entière gratuité d'accès, quitte à accepter de contourner les lois ou de les violer. Ces pratiques de pirate – de hacker, aimait-il mieux dire – lui avaient occasionné plusieurs condamnations plus ou moins graves, la plus sévère ayant été prononcée contre lui après qu'il eut, au début des années 2000, fracturé quelques codes d'accès de cartes bancaires. Non pas pour voler qui que ce soit, mais seulement pour prouver aux plus grands établissements de la place qu'ils n'étaient pas correctement protégés contre de véritables hackers aux intentions frauduleuses.

Dans le Nord, le procès d'Ambroise Lenoos avait fait grand bruit. La presse régionale mais aussi les grands quotidiens nationaux avaient fait le voyage à Lille pour suivre une des premières affaires illicites sur le Net. Cette curiosité tenait largement à la personnalité de l'accusé. Ambroise Lenoos n'était pas un simple bricoleur de génie, du genre de Steve Jobs et de ses copains qui, dans les années 1980, avaient révolutionné l'informatique dans les garages de leurs parents, au beau milieu de la future Silicon Valley. Le jeune Français appuyait son art (il se présentait en effet comme un artiste du Web) sur une véritable philosophie permissive et libertaire, fondée sur l'idée déjà ancienne qu'il était interdit d'interdire. Dès lors que la technique permettait de tout connaître en tout lieu et en tout instant, il était temps de faire s'écrouler les barrières du savoir et de mettre au service du plus grand nombre la masse la plus importante possible de connaissances. Dans son radicalisme, le hacker du Nord avait parfois entrepris des opérations un peu folles et inconsidérées, lâchant des virus sur le site du ministère de la Défense ou détraquant quelques moteurs de recherche liés à l'industrie aéronautique ou pharmaceutique, toujours dans l'espoir d'obtenir davantage de transparence au bénéfice du grand public. C'est à cette époque que l'amitié entre Ambroise et Christophe s'était distendue, ce dernier détestant tout ce qui, de près ou de loin, pouvait prendre une dimension illégale. Ambroise Lenoos avait bien essayé, au début de ses activités sulfureuses, d'entraîner son ami sur le même terrain. Mais Leclerc avait pris ses distances, mettant plusieurs fois Ambroise en garde contre ses penchants anarchistes qui l'exposeraient tôt ou tard à de graves ennuis. Celui-ci n'avait guère apprécié les leçons de morale venant *a fortiori* de quelqu'un qu'il considérait presque comme un frère. Quand il avait rencontré des ennuis judiciaires, Christophe avait cependant repris contact avec Ambroise, lui offrant même de le présenter à Guy Deroubaix dans l'hypothèse où il aurait décidé de s'assagir. Le hacker avait décliné l'offre, mais avait été heureux de retisser un lien avec son ami d'enfance, même si les choses entre eux ne seraient plus jamais comme avant.

Les deux hommes ne s'étaient plus revus depuis le mariage de l'un de leurs amis communs, six mois plus tôt. Christophe songea toutefois que c'était le moment de reprendre contact. Seul Ambroise serait à même de démêler cet écheveau. Forcément, une part de la réponse était dans le forçage de réseaux, dans les pratiques pirates. Il fut un temps où lui-même, sans le dire à personne, s'était aventuré sur cette voie. Ses talents techniques lui auraient sans doute permis d'être au moins aussi performant que son ami dans ce domaine « gris ». Mais il avait très vite pris peur et, du jour au lendemain, comme par le jeu d'une sorte d'autocensure, il s'était mis à occulter toute pratique qui pouvait prêter à ambiguïté. Dès lors, il avait perdu le fil et, à ce jour, il lui aurait fallu un temps fou, sans parler de la volonté qui lui manquait, pour jouer au casseur de réseaux. D'après ce qu'il savait, Ambroise Lenoos ne s'était pas complètement rangé des voitures. S'il travaillait de façon tout ce qu'il y a de régulier dans un magasin de matériel informatique, il rendait quelques services à des associations humanitaires, installant leurs pages web ou cherchant pour elles des informations sur des sites peu connus, avec des méthodes qui, à l'évidence, n'étaient pas des plus orthodoxes. Mais la tâche lui était facilitée dans la mesure où il menait des actions « pour la bonne cause », morales à souhait, et n'impliquant guère, à première vue, les puissances financières ou politiques.

Leclerc composa le numéro de portable de Lenoos mais n'obtint aucune tonalité. Désappointé, il réfléchit quelques secondes et trouva une autre solution. Il sortit sur son écran l'adresse e-mail de son ami et lui envoya ces quelques lignes : « Cher Lenoos, Comment vas-tu ? Je serais heureux d'avoir des nouvelles fraîches. D'autant que j'aurais un petit exercice de travaux pratiques à te confier. Ton ami Leclerc. » Suivait son numéro de portable. Il marqua un temps d'hésitation : le message était-il suffisamment prudent ? Une chose était sûre, la curiosité d'Ambroise serait piquée au vif. Il décida d'envoyer ce message et prit soin de vérifier sur son écran que le système ne le lui retournait pas. La réponse ne tarda pas à arriver. Elle vint atterrir dans sa boîte e-mail sous la forme d'un message laconique mais précis : « D'accord, où et quand ? » Christophe Leclerc regarda sa montre. Il fixa le rendez-vous dans un café du vieux Roubaix, le lendemain matin à 9 heures. Puis il éteignit son ordinateur avec un sourire de satisfaction. Avec Ambroise, il était certain de faire dire aux réseaux suivis par la jeune Chinoise tout ce qu'ils pouvaient dire. Guy Deroubaix serait content et c'était bien là l'essentiel.

À l'heure dite le lendemain matin, les deux amis se retrouvèrent devant un chocolat chaud et une tartine. Ils évoquèrent rapidement quelques souvenirs, mais Lenoos voulait en venir au fait. Leclerc lui exposa la situation dans ses grandes lignes et lui confia sa clé USB. « Demain même heure même endroit, conclut son ami. Cette clé aura parlé, parole de Lenoos ! »

36

C'est en autobus, par des trajets longs et un peu compliqués, que Franck avait choisi de rallier Shanghai. À vrai dire, le jeune homme finissait par se méfier même de son ombre. La situation lui semblait confuse et terriblement dangereuse. Certes, il commençait à comprendre que les protagonistes de cette affaire étaient des gens déterminés, prêts à tout pour parvenir à leurs fins. Quelles fins ? Le mystère restait épais, sinon entier. Quelque chose se tramait autour de Deroubaix Fils, il ne pouvait en être autrement. Mais après ? Affaire politique ? Espionnage industriel, comme semblait le croire désormais le patriarche avec lequel il n'avait eu qu'un échange téléphonique rapide avant de quitter Hong Kong ? Ce voyage en bus fut pour Franck l'occasion de reprendre ses esprits et de réfléchir à l'ensemble des événements tragiques qui venaient de le toucher. Résonnaient encore dans son esprit les informations et aussi les intuitions du père Wautier. Autant de données qu'il tentait de digérer et de croiser dans sa pauvre tête, pendant que défilait sous ses yeux le spectacle étonnant d'une Chine en pleine mutation, comme si ce peuple avait cessé de dormir la nuit pour poursuivre à un rythme effréné, dans une course folle et peut-être suicidaire, sa longue marche vers la modernité.

À Shanghai, Franck fixa aussitôt un rendez-vous à sa nièce pour le dîner. Celle-ci l'accueillit de la voix la plus naturelle, bien que le décès de Jiao l'eût affectée terriblement. Franck lui fit comprendre qu'il préférait ne pas descendre chez Rose, par précaution, pour leur sécurité. Ils décidèrent de se retrouver à la nuit tombée dans un restaurant japonais de la concession française, le Ooedo, une table fameuse réputée notamment pour sa variété de sushis plus raffinés les uns que les autres. Ce furent des retrouvailles douces, placées sous le signe d'un certain recueillement mais sans tristesse exagérée. Franck avait surtout des choses à dire à Lise, et celle-ci se montra très réceptive. Une fois passé la première commande, sushis crevettes et sushis aux multiples poissons frais, rouges ou roses de chair, accompagnés des éternelles écuelles de riz et du thé vert brûlant, l'archéologue entra dans les confidences qu'il souhaitait faire à sa nièce, au cas où il lui arriverait quelque chose. Non pas qu'il sentît s'abattre sur lui l'ombre froide d'une mort prochaine. Mais en digne observateur des traces du passé, il considérait qu'un moment venait toujours dans l'existence où il était temps de transmettre un savoir rare et caché. Il avait simplement jugé que, en raison des circonstances, ici et maintenant, dans ce restaurant discret où nul ne le connaissait, le moment était bien choisi pour procéder à cette transmission.

Lise ne s'attendait pas à ce repas aussi intime, aussi poignant. Elle devait plus tard en garder longtemps la mémoire très précise. Franck commença en témoignant des liens profonds qui l'unissaient à son frère Patrick, le père de la jeune femme, ainsi qu'au patriarche à qui il avait confié ce qu'il avait désormais de plus cher au monde, à savoir sa fille Mei. « Pourtant, Lise, tu dois savoir que ton père n'est pas mon frère mais mon demi-frère, et que Guy Deroubaix, ton bien-aimé grand-père, n'est pas mon père de sang. » Cette révélation fit pâlir sa nièce qui sentit encore un pan de son univers familier vaciller.

— Mais… mais comment est-ce possible ? Tu as toujours été là, avec nous.

— Tu as raison. Je croyais cela moi aussi. Mais quelques semaines avant de nous quitter, ma mère, sentant sa fin proche, m'a fait venir auprès d'elle.

— Et puis ? le pressa Lise, tout en tapant avec ardeur dans le premier plat de sushis, comme si les émotions de l'instant avaient encore avivé son appétit.

— Oh, elle n'a pas été très bavarde. Elle m'a seulement dit que mon père naturel était un peintre français dont elle avait été très amoureuse autrefois. Je ne sais pas si mon père en a jamais rien su. En tout cas, elle m'a affirmé que j'étais le fils de cet homme dont elle ne m'a donné ni le nom, ni le prénom, seulement ceci.

De la poche intérieure de sa veste en coton, Franck sortit une vieille enveloppe d'un beau papier presque transparent. À l'intérieur était glissé un magnifique idéogramme, carré noir tacheté de trois figures rouges formant ensemble un mouvement très gracieux, plein de courbes et de sensualité.

— Que signifie-t-il ? demanda Lise.

— La passion, répondit Franck. Il l'a peint spécialement pour ma mère et elle me l'a confié. Tu comprends mieux mon attirance pour la Chine, n'est-ce pas ? Quand je suis venu ici pour la première fois, je n'espérais évidemment pas tomber sur l'auteur de cet idéogramme. Mais il me semblait qu'en explorant cette culture, je me rapprocherais de lui comme un aveugle comprend mieux le monde qui l'entoure en pressant ses doigts sur les grains du Braille.

— C'est tellement beau ce que tu dis, fit Lise, une larme perlant au bord de ses yeux. Comme tu as dû souffrir…

— Non, je ne dirais pas cela. J'ai au contraire eu

l'impression de renaître. Et puis, paradoxalement, mon jugement a été plus indulgent pour mon père, j'entends pour le patriarche. Dès lors que je n'étais pas son fils de sang, beaucoup de choses s'expliquaient quant à nos différences, à nos divergences. Tout à coup les choses devenaient plus simples. Cette nouvelle m'a donné du détachement, mais pas moins d'affection pour les Deroubaix, qu'il s'agisse de l'homme dont je porte le nom ou de ton père.

— Tu regrettes que ta mère t'ait révélé ce secret ?

— Au début, je ne savais guère quoi penser… À présent, je considère qu'elle a bien fait. C'est une liberté de savoir qui on est, et qui on n'est pas.

— Et tu as trouvé la trace de ton vrai père ?

— Non. Je crois que ce sera très difficile, sauf à placer sur le Net un scan de son idéogramme et de demander à l'auteur de se manifester…

— Tu le feras ?

— Je l'ignore encore. Je ne crois pas, au fond. Je risquerais d'être très déçu.

— Et lui, il connaît ton existence ?

— Je pense que oui.

— Alors peut-être se manifestera-t-il un jour auprès de toi…

— Oui, tu as raison. Maintenant, il est à toi, poursuivit Franck en tendant l'enveloppe à Lise.

— À moi ? Mais c'est impossible, Franck ! C'est trop précieux pour toi, c'est une partie de ton histoire et…

— Sois gentille, Lise, prends-le et garde-le bien précieusement. Tu auras peut-être un jour à le transmettre à ton tour à Mei. On ne sait jamais…

— Mon Dieu, murmura la jeune femme, mesurant soudain la portée de cet acte, et le poids de danger qu'il supposait.

D'autres sushis furent déposés à leur table par un

serveur discret. Franck examina les tables alentour avant de poursuivre. Lorsqu'il fut rassuré, aucun visage suspect n'encombrait le paysage, il donna un autre tour à leur discussion.

— Lise, nous devons désormais redoubler de prudence. C'est pourquoi je n'ai pas voulu te rendre visite là où tu loges. Comme tu sais, les Chinois exercent un contrôle policier du Net avec des moyens toujours plus sophistiqués, qui leur viennent des Occidentaux, disons des Américains… Affaire de gros sous, je n'insiste pas. C'est pourquoi nous devons trouver une manière indétectable de communiquer toi et moi.

— Mais comment ? demanda sa nièce, un accent de panique dans la voix.

— Reste calme. J'ai mon idée. Il faudrait que tu te crées un blog.

— Oui, mais je dirais quoi ?

— Un blog spécialisé sur les animaux. Tu m'as bien dit que tu t'étais passionnée pour la vie animale, il y a quelques années ?

— C'est vrai, mais que pourrais-je raconter ?

— Demande à Tchang de te parler des grands animaux présents en Chine, les tigres, certains mammifères marins, les aigles des régions désertiques. Compare-les aux animaux que tu connais en Europe et même en France, c'est important.

— Pourquoi ?

— Parce que tu pourras parler de poulailler et de loups.

Lise était déconcertée.

— Je ne te suis plus, Franck.

— Tant mieux, personne ne suivra. Sauf toi et moi qui saurons. Il suffit que certains extraits de ton blog soient codés.

— Par exemple ?

— Disons que l'usine Deroubaix est le poulailler.

Mon père est le coq. Leclerc, son directeur informatique, serait le chapon. Ton père serait le paon…

Lise, malgré la gravité de la situation, s'esclaffa.

— Ce n'est pas gentil pour lui !

— Qu'as-tu contre le paon ? C'est un animal admirable, un peu orgueilleux certes, mais au ramage tissé de plumes multicolores que ton père ne réfuterait pas !

Cet accès de bonne humeur leur fit du bien à tous les deux.

— Nous devons fixer des noms de code animaux pour les protagonistes de cette affaire et pour les lieux où ils se situent, nous compris. Tu me suis maintenant ?

— Je crois que oui. Toi, tu es qui, en grosse bête ?

— Je penche pour le renard, et ma maison de Pékin serait mon terrier, avec deux sorties pour bien montrer que je suis très malin.

— D'accord, fit Lise. Alors moi je suis l'hermine, blanche et douce, qui défend bec et ongles son territoire et sa famille.

— Parfait ! On appellera ton refuge « l'herminière ».

— C'est assez joli. Adopté !

Le repas se poursuivit selon les règles de ce nouveau jeu qui, dans un autre contexte, se serait révélé encore plus drôle. Pour le dessert, l'oncle et sa nièce choisirent des fruits frais. Mangue pour elle, ananas en pirogue pour lui. Un serveur qu'ils n'avaient pas vu jusque-là surgit de l'ombre et s'approcha soudain d'un air énigmatique. Ils s'interrompirent. Franck tressaillit, comme si un danger venait brusquement de s'abattre sur eux.

— Prendriez-vous un verre de saké ? demanda l'homme qui avait tout l'air de ce qu'il était, à savoir un simple serveur, portant comme tous ses collègues une veste noire à liserés jaunes.

— Non merci, déclina Franck sèchement.

Lise secoua la tête. Elle n'y tenait pas non plus. L'homme s'éloigna sans insister, et il ne reparut pas de la soirée.

— Il m'a fait une de ces frousses ! Je ne l'avais pas vu venir ! s'écria Lise quand il eut disparu.

— Moi c'est pareil, avoua Franck. On finit par avoir peur de tout et de tout le monde. Si tout cela pouvait finir une bonne fois pour toutes…

Ils achevèrent de déguster leurs fruits dans un silence apaisant.

— J'ai oublié, lança Lise. J'ai une faveur à te demander.

— Une faveur ? Tu sais bien que je ne peux rien te refuser… De quoi s'agit-il ?

— Voilà, tu parlais de Tchang, tout à l'heure, et je ne doute pas qu'il me sera de bon conseil sur les animaux sauvages de Chine. Mais nous avons un projet ensemble… Celui de nous rendre bientôt sur la Grande Muraille pour participer à une immense rave party. Cela promet d'être grandiose et je ne voudrais pas rater ça ! Question sécurité, tu peux être tranquille : Tchang ne me laissera approcher par personne, je le sens très épris de moi et pour ma part, je ne suis pas insensible à son charme.

Franck sourit. Ainsi allait la vie, tissée de drames et de moments joyeux entremêlés, comme si ces derniers devaient se payer des premiers.

— Je comprends, fit l'archéologue. Vous voulez donc passer par Pékin…

— … Et séjourner quelques jours chez toi, si tu acceptes bien sûr.

— Avec joie. Vous serez les bienvenus.

Il réfléchit quelques secondes et fouilla dans une de ses poches.

— J'ai toujours sur moi un double des clés de la maison. Le voici. Prends-en bien soin, car je ne serai sûrement pas à Pékin lorsque vous vous y rendrez. Soyez prudents, à la rave party. Il arrive que ces manifestations dégénèrent gravement, avec des affaires de drogue, de violence, de sexe, enfin je ne te fais pas de dessin.

— Je sais tout cela et Tchang aussi. Si les choses prennent un tour désagréable, nous déguerpirons.

— Parfait, je n'attendais pas d'autre discours de ta part. Te souviendras-tu de tout ce que nous avons fixé, question blog animalier ?

— De tout, fit Lise en lançant un clin d'œil complice à son jeune oncle.

Franck fit appeler un taxi dans lequel la jeune femme s'engouffra prestement. Lui choisit de marcher un peu avant de rentrer à son hôtel. La soirée avait été riche en émotions, une fois encore. De ne plus sentir l'idéogramme contre sa peau lui procura une sensation de soulagement…

37

Les bruits de la rue parvenaient assourdis dans ce triste bureau d'un immeuble moderne. Les murs étaient blancs, les meubles rares, et les rideaux baissés en plein jour ne laissaient filtrer qu'une faible lumière. Était-il situé dans une grande métropole chinoise, Pékin, Canton, Shanghai, Kunming ? Seuls les deux meneurs de l'interrogatoire le savaient. Le troisième homme, un « long nez », n'avait jamais été aussi pâle. Ni aussi muet. Assis sur une chaise, les jambes attachées, les bras ramenés en arrière et noués aux poignets, il avait fini par apporter des réponses mécaniques aux questions, toujours les mêmes, qui lui étaient posées. Et devant la fureur impuissante de ses ravisseurs, il plongeait dans un mutisme qu'aucun supplice, suffisamment modéré pour lui garder la vie sauve, n'avait pu briser. À bout de nerfs, un des deux hommes, le plus jeune, sans doute le responsable de la capture, finit par assommer le détenu en lui assénant un coup sec sur la nuque. L'autre homme, plus calme, le commanditaire de l'affaire visiblement, n'apprécia pas la méthode, mais ne fit rien pour empêcher ce geste de rage.

— Depuis qu'on a dû déguerpir pour fuir les agents antidrogue, tout est désorganisé, plaida le premier. Le prisonnier semble avoir repris espoir. Il a senti que nous avions été à deux doigts d'être découverts et il fait preuve d'une mauvaise volonté encore plus grande qu'au début.

— Je comprends, fit le commanditaire. Mais nous devons insister encore. Ici vous êtes à l'abri. Personne n'ira vous rechercher dans un bureau officiellement affecté au Parti.

— Nous sommes dans un bureau du Parti communiste ?

— Sur le papier, oui. Mais il n'en est rien. Je vous affirme que vous êtes en sécurité.

Le meneur des interrogatoires vérifia que son prisonnier était toujours inconscient.

— Où en sommes-nous, patron ?

— Nous avançons, mais pas aussi vite que je l'aurais souhaité. Des grains de sable grippent la machine de tous les côtés. Celui-là tarde vraiment à se mettre à table et je crois que notre stagiaire a dû interrompre ses investigations avant l'heure. Les documents qu'elle nous a fait parvenir sont loin d'être concluants et pour être franc, je suis assez déçu, tout au moins déconcerté.

— Pour quelle raison ?

— Je me demande si les fichiers qu'elle nous a communiqués n'ont pas été falsifiés.

— Comment cela serait-il possible ?

— Justement, c'est ce que j'aimerais bien savoir…

— Cette personne est de toute confiance ? demanda le geôlier, s'attirant de son patron une moue réprobatrice.

— Évidemment ! J'en réponds comme de moi-même. Une professionnelle, très calme, très efficace, parfaitement adaptée à la mission qui lui était confiée.

— Alors ?

— Alors je crois que les Occidentaux commencent à se méfier de notre cyberespace et qu'ils exercent des contrôles accrus sur les flux d'informations à destination de la Chine.

— Une sorte de douane de l'information ?

— En quelque sorte, acquiesça le patron.

— Mais les fichiers reçus n'apportent vraiment rien de probant ?

Le patron jeta un œil sur le prisonnier puis lui redressa vivement la tête en la tirant par les cheveux. L'homme était bel et bien inerte et profondément évanoui. Il put répondre à son associé.

— Les fibres techniques sont un enjeu clé pour nos travaux spatiaux. Notre retard en la matière reste important. Dans ce domaine, nous ne sommes guère à la hauteur de notre réputation. Or le pouvoir central s'impatiente. Certains programmes ne pourront pas être lancés tant que nous n'aurons pas obtenu des renseignements très pointus sur les propriétés de ces fibres. Et les documents reçus sont troublants. Ils n'apportent vraiment rien de nouveau à ce que nous connaissons, bien qu'étant apparemment très récents. Comme si la recherche stagnait ou alors…

Il marqua un temps d'arrêt.

— Ou alors ? reprit son interlocuteur suspendu à ses lèvres.

— Il est probable que les dates aient été modifiées. Il s'agirait alors de données anciennes qu'on nous a présentées comme « up to date ».

— Je vois… Quel est le moyen de vérifier ?

Le patron se tourna en direction du prisonnier.

— Il faudrait tenter de lui mettre tout ça sous le nez, mais c'est à double tranchant. S'il s'aperçoit qu'il s'agit de documents trafiqués, il va prendre davantage confiance en pensant que nous sommes les jouets d'une supercherie.

— Je comprends. Que pouvons-nous faire, maintenant ?

Le patron réfléchit silencieusement.

— Mettre son frère hors d'état de nuire. Celui-ci se

montre de plus en plus curieux. Si nous le neutralisons, nous avons une chance de ramener notre prisonnier à la raison.

— Vous voulez dire avoir deux détenus au lieu d'un ?

— Pourquoi pas ? Cette famille commence à me taper sur le système. Nous n'allons pas compromettre nos intérêts vitaux à cause de quelques entrepreneurs français qui nous donnent des leçons de patriotisme économique ! Tout cela a assez duré. Il faut que ça cesse. Nous perdons du temps. Vous aurez très vite de mes nouvelles pour les instructions à suivre. Ne le ménagez plus trop, conclut-il en visant le prisonnier.

— Vous avez vu que je pouvais avoir la main lourde, répondit le geôlier.

Ils se quittèrent sur ces mots.

38

Guy Deroubaix s'apprêtait à partir déjeuner quand Christophe Leclerc apparut dans son bureau.

— Du nouveau ? demanda le patriarche qui n'avait reçu depuis quarante-huit heures que des réponses évasives de son directeur informatique.

— J'ai fait tout mon possible, patron. Je crois que j'ai pu tirer le maximum d'informations du peu que nous avions. Nous avons eu du nez en inventant ce leurre sur les fibres techniques. La fille s'en est vraiment servie auprès d'un contact chinois. Mais c'est tout ce que je peux affirmer à ce stade. Le reste est plus flou. Je me suis assuré les services d'un champion des réseaux occultes sur Internet, en toute confidentialité cela va de soi, je réponds absolument de lui.

— Et alors ? s'impatienta un peu Guy Deroubaix.

— Il s'est cogné comme moi contre des parois opaques du Net. Certaines adresses vous amènent tout droit vers des sortes de *no man's land*. Impossible de progresser. On retombe au point de départ. Le système est si bien conçu qu'on peut avoir l'impression que les messages envoyés par notre mystérieuse stagiaire étaient destinés au gérant du café-cinéma du Ve arrondissement de Paris, le lieu d'expédition précisément.

— Je vois, fit le patriarche, sans cacher son impatience.

— Regardez la deuxième page de mon rapport, reprit Leclerc, il y a toutefois quelques éléments assez neufs, je crois.

Son patron se pencha aussitôt sur les documents. Un grognement de satisfaction se fit entendre. Si Ambroise Lenoos n'avait pas trouvé le destinataire final des envois de la jeune Chinoise, il avait déniché sur un document annexe quelques notes envoyées visiblement par son commanditaire, précisant sa mission. Le texte disait :

S'introduire chez Deroubaix Fils
Rassembler informations fibres techniques
Rendre compte Dragon en fin de parcours.

— On peut dire que c'est clair ! s'exclama Guy Deroubaix. Mais qui est ce Dragon ?

— C'est bien là l'énigme. J'ai pensé que votre fils Franck pourrait avoir une explication, que cette mention pourrait lui dire quelque chose de particulier.

Le patriarche n'avait pas eu Franck au téléphone depuis plusieurs jours. La dernière fois, il s'était montré évasif et avait demandé à ce que son père n'entre pas en contact avec lui directement, pour des raisons de sécurité. Tout cela était un peu embrouillé. Il devait attendre que Franck se manifeste d'une manière ou d'une autre auprès de lui. Sans doute cela devait-il peser à son fils de ne pas appeler la France, de ne pas avoir de nouvelles fraîches de sa petite Mei. Mais la plus grande prudence s'imposait désormais.

Guy Deroubaix demeura un long moment silencieux, assis derrière son bureau. Christophe Leclerc voulut s'éclipser mais son patron le retint.

— Reste, fit-il simplement. Je réfléchis un moment.

À ses yeux, tous ces épisodes successifs n'étaient pas reliés par un fil évident. Quel lien en effet pouvait-il exister entre la disparition de Patrick et le suicide de sa belle-fille Jiao ? En quoi l'espionnage sur les fibres techniques pouvait-il justifier de telles atteintes sur les personnes, alors que, après tout, il suffisait de ruses pour percer des secrets industriels ? Ruses auxquelles les Chinois devenaient manifestement très adeptes. Et pourquoi Franck avait-il jugé si urgent de rester seul là-bas, en confiant sa fille à une gouvernante ? Guy Deroubaix ne s'en plaignait pas, au contraire. Mais tout cela lui semblait d'une confusion extrême, avec un parfum de danger, voire de mort. Comble de tout, ses deux fils étaient en Chine et il ne pouvait plus communiquer avec eux. L'un parce qu'il avait disparu. L'autre parce qu'il semblait pressé de se cacher pour échapper à une menace aussi réelle que dissimulée, susceptible de surgir à tout moment.

Après cet épisode avec la jeune stagiaire, le patriarche n'avait plus aucune confiance ni dans le web, ni dans le téléphone. Le rapport de Leclerc contenait des données spécifiques à la Chine, incompréhensibles ici à Lille, mais qui prendraient sans doute une signification plus claire et explicite si elles pouvaient être portées à la connaissance de Franck.

Guy Deroubaix s'éclaircit la voix et se tourna vers Leclerc.

— Mon petit Christophe, que dirais-tu d'un grand voyage ?

— Un grand voyage ? balbutia le jeune homme. Ne me dites pas que vous voulez m'envoyer...

— Tu as bien deviné, en Chine, parfaitement ! Imagine la chance que cela peut représenter pour toi. Une balade aux frais de la princesse, avec la tâche exaltante de retrouver mon fils Franck et de lui donner ton rapport dont il saura sûrement décrypter les zones d'ombre.

— Mais monsieur, je ne parle pas la langue, fit Leclerc, cherchant le moindre prétexte pour éviter une mission qu'il appréhendait au plus profond de lui, surtout après tout ce qu'il avait lu et appris ces derniers temps sur les mœurs chinoises en matière de business.

— Et alors ? Ce n'est pas avec des Chinois que tu vas t'entretenir, c'est avec mon fils ! Et là-bas, l'anglais est un bon passeport, crois-moi. Je sais que le tien est excellent. Surtout, ne fais pas le modeste.

— Je dois en parler autour de moi, temporisa Leclerc.

— Si c'est à ton père, il sera acquis à la cause spontanément, pas besoin de perdre de temps à ça. Écoute-moi, petit : si je pouvais, je prendrais le premier vol pour Pékin et je remuerais ciel et terre pour retrouver Patrick et mettre la main sur Franck. Seulement, je n'ai guère intérêt à traîner mes guêtres par là-bas, et c'est bien dommage. Je ne te demande pas de courir de risques. Simplement de te rendre à une adresse que je t'indiquerai. Personne ne te connaît, personne ne te suivra, fais-moi confiance.

Christophe Leclerc écoutait sans protester. Depuis l'adolescence, son monde était celui du virtuel. Il avait mené des troupes au combat, des légions romaines, des régiments américains et canadiens, il avait refait Pearl Harbor et Austerlitz, avait délogé des terroristes des égouts de New York et repoussé des commandos suicides du bâtiment des Nations unies. Mais tout cela en jeux vidéo, sans risque, sans aucune violence réelle, encore que ces spectacles dont il était l'acteur comportaient pas mal de scènes dures. De là à prendre part à une réelle affaire d'espionnage, dans un contexte d'enlèvements, de menaces et de morts « pour de bon », il y avait un pas que le jeune prodige de l'informatique ne se sentait véritablement pas prêt à franchir. Pour autant, il ne voulait pas passer pour un lâche. Après tout, les aventures parisiennes de l'autre jour s'étaient révélées assez exaltantes, et il aurait menti en affirmant ne pas y avoir pris un certain plaisir. La course-poursuite dans le métro, la traque au cybercafé du cinéma d'art et essai, tout cela l'avait émoustillé, de même que la narration à la radio des aventures de ces espionnes chinoises lâchées dans les secrets industriels français. À vrai dire, elle lui plaisait bien, cette fille venue d'Asie dont il n'avait aperçu que le visage sur la webcam. Son côté intrépide et calme l'avait fasciné. De là à la traquer en Chine… De toute façon, telle n'était pas la mission que lui confiait le patriarche. Encore que, en cherchant à entrer en contact avec Franck, peut-être devait-il s'attendre à faire des rencontres surprenantes, et pourquoi pas féminines ?

— D'accord, monsieur, finit par lâcher Leclerc.

— Tu veux bien ! s'écria Guy Deroubaix. Je n'en attendais pas moins de toi. Je savais bien qu'un Leclerc ne pouvait pas me décevoir.

Sur ces mots, il confia au jeune homme un certain nombre d'éléments concrets qui l'aideraient à s'orienter sans mal dès son arrivée à Shanghai. Leclerc demanda s'il devait se mettre en rapport avec l'associé Long Long. Guy Deroubaix n'hésita pas une seconde : nul autre que Franck ne devait savoir qu'il était en Chine. Sa réponse fut nette et spontanée, comme si, inconsciemment, le patriarche s'était mis à douter de tout ce qui était chinois, y compris dans son entourage professionnel. Ce jour-là, il eut même des doutes sur l'*ayi* de sa petite-fille, mais ce soupçon le quitta bien vite en voyant comment la jeune femme s'occupait de Mei.

Après quarante-huit heures de formalités, Leclerc put s'envoler vers la Chine, un monde réel qui lui semblait plus mystérieux que le plus énigmatique des jeux vidéo.

39

Un peu avant 7 h 30, le direct en provenance de Shanghai arriva en gare de Pékin. Voyageant léger, Lise et Tchang s'extirpèrent rapidement du wagon. Après douze heures de trajet, ils avaient hâte de retrouver le plancher des vaches et surtout un peu d'espace. Le tout nouveau Z8 était pourtant un train confortable, mais le compartiment qu'ils avaient partagé avec un jeune couple et leur bébé restait exigu. Chacun des quatre passagers disposait sur sa couchette de deux oreillers, d'une couette, d'une paire de chaussons de voyage et d'un kit brosse à dents tandis que sur une table basse trônait l'éternelle bouteille Thermos remplie d'eau bouillante. La voiture était propre et dans le couloir des strapontins permettaient de s'asseoir. À leur surprise, des plateaux-repas composés d'une soupe, d'un plat chaud, de pain et d'un dessert leur avaient été distribués le soir. Mais la vraie révolution, la touche moderne, se matérialisait – surtout pour les autochtones – par le contrôle avancé des lumières et de la radio, ainsi qu'en gare de Shanghai par une salle d'attente équipée de fauteuils de cuir noir. Le luxe ! Un luxe encore inimaginable quelques années plus tôt, preuve tangible que l'empire du Milieu bougeait.

Tchang ne se lassait pas de pointer à sa jolie amie française les évolutions fulgurantes de la société chinoise.

Dans le domaine de la musique, un premier club techno, le *Vogue*, avait ainsi été ouvert à Pékin en 1998. Les autorités l'avaient rapidement considéré comme un repaire de décadents et l'avaient fermé deux ans plus tard, mais le mouvement était lancé. Depuis huit ans était aussi organisée sur la Grande Muraille une rave party qui rassemblait chaque année un nombre plus important de participants, quelques centaines pour les premières manifestations, plus d'un millier ces dernières années. Aucun des deux jeunes gens n'était particulièrement fan de musique électro, mais l'événement et sa localisation étaient de taille à les attirer. Inquiets de la faune qui se précipitait à ce type de soirée, Rose et Franck n'avaient pas manifesté un grand enthousiasme à cette annonce. Tchang et Lise avaient argué qu'ils en profiteraient pour visiter la Cité interdite, le temple du Ciel et autres merveilles de la capitale.

Joyeux, les deux jeunes amis décidèrent de rejoindre à pied par le chemin des écoliers le *siheyuan* de Franck. Ils se dirigèrent vers la place Tian'anmen et, sous le regard de Mao dont le portrait était affiché sur la façade, admirèrent l'entrée sud de la Cité interdite. Remettant à plus tard la visite du célèbre monument, ils longèrent les murs pourpres du Palais impérial et atteignirent au nord le Jingshan Gongyuan ou Colline du point de vue. De là, ils jouirent en effet d'un panorama exceptionnel sur les toitures mordorées de la Cité interdite, sur les *hutong* environnants et, plus généralement, sur l'ensemble de la capitale. Depuis la dernière visite de Tchang à Pékin, les immeubles s'étaient multipliés dans toutes les directions.

À cette heure matinale, de nombreuses personnes pratiquaient les mouvements du tai-chi sur les pelouses du parc, tandis que sur les allées bétonnées s'exerçaient des adeptes de la calligraphie. Ces derniers trempaient de gros pinceaux dans l'eau et dessinaient d'un geste gracieux directement sur le sol leurs idéogrammes qui s'évaporaient au bout de quelques secondes. Infatigables, les artistes en quête de perfection recommençaient et traçaient indéfiniment le même signe éphémère. « Que c'est beau ! » pensa Lise encore bouleversée par les confidences que Franck lui avait faites quelques jours plus tôt.

Les deux amoureux avaient la journée devant eux. Ils vaguèrent ainsi dans les ruelles, parmi les jardins et près des lacs sans manquer d'observer le comportement des Pékinois différent en tout point de celui des habitants de la Perle de l'Orient. Finalement, vers midi, ils poussèrent les épaisses portes rouges du *siheyuan* de l'oncle de Lise que gardaient deux imposants lions en pierre et pénétrèrent dans la première cour. La majesté des lieux plut tout de suite à la jeune Française et à son compagnon. Aussi furent-ils surpris lorsqu'ils découvrirent en ouvrant les appartements toutes les affaires de la famille sens dessus dessous. Ils visitèrent les pièces les unes après les autres pour constater partout le même désordre, en particulier dans le bureau de Franck où tout sans exception avait été retourné. Sur le sol gisaient des tubes à essais garnis de terre dont la plupart étaient brisés. Intriguée, Lise attrapa deux des rares fioles intactes et lut les étiquettes : « Xi'an, 24 juin 2001 » ; « Shuangjiang, 12 février 2004 ». Elle se tourna vers Tchang.

— Je suppose que mon oncle a collecté ces échantillons sur les différents chantiers de fouilles qu'il a fréquentés.

— Je suppose, fit aussi le jeune Chinois, que cette maison a été visitée, pour ne pas dire saccagée, par des personnes indélicates. Cherchaient-ils quelque chose ou voulaient-ils juste intimider Franck ?

— Même la chambre d'enfant, tu as vu ?

— Oui, les peluches, les livres, les jeux… Il faut absolument prévenir ton oncle.

— Tout à l'heure ! Nous le ferons depuis un cybercafé, rétorqua Lise. Je ne sais pas si son ordinateur fonctionne encore et puis, de toute façon, cela ne serait pas prudent. En attendant, je te propose que nous rangions un peu histoire de disposer au moins d'un lit, d'une salle de bains, d'un bout de salon et d'une cuisine pour réchauffer les chaussons à la viande et les pains farcis que nous avons achetés.

— Tu as le moral, toi ! Ça a l'air de ne te faire ni chaud ni froid ?

— Détrompe-toi. Mais depuis la découverte du cadavre dans la Forêt de Pierre, plus grand-chose ne m'étonne…

Sous l'impulsion de la jeune femme, les deux amis se mirent immédiatement au travail.

Dans les Jardins du temple du ciel, un petit garçon jouait à cache-cache derrière l'alignement des troncs d'arbres. Son grand-père, un septuagénaire au pas incertain, l'accompagnait tant bien que mal, faisant semblant de le perdre puis de le retrouver. Un peu plus loin, deux vieillards en veste bleue Mao promenaient des oiseaux en cage à la recherche d'une branche où les accrocher. À côté, passaient Lise et Tchang, attentifs à tout ce qui les entouraient. Étaient-ils suivis ? Par des regards furtifs, ils essayèrent de s'assurer du contraire avant de se diriger vers un lieu d'où ils pourraient envoyer un message codé à Franck. Finalement, après avoir emprunté une sortie secondaire du parc, les deux amis marchèrent au hasard des rues. Depuis quelques années, les cybercafés s'étaient multipliés dans la capitale et quelques centaines de mètres seulement leur furent nécessaires pour repérer l'un de ces établissements dernier cri. Après avoir patienté un quart d'heure, ils s'attablèrent et composèrent plusieurs articles pour le blog sur la vie animale qui leur servait de moyen de communication avec l'archéologue. Entre un texte traitant de l'aigle de Mongolie utilisé pour la chasse par le peuple kazakh et un autre sur le panda rouge de l'Himalaya, ils glissèrent les phrases suivantes : « Le terrier du renard a été saccagé par un animal non identifié à ce jour. Du coup, l'hermine y dormira ce soir après la chasse. »

Peu de temps après, les deux amis sprintaient jusqu'à la place Tian'anmen où stationnait un bus prêt à s'envoler pour la rave party organisée à la section Jinshanling de la Grande Muraille dans le Hebei. À cause des embouteillages de la capitale, leur voyage dura quatre longues heures durant lesquelles le jeune couple eut tout le loisir de faire connaissance avec ses voisins, des Chinois bien sûr mais aussi de nombreux expatriés attirés par l'anachronisme de cette soirée. La nuit était tombée lorsqu'ils arrivèrent sur le site. Dans l'obscurité, ils faillirent plusieurs fois perdre l'équilibre sur les marches inégales leur permettant d'accéder à la scène. En haut, les chemins de ronde éclairés par des spots multicolores étaient dominés par un écran géant psychédélique amarré à une tour de garde. Une fantastique installation à la hauteur de l'événement ! Au rythme de haut-parleurs crachant de la musique techno, des jeunes de tout style se déhanchaient, les plus branchés étant assurément locaux. Mille à mille cinq cents personnes. Les étrangers, désireux d'immortaliser l'instant, faisaient crépiter les flashs de leurs appareils photo.

À la fois amusés et émerveillés, Lise et Tchang déambulaient dans cette foule bigarrée qu'ils observaient avec avidité. Ici, une jeune Chinoise vêtue de noir, ventre à l'air, tatouage près du nombril, lunettes de soleil sur les yeux et crinière brune, levait les bras au ciel. Là-bas, un Occidental en nage, chemise blanche négligée sur un jean trop large, s'agitait dans tous les sens, comme s'il était prisonnier d'un courant électrique. Au bout d'un moment, les deux amis ressentirent le besoin de s'éloigner du cœur de la fête pour profiter pleinement de la fraîcheur de la nuit et de la voûte étoilée. Un spectacle moins glorieux s'offrit alors à eux, celui de jeunes gens qui vomissaient ou urinaient sur les vieilles pierres, jetant ici et là papiers et bouteilles. Attristée, la jeune Française ne put s'empêcher d'insulter un compatriote que ses copains photographiaient en riant alors qu'il déféquait sur une partie obscure du chemin de ronde.

Désormais, Lise et Tchang n'avaient plus qu'une idée en tête : rentrer au bercail, au *siheyuan* de Franck, fût-il en désordre. Cependant le départ des bus n'était programmé que pour l'aube. Ils marchèrent alors plus loin et s'assirent dans un coin tranquille l'un contre l'autre. Ensemble, ils admirèrent le lever du jour sur les montagnes désertiques qu'occupait à elle seule l'imposante muraille qui serpentait sur les pics à l'infini. Ils rebroussèrent chemin, durent se boucher le nez à plusieurs reprises à cause des mauvaises odeurs et grimpèrent dans le bus où ils dormirent un peu.

Vers 11 heures du matin, tous les deux s'écroulèrent de fatigue sur le lit de la chambre à coucher de Franck.

40

Après leur nuit blanche sur la Grande Muraille, Lise et Tchang récupéraient. Ils dormaient profondément lorsque des coups sourds se firent entendre au loin. Apparemment quelqu'un tambourinait sur une porte du voisinage, pensa la jeune Française à demi plongée dans le sommeil. Ce bruit mêlé aux cris et autres sons divers produits dans les *hutong* ne l'étonna pas et elle se rendormit aussitôt. Son compagnon intégra lui aussi à son rêve les martèlements distants. Il ne bougea pas d'un pouce. Quelques minutes plus tard survint un piétinement d'abord éloigné, puis de plus en plus distinct. Les yeux toujours clos, la jeune femme se rapprocha de son ami et se blottit tendrement contre lui en pensant que Pékin était décidément une ville bien bruyante.

L'ouverture soudaine de la porte de leur chambre surprit les deux jeunes gens ainsi que l'irruption de plusieurs policiers lourdement armés qui encerclèrent promptement leur lit. Médusés, Tchang et Lise détaillèrent l'apparence de leurs assaillants, vêtements civils pour les uns et uniformes pour les autres. Au moins ne s'agissait-il pas de bandits, en conclurent-ils sans se concerter.

— Debout ! Habillez-vous ! Vous êtes en état d'arrestation, lança d'un air menaçant un type aux allures de chef.

— Qui êtes-vous ? demanda posément Tchang.

— Police judiciaire, capitaine Feng. Dépêchez-vous !

Le jeune Chinois traduisit l'injonction à sa compagne qui tenta de saisir un peignoir traînant au pied du lit. Suspicieux et nerveux, deux policiers se précipitèrent.

— Calmos, calmos ! Je ne vais pas sortir toute nue quand même, dit-elle en français.

Tchang expliqua à ses congénères que son amie désirait se couvrir. Ils rigolèrent grassement, mais la laissèrent faire.

— Capitaine, pour quelle raison venez-vous nous arrêter ? interrogea le jeune homme en s'habillant.

— Vous seul êtes concerné, monsieur. Nous questionnerons la Française plus tard, en présence d'un traducteur. Vous êtes accusé de détournement d'œuvres anciennes. Nous avons des preuves.

— Mais, c'est insensé ! Je ne connais rien à tout cela. Il s'agit certainement d'une méprise.

— Ne discutez pas et suivez-nous. Gardez vos justifications pour le poste.

— Permettez-moi au moins d'informer mon amie. Elle ne parle pas du tout chinois et s'interroge sur ce qui arrive. Où m'emmenez-vous ?

— À la police judiciaire. Je vous l'ai déjà dit. Vous avez deux secondes !

Tchang fournit rapidement quelques explications à Lise.

— Ça suffit maintenant, déclara le capitaine en le coupant et en lui enfilant les menottes. On y va !

Dans un éclair de lucidité, le jeune Chinois rappela *in extremis* à Lise le numéro de portable de sa mère. Encadré par deux solides policiers en uniforme, il disparut dans l'embrasure de la porte.

Encore sous le choc, Lise nota instinctivement les

informations dont elle disposait : le téléphone de Rose, le nom du capitaine, l'unité de police et le motif de la détention. Puis, toujours en peignoir, elle s'assit sur le lit. Cette histoire était ahurissante. Depuis son arrivée en Chine, tout ce qu'elle vivait était incroyable : l'enlèvement de son père, l'assassinat de Mme He Cong, l'attaque de Yangshuo, le suicide de Jiao, le code secret conçu par son oncle et maintenant l'arrestation de Tchang. Peut-être avait-elle imaginé tout cela ? Peut-être s'agissait-il d'un rêve et allait-elle se réveiller dans sa chambre à Villeneuve-d'Ascq, chez sa mère ? La jeune femme se pinça l'avant-bras gauche et la cuisse droite, puis contempla les traces rougeâtres. Sa main longea ensuite le meuble de bois clair sur lequel était posé le matelas jusqu'à atteindre un pied sculpté qui représentait une patte de fauve. Puis son regard se posa successivement sur les tables de chevet, les lampes, le fauteuil… Tout ce qui constituait cette chambre semblait bien réel et chinois. La porte entrebâillée de la salle de bains l'incita à prendre une douche froide pour s'en assurer.

L'eau glacée qui coulait sur son corps acheva de la persuader. Elle était bel et bien réveillée, se trouvait à Pékin dans le *siheyuan* de son oncle et… tout à coup, la jolie blonde réagit. Elle devait appeler Rose au plus vite. Elle avait déjà perdu beaucoup de temps. La police chinoise n'était pas réputée pour ses bonnes manières et Tchang risquait d'être maltraité. Un doute s'immisça aussi dans son esprit sur l'identité réelle des hommes qui avaient emmené son compagnon. Était-il possible que ces derniers se soient procuré de faux uniformes ?

Pendant une dizaine de minutes, Lise chercha partout un téléphone, ce qui s'avéra difficile à cause du bazar laissé par les personnes qui avaient fouillé la maison quelques jours plus tôt. Quant à celui de Tchang, il était éteint et elle n'en connaissait pas le code. Lorsque enfin elle parvint à trouver un poste, elle composa nerveusement le numéro de Rose. Elle tomba sur un répondeur et raccrocha immédiatement car elle craignit qu'un message n'affolât la mère de Tchang. À tout hasard, elle tenta sans attendre un deuxième appel. Rose répondit. Le plus sobrement possible, Lise lui exposa la situation. Aux intonations de son interlocutrice, la jeune Française sentit cette dernière très mal en point. Qu'il s'agisse de policiers parvenait à peine à la rassurer. Dans les milieux éclairés que Rose fréquentait, bavures et brutalités étaient souvent évoquées à leur encontre. Elle recommanda à Lise de ne surtout pas bouger.

Pour passer le temps, la jeune femme avait entrepris de ranger le *siheyuan*. Elle avait commencé par la chambre de sa cousine Mei dont elle avait disposé les peluches sur la couette colorée de son lit d'enfant et aligné les livres sur les rayons bleus de son étagère. Elle s'était ensuite attaquée au salon dont seul le coin sofa avait été dégagé. Par terre, elle avait ramassé des photos qu'elle avait soigneusement installées sur un guéridon : Jiao et Franck enlacés, un portrait de Mei et un cliché où Jiao tenait sa fille dans ses bras. Pour sa plus grande inquiétude, elle n'avait toujours pas de nouvelles de Rose. Elle s'était alors dirigée vers le bureau de Franck. Une demi-heure plus tard, elle s'y escrimait encore tant le désordre y était grand : des papiers, des disques compacts, des tubes à essai remplis de terre, quelques objets aussi, des cartes, des stylos, des pinceaux chinois et de l'encre bien sûr. Le tout chamboulé, saccagé parfois. Lise se fit la réflexion que les personnes à l'origine de ce chaos étaient très probablement les mêmes que celles qui avaient arrêté Tchang. En tout cas, ceux-ci n'avaient pas fait dans la dentelle. Cette pensée la fit frissonner.

Alors que le découragement gagnait la jeune femme, le téléphone sonna. Il s'agissait de Rose, qui avait éprouvé de grandes difficultés à joindre le capitaine

Feng. Pour arriver à ses fins, elle avait fait intervenir un membre éminent du Parti dont la femme adorait ses créations. Les policiers, expliqua Rose à Lise, avaient confondu Tchang avec Franck. Heureusement son coup de fil, et l'appui du haut fonctionnaire, avait permis de démêler l'imbroglio. Depuis son arrestation, son fils clamait son innocence et la tension avait fini par monter lors de son interrogatoire. Aux dires du capitaine, la violence des policiers s'était toutefois limitée à des injures. Ce dernier avait promis de libérer Tchang rapidement, mais il souhaitait encore lui poser quelques questions au sujet de Franck.

Après avoir raccroché, Lise s'assit sur le sofa et poussa un énorme soupir de soulagement. Les policiers étaient de vrais policiers. Tchang était sain et sauf et ne tarderait pas à rentrer. Dans ces conditions, mieux valait retourner à Shanghai rapidement, songea la jeune femme, que ces dernières émotions avaient bouleversée. Même rangé, le *siheyuan* lui donnait le cafard. Par la fenêtre, la jeune Française contempla le pommier d'api centenaire qui, malgré toute sa prestance, ne parvenait pas à la tranquilliser.

Tchang arriva une heure plus tard, les vêtements en désordre et la joue droite enflée, légèrement bleutée. Lise poussa un cri en le voyant, mais ce dernier se voulut rassurant.

— Rien de grave ! fit-il. Juste des égratignures. Maman est intervenue à temps.

— Tout de même, ce ne sont pas des méthodes, s'indigna Lise en effleurant la joue de son compagnon. En France, nous appelons cela une bavure.

— Nous ne sommes pas en France ici et je te jure que je m'en suis plutôt bien tiré. Franck est soupçonné d'avoir détourné des œuvres d'art pour les revendre à l'étranger. Le capitaine a notamment insisté sur un petit

325

dragon de jade datant de l'époque des Royaumes combattants.

— Mais c'est absurde ! Tu connais la probité de mon oncle. Jamais il ne ferait une chose pareille.

— Ton père est bien accusé de trafiquer de la drogue.

— Que veux-tu dire ? Mettrais-tu en doute l'honnêteté de ma famille ?

— Calme-toi, Lise. Pour la police, ton oncle est en fuite : c'est tout. Je crois surtout que des gens veulent le discréditer, une manière comme une autre de s'en débarrasser, non ?

— Je te prie de m'excuser, Tchang. Je suis à cran et tu dois être épuisé. Appelons tout de suite ta mère pour la rassurer. Je propose ensuite que nous prenions le premier train pour Shanghai. Nous n'aurions jamais dû mettre les pieds ici.

— N'exagérons rien, veux-tu ! Sans cet épisode, comment aurions-nous su qu'un mandat d'arrêt était lancé contre Franck ? Si tu veux qu'il ait une chance de retrouver ton père, nous devons d'ailleurs le prévenir au plus tôt. Je te propose le plan suivant. J'appelle ma mère, je prends une douche et nous allons manger quelque chose. Choisissons un restaurant avec deux issues, ce qui nous permettra de rejoindre un lieu où nous pourrons ajouter quelques articles à notre blog préféré.

— Quelque chose dans le genre : « Accusé d'avoir détruit un poulailler, le renard est poursuivi par les poulets, ceux-là mêmes qui ont visité son terrier dont les deux issues sont à présent gardées. N'est-ce pas le monde à l'envers ? Décontenancée, l'hermine va rejoindre l'herminière. »

Malgré la fatigue, les deux jeunes gens éclatèrent de rire.

Un peu plus tard, attablé dans une guinguette, Tchang traduisit un article du *Quotidien du peuple* à Lise. Le titre du papier était éloquent : « Interdisons les raves parties sur la Grande Muraille. » La fête y était qualifiée d'obscène par un journaliste indigné qui écrivait que le sexe, la drogue et le rock and roll s'étaient emparés du monument historique. Des photos convaincantes présentant des comportements indignes accompagnaient le texte. Sur la plupart d'entre elles apparaissaient des Occidentaux.

— J'ai honte, fit la jeune Française.

— Pourquoi ? Tu n'y es pour rien. Et puis, le quotidien n'a pas choisi ces photos par hasard. Les Blancs ont bon dos. Souviens-toi qu'hier soir, ils étaient loin d'être les seuls à mal se tenir.

— Hier soir ? J'ai l'impression que ça fait un siècle…

Tchang saisit doucement la main de sa compagne.

— Finissons notre repas, trouvons un cybercafé et rentrons vite à Shanghai, dit-il. Si nous prenons un train ce soir, nous serons demain matin à la maison.

À Hong Kong, la matinée était belle et le père Wautier déambulait gaiement dans la partie ancienne et pauvre d'Aberdeen. Sur le trottoir, devant les restaurants, les menus s'affichaient sous forme de bassines en plastique alignées où frétillait le produit de la pêche de ses amis tanka. Les Chinois, très à cheval sur la fraîcheur du poisson, exigeaient que ceux-ci leur soient présentés vivants. Un système de bulles délivrant de l'oxygène permettait aux restaurateurs de s'en assurer.

Dans une ruelle perpendiculaire, des magasins s'étaient spécialisés dans la réalisation de grandes maquettes à la structure en bambou recouverte de papiers fins colorés. Le jésuite s'attarda devant deux magnifiques réalisations : une automobile dont le volant était à droite et à l'intérieur de laquelle était collée une photocopie figurant un autoradio ; et, à côté, une maison sur deux niveaux au rez-de-chaussée garni de meubles traditionnels et au premier étage équipé de tout le confort moderne, d'un ventilateur et d'une télévision. Et dire que ces modèles réduits si réussis seraient brûlés à titre d'offrandes mortuaires à destination de défunts, afin que ces derniers ne manquent de rien ! Le prêtre sourit. Il aimait ce quartier authentique où les Occidentaux se faisaient rares. Les Blancs fréquentaient plutôt la rive opposée du port aux constructions récentes et aseptisées. Tandis qu'ici, l'octogénaire trouvait encore des odeurs à humer, des couleurs à contempler qui tranchaient sur le gris anthracite des immeubles délabrés.

Le père Wautier regarda sa montre : 10 heures. La rade baignait dans une lumière magnifique. En ce dimanche matin, l'activité y était des plus réduites. La vieille femme était pourtant là. Elle approcha sa barque et l'embarqua. Le jésuite lui demanda des nouvelles de sa famille. Depuis quelques semaines, son fils et sa belle-fille habitaient dans les logements sociaux de la ville, répondit-elle. Elle ne les voyait plus. Ici comme ailleurs, le tissu social se dégradait, songea le prêtre. Les jeunes n'avaient plus qu'une idée en tête, s'enrichir. Beaucoup d'entre eux délaissaient leurs parents. Pour l'instant, cette vieille Chinoise parvenait encore à travailler et à habiter sur son sampan. Mais plus tard ? Son fils la prendrait-il chez lui comme le veut la coutume ? Son appartement serait-il assez grand ? Sa belle-fille serait-elle d'accord ? Le père Wautier délivra à l'aïeule quelques paroles réconfortantes lorsqu'elle le débarqua sur l'autre rive. Cette histoire semblable à mille autres ne ternirait pas sa bonne humeur. D'un pas quasi juvénile, le vieillard continua son chemin, son regard malicieux dénichant par-ci par-là des détails signifiants.

Contrairement aux autres jours de la semaine, le trafic était calme. Pas d'embouteillage en vue. Encore quelques dizaines de mètres et le prêtre atteindrait l'arrêt de bus. Mais soudain une voiture surgit et s'arrêta à hauteur du vieil homme. Deux jeunes Chinois en sortirent, se jetèrent sur lui et l'emportèrent dans leur véhicule qui s'éloigna rapidement. La scène avait duré quelques secondes à peine.

Le lendemain, comme à son habitude, la vieille Chinoise devança le lever du soleil. Elle alluma une lanterne et, avec de l'eau douce stockée au fond de son sampan, fit sa toilette. Elle se sustenta chichement puis monta dans la barque amarrée au côté. Avant de défaire le nœud qui reliait les deux embarcations, elle écopa l'eau qui s'était glissée durant la nuit entre les planches en bois déformées de son antique outil de travail. Un de ces matins prochains, sa barque risquait de se trouver engloutie. La seule solution consistait à s'éveiller plus tôt, toujours plus tôt. Elle n'allait tout de même pas, à son âge, acheter un canot neuf en plastique avec moteur, de ceux sur lesquels se pavanaient les jeunes générations qui embarquaient les cols blancs, ces cadres pressés et stressés de la ville. De toute façon, elle n'en avait pas les moyens. Résignée, la vieille travaillait lentement mais sûrement à la manière de ces tortues centenaires pour qui le temps ne comptait plus. Le soleil se leva. Encore une belle journée en perspective. Lorsque la barque fut présentable, la femme défit le lien et se dirigea douce-ment vers la rive moderne du port. Deux jeunes filles, qui souhaitaient visiter des parents installés dans la rade, lui firent signe. L'aïeule, qui les connaissait, leur fit un brin de causette. Elle les débarqua sans s'attarder et partit à la recherche de nouveaux clients lorsque sou-dain, sa frêle embarcation cogna un obstacle dans l'eau. La vieille posa sa rame et s'avança. Elle se pencha sur les flots et distingua une masse sombre qui flottait. Un cadavre ! Ce n'était ni le premier ni le dernier qu'elle découvrait ainsi au petit matin, mais son âge avancé ne lui permettait plus de hisser seule ces fardeaux dans sa barque. Elle héla le pilote d'un canot voisin, un jeune homme vigoureux qui lui porta assistance et attrapa le corps en dessous des bras. Très vite, la vieille reconnut le visage de son passager de la veille, l'ami des Tanka, le père Wautier. Elle poussa un cri.

42

Lorsqu'il marchait dans les rues de Canton, Franck se sentait un peu chez lui. Au cours des voyages qu'il avait faits, dans les grandes capitales du monde entier, sans oublier Paris, il avait toujours été attiré par les quartiers chinois. Sous toutes les latitudes, avait-il pu noter, ces quartiers étaient façonnés à l'image de la ville de Canton. Leurs habitants étaient en effet pour la plupart des migrants qui avaient essaimé depuis cette ville. La cuisine cantonaise, le dialecte cantonais, tout cela paraissait à Franck si familier. Si bien que, dans le saint des saints de cette culture, à Canton même, il était moins dépaysé que dans n'importe quelle autre ville du globe.

Ce matin-là, il avait cependant quitté le quartier traditionnel des temples pour effectuer un pèlerinage très symbolique dans la grande église catholique de Notre-Dame-de-Lourdes. Non pas qu'il fût particulièrement pratiquant. Mais il savait que ce lieu de culte avait récemment été restauré, ses jardins réaménagés, et qu'on y trouvait dans les premières heures de la journée un calme salvateur. L'environnement de Notre-Dame-de-Lourdes avait aussi changé. Ceux qu'on appelait dans les Écritures les « marchands du temple » s'étaient installés alentour, à bonne distance toutefois. Le commerce de statuettes et d'images pieuses y était florissant, dans un mélange œcuménique cependant, car la Vierge Marie voisinait avec Bouddha. Quelques cafés aussi avaient ouvert dans les environs, dont un cybercafé que Franck avait élu comme lieu de sa reprise de contact avec Lise, alias l'hermine.

Avant de se rendre dans ce nouveau quartier, Franck longea le grand boulevard de Canton. Les noms des rues et des commerces étaient indiqués en cantonais et en français. L'archéologue eut un soupir de soulagement en lisant les inscriptions. Pour la première fois depuis qu'il vivait dans ce pays, lui qui avait mis tant d'application et de volonté à couper ses liens avec la France éprouva un réel plaisir à pouvoir lire sa langue maternelle ! Il devait être déstabilisé par les événements récents pour chercher du réconfort à l'ombre d'une église française à Canton !

Il pénétra dans la chapelle et fit un signe de croix machinal. Sa présence en ces lieux lui rappela des souvenirs d'enfance, lorsque sa mère l'incitait à accompagner des handicapés dans la cité miraculeuse de Lourdes. À cette époque, le jeune garçon qu'il était prenait sa tâche très au sérieux. Il n'hésitait pas à sacrifier à toutes les demandes des malades, avec une abnégation qu'il voulait comparable à celle des saints dont il avait lu la vie dans des albums illustrés donnés à la catéchèse. Faire chaque jour une bonne action, Franck avait grandi dans cette culture quotidienne qui pousse au sacrifice et à une forme de transcendance dès le plus jeune âge.

Plus tard cependant, l'adolescent – en pleine rébellion contre les ordres raides du patriarche – s'était affranchi du décorum et des obligations de la foi. C'est pourquoi aujourd'hui, dans cette église de Notre-Dame-de-Lourdes, Franck se sentait à la fois chez lui et un peu étranger. Très certainement les malheurs qui l'avaient frappé depuis plusieurs semaines l'avaient-ils rapproché d'un besoin de foi, tout au moins lui avaient-ils fourni l'envie de se raccrocher à quelque chose. Son maître de tai-chi l'avait aidé à reprendre confiance en lui tout en recouvrant peu à peu son énergie vitale. La présence d'un clocher, de vitraux, de statues du Christ et de la Vierge eurent pour effet d'apaiser son esprit. Son regard mit quelques secondes à s'habituer à l'obscurité. Sur la droite, derrière un pilier, brûlait un buisson de longs cierges dont la cire s'égouttait sur les socles de laiton. Des actions de grâces étaient écrites dans toutes les langues du monde, signe que ce lieu avait atteint sa vocation universelle. Franck approcha et saisit plusieurs bougies couchées dans un panier de jonc. Il en alluma une pour Jiao et une pour son frère Patrick. Il hésita puis en saisit une autre pour son père, une pour sa petite fille et une pour Lise. Enfin il attrapa deux autres cierges. L'un en souvenir de sa mère. L'autre pour lui. « Charité bien ordonnée commence par soi-même », songea-t-il en se souriant à lui-même dans le reflet d'un miroir.

Plusieurs personnes avaient pris place dans les travées. Certaines restaient debout et se contentaient d'observer les lieux, les mains croisées derrière le dos ou en avant, dans un silence recueilli. Il régnait cette atmosphère propre à toutes les églises du monde, faite de bruits minuscules amplifiés par l'acoustique, le craquement du bois d'un prie-Dieu ou d'un banc, le murmure d'une personne, le crissement des semelles de souliers, le tout dans l'immobilité bienveillante des saints représentés, des statues et des fresques.

Franck s'approcha du chœur et s'assit sur un banc de côté. Une vieille Chinoise priait en disant son chapelet. Il n'était pas rare, à Canton, de voir des Chinois fréquenter les églises puis se rendre au temple, comme s'ils avaient l'âme assez grande pour pratiquer toutes les religions de leur cœur. À son tour, l'archéologue se mit à prier. Ce n'était pas une prière classique, en bonne et due forme, de ces prières apprises dans l'enfance et que l'on récite toute sa vie dans une mécanique plus ou moins consciente. Il se lança, tel un enfant rebelle venu dans la maison de son père lui dire son désarroi et son inquiétude. Désarroi en pensant aux morts. Inquiétude concernant ceux qui vivaient encore. S'il n'était pas dupe de cette démarche, elle eut pour effet de lui faire momentanément du bien, et c'était cela l'essentiel.

Quand il sortit dans la lumière, le soleil marquait près de 10 heures. Le jeune homme fut accueilli par un concert d'oiseaux multicolores qui semblaient accompagner en s'égosillant les coups de cloche de l'église. Il goûta ce spectacle avec ravissement. Il choisit un endroit discret et se livra à quelques exercices de tai-chi. Puis, adressant un dernier regard à Notre-Dame-de-Lourdes, se mit en marche vers le cybercafé.

Sur place, il se fit servir un thé brûlant qu'il accompagna d'une mangue coupée en dés : cette matinée lui avait ouvert l'appétit. Quelques minutes plus tard, il surfait sur le Net, confortablement installé derrière un ordinateur situé au fond de la salle, à l'abri des regards indiscrets. Régulièrement, il détachait les yeux de l'écran pour s'assurer que nul individu suspect ne surveillait ses faits et gestes. Ces contrôles systématiques lui étaient pesants, mais il disposait d'un fort instinct de survie qui l'incitait à présent à redoubler de précaution.

Franck commença sa séance en se connectant à différents sites d'informations générales. Rien, dans la marche du monde, n'attira son attention. Comme il se devait, les sites étaient expurgés des nouvelles qui fâchent. Il savait qu'il ne trouverait ici aucune révélation sur les manifestations ouvrières et paysannes qui pourtant troublaient des régions entières du pays. Il savait aussi qu'il n'avait rien à attendre sur les plus récents accords industriels entre la Chine et l'Occident, cette dimension stratégique étant le domaine réservé du Parti communiste au pouvoir, seul juge de ce que le peuple doit ou ne doit pas savoir. Près de vingt ans après la chute du mur de Berlin, le communisme restait ici couleur de muraille, on ne le voyait nulle part, il était partout, insurmontable, insondable. Ce qui le rendait terriblement inquiétant. Franck pouvait en témoigner, même si, depuis le début de cette affaire, il n'avait eu de contact direct ou explicite avec aucun de ses membres.

Visiblement, sa nièce avait accompli des progrès considérables dans la connaissance du bestiaire chinois. Très certainement avec l'appui éclairé de Tchang, la jeune femme avait alimenté de manière très vivante et drôle un blog haut en couleur où il était question de tortues, de chiens, de serpents, de poissons rouges ou de putois, mais aussi de tigres et d'ours rayés. Aspirant son thé par petites gorgées, Franck fit une première lecture cursive des textes, puis les reprit un à un pour traquer les informations qui pouvaient se cacher derrière d'anodines notations sur des bestioles presque aussi anodines. C'est ainsi qu'au détour d'une phrase, il découvrit qu'un renard avait récemment été soupçonné par la police d'avoir volé des œuvres anciennes. Et qu'il était poursuivi pour ce délit. Une notation amusée soulignait que d'habitude, les goupils étaient connus pour croquer les poules et autres volatiles de basse-cour. Lise ajoutait qu'en ces temps de grippe aviaire, il était réconfortant de constater que des renards pouvaient prendre goût à l'histoire. Mais la menace n'en était pas moins précise et directe : Franck était bel et bien recherché pour vol d'objets anciens. Il avait bien eu raison de filer à Canton. Et de se méfier de tout mouvement suspect autour de lui. Il décida de redoubler de prudence et comme dans les grands films d'espionnage américains qu'il dévorait dans sa jeunesse, il prit la résolution de ne plus dormir deux nuits au même endroit. Il songea aussi à faire de fausses réservations par téléphone, en faisant bien répéter le lieu où il entendait descendre, dans l'hypothèse non farfelue que de grandes oreilles aient écouté le « long nez » qu'il était.

Plus loin sur le blog animalier, entre deux considérations sur la symbolique des poissons rouges chinois, Franck lut qu'un institut de recherche essayait de réaliser un croisement entre un chapon et un renard en Chine. L'archéologue relut attentivement cette phrase pour déchiffrer ce qui se dissimulait derrière ses apparences saugrenues. Il comprit que le directeur informatique de Deroubaix Fils, Christophe Leclerc, avait été envoyé à sa rencontre. Pour lui remettre quelle information, quel message ? Il n'en saurait pas davantage. L'ambiance était bon enfant dans ce café cantonais. Franck regarda les visages autour de lui et reprit son travail, rassuré. Il aimait se fondre dans cette foule anonyme qui ne pouvait soupçonner dans quel jeu dangereux il était engagé, sous couvert de s'instruire sur les animaux du pays. Si Leclerc veut me voir, il faut que je parvienne à lui fixer un rendez-vous, songea-t-il, réfléchissant à la meilleure manière de lui faire passer une consigne claire. C'est ainsi qu'il ajouta un commentaire au blog de sa nièce. Pas mal d'internautes réagissaient, avec humour ou inquiétude, sur l'épizootie de grippe aviaire. De jeunes Chinois adeptes du Net s'inquiétaient des oiseaux chanteurs de leurs parents ou de leurs grands-parents. Fallait-il les confiner dans les maisons et ne plus suspendre leurs cages un peu partout, au hasard des promenades de leurs maîtres ? Franck eut un sourire puis se remit à la tâche. Dans un message codé à souhait, signé non sans un zeste d'humour « chantducygne », il suggéra que le croisement entre le chapon et le renard pourrait s'effectuer dans les meilleures conditions au zoo de Canton. Une date fut proposée : le lendemain à midi, près des aquariums (l'archéologue avait évité de fixer le rendez-vous près de l'enclos dit des « dragons lovés », ayant appris à se tenir à distance de tout ce qui pouvait ressembler de près ou de loin à des dragons). Il parcourut une dernière fois le blog, vérifiant qu'il n'avait laissé échapper aucune autre donnée cachée. Puis, histoire de donner le change, il se programma un jeu vidéo moyenâgeux plein de chevaux, de hallebardes et de poix brûlante...

43

Que savait-il de la Chine ? Quand il était parvenu la veille au soir à Canton, après une étape à Shanghai, Christophe Leclerc avait eu la sensation d'en connaître assez pour accomplir sa mission. Il avait ingurgité ces derniers jours les centaines d'informations accumulées par le patriarche. Lui-même s'était documenté sur quelques sites touristiques ou diplomatiques donnant au futur visiteur une idée de ce qui l'attendait. Mais le directeur informatique de Deroubaix Fils n'avait pas pris la mesure de la démesure chinoise. Ce qui manquait à son savoir livresque ou puisé sur des sites épars, c'était l'expérience. Et comme tout Occidental, *a fortiori* comme tout Européen peu habitué aux vastes horizons, Leclerc fit aussitôt connaissance avec l'énergie vitale de la Chine, avec la puissance de cette foule, de ces avenues immenses, de ces immeubles rivés au ciel. Tout était grand, très grand. Il venait de changer de dimension. Si les Chinois étaient de taille variable – mais moins petits et uniformes qu'il ne l'avait cru –, ils évoluaient dans un univers où il était facile de perdre ses repères.

À Canton, une fois convaincu que c'est dans cette vieille cité en pleine ébullition qu'il retrouverait Franck, il céda à sa curiosité de voguer sur la rivière des Perles. Il embarqua un matin pour une croisière d'une heure et demie qui le mena assez loin sur la rive sud. Ses yeux n'étaient pas assez grands, son regard ne portait jamais assez loin pour embrasser toute cette réalité humaine et végétale qui s'offrait à lui. Il songea à tenir un carnet de bord, de manière à ne pas oublier ses impressions, pour le temps, encore lointain, où il serait en mesure de raconter ce qui lui était arrivé. Il lui avait fallu surmonter son appréhension des voyages, sa peur des avions, et renoncer provisoirement à son goût pour la vie tranquille dans le Nord. C'était une question de devoir, son père n'avait pas hésité à le lui rappeler, attisé en sous-main par ce diable de Guy Deroubaix. Leclerc s'était finalement laissé fléchir, et il se retrouvait désormais en mission secrète. Tel un véritable agent des services secrets, il était chargé d'alimenter un autre agent en informations confidentielles.

Suivant à la lettre les recommandations du patriarche, le jeune directeur du service informatique avait cousu dans une doublure de sa veste la clé USB au contenu forcé par son ami Lenoos. Il ne s'en séparait jamais. La consigne était de la remettre en main propre à Franck, en lui donnant verbalement les bribes d'éléments indispensables pour tenter d'aller plus loin. Leclerc résista à la tentation qui consistait à se méfier de tout le monde alentour. Ainsi sur le bateau, lorsqu'un couple d'étrangers – peut-être des Américains – lui demanda dans un méchant anglais s'il acceptait de les prendre en photo, il n'hésita qu'une seconde. Déjà il s'était emparé de l'appareil numérique tendu par la femme sans imaginer qu'il pouvait s'agir d'un piège. Il prit le cliché du mieux qu'il put et rendit l'appareil dans la foulée, sans avoir eu conscience de commettre la moindre imprudence. Si le patriarche l'avait vu ! Mais tant mieux pour lui, Guy Deroubaix en était réduit à imaginer ce qui pouvait bien se passer en Chine, n'ayant reçu qu'une seule fois des nouvelles de son employé, après son arrivée. Toujours sur le bateau, il fit la connaissance d'un jeune Français qui effectuait un reportage photographique pour le magazine *Grands Reportages*. Celui-ci lui conseilla d'aller faire un tour sur le marché de Canton, le grand marché dit « de la paix lumineuse ». « C'est le ventre de la ville et peut-être même de toute la Chine », lui avait lancé le reporter. Comme le marché se trouvait non loin de son lieu de rendez-vous avec Franck, qui avait été fixé dans une aile du zoo, l'informaticien se mit en tête d'accomplir cette visite sitôt rentré à terre.

Il ne fut pas déçu de cette expédition, même si elle lui causa à plusieurs reprises quelques sérieux haut-le-cœur. Lorsqu'il se présenta devant les sept grandes allées couvertes, il avait encore une bonne heure à tuer avant de rejoindre Franck. Au début, tout lui paraissait exotique, les chapeaux et les robes des femmes, les rides accusées des vieux assoupis sous leurs chapeaux en paille de riz, les barbecues fumant de part et d'autre, dans la perspective du repas de midi. Mais le plus fascinant, il s'en rendit compte très vite, venait moins des gens que des animaux offerts vivants à la vente, installés dans des cages de métal basses et grillagées. Quelle ne fut pas en effet la surprise de Leclerc de découvrir çà et là des serpents, des singes, des hiboux et même des fourmiliers. Certains avaient été déchiquetés et gisaient les entrailles à l'air. D'autres avaient été soigneusement découpés morceau par morceau. Dans les années précédentes, on trouvait encore des chiens et des chats et leurs organes ainsi présentés. La police avait fini par interdire ces pratiques extrêmes, mais toutes n'avaient pas disparu. Pendant qu'il découvrait cette étrange cour des miracles, les commerçants restaient tranquillement assis derrière leurs étals, bénéficiant comme par magie d'une installation leur permettant de suivre des émissions de télévision câblées. Ce mélange intime de pratiques ancestrales et de modernité saisit Leclerc au plus haut point. Évidemment, le léger creux qu'il ressentait à l'estomac en arrivant s'était comblé par ces visions édifiantes. Au point qu'il s'abstint même de s'asseoir à une table pour déguster une simple soupe de légumes.

Poursuivant sa visite, il s'attarda un moment devant les grands étalages d'épices et de plantes médicinales, de champignons et d'herbes diverses. Mais là encore, il tourna les talons quand, au milieu de végétaux anodins, il tomba sur des organes d'animaux séchés dont il préféra ne pas connaître la nature exacte. Décidément, il existait ici des mœurs qui contrariaient profondément sa nature, et il avait hâte d'en avoir terminé avec sa mission. Il consulta sa montre. Il était temps de rejoindre le zoo de Canton.

Chemin faisant, il se jura de ne plus se mêler à l'avenir des affaires des autres, les autres fussent-ils ses patrons, en l'occurrence Guy Deroubaix. Qu'il y aille lui-même faire ses commissions ! enrageait Leclerc en silence, trouvant les mots pour dire tout ce qu'il n'avait pas dit sur le moment, quand il était encore temps de ne pas partir. Mais maintenant qu'il était là, si près du but, il n'était pas question de rentrer bredouille ni de se défiler. Après tout, le reste devrait se révéler un jeu d'enfant, à condition que Franck fût ponctuel, et que personne ne l'ait suivi. Le lieu de rendez-vous se trouvait près des grands aquariums à poissons rouges, sur une petite place escarpée semée d'étroites baraques en bois où l'on pouvait prendre du repos et s'abriter les jours de pluie. Après les visions dantesques du marché, l'approche du zoo fut pour Leclerc un moment beaucoup moins éprouvant.

À l'heure dite, l'informaticien se trouva face à face avec une armée de poissons rouges qui, dans ce pays, symbolisaient la paix, la prospérité et aussi la santé. Ils avaient trouvé un essor particulier pendant la dynastie des Ming, de 1368 à 1644, époque où ils avaient été exportés vers le Japon puis vers l'Europe avant d'atteindre l'Amérique au XIXᵉ siècle. Franck avait-il choisi cet emplacement à dessein, comme une pensée autoréalisante ? Leclerc n'imaginait pas qu'il pût exister autant de sortes de poissons rouges dont certains étaient semblables à de magnifiques fleurs, pris dans un écheveau de fines nageoires qui les entouraient comme des voiles de danseuse. De nombreux enfants s'étaient tassés contre les vitres des aquariums pour voir évoluer ces artistes de la grâce qui, depuis si longtemps, appartenaient au patrimoine culturel de la Chine. Leclerc scruta les environs, mais ne vit nulle part la silhouette de Franck. Ce n'était pas l'habitude d'un Deroubaix d'être en retard. Aussi commença-t-il à s'inquiéter. Que ferait-il si l'archéologue ne venait pas à ce rendez-vous ? Un étranger était-il en train d'observer Leclerc à son insu ? Il n'eut pas le temps de trop s'inquiéter. Soudain, derrière un saule, il vit un jeune homme lui adresser un signe discret avant de partir s'abriter dans une cabane en bois, légèrement à l'écart de la foule des curieux amateurs de poissons rouges.

— Bienvenue ! fit Franck en serrant vigoureusement la main de Leclerc.

— Merci, Franck, content de te voir.

Leclerc lut beaucoup de choses sur le visage de l'archéologue. Manifestement, il était passé par bien des épreuves et son air d'ordinaire insouciant et léger s'était profondément accusé. Quelque chose avait aussi changé dans son regard, dans cette manière qu'il avait maintenant, en même temps qu'il parlait, de jeter des regards circulaires, comme un homme traqué.

— Ne perdons pas de temps, commença Franck. Quel est le but de ce rendez-vous ?

— Te remettre des signaux informatiques émis par

une jeune espionne chinoise qui a travaillé quelques jours chez nous à Lille.

— Bon, tu as ça où ?

— Ici, fit Leclerc fièrement, en tapotant l'intérieur de sa veste dont il tira un fil.

Une fente apparut dans le tissu. Mais l'informaticien blêmit. Il avait beau plonger sa main dans la cavité, il ne sentit rien au bout de ses doigts.

— Bon sang ! fit-il, je n'ai pas parcouru tous ces kilomètres pour…

Franck l'observait sans perdre son calme. Il avait appris à ménager ses émotions.

— Ouf, fit Leclerc, la clé avait glissé dans la doublure, voilà !

Il tendit la fameuse clé USB au fils Deroubaix et lui livra quelques explications, les plus précises possible, quant à son contenu.

— Il reste à détecter le destinataire final, précisa l'informaticien. Avec nos outils en France, nous n'avons pas réussi à ouvrir cette dernière porte. Le système tourne en rond et nous ramène à notre point de départ, comme s'il était volontairement enlisé.

— Je vois, fit Franck en remuant la tête. Autre chose ?

— Oui. Tu trouveras aussi sur la clé un petit programme. Si tu découvres l'ordinateur destinataire, installe-le sur celui-ci. Un fichier PDF décrit la procédure, difficilement réalisable à distance. Disons surtout qu'elle comporte un risque d'être repérée. Le mieux serait que tu te rendes sur place et que tu implantes toi-même le programme sans prendre de risques inconsidérés, bien sûr. Ton père a bien insisté sur ce point.

— Rien que ça ! s'exclama l'archéologue en émettant un sifflement discret.

— Ces quelques lignes de codes permettront le cas échéant d'apporter la preuve des actes d'espionnage.

— Je vois que vous avez pensé à tout…

— J'espère. Autrement, j'ai appris que tu étais recherché pour vol d'antiquités.

— Oui, ils sont assez inventifs, nos amis chinois. Et comment aurais-je fait pour emporter des œuvres du patrimoine national ? Mais, suis-je bête, ils ne s'arrêtent pas à ces détails !

— À qui penses-tu, en disant « ils » ?

— Sans doute aux mêmes qui s'intéressent aux fibres techniques. Au bout de ces fils, il y a forcément un nœud très serré. Un nœud qui étouffe peut-être mon frère.

Il y eut un silence.

— As-tu des nouvelles de ma fille ? s'enquit alors Franck.

— Je crois qu'elle se porte comme un charme. Ton père revit avec elle, et j'ai cru comprendre que Virginia lui passait tout, même si la guerre bat son plein entre le Portugal et la Chine !

L'archéologue ne put réprimer un sourire.

— Très bien. Mission accomplie, Christophe, bravo et merci. Maintenant rentre dès que tu peux. J'ai ma petite idée sur la manière de faire parler ce petit morceau de métal.

— Je te souhaite plus de succès qu'à nous.

— Oui, admit Franck, il serait temps d'en avoir. Pars le premier et sois prudent, j'attendrai ici une petite demi-heure. Pense à me dire que tout va bien par un message codé sur le forum animalier.

— Je n'oublierai pas.

Ils se donnèrent une vigoureuse poignée de main et, comme par une illusion d'optique, marchant entre les aquariums géants, Leclerc donna l'impression de voler parmi les poissons rouges.

44

Le père Wautier avait été d'une précision diabolique, si pareil terme était approprié pour qualifier un homme dont l'existence spirituelle avait entièrement été dévolue à Dieu, et qui avait employé sa vie terrestre à ramener dans le bon chemin les brebis égarées. « Vous irez à Meixian, dans le Gangdong, avait dit le religieux à Franck. Demandez Kok-Can et, surtout, n'oubliez pas le mot de passe convenu : "Bambou fragile ne rompt pas". Vous aurez face à vous le bon interlocuteur pour vous aider à dénouer un nœud supplémentaire de l'écheveau. »

Depuis son installation en Chine, Franck avait souvent pensé conduire des fouilles archéologiques chez les Hakka du Nord-Est. Depuis toujours, cette ethnie particulière, chassée de chez elle par les invasions ancestrales aux confins de la Mongolie et de la Chine, avait migré dans le monde entier. Partie intégrante du peuple chinois et de son ethnie dominante, les Han, les Hakka n'en avaient pas moins leurs propres coutumes, leur dialecte et leur architecture. Ainsi, typique de l'habitat hakka, les *tu lou*, ces maisons de terre construites en cercle fermé autour d'une grande cour, de forme ronde elle aussi. Des maisons aux toits de tuiles qui se déclinaient en dizaines d'alvéoles compactes et bien protégées à l'abri d'un mur d'enceinte.

Franck avait souvent marqué sa fascination pour ces lieux traditionnels dont le contour circulaire était tout d'harmonie et répondait à un souci esthétique en même temps qu'à une préoccupation d'efficacité. Se sachant surveillé à son insu, peut-être poursuivi, en tout cas à la merci d'anonymes espions dont il ne connaissait ni le visage ni l'identité, l'archéologue emprunta des routes peu orthodoxes pour rejoindre la région indiquée par son ami le père Wautier. Il usa de nombreux autobus et de trains, toujours sur des lignes et des circuits secondaires, veillant à brouiller les pistes aussi souvent que possible sans perdre de vue sa destination finale.

Un après-midi, il arriva enfin à Meixian et se fit indiquer le plus grand *tu lou* du centre. Il apprit auprès d'un vieil habitant de la ville qu'il s'agissait du *tu lou* des cinq Phénix qui, en réalité, figuraient le centre de l'univers et les quatre points cardinaux. Cette construction devait dater à vue de nez d'au moins cinq cents ans. L'extérieur ressemblait à une espèce de Colisée qui n'aurait pas connu la ruine. Le mur d'enceinte, qui s'élevait sur trois étages, était percé de minuscules ouvertures. Ces fenêtres, qui ne permettaient pas à un homme d'y passer plus que la tête, avaient tout l'air de meurtrières. Une seule porte, solidement blindée, était fichée dans le mur. Le système de protection paraissait ingénieux. Franck comprit pourquoi les agresseurs étrangers avaient toujours évité de prendre d'assaut les hakkas.

Le jeune Français fit tinter la cloche réservée aux visiteurs et attendit. Au bout de quelques secondes, une petite glissière coulissa au sommet de la porte d'entrée. Apparut le visage couleur brique d'un homme d'une cinquantaine d'années, sans doute le gardien. Franck le salua poliment et demanda Kok-Can. L'homme l'examina à travers l'ouverture, puis un lourd bruit de chaîne et de crochet se fit entendre. Le gardien fit pivoter très doucement la lourde porte et en un rien de temps, l'archéologue se glissa à l'intérieur du *tu lou* des cinq Phénix. Le spectacle était époustouflant. La cour toute ronde baignée de soleil ressemblait à une grande soucoupe volante. Les cailloux blancs dont le sol était tapissé brillaient dans la lumière intense de cet après-midi. De ce côté, les fenêtres des dizaines d'appartements creusés dans la muraille étaient beaucoup plus grandes. Une sensation d'espace se dégageait, de calme et de fraîcheur sous les toits de tuiles. À vue d'œil, Franck estima qu'une centaine de familles pouvaient vivre ici. Il fut surpris de voir des antennes paraboliques et des appareils hi-fi, comme si ces murs hors d'âge n'avaient pu accueillir la technologie moderne. Compte tenu des motifs de sa visite, ce constat le rassura. Les pièces du rez-de-chaussée servaient manifestement de cuisine et de salle à manger. Au premier étage, on stockait le grain, les aliments, l'huile, les herbes séchées. Des poules et des canards évoluaient un peu partout. Manifestement, les consignes de confinement contre la grippe aviaire n'étaient pas arrivées de ce côté-ci du mur des Hakka ! Au deuxième étage étaient installées les chambres.

Le gardien marchait à petits pas, comme s'il avait deviné que le secret pour vivre longtemps était de s'économiser dans les gestes les plus ordinaires de la vie quotidienne. Ils suivirent un escalier de bois et montèrent au deuxième étage. Parvenu devant une porte sculptée, l'homme frappa trois coups secs et reprit l'escalier dans l'autre sens, sans un mot d'explication. Franck attendit dans la demi-pénombre. Il entendit des bruits de pas de l'autre côté, des voix assourdies, puis plus rien. Il fut tenté de refrapper à la manière du gardien, mais ce ne fut pas la peine : la porte s'ouvrit. Un Chinois d'assez grande taille se tenait dans l'encadrement, aussi silencieux que le gardien. « Kok-Can ? » demanda Franck.

L'homme acquiesça du regard. « Bambou fragile ne rompt pas », poursuivit l'archéologue. Son hôte le fit pénétrer dans une petite pièce sans fenêtre, seulement éclairée par les flammes odorantes d'une lampe à huile.

— Je suis Kok-Can. On m'a parlé de vous. Expliquez-moi ce qui vous amène.

Franck résuma la situation et son interlocuteur, au bout de quelques instants, l'interrompit en plissant les yeux.

— Je comprends mieux pourquoi vous êtes ici. Mais je vais vous mener vers celui qui peut vraiment vous aider : suivez-moi.

— Est-ce loin ? s'inquiéta Franck.

— C'est ici, répondit Kok-Can.

Après un nouveau périple à l'intérieur du *tu lou*, Franck découvrit le visage souriant d'un gamin d'une vingtaine d'années aux cheveux ébouriffés, l'œil brillant de qui est toujours sur le point d'accomplir une bonne blague. Franck se demanda si le père Wautier et ce jeune énergumène avaient pu un jour croiser leurs chemins, mais là n'était pas l'important.

Kok-Can s'effaça après un bref échange avec le jeune Chinois. Celui-ci fit pénétrer l'archéologue dans son antre. Là où Franck s'attendait à découvrir un espace clos et réduit, il eut la stupeur de découvrir un immense appartement d'environ trois cents mètres carrés répartis sur plusieurs niveaux. Des arbres poussaient jusque sous le plafond voûté, des citronniers et des mandariniers. Si de minuscules ouvertures donnaient sur la ville, de larges baies vitrées s'ouvraient en revanche sur la cour centrale intérieure, laissant entrer une de ces lumières obliques qui peuvent faire croire à la présence chaleureuse et intense d'un être divin.

— Je suis Ning Fah, fit le jeune homme.

Sans perdre de temps, il fit asseoir son visiteur dans

un fauteuil et Franck découvrit une batterie de micro-ordinateurs et toute une ribambelle d'objets *software* tous plus modernes les uns que les autres. Ning Fah ressemblait à un étudiant attardé qui n'aurait pas déparé sur les campus de l'Ouest américain, avec sa démarche nonchalante, sa longue mèche de cheveux qu'il ramenait régulièrement en arrière et ses lunettes rondes cerclées de métal – aussi rondes que le *tu lou* des cinq Phénix. Franck lui livra sa clé USB et expliqua l'affaire. Le père Wautier lui avait garanti la discrétion la plus absolue. S'il s'était trouvé en sa présence, Christophe Leclerc aurait sans nul doute vu dans Ning Fah le double chinois de son ami Lenoos.

Ning Fah se saisit de la clé et prit place derrière un ordinateur de format très réduit. Un certain nombre de données s'affichèrent sur l'écran lumineux, tandis que le jeune prodige tapait à grande vitesse sur le clavier. Très vite, il réussit à forcer le bouclier de protection qui avait jusqu'ici mené les précédents explorateurs – Leclerc et Lenoos – vers des impasses. Un large sourire apparut sur son visage, signe de sa fructueuse recherche.

— Monsieur, déclara Ning Fah, ma jeune compatriote s'est bien adressée à un site chinois dont je peux vous donner la localisation.

— Je vous en prie, répondit Franck avec un mélange de grande curiosité et d'inquiétude.

Le Chinois tapota encore sur son clavier et le son d'une imprimante se mettant en route se fit entendre près de lui.

— Voilà, reprit Ning Fah. Il s'agit de l'adresse e-mail du centre spatial de Jiuquan.

— Un centre spatial ?

Franck fronça les sourcils. Cette révélation le plongea dans un abîme de perplexité. Que venait faire un centre spatial dans cette affaire ?

— Vous êtes bien sûr ? demanda-t-il au jeune informaticien.

— Absolument certain, voici les empreintes.

Et Ning Fah montra de quelle manière le réseau de connexions cachées menait au site du centre spatial de Jiuquan.

— Savez-vous où se trouve ce centre ? interrogea-t-il encore.

— Dans le sud du grand désert de Gobi, dans la province de Gansu.

— Je vois, fit Franck en hochant la tête.

— C'est un centre très fameux et encore en pleine activité, continua le jeune homme tout en recherchant sur le Net quelques informations supplémentaires.

Lorsque l'écran fut sur le site de Jiuquan, Ning Fah laissa sa place à Franck. En effet, ce centre spatial était une des perles de la conquête du ciel. Il avait abrité les installations de mise sur orbite du premier satellite artificiel chinois au début des années 1970. Et c'est en cet endroit précis que la première mission spatiale chinoise habitée s'était envolée, le 15 octobre 2003. D'après les informations, à l'évidence très sélectionnées, disponibles sur le site officiel, il s'agissait d'un site immense réparti sur trois aires principales couvrant dans leur ensemble la bagatelle de deux mille huit cents kilomètres carrés ! Depuis un demi-siècle, les missiles balistiques comme les fusées chinoises y avaient leur principal pas de tir.

Franck prit avidement connaissance de ces informations. Il ressentit le besoin de se mettre rapidement en contact avec son père afin de lui donner le résultat de sa recherche. Il demanda à Ning Fah s'il pouvait consulter Internet. Le jeune homme ne fit aucune difficulté, et c'est ainsi qu'en langage codé mettant aux prises un renard avec une fusée, l'archéologue réussit à transmettre l'essentiel de ce qu'il venait d'apprendre sur le blog animalier de Lise. Ning Fah avait disparu. Tout à sa transmission, Franck ne s'en aperçut pas aussitôt. Quand il en prit conscience, il eut comme un mauvais pressentiment. Et si le jeune prodige était, comme on en voit dans certains films, une sorte d'agent double ne refusant rien à des Occidentaux tel le père Wautier pour mieux alimenter en informations les puissances officielles ? Franck était-il tombé dans la gueule du loup ? Allait-on venir l'arrêter d'une minute à l'autre, ou l'enlever ? Il songea rapidement que ce labyrinthe de la maison hakka était une vraie souricière pour qui ne la connaissait pas et chercherait à s'enfuir. En un éclair, il revit mentalement la porte blindée dans la muraille circulaire, et calcula que les petites fenêtres donnant sur la rue ne lui seraient d'aucun secours en cas de fuite.

Franck regarda autour de lui et, dans un mouvement de panique, se dressa sur ses jambes. Partir ! Oui, mais où et comment ? Déjà, c'était trop tard ; d'un escalier circulaire situé au bout de la pièce, il entendit monter des voix. Il se rassit, paralysé. Pour son plus grand soulagement, il vit apparaître Ning Fah accompagné d'une simple servante qui tenait dans ses mains un plateau de cuivre lesté d'une théière ventrue et de deux tasses à thé. « Mon Dieu, songea le jeune homme, il faut absolument que je me ressaisisse ! J'étais en train d'imaginer une trahison alors que mon hôte s'inquiétait de mon bien-être et me laissait chercher ce que je voulais en s'effaçant pour ne pas paraître importun... »

Rasséréné, Franck accepta avec joie une tasse du liquide brûlant. Les deux hommes discutèrent, et Ning Fah lui confia qu'un religieux français lui avait enseigné il y a longtemps les bases de la langue française. À l'entendre, lui et sa famille étaient redevables de bien des choses à ce bon père. Par précaution, Franck se garda bien de mentionner le nom du père Wautier. Il réfléchissait. Devait-il tenter de retrouver Patrick et le lieu de sa détention ? Fallait-il au contraire qu'il file au plus vite vers le centre spatial où le serveur informatique espion était situé, afin de tenter de confondre les malfaiteurs avec une preuve tangible ? Sa deuxième tasse de thé bue, il avait pris sa décision. Il irait à Jiuquan.

45

Le soir venait de tomber. La chaleur du jour saturait l'air de la pièce, à peine respirable. Le soleil avait frappé des heures contre le vitrage de l'immeuble et la climatisation avait été coupée à dessein. Patrick Deroubaix était resté ligoté des heures durant au jambage d'un radiateur qui, comble de sadisme de la part de ses ravisseurs, chauffait au maximum, asséchant plus encore l'atmosphère et brûlant ses poignets collés à même les tubes de fonte. Dans sa jeunesse, le fils aîné du patriarche avait lu beaucoup de romans et de récits d'aventures. Aussi avait-il été particulièrement marqué par le best-seller de l'ancien forçat Henri Charrière, dit « Papillon ». Et pendant ces journées de détention dans une ville de Chine inconnue de lui, face à des ravisseurs aux visages masqués ou totalement étrangers, lui revenaient par bribes des pans entiers de l'existence du bagnard devenu célèbre au terme d'une vie riche en coups du sort et en souffrances.

Patrick Deroubaix n'avait jamais imaginé qu'il pourrait un jour faire l'objet d'un enlèvement. Il ignorait si ses geôliers demandaient une rançon. Parfois il se disait que s'il avait été enlevé, cela lui donnait de la valeur. Du moins, aux yeux d'un père dont il se sentait mal aimé, comme s'il avait depuis toujours été jugé décevant. Pendant ces longues journées donc, Patrick pensait à Papillon. À ses cavales au Venezuela ou chez les Indiens. Et à ses captures qui, chaque fois, le ramenaient plus durement dans les cachots de la « mangeuse d'hommes », les cellules moites et sans air de l'île Saint-Joseph. Le jour, se souvenait Patrick, le forçat marchait des kilomètres entiers dans sa cellule, déambulant d'un mur à l'autre et multipliant les demi-tours. La nuit, physiquement fatigué par cette marche forcée, il dormait comme un enfant et se mettait à rêver. En s'appliquant bien, il se projetait en songe vers des lieux familiers de sa jeunesse, les vieux quartiers de Paris, un village du cœur de la France. Et à son réveil, il gardait la sensation d'avoir vraiment voyagé dans l'espace et dans le temps.

Patrick aurait aimé en faire autant. Mais il était tellement entravé par ses liens, les jambes tellement ankylosées, les pieds gonflés, qu'il ne parvenait guère à s'échapper même en esprit. Parfois il s'angoissait, imaginant qu'à force de ne rien dire, ses bourreaux finiraient par lui infliger un de ces supplices chinois dont ils avaient forcément le secret. On lui couperait la langue ou la main, on lui enfoncerait des aiguilles dans la gorge ou dans des parties intimes. Il se souvenait du récit de Papillon sur la guillotine. Chaque semaine au bagne de Guyane, les gardiens remontaient une « veuve » et s'assuraient de son bon état de fonctionnement en tranchant deux ou trois morceaux d'un tronc de bananier. Ce spectacle était une manière de dire aux prisonniers : elle marche encore, et au moindre écart, votre cou pourrait remplacer l'arbre fibreux.

Le détenu n'aurait su dire de quoi il souffrait le plus. De l'enfermement ? Du cisaillement de ses poignets par le lien de corde, ou de leur brûlure par le radiateur ? De ne pas parler, sauf de manière laconique et surtout mécanique, à des ravisseurs sans nom ? Une chose était certaine : il lui semblait chaque jour supporter de moins en moins sa condition dont il ne comprenait guère la motivation profonde, même s'il en avait saisi l'enjeu industriel. Mais pareil enjeu valait-il la privation de liberté d'un homme, et peut-être sa mort ? Oui, cela valait-il, pour les auteurs du rapt, de risquer une lourde condamnation pénale ? Dans ses moments optimistes – rares il est vrai –, Patrick se disait que c'était lui accorder beaucoup d'importance, et sans doute trop, que de le retenir dans l'espoir de lui soutirer des informations confidentielles et d'un intérêt stratégique évident. Certes, il n'était pas enclin à se déprécier outre mesure, mais l'estime de soi n'était pas son point fort, et il ne s'imaginait pas peser d'un poids semblable. D'une certaine manière, cet enlèvement le gratifiait en même temps qu'il le plongeait dans un profond désespoir. Signe que les enseignements des philosophes étaient justes : il n'est pas plus de bonheur absolu qu'il n'est de malheur absolu.

Le prisonnier méditait dans un demi-sommeil au milieu de la pénombre quand les lumières de la pièce s'allumèrent brusquement, jetant une lueur aveuglante dans ses yeux presque clos. Il vit s'avancer vers lui ses habituels cerbères. Mais un troisième homme fermait la marche, et quelle ne fut pas sa surprise de découvrir la silhouette reconnaissable entre toutes de Long Long.

— Vous ? balbutia Patrick en tentant de se redresser.

Un des ravisseurs trancha ses liens d'un coup de couteau dont la lame s'était mise à briller sous les néons. Patrick se dressa avec peine sur ses jambes, remua les bras et avisa les marques rouges qui faisaient autour de ses poignets comme des bracelets sanglants. On le poussa vers une chaise au centre de la pièce, et l'associé de Peng Textile entama une tirade qui se voulait à la fois dissuasive et persuasive.

— Oui, moi, commença Long Long. Doutiez-vous qu'il pouvait s'agir de quelqu'un d'autre que moi ?

— À vrai dire, j'avais quelques soupçons. Que voulez-vous à la fin ? À quoi rime cette détention qui n'en finit pas ?

— Il ne tient qu'à vous d'y mettre un terme, répondit le Chinois d'un ton rogue.

— Mais vos conditions ne sont pas les miennes.

— Sachez que vous n'êtes plus en état d'avancer des conditions, monsieur Deroubaix, répondit Long Long avec humeur. Vous parlez ou vous mourrez. C'est à vous de décider ; je reconnais que c'est assez radical, mais les termes du marché ont l'avantage de la clarté.

— Certes. Je crains alors de vous décevoir. Vous n'obtiendrez rien de moi qui soit de nature à mettre en péril les positions industrielles de notre groupe familial. Rien, répéta Patrick, presque surpris par son accès de courage ou d'audace.

S'il n'était plus temps de mesurer le degré de gravité qu'il y avait à faire perdre la face à Long Long, le résultat était là : le Chinois fulminait. Il menaça Patrick de plus belle et, face au mutisme de ce dernier, se mit brusquement à changer de registre.

— De nombreux intérêts sont en jeu, commença-t-il, qui vous dépassent et qui me dépassent aussi. Je vous promets de vous laisser la vie sauve et de vous libérer au plus vite si vous nous éclairez sur quelques points stratégiques dont l'obtention ne mettra pas vos positions en péril, parole d'homme.

— Parole d'homme ? reprit Patrick. Mais qu'est-ce qui me dit qu'une fois les informations divulguées par moi, vous ne me réserverez pas le même sort qu'à vos étudiants sur la place Tian'anmen il y a près de vingt ans ?

Patrick avait parlé sans réfléchir. Long Long blêmit à cette évocation. Qu'on pût le comparer aux dignitaires sanguinaires du Parti communiste ou aux tankistes de l'armée l'indigna profondément. Il se retira de la pièce avec humeur après quelques mots fermes lancés aux gardiens de Patrick. Ce dernier venait de gâcher sa dernière chance de se sauver.

46

Remis de ses mésaventures pékinoises, Tchang se concentrait désormais sur son projet de fin d'études. Un défilé était organisé par l'International Fashion Academy pour lequel les élèves de dernière année devaient concevoir et réaliser une collection. L'événement était de taille ; étaient réunis les étudiants et leurs familles, mais aussi tout le gratin de la mode. Des professionnels chinois et étrangers participaient au jury et repéraient les sujets les plus prometteurs : l'occasion pour les meilleurs de voir leurs rêves les plus fous se réaliser. Tchang croyait en sa bonne fortune. Il ne voulait décevoir chez Rose ni la mère qui l'avait élevé seule, ni l'artiste qui s'était réalisée à la force du poignet et du talent. Aussi souhaitait-il rassembler toutes les chances de son côté pour réussir.

Depuis leur retour à Shanghai, Lise n'avait pas chômé non plus. C'est grâce à elle que Christophe Leclerc avait réussi à retrouver la piste de Franck. À la demande de son grand-père, elle l'avait rencontré discrètement afin de l'informer des derniers rebondissements. Par l'intermédiaire du patriarche, ils s'étaient donné rendez-vous au parc Huangpu, que bordait la rivière du même nom, un jardin très fréquenté par les Occidentaux, situé à l'extrémité nord du Bund. Ils s'étaient retrouvés sur un banc, près du musée de l'histoire du Bund que Lise, toujours accompagnée de Tchang, avait préalablement visité pour brouiller les pistes. Ils s'étaient assis côte à côte sans se regarder, la jeune Française faisant semblant de dialoguer avec son compagnon et le directeur informatique de Deroubaix Fils simulant une conversation téléphonique sur son portable. L'entretien avait été bref. Lise et Tchang étaient partis les premiers, abandonnant sur le siège un exemplaire de *That's Shanghai*, mensuel consacré à la vie culturelle de la Perle de l'Orient. Christophe Leclerc avait saisi, puis feuilleté le magazine au milieu duquel avait été glissée une feuille de papier détaillant le code utilisé sur le blog animalier et chargé d'assurer la communication entre tous les acteurs de cette périlleuse aventure. À charge pour le directeur informatique de détruire le document une fois qu'il en aurait pris connaissance.

Quelle folie ! Si deux personnes – voire plus – n'avaient pas déjà péri dans cette entreprise, toutes ces simagrées dignes des plus grands polars eussent semblé comiques et extravagantes, voire excitantes, aux yeux des deux jeunes gens qui avaient relégué une part de leur innocence et de leur insouciance au placard.

Lise alimentait aussi régulièrement le blog grâce à des informations recueillies dans des ouvrages en anglais qu'elle s'était procurés pour l'occasion sur la faune asiatique. Sur le sujet, elle serait bientôt imbattable. Dans son dernier message, Franck écrivait qu'un renard s'entraînait dans une base spatiale pour accompagner le prochain vol habité. Quel rapport cela pouvait-il avoir avec son père, le trafic de drogue et le textile ? Lise espérait secrètement que Christophe Leclerc et son grand-père comprendraient mieux qu'elle la situation.

Après une journée d'été particulièrement torride, Tchang et Lise, dont la complicité ne se démentait pas, s'étaient installés dans le jardin en quête d'un peu de fraîcheur. La nuit était délicieuse et, main dans la main, les deux jeunes gens contemplaient le ciel étoilé. Rose était couchée depuis longtemps lorsque Tchang, qui peaufinait les grandes lignes de son projet, invita sa compagne à un *brainstorming* nocturne.

— Il faut absolument, fit le jeune homme, que je trouve un concept fort, qui constitue le point d'appui de toute la collection.

— Une signature ? Une marque ?

— Oui, par exemple. Un élément signifiant autour duquel se bâtirait l'unité de l'ensemble.

— Un principe, dit Lise, que tu déclinerais à la fois sur des vêtements et sur des accessoires.

— Oui. Des couleurs, des formes… une idée propre à marquer les esprits occidentaux et chinois. Une empreinte identitaire mémorable.

— Un sigle comme celui de Louis Vuitton ? proposa la Française.

— Ce n'est pas très sinisant. Et puis, entre nous, leur logo beige sur fond marron, j'ai toujours trouvé ça moche. Vieux, ringard !

— Ces dernières années, ils ont introduit d'autres teintes.

— Bof ! Je suis à la recherche d'un truc susceptible d'évoquer notre culture millénaire, mais qui soit contemporain.

— Un dessin épuré ?

— Quelque chose de pur, mais autour duquel peut se construire un univers fantaisiste.

— Cela devient trop compliqué pour moi ! lança la jeune femme avec une moue boudeuse.

— Lise, n'abandonne pas si vite ! Je vais essayer de préciser ma pensée. Ma collection sera chinoise – attention, pas japonaise –, et elle sera gaie. Nos ennuis actuels ne doivent pas nous miner.

— Oui, tu as raison, soupira-t-elle. Assise ici dans ce

havre de paix, je les avais presque oubliés. Merci de me les rappeler.

— Il n'est vraiment pas possible de discuter avec toi !

Tout à coup, l'œil de la Française s'éclaira.

— À propos de soucis, une idée me vient. Regarde, fit-elle en lui tendant l'enveloppe que lui avait confiée Franck avant de partir.

Tchang décacheta délicatement le papier et extirpa le carré noir sur lequel était dessiné un magnifique idéogramme rouge qui lui occasionna d'emblée une grosse contrariété.

— Qu'est-ce que c'est que ça ? fit-il avec jalousie. Qui te l'a donné ?

— Moins fort, tu vas réveiller ta mère, répliqua la jeune femme. Ces trois figures forment le mot « passion ». Franck m'a confié cette enveloppe au cas où... enfin, tu vois ce que je veux dire.

— Non, je ne vois pas du tout.

— Au cas où il ne reviendrait pas ! Tu es content, je l'ai dit ! C'est une longue histoire que je suis chargée de transmettre à Mei quand elle sera en âge de comprendre. Voilà ! Maintenant, j'espère bien que mon oncle la racontera lui-même à sa fille.

Lise éclata en sanglots. La tension de ces derniers jours était trop forte. Tchang la prit dans ses bras et la pria d'excuser sa goujaterie. Ils restèrent ainsi un moment, sans se parler.

— Veux-tu que nous allions nous coucher ? demanda le jeune Chinois soucieux de se faire pardonner.

— Tchang, susurra-t-elle, je t'ai montré cet idéogramme, car j'ai pensé que celui-ci pouvait apporter une réponse satisfaisante à ton extravagant cahier des charges.

— Et encore ?

— Tout à l'heure, je t'ai parlé de la marque Louis Vuitton. Eh bien, je pense que cet idéogramme, ce sigle, pourrait constituer la base d'un motif reproductible sur différents supports. Le mot « passion » évoque tout sauf la tristesse. Le rouge est une couleur moderne. La calligraphie constitue le point d'orgue de votre culture. Veux-tu que je continue ?

— Laisse-moi regarder à nouveau ce signe. Tout à l'heure, je crois que j'ai tout juste vu ce qu'il signifiait.

Tchang jeta un œil attentif sur le carré noir, puis il ferma les paupières. Les rouvrit, contempla à nouveau les pleins et les déliés rouges et les referma.

— À quoi penses-tu ? s'enquit Lise.

— Je projette.

— Pardon ?

— Je visualise ma future collection. La personne qui a dessiné ces traits devait être sacrément passionnée. Quelle beauté, quelle fulgurance ! Au fait, j'ai oublié de te remercier. Ton idée est formidable. Tout à l'heure, je suis parti au quart de tour. Maintenant je suis emballé, mais pas pour les mêmes raisons.

Les deux jeunes gens sourirent.

— Mais j'y pense, ajouta-t-il, ne vaudrait-il pas mieux demander à Franck son assentiment ?

— Par les temps qui courent, cela me paraît difficile et franchement pas indispensable. Quel message codé lui ferions-nous parvenir ? Et puis, il ne s'agit pas de commercialiser les pièces.

— Soit ! Alors, c'est parti. Rentrons, j'ai hâte de dessiner les premiers modèles que m'inspire dame Passion.

Trois jours plus tard, Lise et Tchang étalaient sur le sol du salon une trentaine de croquis : des robes, des hauts, des bas, des sacs, des manteaux y étaient représentés. Chaque tenue revêtait l'idéogramme confié par Franck à sa nièce. Le sigle était reproduit en grand sur toute la hauteur, ou toute la largeur, suivant le modèle, donnant toute son ampleur au caractère dont la moindre nuance apportée par le calligraphe était visible. La passion s'écrivait en lettres de feu, rouges sur fond noir, rouges sur fond kaki, rouges sur fond orange, rouges sur fond bleu, rouges sur fond blanc.

— Qu'en penses-tu. Lise ?

— Ça a de l'allure. C'est beau.

— As-tu remarqué que la partie droite de l'idéogramme épousait les formes de la femme ? En bas son postérieur, puis sa colonne vertébrale et pour animer le tout ce merveilleux mouvement de danseuse.

— Si je te suis, les deux traits de gauche symboliseraient l'homme, un homme imperturbable parcouru par un léger frisson, à peine perceptible.

Avec malice, Tchang glissa :

— En général, la femme est extravertie et l'homme introverti, non ? Les femmes s'en plaignent bien assez.

— Il paraît. Combien de pièces dois-tu produire pour le défilé ?

— Une quinzaine : moitié vêtements, moitié accessoires.

— Le choix s'annonce draconien ! Commençons tout de suite, lança Lise avant d'ajouter plus bas : si tu permets que je t'aide.

— Et comment ! Nous ne serons pas trop de deux et je te dois au moins cela.

Les deux amis se lancèrent à corps perdu dans la sélection des modèles puis dans leur réalisation. D'un commun accord, ils baptisèrent leur projet « Passion ».

47

Parcourir la distance qui séparait Meixian dans le Guangdong de Jiuquan dans le Gansu n'était déjà pas une mince affaire, mais procéder clandestinement représentait un véritable challenge. Franck le savait, lui qui avait traversé la Chine de long en large pour ses chantiers de fouilles. Sur une carte, tout paraissait simple. Il suffisait de tracer une longue diagonale du sud-est au nord-ouest du pays ce qui, à vol d'oiseau, représentait au bas mot deux mille cinq cents kilomètres. En avion, un trajet pareil nécessitait près de trois jours, tandis qu'en train une petite semaine semblait le minimum. Alors en bus… Pour corser l'affaire, Franck avait décidé d'éviter les grands centres urbains où la police risquait de le rechercher activement. Il ne souhaitait pas non plus trop prolonger la balade à cause de son frère, mais aussi de sa fille Mei qu'il avait hâte de retrouver. Sans compter la consultation du blog animalier de Lise qui se révélait indispensable. L'accumulation de ces paramètres ne lui faciliterait certainement pas la tâche.

Que connaissait l'archéologue du Gansu ? Pas grand-chose hormis les grottes bouddhiques de Bingling Si, creusées dans de vertigineuses falaises en surplomb du fleuve Jaune. Quatre ans auparavant, il avait profité d'un voyage organisé par l'Institut d'archéologie de Pékin pour visiter ces monuments dont la qualité de préservation était réputée exceptionnelle à bien des égards, et il n'avait pas été déçu. Les « mille » statues de Bouddha sculptées à même la falaise par des artistes suspendus à des cordes, dont les plus anciennes dataient de l'an 420, avaient par bonheur échappé aux ravages du temps et – fait plus exceptionnel encore – aux dégâts occasionnés par les Gardes rouges lors de la révolution culturelle. Avec ses camarades, Franck se souvenait s'être recueilli devant la représentation géante du Bouddha Maitreya, également nommé Bouddha des temps futurs, un colosse assis de près de trente mètres de haut, la pièce maîtresse du site. En bon païen, il avait sollicité du sage qu'il protégeât longtemps ce site archéologique, et tous les autres, de la folie des hommes. La folie des hommes… Avec le recul, Franck songea qu'à l'époque ses connaissances en la matière étaient minces. Désormais, il était contraint de s'y frotter, non pas pour protéger des antiquités, mais pour défendre des individus bien réels auxquels il tenait.

— Monsieur ?

Franck sursauta. Le serveur de la gargote où il déjeunait l'apostrophait. Il se retourna un peu trop vivement.

— Oui. Qu'y a-t-il ? interrogea l'archéologue en dévisageant l'aubergiste.

— Avez-vous terminé votre plat ? Souhaitez-vous autre chose ?

Les yeux grands ouverts, le Français attendit un moment avant de répondre.

— Oui. Non. Pas tout de suite…

Impassible, l'homme ramassa le plat vide et les baguettes et s'en retourna derrière son bar. Franck suivit son départ avec soulagement. Il se baissa pour attraper une carte dans la poche centrale de son sac à dos et épousseta la nappe en plastique avec une serviette avant de déplier le plan sur la table. Crayon à la main, l'archéologue fut un instant tenté de tracer son itinéraire, mais, au dernier moment, il se ravisa : simple mesure de prudence. Une autre question l'embarrassait. Sa physionomie de « Blanc » ne risquait-elle pas de le faire remarquer dans les régions reculées qu'il s'apprêtait à parcourir ? Fallait-il qu'il se déguise ? Quelle histoire inventer pour rassasier l'appétence d'éventuels curieux ? Devait-il parler chinois ou feindre d'ignorer la langue ? Ces interrogations méritaient une sérieuse réflexion car, dans sa situation, mieux valait prévoir que subir. « Parer à tous les cas de figure », tel était désormais la devise qu'il s'imposait.

Le lendemain matin, Franck, qui avait voyagé de nuit, se réveilla dans le Jiangxi. Dans le bus, devant et derrière lui, deux Chinois crachaient à tour de rôle par la fenêtre. Loin de l'agacer, leur conduite amusa le Français. Ce comportement, courant à l'époque de son arrivée en Chine, tendait à disparaître dans les grandes métropoles grâce aux campagnes orchestrées par le gouvernement. Alors finalement, ces paysans contrevenants lui rappelaient de bons souvenirs.

Depuis la veille, l'archéologue avait tranché. Il avait choisi son rôle, celui d'un touriste-voyageur passionné de sinologie et de contrées sauvages. Afin d'entrer tout à fait dans la peau de son nouveau personnage, Franck avait opté pour une tenue plus négligée que d'habitude. Il avait aussi ébouriffé ses cheveux et s'était coiffé d'un large couvre-chef qui lui cachait le haut du visage.

Au Jiangxi, Franck passa non loin de Jinggang Shan, berceau de la Révolution chinoise. Cette célèbre base de la guérilla communiste, établie au milieu des montagnes et des pics noyés dans la brume, avait longtemps abrité les combattants de Mao Zedong. Encerclés par les troupes de Tchang Kaï-chek et proches de la défaite, les communistes y avaient lancé la Longue Marche qui devait les mener au Shaanxi, au Gansu et au Ningxia. L'archéologue songea que, soixante-dix ans plus tard, il empruntait à peu de chose près le même itinéraire. Il se rappela aussi que, quelques années auparavant, deux Anglais avaient accompli avec les plus grandes difficultés cet exploit à pied. Un journal chinois relatait la chronique de leurs aventures qu'il avait suivie avec intérêt. Dans ses souvenirs, l'un d'entre eux était tombé malade, mais après plusieurs semaines de convalescence, les deux compères avaient poursuivi leur route jusqu'à atteindre le terme de leur voyage. Plus d'une année s'était révélée nécessaire aux Britanniques, autant dire des siècles pour le jeune Français qui était pressé d'aboutir. En voyageant jour et nuit dans les bus, voire dans certains camions de passage, ce dernier espérait atteindre Jiuquan en moins de deux semaines. Il établirait ainsi une performance digne de figurer au *Livre Guiness des records*. Seulement la discrétion était de mise, qui le contraignait à réduire au minimum les témoins de son aventure hors pair.

Après le Jiangxi, Franck fit un bref passage dans le Hunan. Il longea même, sans s'y arrêter, le village natal du Grand Timonier, Shaoshan, et contempla la campagne environnante au charme agreste. Paysages montagneux et rizières verdoyantes se succédaient au point que le jeune homme en oubliait parfois les enjeux stratégiques de sa mission. Il parvint ainsi dans le Hubei, traversa le Yang-tsé, puis remonta vers le Shaanxi, qu'avec l'expérience il avait appris à ne pas confondre avec le Shanxi voisin.

Cette province, qu'il connaissait bien, abritait le célèbre site de Xi'an, une cité qui rivalisait autrefois avec Rome puis Constantinople et fut longtemps considérée comme le centre du monde chinois. Le jeune Français, qui l'avait explorée de long en large, affectionnait surtout, à une vingtaine de kilomètres, l'armée enterrée des soldats en terre cuite vieille de deux millénaires. Une incroyable découverte archéologique mise au jour par de simples paysans alors qu'ils creusaient la terre pour construire un puits. Ce site visité maintes et maintes fois suscitait toujours chez lui une émotion plus intense. Sans doute à cause des images en couleurs des chevaux et de leurs cavaliers qu'il avait découvertes à l'âge de dix ans dans *Le Figaro Magazine* que son père laissait volontiers traîner sur la table basse du salon. À l'époque, ces photos avaient éveillé chez le tout jeune garçon un intérêt pour les civilisations anciennes. Par conséquent, la vision de l'immense armée de terre cuite renvoyait l'adulte Deroubaix à l'origine de sa vocation.

Seulement voilà, l'heure n'était pas au rêve, encore moins à la nostalgie. L'itinéraire de Franck se situait au sud de toutes ces merveilles. Cahin-caha, il emprunta des routes secondaires, s'arrêta dans une ville moyenne afin de consulter le blog de sa nièce qui ne lui enseigna rien de nouveau, dormit dans des lieux et des positions invraisemblables et rejoignit ainsi tant bien que mal le Gansu. Pauvreté et aridité constituaient le lot de cette province toute en longueur. Ses chaussées accidentées conduisirent le Français du Sud montagneux au Nord désertique jusqu'à atteindre Jiuquan, ville qui incarnait pour l'ensemble des Chinois la conquête spatiale. De loin, Franck aperçut avec soulagement ses immeubles en forme de fusées. Que de kilomètres parcourus ! Surtout ne pas penser à tous ceux qui l'attendaient encore. Il devait désormais se concentrer sur sa mission, celle qui le mènerait au plus près des ordinateurs du centre de lancement, celle qui lui permettrait – du moins l'espérait-il – de confondre les espions et d'exercer ainsi un mode de pression sur les ravisseurs de son frère.

Soudain, un doute l'envahit. Avait-il choisi la bonne option ? N'aurait-il pas dû plutôt chercher à retrouver l'endroit où était détenu son frère ? Quels supplices son aîné était-il en train de subir ? L'entrée d'un militaire dans le bus interrompit ses interrogations. Le Chinois s'avança dans l'allée à la recherche d'une place. Franck, qui avait posé son sac sur le siège voisin, fut dans l'obligation de l'en retirer. Le militaire, guindé dans son uniforme, s'assit à ses côtés, obligeant le Français à se tenir sur ses gardes.

48

Franck n'avait pas le choix. Le site était si bien protégé, l'espace tellement à découvert avec cette plaine immense de Jiuquan où attendaient les futurs lanceurs, qu'il ne pouvait espérer pénétrer sur les lieux avant la nuit. Pour lui qui s'intéressait aux choses du passé, aux traces lointaines de la civilisation, se trouver brusquement projeté sur un site emblématique de la modernité chinoise lui semblait plus que surréaliste. Il baignait en plein rêve ou en plein cauchemar, selon son humeur du moment. En attendant que le jour baisse, il décida que la meilleure manière de passer inaperçu serait de se fondre à deux heures de bus de là dans la foule de la ville spatiale, tâche d'autant plus aisée qu'elle était peuplée de nombreux touristes occidentaux venus découvrir où et comment les Chinois préparaient la conquête de l'espace. Jiuquan était une cité étonnante car elle mêlait à son horizon le nez des fusées et les immeubles d'habitation, les commerces et les étals de marché traditionnels avec les bâtiments futuristes et ultra « design » dédiés à l'espace. Tout, en effet, rappelait l'aventure des vaisseaux spatiaux et des taïkonautes : les lampadaires en forme de fusées, les boutiques où s'arrachaient les maquettes d'engins interplanétaires, les photos d'académiciens et de héros nationaux de cette histoire. C'était ici que les célèbres fusées porteuses « Longue Marche » étaient nées, qu'elles avaient conquis un univers que les Chinois avaient longtemps cru réservé aux Américains, aux Européens et aux Russes. Une part de la fierté du pays se trouvait ici, et Franck Deroubaix sentait de façon palpable l'orgueil de tout un peuple.

Il marcha au milieu de rues commerçantes. On y vendait des pierres aux formes étranges qui passaient pour des morceaux de météorites, pour des éclats de roches martiennes ou lunaires, signe que la rigueur des marchands laissait passablement à désirer… Jamais il n'aurait imaginé, devant cette concentration de cinémas, de restaurants, de salles de sports ou de salons de coiffure que la vie pouvait être si intense dans cette localité située au nord du désert de Gobi. L'archéologue songea qu'il n'était guère besoin de fouiller dans le lointain passé pour entrevoir des existences insoupçonnées. Le présent recelait lui aussi son lot de surprises. En revanche, le monde des fusées lui paraissait étranger à un point absolu. Dans son enfance, il ne s'était guère intéressé aux missions Apollo. Il n'appartenait pas à la génération de la conquête lunaire, et « le petit pas pour l'homme et grand pas pour l'Humanité » ne l'avait guère concerné. Sans doute était-il au fond de lui, par nature, un être nostalgique, plus attentif à ce qui avait été qu'à ce qui allait advenir. Petit garçon, il voulait être Michel-Ange ou Phileas Fogg, mais en aucun cas Neil Armstrong.

Les restaurants étaient bondés. Depuis qu'il vivait en Chine, l'archéologue savait que les Chinois ne recevaient jamais chez eux mais au restaurant. Les repas entre amis ne se faisaient jamais au foyer, seulement dans des lieux publics, la maison restant l'ultime refuge intime. Et comme leur perception d'un produit frais était qu'il soit vivant, les abords des cuisines étaient truffés de grands aquariums où pêcher poissons et tortues, et de cages où attraper par les pattes bruyantes volailles et dindes mutiques. Franck se laissa bercer par cette foule affairée et consommatrice, trouvant dans ce brouhaha humain un réconfort inattendu, sinon inespéré. Pour se détendre, il s'installa dans une échoppe, commanda un demi-poulet, un bol de riz gluant, et tenta de rassembler ses esprits pour l'épreuve qui l'attendait une fois la nuit tombée.

Sur le papier, les choses étaient relativement simples. Il s'agissait d'introduire la clé USB en sa possession, ainsi qu'une bribe de code informatique détectée après les interventions de la jeune espionne chinoise, dans le central informatique du centre de Jiuquan. La preuve serait ainsi faite, aussi probante qu'une empreinte digitale, que les informations volées avaient bien pour destinataire une puissance étrangère, en l'occurrence l'État chinois, donc le Parti communiste, et sans doute quelques intermédiaires affairistes.

Mais la simplicité technique était fortement contrariée, voire démentie par la complexité d'accès et le repérage au sein du centre spatial. D'après un plan du site qu'il s'était procuré grâce aux prodiges du jeune hacker chinois, Franck avait pu étudier de près les lieux. Le long de la rivière Nishui qui traversait le site comme un long serpent paresseux, de part et d'autre étaient construits les grands bâtiments de la base. Mais où fallait-il se diriger en priorité compte tenu de l'étendue de ce domaine protégé, auquel on pouvait accéder par avion – ce qui était exclu si on n'appartenait pas au personnel des missions –, par voie ferrée ou en auto, à condition de franchir le sas de contrôle ? Une fois à l'intérieur de l'enceinte stratégique, il fallait choisir entre le sud et le nord, chaque point cardinal comprenant son centre de lancement et son centre technique. Restaient encore à explorer la station de contrôle et la station de poursuite optique, la station radar et bien sûr le quartier général. Les plans dont disposait Franck n'étaient bien sûr pas assez précis pour lui indiquer où se tenait le saint des saints informatique d'une telle base. En outre, les tours ombilicales de chaque lanceur, qui crevaient l'horizon avec leur flèche de quarante-cinq mètres de hauteur, possédaient chacune une plate-forme équipée du dernier cri des instruments de calcul. Il y avait là de quoi passer sinon une vie, en tout cas de nombreuses journées. Or le jeune Français n'avait qu'une nuit pour trouver l'aiguille dans cette botte de foin high-tech.

À dessein, il avait pris soin d'acheter dans une boutique, avant son dîner, un pantalon et une chemise sombres. Comme si sa faculté à se dédoubler ou à se raconter des histoires l'avait porté, il s'imaginait en James Bond – époque Sean Connery ou à la rigueur Roger Moore – cherchant à démasquer un docteur No aux yeux bridés, ou un Goldfinger reconverti dans les textiles haute définition. Et pour lui cela ne faisait aucun doute : l'agent dévoué de sa Très Gracieuse Majesté aurait à l'évidence passé des habits d'un noir très pur et très mat pour passer inaperçu, y compris des esprits malins.

Son dîner achevé, Franck gagna les toilettes et se changea. Il renonça aux vêtements qu'il portait. Il sourit malgré lui en songeant qu'il enverrait au patriarche sa note de frais, une fois sa mission accomplie. À moins qu'il ne fût décoré au final d'une médaille d'un ordre quelconque (celui de la Chambre des métiers du textile) pour services éminents rendus à la corporation. S'il n'avait pas le cœur à rire, l'archéologue ne détestait pas cette sorte de dérision dans laquelle il puisait des forces pour continuer.

Une fois en « noir de travail », il quitta le petit restaurant. Il avait bien mangé, surtout du riz, riche en sucres lents dont il ferait forcément usage pour tenir toute une nuit éveillé et assez lucide pour parvenir à ses fins. Deux heures plus tard, un bus le déposa aux abords de la base. Les grillages étaient hauts, barbelés, et visiblement électrifiés. De rares autos sortaient. Encore plus rares étaient celles qui entraient. Deux gardiens se tenaient assis dans une guérite, et un troisième debout à l'extérieur. La nuit était bel et bien tombée, mais la zone d'accès était fortement éclairée par de puissants lampadaires-fusées dans un rayon de cent mètres. Là, on y voyait comme en plein jour. Certes, Franck aurait pu se dissimuler derrière un transformateur à proximité de l'entrée, attendre l'arrivée d'un véhicule à haut châssis du genre 4 X 4 ou Lem lunaire pour tenter de se glisser et de s'accrocher sous le pare-chocs. Mais de ce point de vue, il ne se sentait guère rompu à pareil exercice, ce qui soulignait notamment une différence entre lui et le célèbre James Bond. L'habit, même noir, ne faisait pas le moine, ni surtout l'agent secret.

Soudain, un lourd fracas de métal se fit entendre. Trois cents mètres derrière lui, Franck avisa un train qui roulait à vive allure en direction de la base. Mais peu avant d'aborder la zone d'entrée, éloignée de celle réservée aux véhicules, le convoi freina de tous ses essieux, émettant une sorte de cri aigu qui aurait pu provenir d'un troupeau d'éléphants fuyant un quelconque danger. Franck songea que les Chinois auraient dû ne pas réserver toute l'huile aux fritures de poisson. Maintenant, le convoi progressait quasiment au pas, comme s'il avait respecté une drastique limitation de vitesse imposée dans l'enceinte de la base. Semblable à ces gros cargos qui font machine arrière loin avant le quai pour n'être plus portés que par la force d'inertie, le train n'avançait quasiment plus, mais émettait des crissements ressemblant à des cris.

Sans réfléchir davantage, Franck se mit à courir à l'écart du cercle lumineux et atteignit sans peine l'un des wagons du milieu dont l'ossature de métal était recouverte par une bâche de tissu fendue en son milieu. Il s'infiltra à l'intérieur et retint son souffle. Son cœur battait comme un tambour. Le convoi pénétra sur la base et traversa une zone quasi désertique. La lune était voilée, l'obscurité quasi totale et Franck se félicita d'avoir passé des vêtements noirs. Lorsque le train s'immobilisa enfin, il descendit et se mit à marcher à pas feutrés, la silhouette recroquevillée, en direction du bâtiment central. Des voix et des rires d'hommes montaient d'une guérite à la porte entrouverte. Manifestement, on buvait un peu, un transistor envoyait une musique entraînante qui empruntait davantage au rock qu'aux mélopées de la Chine ancienne.

L'archéologue n'eut aucun mal à pénétrer dans le bâtiment qui, d'après ses plans, était le quartier général. Des blouses blanches et des bonnets étaient accrochés en vrac à des portemanteaux, de même que des masques protecteurs, comme dans les zones sensibles des hôpitaux. Une véritable aubaine. Franck s'empara d'une panoplie à sa taille et put ainsi se mouvoir assez librement dans l'enceinte. Même s'il avait dû prononcer quelques mots de chinois, son accent était suffisamment neutre pour ne pas éveiller les soupçons. Il croisa un groupe d'experts dans le même accoutrement que lui, et, cédant une nouvelle fois à cet humour qui l'aidait à accomplir sa mission, il songea qu'il s'agissait peut-être d'espions russes ou américains, aussi peu désireux que lui d'engager la conversation.

D'un geste mécanique, il s'assura que la clé USB et l'extrait de code étaient bien dans sa poche droite. Le contact avec la matière le rassura. Il pénétra dans une salle d'ordinateurs mais constata aussitôt, s'étant fait briefer par le jeune hacker chinois, qu'il ne s'agissait pas des bons *computers*. Il était en présence d'un matériel très sophistiqué mais fonctionnant en circuit fermé, non relié avec l'extérieur. Ces ordinateurs-là commandaient à la base, à toute la base, mais seulement à la base de lancement. Franck revint sur ses pas et réfléchit. S'il y avait une logique à tout cela, il fallait chercher là où on ne s'attendait pas à trouver un réseau informatique tourné vers le dehors. Puisque le QG, en principe le lieu le plus ouvert, fonctionnait en réseau clos, peut-être que le centre de calcul, lieu théorique de l'infiniment confiné, abritait les ordinateurs destinés à la communication avec le reste du monde ?

D'un pas décidé, Franck retourna sur ses pas jusqu'à l'entrée du bâtiment. Là, il hésita à ôter sa panoplie si commode et passe-partout. Consultant ses plans, il constata que le centre de calcul était assez loin, environ un kilomètre de marche en suivant une longue avenue. Il choisit de garder son habit de chevalier blanc et prit la direction voulue. L'air était tiède, la lune encore plus voilée. Il se félicita d'avoir emporté une lampe de poche miniature dont le faisceau le guida efficacement jusqu'à la bonne destination. Au moins l'espérait-il.

La silhouette d'un homme en faction le fit tressaillir. Au lieu de ralentir le pas, il marcha au même rythme et esquissa un salut vaguement militaire auquel le garde répondit d'un mouvement de menton. Tout allait bien, mais Franck dégoulinait sous sa combinaison blanche comme sous une sudisette. Il traversa un vaste hall où ses pas résonnaient, pour s'engager sur une passerelle qui menait au cœur du centre de calcul. Là, des techniciens s'affairaient avec des gestes lents et mesurés, comme si la nuit et la fatigue les avaient fait se mouvoir à l'économie, ou selon les rythmes amortis de l'apesanteur. Nul ne prêta attention à lui et il poursuivit son inspection sans être inquiété. Si l'enjeu n'avait été aussi lourd, il aurait laissé libre cours à une certaine euphorie. Celle de l'espion à qui tout sourit. Celle de la petite souris paraissant tout à coup invisible et se délectant du spectacle des autres.

Ses pas le menèrent vers une salle toute blanche elle aussi, dans laquelle se trouvaient plusieurs ordinateurs dont il vit aussitôt qu'ils n'étaient pas destinés au contrôle de la trajectoire des fusées. Il eut comme une impression de déjà-vu, et pour cause : ces installations ressemblaient à s'y méprendre à celles qu'il avait pu observer dans la maison hakka, chez le jeune hacker chinois. Cette découverte le réconforta. Il se sentit traversé par une sensation de soulagement. Restait à effectuer la manipulation qui lui permettrait d'obtenir la preuve qu'un fil, ou une fibre, fût-elle technologique, liait le centre spatial de Jiuquan et les établissements Deroubaix Fils. Il s'installa devant la première console et sortit sa clé, ainsi qu'un numéro de code censé révéler la connexion et donc l'espionnage. Tout se passa comme il l'avait espéré tant de fois au cours de son long et fastidieux voyage. Quelques secondes plus tard, dans la banlieue de Lille, un signal se fit entendre sur l'ordinateur en veille de Lenoos. Ce dernier, une fois le signal connu et identifié, fixa un rendez-vous avec son copain Christophe Leclerc revenu de Chine quelques jours plus tôt. « Tu n'es pas parti là-bas pour rien », lui glissa-t-il dans un mail, avant de fixer un lieu et une heure pour leur prochaine rencontre.

Ce signal apportait la preuve que la jeune Chinoise, dans le cybercafé proche de la Sorbonne, avait été en contact avec le centre spatial. Autrement dit, il existait bel et bien un rapport entre l'activité industrielle de Deroubaix Fils et les enjeux stratégiques du secteur spatial chinois. Franck sortit du local et se retrouva à respirer l'air rafraîchi de la nuit. Au loin, les tours ombilicales portaient chacune un gros lanceur. « Qui sait quelle partie de ces engins a besoin de nos fibres techniques ? » s'interrogea l'archéologue. Mais il ne possédait pas le savoir d'un ingénieur, pas plus du textile que de l'aéronautique. Il se demanda de quelle manière il pourrait quitter la base, maintenant qu'il était en possession de ce qu'il cherchait. La réponse lui vint en regardant le convoi ferroviaire immobilisé. Franck songea qu'il pourrait peut-être repartir comme il était venu. Tandis qu'il réfléchissait, il entendit des voix derrière lui. Sans regarder, il se mit à courir droit devant, en direction du train. Les voix se dissipèrent mais dans sa précipitation, et comme il n'y voyait guère devant lui, il se prit le pied dans une racine. Ce qui, en plein jour, l'aurait à peine fait trébucher, prit dans l'obscurité des proportions fâcheuses. Franck se reçut mal au sol et il ressentit une vive douleur dans le bras droit. Celui-ci venait de se fracturer net contre une poutrelle métallique, sans doute un ancien morceau de voie ferrée. L'archéologue réprima un cri et se tint le bras avec désolation. Pas de doute, un os s'était brisé. Il se glissa comme il pouvait sous la bâche de tissu d'un wagon. Dans les heures qui restaient avant la percée du jour, en dépit de sa souffrance qui empirait, il tenta de s'accorder un peu de repos.

49

Franck devait se rendre à l'évidence : il ne pourrait rester trop longtemps avec ce bras démis qui enflait à vue d'œil. Lorsque le train s'approcha d'un axe routier, il profita d'un ralentissement pour s'en extirper. Il retomba sur ses pieds mais la vitesse, même faible, du convoi, le déporta, si bien qu'il s'affala lourdement. Heureusement, il avait depuis longtemps appris à chuter, et se reçut sur le côté non blessé. Sitôt debout, il s'épousseta, ôta les brins d'herbe et les graviers collés à ses vêtements, puis entreprit de gagner la route.

Il était tôt et on ne voyait encore que peu de véhicules. Grâce à ses plans, l'archéologue savait quelle direction il devait emprunter pour rejoindre le Henan. Mais il ignorait en revanche dans quel sens de la route il devait se diriger. Son intuition et son sens de l'orientation naturel l'incitèrent à opter pour la gauche. Il avait raison. C'est à son cou, tenue par une chaînette, qu'il avait passé la croix en argent donnée par le père Wautier. De temps à autre, il la palpait sous sa chemise, de manière à se rassurer. Son sésame était bien là, bien accroché. Ne restait plus qu'à trouver le village de Xinmi, et aller à la rencontre de cette jeune femme, Ma Zhen, dans sa curieuse maison troglodyte.

Ce type d'habitat évoquait des souvenirs à Franck, bien qu'il n'en eût jamais visité en Chine. Il se souvenait de ses premiers chantiers de fouilles en Méditerranée. Ses recherches l'avaient mené dans le Sud-Tunisien, dans la région lunaire de Matmata. Là, il avait découvert les habitations troglodytes creusées à même la terre, avec des dénivelés atteignant parfois vingt mètres. Il se souvenait des cours carrées, des puits centrés, des pièces fraîches échappant à l'emprise du soleil, comme des oasis de terre. Retrouverait-il là-bas cette impression d'Afrique du Nord qu'il gardait en lui avec plaisir ?

Chemin faisant, le trafic routier s'intensifiait sans devenir très dense. Tout à coup, au milieu de la plaine, Franck vit s'approcher de loin un bus Pullman reconnaissable à ses étages superposés. Rien de commun avec les bus toussotant et fumant de l'État chinois. Il y avait de fortes chances que ce bel engin abritât des touristes, peut-être des Occidentaux. Tentant le tout pour le tout, après avoir regardé autour de lui, l'archéologue s'immobilisa au milieu de la route, son bras cassé en écharpe, et l'autre s'agitant avec vigueur. Comme il l'espérait, le Pullman s'immobilisa dans un crissement de freins, très supportable pour les oreilles comparé à celui du convoi ferroviaire de la base de Jiuquan. Il s'agissait d'un groupe de Japonais, ce qui surprit Franck, eu égard aux relations tendues qu'entretenaient les deux pays. Le chauffeur était chinois, et l'interprète, une jeune femme aux cheveux très courts, aussi. Dans une langue très pure et précise, Franck raconta qu'il s'était endormi au volant de sa voiture, qu'il avait eu un accident et que son bras était brisé. Il demanda si on pouvait le déposer dans la ville la plus proche pour qu'il soit soigné. L'interprète et le chauffeur se concertèrent. Le chef du groupe japonais se fit traduire les propos de Franck. Quand il apprit que le jeune homme était français, il acquiesça avec empressement, déclarant sa ferveur pour Paris, la

France et Zinedine Zidane. Le tour était joué. Franck n'en espérait pas tant. On lui attribua d'office une place confortable au fond du bus de luxe. Il put tout à loisir se rafraîchir dans les toilettes étroites mais très confortables installées près des marches de la sortie, légèrement en contrebas. Un jeune Japonais, infirmier de son état, se proposa de lui faire un bandage avec du tissu propre, ce que Franck accepta, conscient qu'il devrait rapidement être soigné par un médecin. Le bus roulait vers Zhengzhou. Il pourrait ensuite atteindre Xinmi par un petit train signalé sur tous les guides et que le père Wautier lui avait conseillé au cas où il ne trouverait pas de voiture de location.

Bien sûr, l'archéologue aurait préféré rester dans l'action, tenter de relier les villages wa où le jésuite pensait que son frère Patrick serait tôt ou tard conduit, avec les dangers qu'un tel transfert dans cette région supposait. Mais vu son état d'épuisement et la vive douleur qu'il ressentait, mieux valait se réfugier dans un endroit sûr pour quelques jours, le temps de recouvrer des forces et une plus grande clarté de jugement. Or, si la Chine était grande, il était peu d'endroits où Franck se serait vraiment senti à l'abri du danger. Il était arrivé à ce stade psychologique où un homme peut avoir peur de tout, y compris de son ombre.

Le trajet jusqu'à Zhengzhou se déroula sans incident. Parfois, des Japonais jetaient à Franck des regards à la dérobée, surpris de trouver dans ces confins de la Chine un Occidental, français de surcroît. Une fillette équipée très précocement d'un appareil numérique se fit comprendre pour demander au Français s'il acceptait d'être photographié en souvenir. En temps normal, il aurait accepté sans manière, avec le sourire par-dessus le marché. Mais cette requête eut pour effet de le plonger dans une véritable perplexité. Il finit cependant par chasser ses idées noires et se prêta volontiers à la pose attendue par la petite.

En fin de matinée, les immeubles modernes de Zhengzhou furent en vue. Le bus longea le parc du Peuple et s'immobilisa devant une très ancienne statue de Mao qui lui apparut comme un réel anachronisme. Franck était déjà venu dans le Henan par le passé, travailler sur des vestiges de la dynastie Shang. Il se souvenait d'inscriptions divinatoires sur des ossements, de fondations encore lisibles de très anciennes maisons. Mais cette fois, il venait pour rencontrer des êtres vivants, et principalement cette jeune Mlle Zhen dont le père Wautier avait vanté les mérites de serviabilité comme de discrétion. Après avoir remercié et pris congé, il marcha jusqu'à la gare ferroviaire voisine. Mais là, il eut la déconvenue de voir les guichets pris d'assaut dans une salle archibondée. S'il n'avait pas eu son bras en capilotade, sans doute aurait-il fait le coup de poing pour se glisser jusqu'en tête de file. La densité des voyageurs et leur énervement – en apparence, seuls deux guichets sur dix étaient ouverts –, tout cela dissuada Franck de tenter sa chance.

Il hésita un peu, consulta un panneau consacré aux transports à Zhengzhou avant de prendre une autre direction. Face à la gare ferroviaire se trouvait la gare des bus longue distance. Renseignement pris, un minibus partirait dans moins d'une heure pour une excursion vers le fleuve Jaune en passant par le site des tombeaux Han. Ce détour obligeait le chauffeur à traverser Xinmi. Il n'était pas prévu qu'il s'y arrête, mais moyennant un supplément symbolique, Franck obtint d'être déposé là, tout en ayant dû s'acquitter du prix de toute l'excursion. C'était évidemment du vol, mais le Français considéra que le principal était de gagner Xinmi au plus vite, et que cet objectif justifiait de se laisser abuser en connaissance de cause.

À l'heure dite, le chauffeur attendait deux passagers avant de démarrer. Il fallut patienter encore une vingtaine de minutes avant que le minibus ne traverse les grands boulevards sans âme qui défiguraient la ville. Franck tenta de calculer combien de kilomètres il avait effectués en bus ces dernières semaines, mais il renonça. Le véhicule n'avait pas le confort du Pullman. Des Chinois avaient pris place, certains ne se séparant pas de volailles en cage. Le Français les dévisagea sévèrement, n'avaient-ils pas compris que les poules se devaient d'être confinées ? Une acre odeur de fiente submergeait parfois l'habitacle, et Franck décida de voyager le nez à l'air, déflecteur ouvert, pour s'éviter toute inhalation funeste. Il avait bien assez d'ennuis comme ça.

Il somnolait quand il sentit le moteur du minibus faiblir. Il faut dire qu'à plein régime, l'engin émettait les sons d'un motoculteur. L'archéologue ouvrit les yeux. C'était Xinmi. Franck s'ébroua en se redressant sur son siège. Un faux mouvement lui tira une grimace et lui rappela l'état de son bras. Voyageur sans bagages, il se retrouva sur une petite place, à chercher la bonne ruelle qui le mènerait à la maison troglodyte de Mlle Zhen. Il fit quelques pas et s'affaissa brutalement, tombant par terre de tout son poids. Ses jambes ne le soutenaient plus. Trop de fatigue. Trop de tension. Et la fièvre qui chauffait son corps à mesure que son bras enflait. Aux visages qui se penchèrent sur lui à ce moment, il n'eut que le temps de dire « Ma Zhen » avant de perdre connaissance. Quand il revint à lui, quelques minutes plus tard, c'est le visage d'une jeune femme qui lui apparut. Un visage d'une pureté inouïe, un visage souriant, la grâce incarnée. Il était allongé sur un lit de faible hauteur, dans une pièce fraîche aux murs de lœss.

— J'ai reconnu la croix d'argent que vous portez à

votre cou. Elle vient d'un ami très cher, fit l'apparition, dont la voix s'accordait aux traits par la douceur et le velouté.

Franck se mit à lui sourire à son tour. Il était arrivé.

50

Où était-il arrivé ? Patrick Deroubaix avait voyagé de nuit dans une voiture luxueuse au moteur silencieux, à l'arrière, serré entre deux gardes corpulents dont le phrasé chinois lui était totalement inconnu. S'il avait su qu'il était encadré par deux descendants de guerriers wa coupeurs de têtes, sans doute aurait-il tremblé de peur. Mais ses ravisseurs avaient pris soin de lui bander les yeux pour qu'aucune image de cette nouvelle migration ne vienne s'imprimer sur ses rétines. La route vers le Yunnan, berceau des Wa avec l'État Shan de Birmanie, n'était pas des mieux entretenues. Nids-de-poule, pierres pointues et arbres en travers formaient l'ordinaire du trajet, si bien que le véhicule creva une fois à l'avant. Cette halte en rase campagne effraya Patrick. Un instant il crut, dans le silence de la nuit, qu'on l'avait mené dans un *no man's land* afin de le liquider, puisqu'il n'avait pas parlé. Les digues de son courage commençaient à céder une à une, et quand l'auto, une fois la roue changée, reprit son itinéraire chaotique, Patrick se sentit moins oppressé.

Bien sûr, les Wa n'étaient plus à proprement parler des coupeurs de têtes, rituel qu'ils effectuaient jadis en sacrifice pour obtenir de bonnes récoltes. Il fallait que des têtes tombent et qu'elles mêlent leur sang à la terre pour la féconder. Le sang abreuvant les sillons n'était pas seulement une vision de *La Marseillaise*... À la manière de conduire du chauffeur, multipliant les changements de vitesse et les rétrogradations de troisième en deuxième, voire en première, Patrick comprit qu'ils avaient atteint une région montagneuse. En effet, les Wa vivaient sur les hauteurs de la zone frontalière avec la Birmanie, dans des lieux pauvres où il fallait beaucoup de patience et de sueur, faute de têtes coupées, pour faire rendre à la terre un peu de ce qu'on lui donnait. Si le riz était la culture officielle la plus répandue, une fleur du mal avait trouvé ici droit d'asile : l'opium. Puisque les productions vivrières ne permettaient pas de vivre, le pavot venait en substitut. Nul ne se préoccupait de savoir si c'était légal ou non. Le principal était d'en retirer un revenu suffisant pour se sortir d'une misère ancrée depuis des générations sur ces versants montagneux déchiquetés.

Quand une main ôta brusquement son bandeau à Patrick, il se retrouva dans la voiture immobilisée devant une cabane de guingois qui tranchait avec le luxe, même poussiéreux, du véhicule. Des hommes et des femmes, des enfants surtout, s'étaient attroupés autour de la voiture, guettant avec curiosité l'homme blanc. Jamais homme blanc n'avait d'ailleurs autant mérité ce qualificatif. C'est pâle comme un linge que Patrick apparut aux yeux des villageois. Il cligna les yeux quelques secondes, le temps de s'habituer à la lumière du jour. Puis il remarqua la physionomie des hommes, leur taille moyenne, leur port raide, leurs cheveux drus et courts qui leur donnaient un air martial. Les femmes étaient engoncées dans des robes de paysannes aux couleurs passées dans les tons brun et noir. Les enfants portaient des vêtements qui ressemblaient à des haillons. C'était une terre de pauvreté.

On le poussa vigoureusement en direction de la

baraque qui lui faisait face. Il manqua trébucher puis se retrouva dans une grande pièce vide, une fois encore. On lui lia les poignets dans le dos et le manège bien connu recommença. Une femme entra et déposa sur une table basse une cruche remplie d'eau ainsi qu'un verre. Il but quelques gorgées qu'il recracha aussitôt. Un goût de pourriture venait de lui emplir la bouche. C'est à cet instant que Long Long pénétra dans la salle.

— Cette eau ne vous plaît pas ?

— Rien ne me plaît ici, répondit Patrick.

— Vous ne devriez pas être si regardant, il va falloir vous habituer à peu si vous ne donnez rien en échange.

— Où sommes-nous ? demanda-t-il.

— Bonne question, répondit Long Long. Avez-vous déjà entendu parler des Wa, une ethnie très intéressante de notre grand pays, dont la particularité est de trancher les têtes avec le fil des sabres ? Certains réussissent même ce genre d'exploit avec de simples couteaux à la lame bosselée. Cela prend un peu plus de temps, il y a sans doute davantage de souffrance pour la victime, mais c'est le résultat qui compte, n'est-ce pas ?

Patrick avala sa salive. Sa bouche était devenue sèche. Il n'avait pas fermé l'œil de la nuit, comme un condamné dans les heures qui précèdent son exécution, attentif au moindre bruit de pas ou de clés. Deux hommes furent introduits dans la pièce, deux de ces paysans wa aperçus tout à l'heure, avec leur faciès dur et tanné par l'air vif, leurs cheveux comme coupés à coups de serpe. Et chacun tenait justement dans sa main un sabre rutilant.

— Vous allez voir, fit Long Long d'un air mystérieux.

Une chèvre fut amenée au centre de la pièce, à deux mètres de Patrick.

D'un geste de la main, Long Long donna le signal.

Un des deux hommes armés trancha la tête de l'animal en moins de temps qu'il n'en fallut à Patrick pour fermer les yeux devant ce spectacle cruel. Un des deux paysans enleva le corps de l'animal, qui laissa derrière lui une grosse flaque de sang. Restait dans la pièce un homme armé d'un sabre, qui fixait le Français.

— Efficace, n'est-ce pas ? fit Long Long.

Patrick resta silencieux et prostré, convaincu que le moment était venu d'en finir une bonne fois. Contre toute attente, une image incongrue lui vint en mémoire. Une lecture enfantine de *Tintin et le Lotus bleu*, quand un jeune Chinois dément s'apprêtait à trancher la tête de Tintin en prétendant qu'il l'aiderait ainsi à trouver la voie.

Le tueur au sabre s'était approché encore. Patrick leva les yeux en direction de Long Long, plus pâle que jamais. Il s'éclaircit la gorge et tenta de proférer quelques paroles, mais rien de distinct ne sortit.

— Que dites-vous ? interrogea le Chinois en se penchant vers le détenu.

Patrick se sentait très faible, comme en proie à un évanouissement imminent.

— Je vais vous dire ce que vous voulez savoir, articula enfin le Français.

Long Long eut un sourire de satisfaction.

— Les voyages ouvrent les esprits, lâcha-t-il, avant de faire sortir le paysan armé.

L'homme disparut. Long Long se retourna vers Patrick.

— Je vous écoute, fit-il d'une voix très calme.

51

Le printemps avait fait une belle percée sur la France, et même le Nord profitait d'un soleil acéré qui illuminait les vieilles façades lilloises. Malgré l'adversité qui ne cessait de le mettre à l'épreuve, Guy Deroubaix s'efforçait de puiser dans son existence quotidienne de quoi voir la vie du bon côté. Son rayon de soleil, en dehors de celui généreusement dardé par l'astre du jour, était sa petite-fille. Mei, avec ses yeux bridés, sa peau dorée, et malgré tout cela aussi, était vraiment une Deroubaix : obstinée, têtue même, charmeuse, volontaire, assidue, capable de se concentrer longtemps sur des activités minutieuses, en dépit de son tout jeune âge. Le patriarche ne la regardait pas : il la dévorait des yeux et bâtissait pour elle, dans le secret de son cœur, les projets les plus beaux, les plus fous et les plus audacieux. Certes, il ne lui rendrait pas une maman, et cet état de fait l'attristait au plus haut point. Mais il lui donnerait tout ce qu'il pouvait, et d'abord des trésors d'affection et de tendresse qu'il semblait avoir découverts sur le tard, pour une enfant venue du bout du monde avec dans ses veines des gouttes de son sang nordiste.

Ce dimanche, le bilan des événements n'était pourtant pas très encourageant. Cela faisait maintenant une semaine qu'un signal informatique était parvenu sur le système d'alerte de Lenoos, l'âme damnée du hacking, ami malgré tout de Christophe Leclerc. Ce signal avait bel et bien donné la preuve d'une collusion entre la jeune espionne et l'industrie spatiale de son pays. Le patriarche se félicitait de n'avoir laissé à portée de pillage que des informations anciennes ou déjà obsolètes sur les fibres techniques. Mais par instants il se demandait si les ravisseurs de Patrick, découvrant qu'ils avaient été joués, ne seraient pas tentés de s'en prendre à lui, de lui faire rendre gorge, au propre comme au figuré. Sans nouvelles de son aîné, Guy Deroubaix ne pouvait que supputer. Comme toujours, l'inaction lui pesait, car elle était à ses yeux synonyme d'impuissance.

Assis dans le grand salon de la maison familiale, il remuait toutes ces idées grises, la porte ouverte à deux battants sur le jardin. Mei jouait avec son *ayi* qui, en quelques semaines, avait appris plusieurs mots de français. Virginia avait fini par pactiser avec la jeune Chinoise, et même à apprécier qu'elle préparât de temps à autre des repas typiques de sa région d'origine, à base de poisson, de champignons et de riz parfumé. Comme souvent le dimanche, Guy Deroubaix demandait à son chauffeur de lui porter la presse du week-end, l'édition spéciale de *La Voix du Nord*, quelques quotidiens parisiens et *Le Journal du dimanche*. Il demandait aussi quelques revues spécialisées dans l'économie et son plaisir boulimique consistait à éplucher toute cette littérature dans le gros fauteuil du salon, avant de jeter les feuilles à ses pieds les unes après les autres. Son obsession de ne pas passer à côté d'une information importante agissait comme un véritable moteur, ou comme une excuse pour ne pas s'intéresser à autre chose qu'à ses affaires.

La présence de sa petite-fille adoucissait ces moments intenses. D'habitude, il était déconseillé à quiconque d'interrompre le patriarche dans la lecture de la cote ou des analyses financières spécialisées, sous peine d'essuyer un regard glacial ou au mieux distant, voire une grosse colère si les valeurs textiles tournaient de l'œil. Mais il suffisait qu'il entende Mei éclater de rire, ou tomber dans le jardin, pour qu'il abaisse aussitôt son journal afin de contrôler la situation, consoler ou encourager à distance. Il arrivait même qu'il décide de se lever pour aller jouer avec l'enfant.

Une information le préoccupait. Dans un contexte de nouveau tendu entre exportateurs chinois et pays européens, les marchandises destinées aux vendeurs par correspondance, les fameux vépécistes, étaient de nouveau bloquées dans les ports français. Malgré les assurances du gouvernement français suivant lesquelles ce blocus serait bientôt levé, il semblait bien que l'affaire s'orientât vers l'enlisement. Après la levée des quotas chinois, le raz-de-marée avait été tel que de nombreux industriels, même dans le camp des plus libéraux, avaient demandé des arbitrages urgents de l'État. La réponse avait quelque peu tardé à venir. Mais après plusieurs manifestations d'ouvrières du textile, Paris avait cédé, enjoignant aux autorités portuaires de retenir la marchandise acheminée depuis la Chine et d'ajourner les livraisons *sine die*.

Par le passé, lors de tensions comparables, encore que moins intenses, Guy Deroubaix avait pu s'appuyer sur son partenaire de Peng Textile Long Long pour dénouer la situation. Mais depuis plusieurs jours, ce maudit Long Long était aux abonnés absents, et certains messages cryptés de Franck pouvaient laisser croire à une implication personnelle de l'associé dans les drames récents qui avaient frappé la famille, à commencer par l'enlèvement de Patrick. Le patriarche se sentait ainsi doublement trahi : par le gouvernement qu'il taxait de faiblesse ; par un associé dont il subodorait à présent la véritable implication.

Comme il suivait Mei du regard, Guy Deroubaix se mit à penser à son autre petite-fille, grande en l'occurrence, la gentille Lise dont il avait assez régulièrement des nouvelles. La fille de Patrick avait occupé beaucoup son esprit et ses sentiments avant qu'il ne reçoive Mei chez lui. Leur différence d'âge lui donnait l'impression d'une chaîne qui résistait au temps, d'un éternel recommencement. Il se surprit à frissonner en imaginant que Franck et Patrick pourraient disparaître pour de bon, laissant Lise et Mei à leur destin. Bien sûr, il aurait assuré leur avenir, la maison était prospère, en dépit de ces affaires contrariantes d'embargo. Mais le patriarche, dans ces moments-là, sentait le poids de l'âge. Il trouvait la vie trop courte, ne se résolvait pas à devoir la quitter un de ces jours, même si le jour, espérait-il, était encore loin.

S'il avait pu, avec une webcam par exemple, apercevoir Lise dans ses pérégrinations chinoises, Guy Deroubaix aurait été rassuré. Depuis sa rencontre avec Tchang, la jeune fille était chaque jour, et aussi chaque nuit, plus épanouie. Elle vivait intensément ses sentiments, comme une fleur ouvre ses pétales à la lumière du jour. Par moments, elle se sentait envahie par une chape de culpabilité, se demandant comment elle pouvait s'arroger le droit d'être aussi heureuse, aussi légère, quand son père croupissait quelque part dans les mains de ravisseurs, peut-être des tueurs, et quand son oncle en était réduit à voyager incognito avec aux trousses des hommes dangereux. Et pourtant c'était ainsi. Elle formait des projets avec Tchang, passait des heures merveilleuses à peaufiner avec lui leur idée d'une collection de mode inspirée du fameux idéogramme confié par Franck. Tout leur paraissait possible, même l'impossible. Lise apprenait le chinois, tout au moins le langage du cœur, Tchang lui donnant une becquée de mots entre deux baisers. Le reste du temps, ils imaginaient tout le parti esthétique à tirer de l'idéogramme aux origines mystérieuses qui reliait Franck Deroubaix à la Chine. Parfois le matin, dans le grand soleil, ou le soir à la lueur de spots puissants installés dans la maison de Shanghai, Tchang organisait un défilé pour Lise toute seule. Elle passait des habits plus fantaisistes les uns que les autres, parfois des ébauches qui la laissaient presque nue, sous le regard éperdu du jeune Chinois dont elle était comme l'égérie. Les deux jeunes gens s'amusaient follement, se photographiaient, jouaient la comédie, le langage des gestes remplaçant avantageusement ce que le vocabulaire ne suffisait pas à transmettre.

Ainsi, une certaine allégresse continuait-elle de régner dans le cœur meurtri de Lise. C'était seulement le soir, au moment de s'endormir, qu'elle pensait parfois à son père, de manière très violente. En fermant les yeux, elle voyait du sang, des vêtements en pièces, autrement lacérés que ceux dont Tchang la gratifiait. Elle pleurait alors doucement et le jeune homme la serrait contre lui jusqu'au matin.

52

— Voilà comment les choses se sont passées, dit la jeune femme d'une voix attristée, dans laquelle subsistait pourtant cet accent chantant qui avait immédiatement séduit Franck, en plus de son sourire et de son visage si pur.

Ma Zhen venait de lui raconter les conditions dans lesquelles le père Wautier avait trouvé la mort, et il en avait encore le frisson. Il songea que des tueurs de ce genre étaient forcément à ses trousses, et se demanda par quel miracle il avait pu jusqu'à présent échapper à leur sentence fatale. Pendant que la jeune femme essayait de le réconforter, Franck sentit monter presque malgré lui des larmes de fatigue et de chagrin mêlés. Il les laissa couler sans chercher à les retenir. Ma Zhen les essuya doucement avec un coin de son mouchoir blanc, dans un geste qui laissait augurer de sa part beaucoup de tendresse et de compassion.

— Qui m'a amené jusqu'ici ? réalisa Franck.

— Des amis. Je crois que vous avez prononcé mon nom, avant de vous évanouir.

— C'est ça, j'ai donc perdu connaissance, fit l'archéologue, histoire de renouer le fil de sa conscience.

— Vous l'avez perdue, mais vite retrouvée, reprit la jeune femme en montrant l'éclat de son sourire.

Franck ne fut pas long à recouvrer des forces et une bonne dose de sérénité. Il faut dire que Ma Zhen déploya tous ses trésors de douceur et – rapidement – d'affection pour sortir l'archéologue de la torpeur dans laquelle il était tombé. Le premier jour de sa présence, il reçut la visite d'un vieux Chinois qui examina son bras en silence.

— M. Wong est un magicien, murmura la jeune femme sur un ton rassurant.

Il est vrai que ce M. Wong, qui guérissait toutes sortes de luxations et autres fractures sans autre diplôme que l'expérience, avait une trogne impressionnante. Le crâne absolument lisse et luisant, le sourcil épais et noir comme la pupille de ses yeux, deux grandes rides verticales ravinant ses joues émaciées, il pouvait inspirer un sentiment de peur à qui ne l'avait jamais vu ni entendu parler. Car sa voix était étonnamment flûtée, comme si la rugosité de ses traits était compensée par la délicatesse et la chaleur inattendues de son timbre. L'homme défit délicatement l'écharpe de fortune qui tenait le bras blessé de Franck et entreprit un massage lent des muscles, sans trop appuyer, cherchant par palpations la zone précise de la fracture. Quand il l'eut trouvée, il ferma les yeux pour mieux sentir encore où se situait l'impact. Puis d'un geste sec et fulgurant, il tira sur les extrémités du radius, provoquant chez Franck un cri de surprise plus que de douleur. Ce fut tout.

L'homme salua et se retira. Ma Zhen revint au chevet de l'archéologue et le rassura.

— Vous verrez que son intervention sera spectaculaire. Dès demain, votre bras aura dégonflé de moitié, et après-demain il n'y paraîtra plus. M. Wong a laissé ceci pour vous (elle désigna un petit pot d'onguent de la couleur du *guacamole*). C'est moi, si vous le permettez, qui vous l'appliquerai. Je ne vous ai pas dit que j'étais médecin.

Franck apprécia ce premier massage qui entrait en lui comme un message silencieux de douceur réitérée. Sans un mot, les deux êtres étrangers l'un à l'autre se découvraient, s'écoutaient, éprouvaient des sensations physiques qui débordaient le simple contact d'un patient avec son médecin.

Le lendemain, comme l'avait prédit Ma Zhen, le bras du jeune homme avait nettement dégonflé. Il commençait à éprouver de bonnes sensations en le remuant avec précaution. M. Wong n'avait pas jugé utile de plâtrer. Il avait chargé Ma Zhen de confectionner une attelle avec une pièce spéciale de soie permettant de garder la chaleur à même la peau. C'est ainsi que Franck, qui n'avait jamais été ni vraiment malade, encore moins blessé depuis qu'il vivait dans ce pays, fit son initiation à une forme ancienne et éternelle de médecine chinoise, où la chimie n'avait guère de place, où les gestes ancestraux et les onguents naturels tenaient lieu de traitement et de médication.

Plusieurs jours passèrent. Franck finit par raconter à la jeune femme toute son histoire. La première fois, ce fut un après-midi, après qu'ils eurent fait l'amour, elle sur lui, délicatement, dans la pénombre, rideaux tirés. Il voyait son indéfectible sourire. Ses longs cheveux lâchés caressaient sa poitrine quand elle se penchait au-dessus de lui pour lui donner de brûlants baisers. Ma Zhen, se sentant impuissante à élucider quoi que ce soit, avait redoublé d'ardeur pour donner à Franck une sensation de renaissance.

Mais désireux de mettre un temps sa vie entre parenthèses, Franck se montra très curieux des activités de la jeune femme. Et il fut très surpris d'apprendre qu'elle, si délicate, menait au jour le jour un terrible combat pour aider, avec des moyens scandaleusement limités, les malades du sida des villes et villages voisins. Des années durant, la Chine avait occulté l'existence de cette maladie, comme elle avait tardé à reconnaître l'existence du Sras. Moyennant quoi, l'alerte avait souvent été donnée trop tard pour élaborer une politique efficace et suivie de prévention. Des milliers d'hommes, de femmes et même d'enfants développaient à présent la maladie, suite à des relations sexuelles non protégées mais aussi à des transfusions sanguines effectuées en dehors de toute règle de sécurité et de contrôle concernant les donneurs. Quand il fut sur pied, Franck demanda à Ma Zhen si elle accepterait qu'il l'accompagne dans le dispensaire où elle prodiguait conseils et soins. La jeune femme, trop heureuse de faire partager son combat, ne se fit pas prier. C'est ainsi que Franck, oubliant pour un temps ses problèmes – mais sachant bien que ces derniers ne tarderaient pas à le happer –, découvrit, grâce à la jeune femme médecin, une Chine insoupçonnée. Embrassant soudain une souffrance plus vaste, plus intense que la sienne, car démultipliée en centaines, voire en milliers de cas, il toucha du doigt les dégâts causés par la désinformation. Une fois de plus, le pouvoir en place et le Parti communiste – les deux ne faisaient en réalité qu'un – se montraient coupables de déni. À force de ne pas vouloir regarder la réalité en face, cette même réalité explosait cruellement dans le corps de tous ces malades, séropositifs ou déjà atteints par le virus. La tâche de Ma Zhen était magnifique, désespérée.

La première tournée qu'ils firent ensemble dans des villages très reculés de la région fut l'occasion de distribuer des médicaments, jamais assez, contre les diarrhées et les maux de tête ; malheureusement, comme le lui expliqua la jeune doctoresse, les malades manquaient terriblement de doses suffisantes d'antirétroviraux, ces traitements dont disposait l'Occident et que la Chine, pour des questions d'image autant que pour des raisons de coût, renâclait à importer. Acheter des trithérapies à l'étranger, voilà qui aurait constitué, aux yeux du pouvoir de Pékin, un aveu de faiblesse, une preuve de la contamination. Or la Chine était un pays pur, réputé exempt de toute maladie honteuse liée à la décadence du seul Occident. Ma Zhen se débattait au milieu de cette pénurie, et c'est l'éducation des jeunes qui lui semblait la plus porteuse d'avenir, compte tenu de ce manque de moyens.

Franck se sentait de plus en plus attiré par Ma Zhen. La jeune femme rayonnait littéralement au milieu de cette détresse humaine, sans jamais se départir d'une bonne humeur et d'une joie de vivre contagieuses. Pourtant, à mesure que les jours passaient, à mesure que ses forces et son tonus revenaient, le jeune homme reprenait le sens aigu de son devoir : retrouver Patrick avant qu'il ne soit trop tard. Donner leur vrai sens aux liens familiaux qui l'unissaient à son frère et à son père, même si le patriarche n'était pas son géniteur, ni Patrick son véritable frère de sang. La soirée des adieux fut à la fois pleine d'harmonie et de mélancolie. Ma Zhen avait fort bien compris que Franck était appelé ailleurs. Mais la nuit qu'ils passèrent enlacés fut comme une promesse de retrouvailles, lorsque toute cette période noire serait passée. Un frère de la jeune femme était moine dans le célèbre temple de Shaolin, à deux heures de route. Ma Gong, c'était son nom, était un de ces rois du kung-fu qui avaient fait jadis rêver des générations de jeunes Occidentaux en mal d'exotisme et fascinés par la maîtrise du corps, obtenue par la pratique rigoureuse des arts martiaux. Ma Zhen remit à Franck une lettre cachetée pour son frère. Il prendrait son protégé en main et ferait son possible pour lui enseigner en quelques jours les gestes clés du combat. Les adieux se firent sur la promesse de se revoir et, en quittant les bras de Ma Zhen pour ceux – nettement plus belliqueux – de son moine de frère, Franck eut le sentiment paradoxal d'une séparation moins douloureuse.

Le temple bouddhique de Shaolin, au sommet du mont Song-shan, existait depuis l'an 496. On y apprenait donc depuis plus de mille cinq cents ans tous les gestes efficaces destinés à vaincre un adversaire, les postures, déplacements, blocages, techniques des mains et des jambes et autres méthodes de saisie. Certaines postures étaient directement inspirées de celles d'animaux sauvages comme la grue, le tigre, l'ours, le singe ou le léopard. Outre ces multiples savoirs, les moines de Shaolin détenaient les clés du souffle, de la respiration, de la concentration et de la souplesse, autant de connaissances précieuses pour Franck dont le bras s'était rapidement remis, mais qu'il fallait précisément rééduquer dans l'apprentissage de mouvements lents et précis.

À son arrivée dans la ville reine du kung-fu, Franck fut surpris de découvrir que cette cité mythique se résumait en réalité à une très longue rue rectiligne tracée sur plusieurs kilomètres, et bordée de part et d'autre par un nombre incalculable d'écoles d'arts martiaux logées dans de petits immeubles. Derrière des grilles, on apercevait d'immenses terrains en terre battue où les instructeurs enseignaient leur art, soit à mains nues, soit avec différentes armes de combat, bâton, sabre ou épée. Il fut étonné de croiser de nombreux Européens, venus participer à des stages plutôt onéreux pour apprendre la technique ou parfaire leurs gestes.

Tout au bout de cette immense avenue réservée à cet art se dressait le temple de Shaolin. L'archéologue usa de sa lettre comme d'un sésame. Un moine très silencieux le fit attendre sous un patio d'où il pouvait suivre les entraînements. Des jeunes gens se faisaient face deux par deux et répétaient une étrange chorégraphie faite de coups de pied bloqués, de sauts de carpe et de balayages. Au bout de quelques minutes, il vit apparaître un petit homme robuste, entièrement chauve, auquel il n'aurait su immédiatement donner un âge précis. Il chercha dans son visage, à travers son regard, une ressemblance avec Ma Zhen, mais elle ne lui sauta pas aux yeux. Ce qui le frappa aussitôt en revanche, c'était l'énergie puissante et paisible à la fois qui se dégageait de cet être au sourire contrôlé. Franck le salua et le suivit. Ma Gong, informé par sa sœur, examina la trace de la fracture du jeune homme. Il l'emmena dans une pièce du temple dédiée aux soins et aux massages. Là, une infirmière lui massa longuement le bras avec des onguents à base de végétaux, sans doute comparables à ceux utilisés par le vieux guérisseur chinois que lui avait présenté Ma Zhen. Une heure plus tard, Franck se retrouvait face à Ma Gong dans une cour en terre battue, apprenant, ou réapprenant, à contrôler son souffle, le rythme de son cœur, le relâchement de chacun de ses muscles.

Ce fut le début d'un cycle que Franck vécut comme un commencement de renaissance, tout à la fois physique et mentale. S'il ne resta sur place que quatre jours, il eut la sensation profonde d'avoir vécu dans le temple de Shaolin comme une vie en soi, avec un début et une fin, et énormément de choses riches, constructives, entre les deux. Ce qui ne l'avait pas frappé à l'origine devint rapidement plus évident : Ma Gong et Ma Zhen se ressemblaient dans leur manière de vouloir faire partager leur passion, l'un pour son art, l'autre pour la défense de la vie contre la maladie. Ces deux êtres, si différents dans leurs choix de vie, étaient semblables dans l'intensité de leur engagement au profit des autres. Franck, à les côtoyer, reprit espoir : il existait encore sur cette terre de Chine des êtres généreux.

À l'issue de cette formation intensive, le jeune homme

avait recouvré l'essentiel de sa forme physique. Il se sépara de Ma Gong à regret, avec l'idée de revenir un jour ici, avec Ma Zhen. Mais à présent, il fallait voler au secours de Patrick, s'il était encore temps.

53

Depuis plusieurs jours, Franck avait repris la route et, déjà, il regrettait les soins de la belle Ma Zhen. À son doux contact s'était substituée la crainte permanente d'être identifié, d'être stoppé dans cette course folle qui le menait vers son frère. Deux émotions opposées animaient alternativement le jeune homme qui, suivant l'humeur, adoptait des attitudes de bête traquée ou de rédempteur. Durant la journée, les secondes succédaient aux secondes, interminables. De minuscules grains de sable s'écoulaient de haut en bas d'un gigantesque sablier. Lassé de voyager, le Français n'était plus sensible à la beauté des paysages, alors il cogitait, se prenait pour Ulysse dont l'épopée avait duré quantité d'années. Quand retournerait-il à la maison ? Quand reverrait-il sa fille ? Quand reprendrait-il son activité ? Régulièrement le visage de Jiao s'imposait, à croire que la bienveillance de sa jolie protectrice avait brisé les barricades bâties en urgence autour de son chagrin. Qu'il tentât de le toucher et le mirage disparaissait, le laissant songeur et triste, inconsolable.

La nuit, à force de volonté, Franck parvenait à dormir malgré l'inconfort des transports routiers, malgré les places étroites prévues pour de plus petits gabarits et, surtout, malgré l'angoisse d'un contrôle inopiné des autorités. Les dés étaient jetés. Le jeune homme devait préjuger de sa chance. Ma Zhen l'avait assuré qu'un ange gardien de toute première qualité veillait sur lui, ce qui n'était pas superflu ne serait-ce qu'au regard de la dangerosité des Chinois au volant. Aussi incroyable que cela pouvait paraître, un sentiment proche de la foi l'animait. S'agissait-il de la foi dans son action, de la foi en lui-même ou de la foi religieuse ? Alors qu'il s'apprêtait à traverser le Yang-tsé du nord au sud, l'archéologue s'interrogea. Un point au moins était avéré : il était sûr de son bon droit et considérait que la justice de Dieu et des hommes était incontestablement de son côté.

Au rythme de mauvaises routes – souvent montagneuses –, Franck arriva un matin ensoleillé à proximité de la capitale du Yunnan. Afin d'éviter la grande agglomération, il descendit du bus à quelques kilomètres au nord de la grande ville, pas très loin des usines Peng Textile dont le Français supposait que le deuxième bâtiment était désormais terminé. Les longues heures de son périple lui avaient permis de peaufiner un plan, ou plus exactement un piège dans lequel il espérait attirer Xue Long Long, le machiavélique associé de Deroubaix Fils, qu'il considérait désormais sans plus de doute comme le ravisseur de son aîné. Mais, pour être à pied d'œuvre, le Français prit d'abord la précaution de dénicher une auberge afin de s'y restaurer et d'y dormir tout son soûl. La suite de sa mission exigeait qu'il soit au maximum de son acuité et de ses possibilités physiques.

Une demi-heure plus tard, Franck pénétrait dans l'hôtel du Jeune Cygne, un établissement modeste dont le propriétaire, un cinquantenaire à la mise plutôt débraillée, exigea la présentation du passeport. La règle était la règle et l'archéologue n'ignorait pas la loi. Lors de son séjour dans le Henan, Ma Zhen – qui ne manquait pas de ressources – lui avait procuré de faux papiers très ressemblants qu'il tendit malicieusement au tenancier des lieux. Ce dernier fit mine de les observer attentivement, puis les lui rendit assortis d'un imprimé mal photocopié. Charge à son hôte de remplir la paperasserie. Le jeune homme s'exécuta avec naturel, après quoi l'aubergiste l'accompagna jusqu'au palier d'une chambre élémentaire mais propre. Le Chinois remit les clés au Français et il s'éclipsa. Un lit, une table, sur laquelle était posée la sempiternelle Thermos d'eau chaude accompagnée d'un verre et de deux sachets de thé, ainsi qu'une simple chaise constituaient l'ensemble du mobilier. Au plafond brillait une ampoule nue qui éclairait les murs blancs et le sol en béton brut. Une mince ouverture, par laquelle un enfant pouvait à peine se glisser, surplombait la cour et, dans un coin, un évier délivrait de l'eau froide.

Le jeune homme se lava les dents, se rinça le visage et la bouche et se dirigea vers la douche de l'étage. De retour dans la chambre, il s'étendit de tout son long sur le lit et s'endormit rapidement.

Vers 17 heures, Franck descendit à l'accueil. Il s'enquit auprès du propriétaire de l'endroit où il pourrait louer une bicyclette. L'aubergiste présenta à l'archéologue un vélo encrassé stationné dans la cour. Devant lui, il l'astiqua avec un chiffon douteux, puis l'invita à l'essayer. L'engin, qui n'était pas de première jeunesse, fonctionnait correctement, suffisamment pour assurer les déplacements prévus dans le plan de l'archéologue qui vérifia aussi l'état des pneus et des feux. Après un bref échange, les deux hommes s'accordèrent sur le prix de la location.

Puis le jeune homme, qui attendait la tombée du jour pour agir, s'attabla dans une gargote et commanda un solide repas. Enfin il rejoignit sa chambre, sortit une feuille de papier blanc, un stylo et écrivit :

Cher Monsieur Xue Long Long,

Bien que clandestinement désormais, je suis toujours à la recherche de mon frère Patrick, disparu maintenant depuis de longs mois. Pour les besoins de mon enquête, j'aurais quelques questions à vous poser. Pouvez-vous, SVP, me retrouver à l'étang du Dragon noir, au palace du même nom, demain à midi très précisément ? Je vous y attendrai.

Compte tenu de ma situation, je vous remercie d'observer la plus grande discrétion.

À demain, j'espère.

Cordialement,

Franck Deroubaix

Franck cacheta l'enveloppe, y inscrivit le nom du partenaire de Peng Textile et ajouta la mention « Urgent, personnel et confidentiel ». Il enfourcha ensuite la bicyclette et prit la direction de l'usine. Pendant ses jeunes années, l'archéologue avait beaucoup roulé, soit pour visiter ses amis, soit pour accompagner son père et son frère, que la même frénésie cycliste animait, à la veille des grandes épreuves de l'été, du Tour de France en particulier. À l'époque, le jeune homme, qui ne dédaignait point se dépenser physiquement, goûtait surtout à l'aspect bucolique de ces promenades tandis que le patriarche et Patrick se lançaient défis sur défis : le premier arrivé en haut de la côte, le premier parvenu à la rangée d'arbres, et ainsi de suite. Quelques années plus tard, il avait embarqué pour le territoire chinois où l'usage du vélo était pour le moins répandu, surtout à Pékin et dans les *hutong* où seuls les deux-roues parvenaient à circuler. Aussi, Franck, qui ne manquait point d'entraînement, avala-t-il sans rechigner la trentaine de kilomètres qui le séparait de son objectif, en une heure à peine. À un enfant qui passait par là, il confia la tâche de remettre le pli à l'accueil du bâtiment principal. Puis il se cacha dans les fourrés afin d'observer les mouvements éventuels suscités par son message.

Comme il le subodorait, la construction du second établissement était terminée : une belle usine rutilante sur laquelle s'inscrivait en lettres d'or le logo de la société Peng Textile. Il remarqua aussi la luxueuse berline blanche de Xue Long Long garée en face du porche de la réception. Une demi-heure plus tard, le chauffeur, casquette à la main, ouvrait la portière arrière à son patron. La voiture démarra en trombe et passa à quelques mètres seulement de l'archéologue qui essaya en vain de guetter l'expression de son adversaire : les vitres étaient teintées.

Sans se départir de son énergie vengeresse, Franck consacra la soirée à l'exécution de la deuxième partie de son plan et rentra se coucher.

Le lendemain matin, il se réveilla d'excellente humeur, savourant d'avance le tour qu'il s'apprêtait à jouer au partenaire de son frère. Avant de prendre la route, il dégusta un copieux petit déjeuner occidental dans un café touristique recommandé par l'aubergiste. En vue des efforts qu'il s'apprêtait à fournir, il favorisa les sucres lents. Nez au vent, il enchaîna ensuite les kilomètres de plaine puis de montagne. Il s'arrêta plusieurs fois pour admirer le panorama et choisir un poste d'observation adéquat. Quand il l'eut trouvé, il s'installa et regarda sa montre : 11 heures. Voilà qui lui laissait suffisamment de temps pour entreprendre une miniséance de tai-chi.

La bicyclette dissimulée dans les broussailles, Franck, caché dans un arbre, observait avec intérêt les policiers se déployer autour de l'étang du Dragon noir, en contrebas des hauteurs où il avait pris place. Ces derniers, embarqués dans des voitures banalisées, ne s'étaient pas garés sur le parking qui demeurait vide. Été comme hiver, les visiteurs boudaient ce lieu un peu triste avec ses sources dormantes, ses pavillons taoïstes défraîchis et ses cyprès. Seule la vue sur les monts environnants présentait un intérêt pour les touristes, comme pour Franck qui ne perdait pas une miette du spectacle.

À 11 h 50, la grosse berline blanche apparut au détour d'un virage. Elle s'arrêta une première fois pour permettre à Xue Long Long de vérifier que le dispositif était en place. Un signe discret d'un présumé chef et la voiture repartit pour stationner à l'entrée du parc. Le chauffeur descendit en premier, puis ouvrit la portière arrière. Même de loin, l'excitation du partenaire de Peng Textile qui s'extirpait de sièges trop moelleux était visible. Xue Long Long alluma une cigarette. Qu'il devait être impatient, songea Franck avec un sourire.

À 11 h 55, d'un pas décidé, l'associé de Patrick s'engagea dans l'allée qui lui faisait face. Il longea le temple du Dragon de Printemps et, un peu plus bas, sur la berge ouest de l'étang, après avoir passé un prunier, un cyprès et un camélia quasi millénaires, il atteignit le palace du Dragon noir. Nerveusement, il marqua une pause avant de pénétrer dans le bâtiment.

Le Chinois passa la main sous sa chemise afin de vérifier la présence du gilet pare-balles, puis il effleura l'étui de son revolver fixé sous l'aine. Qui sait ? Le frère de son partenaire français était peut-être armé. Une fusillade pouvait éclater. Mais Long Long avait tout prévu et les forces de l'ordre encerclaient le parc. Certains policiers en civil avaient même pris place à l'intérieur. Le Chinois avança de deux pas. L'état délabré des bâtiments datant de la période Ming ne le rassurait guère. Il en toucherait deux mots à la prochaine assemblée régionale du Parti. Il inspira avant de poursuivre son chemin et, à midi précis, s'introduisit dans la pièce principale du vieux palace. Il regarda à droite, puis à gauche. Pas de Franck Deroubaix à l'horizon. Soudain, son œil accrocha un rectangle blanc, une enveloppe sur laquelle était inscrit en grand son nom.

Yunnan, 9 septembre 2005

Monsieur Xue Long Long,
Décidément, je ne peux pas vous faire confiance… Me voici désormais fixé sur vous, et sur votre sort ! Voici les conditions pour sauver votre tête. Vous disposez de deux jours pour libérer mon frère. Au-delà de ce délai, je ne réponds plus de rien. Sachez également que je détiens des preuves irréfutables de votre culpabilité, et de l'implication de votre gouvernement.
Bien à vous,

Franck Deroubaix

Fou de rage, le Chinois sortit du palace, après avoir mis à la hâte le message dans une poche de sa veste. Il rugit des ordres qui eurent pour effet de faire apparaître ici et là des policiers auparavant invisibles. Juché à plusieurs centaines de mètres du site, Franck se régalait du spectacle. Le poisson allait-il mordre à l'hameçon ? Dans quelques heures, l'archéologue serait fixé.

En début d'après-midi, le chauffeur de Xue Long Long rangea la belle berline et son uniforme au garage. Une heure plus tard, les deux hommes sortaient de la propriété au volant d'une jeep Wrangler. Le conducteur avait enfilé un pantalon militaire et un tee-shirt noir tandis que l'associé de Peng Textile, assis à ses côtés, portait une tenue de sport. Un kilomètre plus bas, le chauffeur freina brusquement. Deux bottes de foin que le Français avait hissées jusque-là avec difficulté barraient la route. Furieux, les Chinois descendirent de leur véhicule. Ils invectivèrent le supposé paysan qui avait laissé échapper sa marchandise et dégagèrent rapidement la chaussée. Franck, qui s'était caché derrière un rocher, profita de cette halte pour grimper à l'arrière de la voiture. Il se dissimula sous une couverture sombre qui se trouvait là.

Le trajet parut infini à l'archéologue qui suffoquait sous son abri de laine. De grosses gouttes dégoulinaient le long de son corps, mélange d'angoisse et de sueur, qui lui rappelait un jeu de sa petite enfance. À l'époque, son aîné aidé de camarades l'attrapait et le glissait sous un couvre-lit en lui racontant des histoires de désert, de chameaux et de mirages. Cette fois encore, songea-t-il, Patrick était à l'origine de son inconfortable position.

Plus la voiture avançait, plus les routes semblaient mauvaises : nids-de-poule, virages et même terre battue. Les hypothèses du père Wautier se révélaient justes. Ils se dirigeaient vers le sud, probablement vers un de ces villages wa proches de la frontière dont lui avait parlé le jésuite. Grâce aux aiguilles phosphorescentes de sa montre, le Français comptabilisait les heures. Il parvenait également à saisir des bribes de conversation entre Long Long et son chauffeur. Il entendit prononcer plusieurs fois son nom, celui de son frère, ainsi que celui de la triade Soleil noir. Mais le moteur était trop bruyant pour qu'il parvînt à comprendre le sens des phrases proférées. Une fois seulement, alors qu'ils étaient arrêtés à une station-service pour faire le plein, les paroles de Long Long avaient très distinctement percé le silence de la nuit. Il s'exprimait alors sur le sort réservé au prisonnier : la mort, la mort et encore la mort. Tout ouïe, Franck avait sur le coup manqué de défaillir. La conclusion s'imposait d'elle-même : à son arrivée, il devait impérativement agir vite, le plus vite possible.

Le pénible périple dura quatorze heures et trente-cinq minutes, pendant lesquelles le chauffeur ne lâcha jamais le volant, sauf bien sûr pour faire le plein d'essence. Franck, qui avait mal au dos et aux reins, profita de l'obscurité – il était 4 h 30 – pour s'extirper du véhicule et suivre Long Long.

54

Au village wa, un homme brun, petit et trapu accueillit les voyageurs à leur descente de jeep. Il accompagna le chauffeur jusqu'à une habitation simple de deux étages en bambou et lui souhaita une bonne nuit. Avec Long Long, il chemina quelques mètres de plus puis s'arrêta devant un logement plus grand dont les murs étaient décorés de crânes de buffles avec leurs cornes, de motifs d'animaux et de têtes d'hommes peints avec de la chaux, de la cendre et du sang de bœuf. Discrètement, dans la pénombre, Franck suivait.

Malgré l'heure tardive pour qui n'avait pas dormi, ou matutinale pour qui se levait, le petit homme brun, dont l'archéologue supposait qu'il était le chef du clan, convia Xue Long Long à s'asseoir avec lui sur la terrasse ouverte de sa demeure. Pour fêter sa venue, il lui proposa de l'alcool, préparé à base de riz rouge, cuit puis fermenté, du tabac à fumer et de la noix d'arec à mâcher qui teintait les dents en noir et les lèvres en rouge. Le partenaire de Peng Textile accepta de boire un peu d'eau-de-vie fabriquée maison. Il alluma aussi une cigarette puis discuta dix minutes avec son hôte. Impossible pour Franck, qu'une trop grande distance séparait d'eux, de saisir leurs paroles. Cependant, tout l'incitait à penser qu'il était question de l'arrêt de mort prononcé quelques heures plus tôt à l'encontre de son frère dans la voiture. Après s'être salués, les deux hommes montèrent à l'étage et se séparèrent : le représentant des Wa pénétra dans la pièce de gauche et Xue Long Long dans celle de droite. Cinq minutes plus tard, la nuit avait retrouvé son silence.

L'archéologue disposait de très peu de temps pour agir. Dans une heure tout au plus, les villageois s'éveilleraient : il n'y avait pas une minute à perdre. Il délaça ses tennis et, pieds nus, monta à l'étage de la maison du chef en prenant soin de ne pas faire grincer la structure en bois. Xue Long Long, fatigué par la route et assommé par l'alcool, ronflait bruyamment. Le jeune homme s'introduisit dans sa chambre. Deux gestes simples et efficaces lui suffirent pour immobiliser le ravisseur de Patrick. De sa main gauche, il exécuta une clé qui, en cas de mouvement de son adversaire, briserait net le bras et l'omoplate de celui-ci. Tandis que simultanément, il porta sa main droite à hauteur de sa bouche afin d'étouffer toute réaction de surprise.

— Un seul geste, un seul bruit et tu es un homme mort, Xue Long Long, chuchota Franck à son oreille. Tu vas gentiment m'accompagner et me mener jusqu'à mon frère. Si tu adoptes un comportement raisonnable, je te promets de te laisser la vie sauve. Dans le cas contraire, je n'hésiterai pas une seconde. Tu peux me croire !

Les deux hommes descendirent les marches et s'éloignèrent de la maison.

— Je ne me souviens plus dans quelle case est détenu votre frère, chuchota en tremblant le Chinois.

Vif comme l'éclair, le Français s'empara du revolver caché dans l'étui de cuir de son prisonnier. Il vérifia que l'arme était chargée et la pointa sur sa tempe.

— Est-ce que cet engin te rafraîchit la mémoire ? fit-il. Tu as deux secondes pour te décider.

Sans aucune hésitation, Xue Long Long bifurqua vers la gauche, puis la droite, jusqu'à atteindre une hutte implantée à l'orée du village.

— Demande au gardien de nous laisser le passage. Un seul mot de travers et je t'abats comme un chien ! menaça le jeune homme.

Le Chinois s'adressa en mandarin au jeune Wa. Ce dernier attrapa une clé et se tourna vers la porte. À cet instant, il reçut un coup massif sur la nuque et perdit connaissance.

— Ramasse les clés et défais le verrou ! Je n'ai pas vu mon frère depuis des mois, et je ne peux pas attendre une minute de plus. Dépêche-toi, lança Franck un peu nerveux.

C'était la première fois qu'il assommait un homme et déjà les remords l'assaillaient. La porte céda. Précédé de son otage, l'archéologue pénétra dans la case. Une masse sombre gigotait sur le sol. À ses cheveux blonds, Franck reconnut Patrick sans peine. Un bandeau sur la bouche, pieds et mains liés, ce dernier pouvait à peine bouger. Le jeune homme exigea de Long Long qu'il s'allongeât sur le sol. De sa main gauche, il maintint l'arme sur la tempe de ce dernier tandis que sa main droite dénouait les liens qui entravaient son frère. Patrick avait considérablement maigri. Cheveux et barbe mangeaient son visage émacié. Dès que ce fut possible, les deux frères échangèrent un sourire de pur bonheur. Libre ! Patrick était libre ! Franck l'avait libéré. Tous les deux étaient vivants.

La minute d'enthousiasme passée, le benjamin reprit le premier ses esprits.

— Le jour va se lever. Nous devons nous enfuir au plus vite. Patrick, ligote et bâillonne le gardien afin qu'il ne donne pas l'alerte. Sais-tu quelle est la ville la plus proche ?

— Je n'en ai aucune idée, frangin. Mon usage du

chinois ne s'est guère amélioré. Demande plutôt à cette ordure, fit l'aîné en désignant son ancien associé.

Les deux frères n'avaient pas d'autre choix que de s'en remettre à la bonne volonté de Long Long, bonne volonté motivée – l'espéraient-ils – par les menaces d'exécution sans sommation proférées à l'encontre de leur prisonnier.

— Que les choses soient claires, ajouta Franck en le regardant droit dans les yeux. À partir de maintenant, tu es notre otage. Qu'un seul de tes petits copains Wa ou Han pointe son nez et tu peux faire ta prière.

Toute sa vie durant, Xue Long Long n'avait jamais fait preuve d'un grand courage, ce qui lui avait permis de surfer successivement sur les différents courants dominants du Parti. De garde rouge pendant la révolution culturelle, il était devenu militaire. Il avait ensuite successivement soutenu Zhou Enlai et sa politique d'ouverture vers l'extérieur, puis Hua Gonfeng et Deng Xiaoping jusqu'à participer à la terrible répression contre les étudiants de la place Tian'anmen en 1989. Quatre ans plus tard, à quarante-trois ans, il s'était transformé en homme d'affaires et, conformément aux vœux de Deng, s'était confortablement enrichi. Alors, lorsqu'un an plus tôt, le Parti lui avait demandé de se renseigner sur les activités de la société Deroubaix Fils qui souhaitait s'implanter en Chine, il avait immédiatement accepté. Rapidement, il s'était engagé à fournir à l'État la composition des fibres techniques utiles aux ambitions aérospatiales de son pays. En contrepartie de quoi, il était convenu qu'il se réserverait les droits d'exploitation desdites fibres. Xue Long Long espérait ainsi secrètement rejoindre le clan très restreint des milliardaires chinois.

L'ancien associé, qui ne doutait pas un instant de la

détermination des deux frères, comprit immédiatement où se plaçait son intérêt. Il expliqua à Franck que le village wa se situait en pleine montagne à une trentaine de kilomètres de la ville de Menglian où il pouvait les conduire. Les trois hommes s'éloignèrent des habitations à la queue leu leu. Prudent, Franck décida de ne pas longer la route, mais d'emprunter autant que possible les chemins de traverse où ils pouvaient le cas échéant se cacher. Patrick, dont les jambes étaient amaigries par plusieurs mois de captivité, marquait la cadence : il marchait en tête, suivi de Long Long et de Franck.

Les trois hommes, qui cheminaient vers l'est, n'eurent pas le loisir d'admirer le lever de soleil sur la vallée. Un pic, qu'ils devaient gravir avant de descendre vers la plaine, barrait le passage des rayons. Cette aiguille, périlleuse à plus d'un titre, offrait une végétation disséminée sans aucune possibilité d'abri. D'éventuels poursuivants risquaient par conséquent de les repérer. Autre difficulté liée au terrain : la présence de blocs rocheux aux angles acérés et à l'équilibre précaire. L'escalade s'avérait délicate, voire dangereuse. Patrick, qui chez les scouts avait pratiqué la varappe, compensait la fragilité de son état par son lointain savoir. À chaque pas, il vérifiait le point d'appui suivant avant de se lancer. Soucieux, Franck s'impatientait et lui prodiguait mille encouragements pour l'inciter à accélérer le rythme. Alors que le sommet approchait, Long Long, flairant que la surveillance à son égard s'était vaguement relâchée, tenta de pousser l'archéologue dans le vide. Son geste parvint à dévier l'arme à feu. Mais le Français, conditionné par des heures d'entraînement martial, recula à temps. L'élan du Chinois ne rencontra aucun obstacle. L'ex-garde rouge, ex-militaire, ex-homme d'affaires se précipita dans les profondeurs. Dans sa chute, il émit un cri rauque. Quelques secondes plus tard, un bruit sourd, celui du corps s'écrasant sur le sol plusieurs centaines de mètres plus bas, parvenait jusqu'aux deux frères.

— C'en est fini de lui ! s'exclama Franck en observant le dénivelé qui avait failli lui coûter la vie.

— Que s'est-il passé ? demanda Patrick.

— Long Long a essayé de m'attaquer. Je suis parvenu à l'esquiver et il est tombé. Heureusement que j'ai un bon ange gardien ! Ce n'est pas tout : nous devons absolument avancer. Je crains que ses cris nous aient fait repérer. Maintenant que je n'ai plus personne à surveiller, je vais pouvoir t'aider. Nous progresserons plus vite !

Les deux frères maintinrent le cap. Au-delà de la crête, ils virent la vallée dont chaque parcelle, même escarpée, était cultivée. Au loin, en dessous de la brume, ils devinèrent une ville.

Lorsqu'en début d'après-midi les Deroubaix atteignirent la périphérie de Menglian, Franck entraîna Patrick chez un coiffeur barbier avec pour instructions de tailler sa barbe et de raccourcir ses cheveux. Au marché, il dégota quelques affaires qui transformèrent son frère en voyageur. Lui-même se changea. Ils mangèrent rapidement, mais copieusement, dans une gargote extérieure. Chaque fois que Patrick questionnait son cadet à propos des événements qui s'étaient déroulés durant sa détention, il obtenait les mêmes réponses : « Plus tard », « On n'a pas le temps », « Je te raconterai ». Pour l'heure, l'ex-prisonnier était contraint de suivre les instructions de son sauveur, sans les comprendre. Après le repas, son frère l'entraîna dans un cybercafé. Il se brancha sur un blog animalier, où il lut plusieurs pages informatives sur la faune chinoise, avant d'ajouter lui-même ce message pour le moins curieux : « Le renard a retrouvé le paon. Le dragon n'est pas parvenu à le manger. D'ailleurs, le dragon n'est plus. Le renard se charge de trouver une volière sûre pour le paon en attendant que tout danger soit écarté. »

— Franck, s'insurgea son aîné, qu'est-ce que c'est que cette histoire ? Si je te suis bien, tu es le renard, Long Long le dragon, et moi le paon. À qui écris-tu ? Pourquoi ce code ridicule ?

Pour toute réponse, il obtint un « Je t'expliquerai » qui le laissa sur sa faim.

Le long périple en bus, qu'entamèrent trente minutes plus tard les deux frères, leur laissa tout le loisir de se raconter par le menu les moments difficiles vécus ces derniers mois : l'un son emprisonnement, l'autre son interminable quête. Cent quarante et un jours au total pendant lesquels leur destin avait basculé, leur vie avait été transformée. Plus d'une fois durant le récit, les deux hommes pleurèrent de douleur et d'émotion. Patrick ne parvenait pas à croire que son cadet ait pu endurer toutes ces épreuves pour lui et pour le patriarche. Un tel attachement familial de la part de son frère le surprenait. L'archéologue était pareillement impressionné d'apprendre que son frère, qu'il ne tenait pas pour courageux, ne s'était pas laissé impressionner par les menaces de mort proférées à son encontre. Récemment, pour sauver sa tête, Patrick avait fait mine de craquer en délivrant de fausses informations sur les fibres techniques. Il avait ainsi gagné de précieuses journées qui avaient valu à Franck de pouvoir le sauver.

Quelle tragédie ! Que d'aventures incroyables ! Franck et Patrick n'avaient pas connu la guerre. Adolescents, alors qu'ils regardaient des films sur l'Occupation allemande, tous deux s'étaient souvent interrogés sur le comportement qu'ils auraient adopté en cas de conflit. Désormais, d'une certaine manière, ils connaissaient la réponse. Ils auraient probablement agi comme leur grand-père, le père du patriarche, un résistant qui avait pris des risques considérables. Il avait été capturé et exécuté par la milice française quelques jours avant la Libération.

Du Yunnan au Henan, ils circulèrent en bus jour et nuit. Contrairement à Franck, Patrick n'avait pas de faux papiers. Il n'avait d'ailleurs pas de papiers du tout et les deux frères devaient à tout prix éviter les contrôles de police. Petit à petit, le cours de leurs conversations devint plus intime. Ensemble, ils abordèrent leur enfance, leurs jeux communs et leurs différences. Au fil des kilomètres, Franck et Patrick se découvrirent.

Un matin d'octobre, dans un bus crasseux et surchargé, ils arrivèrent à Xinmi. Avec soulagement, Franck conduisit son aîné jusqu'à la maison troglodyte de Ma Zhen. La jeune femme était chez elle et leur ouvrit la porte, plus belle et plus lumineuse encore que la dernière fois. Chez son amie, Patrick pourrait se reposer et récupérer. Il y serait en sécurité et, surtout, en bonne compagnie. L'archéologue était d'avance jaloux, mais certains aspects de cette affaire d'espionnage ne pouvaient être réglés que depuis Pékin. Il exagéra néanmoins sa fatigue pour rester quelques jours de plus auprès de sa bienfaitrice.

55

À Pékin, Franck éprouva soudain un serrement au cœur. Combien de fois, rentrant dans la capitale après de longues missions de fouilles, n'avait-il pas senti l'exaltation de retrouver les siens, la petite Mei et Jiao qui figuraient à elles deux l'étendue infinie de son bonheur ? Combien de fois n'avait-il pas consenti à un détour, chez le fleuriste qui possédait des pivoines en toute saison, ou chez le marchand de poupées de chiffon dont raffolait Mei, avant de retrouver sa maison ? Cette fois, rien de tout cela puisqu'il n'y avait personne chez lui. De toute façon, son *siheyuan* devait être à ce point surveillé qu'il n'était pas question d'y mettre les pieds. Après avoir échappé à tous les dangers, après avoir pris tous ces risques, il aurait été trop bête de se jeter dans la gueule du loup, quand bien même il mourait d'envie de retrouver sa maison.

Avant de quitter Ma Zhen, dans le Henan, celle-ci lui avait donné une adresse sûre. Il s'agissait de Huang, un de ses amis les plus proches, mais seulement ami, avait précisé la jeune femme, ayant senti que Franck aurait pu concevoir une certaine jalousie à son égard. Il s'agissait d'un jeune fonctionnaire du ministère de la Santé, de confession chrétienne. Il avait passé plusieurs mois avec elle dans le Henan, à tenter d'établir des statistiques précises sur la prévalence du sida dans la région. Son rapport avait été accueilli avec politesse mais aussitôt enterré, comme tout ce qui, dans le pays, pouvait porter ombrage aux vérités officielles. Huang était cependant bien vu de ses supérieurs et menait une existence tranquille à Pékin.

Il fit à Franck un excellent accueil. Ma Zhen avait été discrète sur les récents périples de l'archéologue, mais lui en avait assez dit pour faire comprendre à Huang qu'il fallait l'aider dans sa tentative d'enrayer une machination contre lui et les siens. L'ami de Ma Zhen fit à Franck l'honneur de sa table. Supposant qu'il devait être fourbu et affamé, il avait préparé à son intention des mets délicieux à base de poisson, la volaille ayant depuis déjà quelque temps très mauvaise presse. L'archéologue fut très sensible à cet accueil, d'autant qu'un mail non ouvert l'attendait, en provenance du Henan.

— C'est un envoi de Ma Zhen, avec recommandation que vous soyez le seul à le lire, à l'imprimer si vous voulez, et à le détruire…

— Un message secret ? demanda Franck intrigué.

— Je ne peux pas vous dire, fit Huang avec un sourire de connivence.

— Bien sûr, admit le Français, puisque je suis le seul à pouvoir en prendre connaissance.

— Et je vous promets que j'ai tenu parole !

Franck sourit à son tour.

Son hôte le conduisit devant son ordinateur qui trônait sur une table de bambou près de la cheminée. Puis il le laissa seul et disparut dans la cuisine. Franck sentit son cœur battre à l'instant où il ouvrit le message de la jeune femme. Il préféra ne pas l'imprimer sur papier. Les mots étaient assez forts, les phrases assez courtes pour qu'elles puissent durablement s'imprimer en lui, dans son esprit, dans sa mémoire, dans tout son être. En le découvrant, il éprouva comme une immense grati-

420

tude envers la vie, malgré les drames et les embûches de ces dernières semaines. Aurait-il imaginé, il y a encore très peu de temps, qu'il trouverait un si grand amour, tout au moins une si grande promesse d'amour, dans un si petit village du Henan… À quoi tenait un renversement de situation, l'irruption de la lumière dans une existence assombrie de tous côtés ? Existait-il une providence, l'ange gardien dont parlait Ma Zhen ? Il ne connaissait pas assez Huang pour évoquer avec lui des choses aussi intimes, mais le jeune Chinois qui l'avait si généreusement accueilli semblait de nature à recevoir les confidences.

Quand il revint dans la salle principale, Franck avait détruit comme prévu le message de Ma Zhen. Huang servit à son visiteur une moitié de mangue soigneusement découpée en dés, puis l'invita à s'asseoir sur un canapé aux coussins très moelleux.

— Comment va votre bras ? Ma Zhen m'a parlé de votre blessure et si cela vous est nécessaire, je peux vous procurer des onguents de très bonne qualité.

— Ce sera inutile, merci, fit Franck. Parlez-moi plutôt de Ma Zhen, vous la connaissez depuis longtemps ? Quelle fille admirable, n'est-ce pas ?

— Je ne peux qu'être d'accord avec vous. C'est la générosité incarnée. Trop, même ! Souvent je lui dis : lève le pied, arrête un peu, prends du repos. Mais elle est infernale et il n'y a pas moyen de la tirer de ses dossiers, de ses visites chez les malades, de ses interventions partout où elle peut sensibiliser les autorités. Moi qui suis chrétien, je vois en elle une sorte de sainte, une sainte laïque, qu'en pensez-vous ?

Franck se racla la gorge et réfléchit.

— Assurément je la connais moins que vous, mais elle me fait l'effet d'un être entier, complètement tendu vers son objectif.

— Quand elle m'a demandé de vous aider, de vous

421

recevoir, j'ai senti que c'était très important pour elle, presque une question de vie ou de mort.

— Vraiment ? s'étonna l'archéologue.

— Oui. Je ne veux pas me mêler de ce qui ne me regarde pas, mais je sens entre vous quelque chose de très fort et d'évident à la fois. En tout cas, vous pouvez avoir confiance en moi. Je ferai tout ce qui est en mon pouvoir afin de vous protéger. Concrètement, qu'est-ce qui vous serait utile ?

Dans son mail rempli d'amour et de tendresse, Ma Zhen avait insisté auprès de Franck : il pouvait accorder son entière confiance à Huang, et lui demander le maximum. Il pouvait aussi l'éclairer sur la situation autant qu'il le jugerait nécessaire. Elle se portait garante de sa discrétion et de son efficacité.

— Voilà, commença Franck, j'ai absolument besoin de rencontrer des officiels.

— Des officiels ? répéta le Chinois. Mais quel genre d'officiels ? Nous en avons de toutes sortes ici, fit-il en riant d'un rire quelque peu contraint, comme si les officiels qu'il fréquentait n'avaient rien de fréquentable.

— Des personnages haut placés du régime, répondit Franck, puisqu'il fallait frapper à la tête, ne surtout pas se contenter de sous-fifres ou de seconds couteaux.

— Des ministres ?

— Par exemple.

— À qui pensez-vous en particulier ?

— Je ne connais pas son nom mais je connais sa fonction.

— Je vous écoute, fit Huang, en servant un thé fumant au Français.

— Pourquoi pas le ministre de l'Intérieur.

Il y eut un silence pendant lequel chacun se restaura en appréciant la chair tendre d'un poisson.

— Je ne veux pas en savoir davantage, répondit

Huang, mais on ne dérange pas ce ministre pour rien. Vous devez en avoir, des griefs !

— Ça oui ! admit Franck.

Huang réfléchissait. Il continua de se restaurer puis offrit au Français un peu d'alcool de riz que ce dernier but par petites gorgées.

Le lendemain, Franck passa la journée seul car son hôte travaillait. Il essaya de se reposer, sans grand succès. Le soir, à peine Huang était-il rentré que le Français s'empressa de l'interroger :

— Vous avez une idée ? demanda l'archéologue.

— Peut-être, répondit Huang.

— Je vous écoute.

— Vous savez que cette année est celle de la France en Chine.

— Ce serait difficile de l'ignorer, compte tenu du tintamarre qui a lieu partout.

— Bien. Dans le cadre de ces festivités qui, entre nous soit dit, n'ont guère passionné les Chinois, un bal costumé a lieu demain soir dans un château français. Le personnel diplomatique sera bien représenté, et aussi de nombreux membres du gouvernement.

— De quoi parlez-vous enfin ? Un château français en Chine ? C'est impossible !

— Étonnant, n'est-ce pas ? Il y en a pourtant un qui a été reproduit jusqu'au moindre détail sur notre territoire. Il s'agit de celui d'une ville de la région parisienne. Une certaine « Maisons-Laffitte », je crois bien.

— La cité des chevaux ? s'étonna Franck.

— Je l'ignore, mais je crois que c'est ce nom. C'est drôle, n'est-ce pas, un château emprunté à une ville qui s'appelle « maison » ?

L'archéologue sourit au trait d'esprit de son nouvel ami. Ensemble ils trinquèrent.

— Au bal masqué ! s'écria Franck. Mais comment

pourrais-je m'introduire là-bas sans invitation ? Et quel déguisement porterais-je au cas où j'aie pu m'immiscer dans les festivités ?

— J'ai mon idée, répondit tranquillement Huang. Pour l'invitation, je peux en obtenir deux d'un ami du Parti à qui j'ai plusieurs fois procuré de précieux médicaments venus de l'étranger pour sa femme, qui est ici très mal soignée pour un cancer du sein.

— Je vois, fit Franck. Vous viendrez avec moi ?

— C'est prévu. Je serai chat, et vous souris.

— Chat et souris ?

— Oui, nos masques !

Et d'une armoire, il alla sortir deux déguisements tout à fait réussis représentant, dans des tons de velours noir et blanc, les plus grands ennemis du monde, le chat et la souris.

— Bravo ! s'écria Franck. Il ne reste plus maintenant qu'à jouer la scène.

— Exactement. Dans mon souvenir, notre ministre de l'Intérieur est un fanatique des ours. Je ne serais pas surpris qu'il prenne demain l'allure d'un grizzly.

— Va pour la chasse à l'ours, lança Franck. Ce sera bien la première fois qu'une souris s'en prend à un plantigrade. Mais je ne suis plus à ça près.

Leurs verres tintèrent à nouveau. La journée du lendemain s'annonçait décisive.

Le château de Maisons-Laffitte dans sa version chinoise ressemblait à s'y méprendre, d'après les photos exposées dans le hall d'entrée, à la version originale. La nuit tombait à peine lorsqu'un chat et une souris, munis de leurs cartons d'invitation, gravirent souplement, comme il se devait, les marches menant à l'entrée principale. Un jardin à la française enserrait le bâtiment dans son environnement naturel, et Franck eut du mal, un instant, à imaginer qu'il était encore en Chine.

Il fut d'autant plus dépaysé – ou plutôt repaysé – que les serviteurs en livrée blanche et perruque XVIIIe semblaient tout droit sortis d'une figuration pour le film *Si Versailles m'était conté*, du célèbre Sacha Guitry. Leurs plateaux d'argent étaient chargés de coupes de champagne, de cognac et de vin rouge, signe que la France avait bel et bien pris ses quartiers ici. Quelques buffets dédiés à la cuisine chinoise rappelaient tout de même aux prestigieux visiteurs masqués qu'ils étaient bel et bien à Pékin.

Cela faisait longtemps que Franck n'avait pas participé à une fête, quelle qu'elle fût. Au milieu de ces invités pleins d'insouciance, il ressentit encore le pincement au cœur qui l'avait saisi à son retour dans la capitale. Pareil moment de légèreté le ramenait au cœur de ses tourments. L'absence de Jiao lui interdisait la moindre insouciance. Il se demandait s'il parviendrait un jour à l'oublier. La réponse était évidente : non, il était marqué à vie, il resterait blessé à jamais par cette mort violente et brutale, sans explication ou presque. Même si Ma Zhen lui ouvrait un autre chemin, la perspective d'un nouveau bonheur, le passé, son passé avec Jiao, n'était pas près de s'effacer.

Il saisit au vol quelques canapés et de petites saucisses chaudes qu'il mangea délicatement les unes à la suite des autres après avoir légèrement relevé son masque de chat. Et, semblable à un félin gourmand, il se lécha le bout des doigts. Un verre de vin rouge vint opportunément le ragaillardir et dissiper ses idées sombres. Ce n'était jamais très facile de trouver du bon vin français à Pékin, sauf en y mettant un prix exorbitant, et encore. C'est pourquoi l'occasion était trop belle de goûter un médoc de 2000 et un graves de l'année suivante. Il n'était bien sûr pas question de se soûler. Ni même de sentir une dangereuse ébriété. Franck sut se mesurer : il avait une mission qu'il n'oubliait pas.

Ce qui le contrariait, c'était le nombre de personnalités ayant choisi l'ours comme totem. Il en avait repéré au moins quatre, ce qui compliquait sa tâche, à supposer que le ministre de l'Intérieur s'était bien fait une vraie gueule de nounours. Franck ne se souvenait pas d'avoir jamais vu le ministre, ni à la télévision et encore moins en chair et en os. Huang le lui avait décrit comme un homme petit et massif, large d'épaules, aux cheveux ras et très noirs. Ce qui lui permit d'éliminer une tête d'ours aux cheveux blonds et une autre aux cheveux très longs. Il hésita un instant devant un invité au masque d'ours blanc, mais Huang, qui le suivait des yeux, lui fit signe que ce n'était pas le ministre qui n'aimait guère, savait-il, la couleur blanche. C'est pourquoi, quand il fut devant l'ours brun qui restait en lice, il put le saluer d'un sonore « Bonjour, monsieur le ministre de l'Intérieur ! » que l'intéressé accueillit par ces mots : « Mais comment m'avez-vous reconnu, et qui êtes-vous ? » Franck l'entraîna à l'écart, pendant qu'un orchestre entamait l'Hymne à la joie de Beethoven.

56

Vue de la grande terrasse, la réplique du château de Maisons-Laffitte – appelée ici « Zhang-Laffitte » – était véritablement confondante de ressemblance. Avec sa façade de pierre blonde, ses grandes fenêtres à meneaux, la sobriété des formes, l'équilibre de l'édifice était parfait. En contrebas, les bassins nuptiaux bordés de statues et plantés en leur centre d'un jet d'eau aérien ajoutaient au charme. En bon archéologue, Franck voyait rapidement sa nature profonde reprendre le dessus. Il se demandait ce que penseraient les générations futures devant cette copie conforme à laquelle ne manquait que l'esprit. Bien sûr, les moulures recouvertes de feuilles d'or dans la grande salle de réception faisaient leur effet. De même que la salle de bal aux murs entièrement plaqués de marbre. Ou encore l'immense chandelier de cristal qu'on aurait cru directement importé des verreries de Sèvres quand il venait des ateliers de Shenzhen. Franck songeait aussi à tous ces paysans qu'il avait fallu exproprier, dans cette banlieue de moins en moins verte de Pékin, pour bâtir cet édifice somptueux. C'était le caprice d'un de ces nouveaux riches de la Chine, dont un spécimen se tenait devant lui. Son interlocuteur était pour le moins interloqué. En effet, à cet instant, le ministre de l'Intérieur, par ailleurs membre éminent du Parti communiste, ne goûtait à rien d'autre qu'aux propos plutôt épicés de son mystérieux interlocuteur, un chat de gouttière davantage qu'un aristochat, vu ses manières on ne peut plus familières et indélicates.

— Que me voulez-vous ? Et d'abord, qui êtes-vous ? demanda une nouvelle fois le ministre, quand ils furent à l'abri des regards et des oreilles indiscrets.

— Je suis français et je représente une grande famille industrielle du textile de l'Hexagone, commença Franck sur un ton pompeux, dans un chinois parfait. Mon patronyme est Deroubaix et je doute qu'il ne soit pas parvenu à vos oreilles ces temps derniers, ou alors vos services sont incompétents.

Le propos était cinglant. Le dirigeant chinois le prit en pleine figure mais sans broncher. Il comprit qu'il valait mieux pour lui écouter avec la plus vive attention.

— Pour aller vite, puisqu'il ne s'agit pour vous que de révisions, je vous confirme que mon frère a été enlevé par un dénommé Xue Long Long avec lequel ma famille était associée dans une affaire prospère et avantageuse pour les deux parties en présence depuis une bonne année. J'ai maintenant la preuve, clairement établie et mise entre les mains de nos avocats en France, que Xue Long Long, dont la récente fin tragique ne le dédouane pas de ses responsabilités, menait pour votre compte – et celui de votre gouvernement – une opération d'espionnage de grande envergure. Il s'agissait de pirater nos secrets de fabrication de textiles techniques à très haute valeur ajoutée, dont l'usage, mais je ne vous apprends rien, est particulièrement utile et même indispensable dans la fabrication des engins spatiaux les plus modernes. Je passe rapidement sur le fait que, dans cette aventure qui a tourné au drame, trois personnes innocentes ont trouvé la mort. Mme He Cong, collaboratrice dévouée de notre filiale chinoise, sauvagement assassinée dans la Forêt de Pierres. Ma femme bien-aimée Jiao, mère de notre petite fille Mei, que des pressions innommables ont poussée au suicide. Et le père Wautier, un jésuite admirable défenseur – et c'est un comble – de votre culture. Je vous accuse d'avoir…

— Mais je n'ai rien fait moi-même, se défendit le ministre, semblant corroborer l'existence de tous ces crimes en les rejetant sur d'autres.

— Vous saviez, cela suffit pour vous condamner au moins sur la base de la complicité et de la non-assistance. Mais laissez-moi poursuivre. Vous avez laissé mon frère Patrick entre les mains de bourreaux qui avaient choisi de le tuer, n'obtenant rien par leurs intimidations toujours grandissantes. Vous m'avez fait mener depuis des semaines une existence de paria, m'obligeant à fuir mon propre domicile, comme si j'avais été moi-même un malfrat. Mais foin des sentiments qui me concernent. Parlons maintenant de la raison d'État.

— La raison d'État ? répéta le dirigeant, qui venait d'un geste las de repousser un serveur venu lui proposer quelques boissons et des canapés au caviar.

— Parfaitement, reprit Franck, qui n'avait pas refusé quelques en-cas et un verre de champagne. Vous n'ignorez pas combien nos pays ont partie liée, et cette petite fête en ces lieux bien français en est une illustration sympathique. Mais si j'ajoute nos accords textiles depuis l'affaire des quotas, la visite prochaine des officiels du CNES en Chine pour tracer la voie d'une collaboration spatiale, sans parler de l'année de la France dans votre grand pays, on peut dire que nous sommes obligés de nous entendre pour ne pas gâcher la fête. Vous me suivez ?

— Je vous écoute attentivement, fit le ministre qui, comme une protection devenue dérisoire, avait repassé son masque d'ours, offrant ainsi un visage animal des plus impassibles aux propos du Français. Mais que proposez-vous ? Vous n'allez tout de même pas essayer de faire chanter quelques responsables du Parti ?

Franck sourit. L'ours put voir ce sourire car, contrairement à lui, il avait relevé son minois de félin pour boire sa coupe de champagne.

— Le chantage ? Comme vous y allez ! Nous n'avons pas de telles méthodes, nous autres industriels du textile. Quand des nœuds sont faits, nous tentons de les dénouer. Et s'ils résistent par trop, alors nous préférons couper.

Le Chinois tressaillit sous son masque.

— Couper ?

— Oui, couper les liens, couper les ponts, annuler, renoncer à une relation qui serait construite sur l'hypocrisie, le mensonge ou la violence.

— Que voulez-vous à la fin ? s'impatienta de nouveau le ministre.

— Vous proposer un marché.

— J'écoute, grogna l'ours.

Franck, cette fois, prit tout son temps, et ajouta dans une petite assiette quelques toasts bien chauds tout juste sortis des cuisines du château.

— Vous voyez d'ici tous les inconvénients qu'il y aurait à ébruiter notre petite affaire, commença-t-il. La presse internationale est friande de ces histoires, et c'est fou, à notre époque, comme les choses vont vite. Les battements d'ailes d'un papillon à Pékin peuvent provoquer de véritables cataclysmes en Europe et dans le reste du monde. Quant à la diplomatie, elle souffrirait grandement qu'un scandale de ce genre vienne éclabousser de si belles relations…

En guise de réponse, son interlocuteur hocha la tête.

— Bien. Alors oublions, dénouons les nœuds.

— C'est-à-dire ?

— Vous savez ce qui est arrivé à ce malheureux Xue Long Long. Avoir l'ambition des hauteurs quand on s'élève par la fraude peut conduire à une chute brutale. Ce cadavre est somme toute assez commode. Il suffit de lui imputer, à juste titre d'ailleurs, tous les crimes commis, toutes les illégalités relevées, sans vouloir monter plus haut, dans vos sphères à vous. En échange…

— Oui, en échange ? fit le ministre dont la voix exprimait un certain soulagement.

— Disons que notre société Peng Textile aurait toute latitude pour poursuivre son activité en se choisissant un nouvel associé au-dessus de tout soupçon. Nous ne verrions aucun inconvénient à être retenus dans un appel d'offre très officiel sur la fourniture de fibres techniques dont vous savez – comment ne le sauriez-vous pas – que nous sommes des producteurs reconnus et très performants.

— Certes, admit le ministre.

— Et enfin…

— Enfin ?

— Je tiens personnellement à être disculpé de toutes les accusations portées contre moi, vol d'œuvres anciennes et je ne sais quoi.

Le ministre de l'Intérieur marqua un long silence. Comme un serveur passait au loin, il le héla d'un ton sec et constitua à son tour une petite provision de canapés en saisissant de sa main restée libre une coupe de champagne. Franck l'imita.

— Je lève mon verre au meilleur accord franco-chinois de cette soirée ! fit le ministre qui, en soulevant son masque d'ours, découvrit un visage écarlate. Visiblement, il avait eu chaud.

— C'est donc entendu comme ça ? s'écria Franck.

Son interlocuteur eut un moment d'hésitation.

— Il faudrait que vous me laissiez un peu de temps pour que je puisse donner des consignes et prendre quelques avis auprès, disons, de mon entourage.

— Je n'ai pas le temps d'attendre, fit le Français, légèrement raidi par l'atermoiement du ministre. Disons vingt-quatre heures et pas une minute de plus.

— Vous voulez dire demain soir à 23 heures ? s'enquit le Chinois en regardant sa montre de luxe signée Cartier.

— Non, plus tôt que cela. Disons demain en fin d'après-midi. Je ne veux pas de rendez-vous nocturnes, j'ai plutôt envie de dénouer tout cela au grand jour.

— Et si je ne suis pas prêt ?

Franck eut un sourire carnassier.

— Un homme aussi puissant que vous ne peut être dominé par le temps, répondit-il. Souvenez-vous de ce que je vous ai dit. Je suis un homme de parole. Si rien ne vient à l'heure dite, bien des agences de presse se délecteront de ce scandale.

— Ça va, fit le ministre d'un ton résigné. Où doit-on vous retrouver ?

— Je propose le grand aquarium de Pékin. Lorsque je m'y rends, c'est toujours une fête pour moi. Je redeviens un enfant. Ressurgissent alors les souvenirs du temps où mon père m'emmenait à l'aquarium de M. Dubuisson, à l'université de Liège, en Belgique. J'avais neuf ou dix ans. J'aurais donné toutes mes économies pour me payer un ticket et aller voir les requins, les poissons argentés, les dauphins et même les otaries.

— C'est un endroit féerique, admit le ministre. Mais il est immense. Où voulez-vous fixer le point de rencontre ?

Franck réfléchit quelques secondes.

— Je vous propose le bassin des piranhas. C'est une bonne idée, vous ne trouvez pas ? Des poissons carnassiers, friands du sang, cela vous ressemble un peu, sauf votre respect.

Le ministre avala sa salive sans rien objecter. Il n'avait guère le choix et il le savait.

— Dix-neuf heures là-bas, il fait encore jour, répondit-il.

— J'y serai, lança Franck avec un air de défi. C'est vous qui viendrez ?

— Non, un de mes émissaires. Il s'appelle Zhang, c'est mon homme de confiance.

— Il ressemble à quoi, ce M. Zhang ?

— À un jeune homme de votre âge, qui ne porte ni arme à feu ni couteau, ni écharpe de soie pour la strangulation, fit le ministre d'un ton irrité.

— Ça vaut mieux pour vous ainsi.

Ils se quittèrent sur ces paroles peu amènes. Le ministre repartit en direction des convives d'un pas rapide. L'archéologue resta encore un moment dehors, à respirer l'air tiède de la nuit. Il regarda le ciel et s'amusa à reconnaître les étoiles. La disposition des constellations lui indiquait sans aucune erreur possible qu'il était bien en Chine et non dans une localité cossue de la banlieue parisienne. De là où il se tenait, il entendait la rumeur des conversations parfois ponctuées d'un rire ou d'une exclamation collective accueillant l'arrivée de nouveaux toasts, de bouteilles de champagne ou de vieux bordeaux. Il aurait aimé partager ce moment avec ceux qu'il aimait, mais tous étaient dispersés. Il se consola en se disant que bientôt, dans un lieu moins prestigieux – mais peu lui importait –, les rescapés du clan Deroubaix pourraient se retrouver. Il eut une pensée pour les disparus, sa mère Emma et sa femme Jiao. Il songea aussi à Ma Zhen. Il pensa avec plaisir qu'il pourrait bientôt la retrouver et la faire venir chez lui, et aussi en France où il la présenterait au patriarche, et bien sûr à sa petite Mei. Une telle perspective lui redonna de l'espoir, d'autant que le ministre, selon lui, ne tarderait pas à lui donner satisfaction.

57

Le jour du grand défilé organisé par l'International Fashion Academy de Shanghai était arrivé. Dans les coulisses, les élèves s'agitaient et veillaient aux moindres détails : un petit point par-ci, un autre par-là, un pli à ajuster, un ourlet à rétrécir, un maquillage à finaliser… Lise, qui secondait Tchang, entrouvrit les rideaux bleu marine et jeta un bref coup d'œil sur la salle.

La scène avait été installée dans la galerie d'art Shanghart, dont les locaux étaient établis dans une ancienne usine désaffectée du quartier Sushou Creek. Dédié à l'art contemporain, ce secteur branché de la Perle de l'Orient était régulièrement menacé de destruction par les spéculateurs immobiliers. En choisissant ce lieu, le directeur français de l'école de mode apportait son soutien aux galeristes, et soulignait l'aspect « créateur » de son enseignement. Le podium partageait la salle en deux. De part et d'autre, des bancs destinés à l'accueil des familles et, près de l'estrade, des sièges plus confortables réservés aux professionnels.

Le show débutait dans trente minutes, mais déjà, dans un vacarme assourdissant amplifié par le volume du lieu, les parents des étudiants s'installaient, appareil vidéo numérique en main. Élégante comme à son habitude, Rose avait pris place discrètement. Mon Dieu, qu'elle avait le trac pour son fils unique ! Elle qui aurait tant aimé veiller sur lui et sur les derniers préparatifs de sa collection. Mais Tchang ne lui avait rien montré. « Maman, c'est une surprise ! » lui avait-il encore lancé la veille. Craignait-il son jugement ou son influence ? Une chose était sûre : son fils avait besoin de faire ses preuves par lui-même et elle le comprenait. Tout de même, Rose avait le trac ! Lise lui adressa un petit signe auquel elle répondit. Les nombreuses qualités de la jeune Française avaient immédiatement séduit l'Eurasienne. Lorsqu'une relation amoureuse s'était nouée entre elle et son fils, Rose n'avait pu que l'approuver. Les deux jeunes gens étaient tellement complémentaires, peut-être trop, au point que Rose se sentait parfois dépossédée : son grand fils de vingt ans lui échappait.

À 16 heures, les lumières s'éteignirent. Sur la musique du film *Amarcord* composée par Nino Rota pour Fellini, des jongleurs du cirque de Shanghai avancèrent au rythme des sunlights sur le devant de la scène. Aux dernières mesures du morceau, l'apparition du directeur de l'école déclencha un tonnerre d'applaudissements. Avec sa veste rouge et doré ainsi que son pantalon blanc au style revisité, il incarnait un M. Loyal parfaitement dans le coup. En anglais, en mandarin, puis en français, il prononça un bref discours de présentation de l'International Fashion Academy et introduisit le travail du premier élève.

À un futur styliste correspondait un univers : une musique, des mannequins, un maquillage, des coiffures et bien sûr des tenues, sept panoplies complètes comprenant vêtements et accessoires. À la fin de chaque minidéfilé, emmené par ses modèles, l'étudiant concerné saluait la salle, instant tragique qui, à l'applaudimètre, lui permettait d'apprécier l'accueil réservé à ses créations. Heureux ou désappointé, en tout cas soulagé, l'élève regagnait ensuite les coulisses. Après quelques mesures d'*Amarcord*, le M. Loyal précédé de jongleurs formulait le nom du prochain élu, et ainsi de suite dans l'ordre alphabétique des patronymes.

— Wei Tchang, dont la collection s'intitule « Passion ».

Dans la salle, le cœur de Rose s'arrêta de battre. Sur un air chinois contemporain, le premier modèle atteignit à longues et élégantes enjambées l'extrémité de la scène. Maquillage sobre et dynamique délibérément asiatique, cheveux noirs asymétriques, un long manteau fluide marron très foncé et, en dessous, une robe tunique orange portée bien au-dessus du genou. Le mannequin exécuta un demi-tour. En rouge et en grand apparut aux yeux du public l'idéogramme de la Passion. Un autre demi-tour et la jeune femme enleva son manteau, puis tourna sur elle-même mettant en valeur la robe tunique orange échancrée dans le dos avec, en rouge, toujours le même signe reproduit cette fois sur le devant, à droite. Une clameur prometteuse s'éleva du côté des professionnels. Rose tressaillit de joie. Sur le même thème intelligemment décliné, les modèles se succédèrent. En septième position, pour clore le cortège, une jeune Chinoise défila en robe de soirée blanche moulante, courte devant et longue derrière, le sigle rouge épousant ses fesses, puis son dos. Extraordinairement sexy ! Des chaussures et une pochette carmin accompagnaient cette tenue très tendance, sur lesquelles se détachait en lettres blanches le fameux idéogramme.

À l'extrémité du podium, le modèle retira d'un geste ample sa perruque, laissant paraître ses cheveux blonds. Stupéfaite, Rose reconnut Lise et son sourire radieux, retrouvé depuis la libération de son père. Ainsi, Tchang rendait hommage à sa muse et démontrait que ses vêtements pouvaient être portés par des Occidentales. Cette fois, une clameur retentit de toute part dans la salle. Avec sensualité, Lise se retourna et regagna les coulisses.

Les autres modèles et la jeune Française entraînèrent Tchang sur le devant de la scène. Les professionnels s'étaient levés et applaudissaient à tout rompre. Le public suivit. Des larmes d'émotion coulaient sur les joues délicates de Rose.

À la même heure, une nuée s'était accumulée sur Pékin, comme si les aquariums en plein air avaient eu soudain besoin d'une eau tombée du ciel pour venir rafraîchir les poissons. Il pleuvait à verse quand Franck se présenta à proximité des piranhas. Il consulta sa montre. Dans trois minutes, il serait 19 heures. Peu après, preuve que les consignes avaient été suivies à la lettre, un jeune Chinois en costume surgit de nulle part, le visage ruisselant sous sa casquette de toile. Il n'avait pas emporté de parapluie, mais seulement un billet laconique signé du ministre de l'Intérieur. Dans une phrase remplie d'allégories, le dirigeant invitait Franck à jouir de nouveau de toutes les promesses de la Chine. Il assurait le Français que toutes les instructions étaient données pour que les poursuites à son encontre soient abandonnées, la surveillance de son domicile interrompue définitivement, et Peng Textile encouragé à poursuivre ses activités avec le partenaire qui lui chantait.

Une fois le mot lu, Franck donna congé au jeune collaborateur du ministre qui cherchait du regard un abri. L'archéologue, lui, choisit de marcher sous la pluie, avec une légèreté retrouvée.

Épilogue

Franck Deroubaix dormait profondément lorsque Mei parvint à déjouer la vigilance de son *ayi*. Sans faire de bruit, sa fille se glissa dans le lit et se blottit tendrement contre lui. L'archéologue l'embrassa.

— Papa, tu piques !

Chez son grand-père, la fillette avait considérablement élargi son vocabulaire. Tant et si bien qu'à leur retour à Pékin – dès qu'il l'avait pu, Franck s'était précipité dans le Nord pour la retrouver –, le français avait été décrété langue officielle entre eux deux.

Le jeune homme déposa plusieurs baisers rapprochés dans son cou.

— Papa, arrête ! Tu me chatouilles.

Le rire enfantin de Mei retentit sous forme de petits grelots qui enchantèrent les oreilles paternelles attendries. À ce moment, l'*ayi* apparut dans l'embrasure de la porte arborant une expression désolée.

— Monsieur, j'ai demandé à Mei de ne pas vous déranger. Elle m'a échappé, il y a cinq minutes et…

— Ne vous en faites pas, fit-il sur un ton rassurant. Être réveillé par ma fille est un vrai plaisir.

En français, il ajouta à son adresse un tonitruant « bonjour ».

— Bonjour, et bon anniversaire, monsieur, rétorqua du tac au tac la gouvernante, non sans un brin de fierté.

Franck complimenta la jeune paysanne aux pommettes hautes pour son accent et la remercia. Comme montée sur des ressorts, Mei se redressa et commença à sauter sur le matelas en chantant.

— Joyeux anniversaire, papa, joyeux anniversaire, papa, joyeux anniversaire, papa, joyeux anniversaire !

L'archéologue sourit. Il attrapa sa fille, la serra dans ses bras et lui caressa les cheveux. Une pensée triste pour Jiao le traversa. À n'en pas douter, la fillette ressentit cet instant de détresse, car ses petites mains tapotèrent délicatement les omoplates de son père, comme pour le consoler.

Par la fenêtre de son bureau, Franck contemplait le pommier d'api centenaire implanté dans la cour carrée de son *siheyuan*. Aux extrémités des branches, de petits duvets verts annonçaient l'arrivée du printemps, promesse d'un renouveau, d'une renaissance. Depuis quatre mois, le jeune homme avait renoué avec son métier d'origine. Malgré son absence et malgré, surtout, les accusations formulées à son encontre, ses collègues de l'Institut d'archéologie de Pékin lui avaient d'emblée réitéré leur confiance, à croire qu'aucun d'entre eux n'avait jamais été dupe du manège des autorités. Aucune allusion à cette histoire n'avait d'ailleurs jamais été formulée. Avait-elle seulement existé ?

Depuis un mois, son petit dragon vert datant des Royaumes combattants était exposé dans une vitrine du musée d'Art et d'Anthropologie de la capitale. L'étiquette qui accompagnait l'objet portait la mention suivante : « Découvert par Franck Deroubaix ». À l'institut, les propositions de fouilles pleuvaient, mais le jeune homme refusait de se laisser tenter, considérant que, pour quelque temps encore, Mei avait besoin de se sentir sécurisée par sa présence. Franck leva la tête. Combien de tubes à essai remplis de terre chinoise provenant de ses différents chantiers avaient été sauvés du saccage de son habitation ? Un, deux, trois… dix ! Dix sur combien ? Peu importait, Franck était résolu à se tourner vers l'avenir.

Le téléphone sonna. L'*ayi* décrocha le combiné.

— Allô. Bonjour, monsieur le patriarche, articula-t-elle difficilement en français. Bonjour à Virginia.

Tout sourire, Franck s'approcha d'elle et lui prit le combiné des mains. Et dire que la gouvernante chinoise et la cuisinière portugaise avaient eu tant de mal à s'accorder au début…

— Bonjour, papa.

— Bon anniversaire, fiston !

— Merci. Comment vas-tu ?

— Bien. Devine ce que Virginia m'a concocté de bon pour ce midi ?

— Je ne sais pas.

— Du bœuf aux oignons et du riz collant !

Les deux hommes éclatèrent de rire. Le patriarche poursuivit :

— Je pense d'ailleurs que je ne vais pas tarder à venir tester la recette originale, si tu vois ce que je veux dire… Les médecins me gavent de médicaments, ils voudraient me retenir prisonnier chez moi. Crois-moi, ils sont pires que les charlatans décrits par Molière ! Mais j'ai bien l'intention de leur échapper. Depuis quelques semaines, je vois un acupuncteur qui me fait le plus grand bien. Il paraît que j'ai rajeuni de vingt ans. Et puis, toi et Mei vous me manquez, Lise aussi. J'aimerais également en profiter pour visiter les usines Peng Textile à Kunming. Qu'en penses-tu ?

— Tu es le bienvenu, papa. En Chine et chez moi, bien sûr !

— À la bonne heure, fiston. Je t'embrasse. Fête dignement tes quarante et un printemps !

— J'y compte bien, papa.

À peine Franck avait-il raccroché le téléphone que la sonnerie retentit à nouveau. Patrick souhaitait un bon anniversaire à son frère depuis le nord de la France où il était retourné suite à ses péripéties en terre chinoise. Non pas qu'il eût tiré de toutes ces aventures un bilan négatif, au contraire. Désormais, il relativisait. Sa convalescence chez Ma Zhen lui avait ouvert les yeux sur les autres et sur le monde. Le compagnon de sa fille, Tchang, était un jeune homme charmant et talentueux. À son retour en métropole, Patrick avait consacré une semaine entière à ses quatre enfants. Une semaine de rêve, surtout après l'enfer qu'il avait vécu. Simplement, il fallait bien reconnaître qu'une telle idée ne lui serait jamais venue auparavant. Son père aussi avait changé de comportement à son égard. Il le traitait désormais d'égal à égal et lui confiait de plus en plus les rênes de l'entreprise familiale. Le patriarche envisageait même de prendre des vacances, en Chine qui plus est ! Et puis Patrick avait fini par accepter son divorce. Récemment, il avait eu une aventure amoureuse. L'idylle n'avait duré qu'une semaine seulement, mais il fallait un début à tout ! Avant de raccrocher, les deux frères promirent de se donner des nouvelles rapidement.

Une demi-heure plus tard, l'*ayi* décrochait à nouveau le combiné.

— Une jeune femme vous demande au téléphone, monsieur.

Les joues de Franck s'empourprèrent. Il s'agissait sûrement de Ma Zhen. Depuis que le gouvernement chinois l'avait amnistié de délits qu'il n'avait pas commis, il ne l'avait vue que deux fois : fin octobre lorsqu'il était allé chercher Patrick chez elle et quelques jours au mois de janvier. L'hiver était très rigoureux au Henan, presque aussi froid qu'à Pékin. En attendant leur prochaine rencontre, les deux amants échangeaient des mails et, plus rarement, ils se téléphonaient. D'une certaine manière, cette distance coûtait à l'archéologue autant qu'elle l'arrangeait. Pour lui et pour Mei, mieux valait ne pas précipiter les événements. En même temps…

— Franck ?

— Zhen ?

— Joyeux anniversaire. Chose promise, chose due, fit-elle. Mon train, en provenance de Zhengzhou, arrive à la gare principale de Pékin à 17 heures.

— J'y serai sans faute.

Ce soir, les deux amants passeraient la soirée ensemble dans la capitale. Demain matin, Franck présenterait Zhen à sa fille Mei, et inversement. La vie après Jiao commençait.

— Allô, tonton. Joyeux anniversaire !

— Lise ! Comment vas-tu ? Et Tchang ? Et votre collection ? Comment marchent les affaires ?

— Je te fais les réponses dans l'ordre ou dans le désordre ?

— Peu importe, mais je veux tout savoir.

Après la disparition du non regretté Xue Long Long, la famille Deroubaix s'était choisi un nouvel associé, un ami de Rose, un quadragénaire dynamique et ouvert. À l'usine, le climat avait changé. Les résultats s'étaient améliorés proportionnellement aux conditions de travail, désormais avantageuses, surtout pour cette région reculée du pays. La confection à façon de modèles pour des sociétés européennes de l'habillement était une activité rentable, mais qui, compte tenu des quotas imposés par l'Union européenne, était devenue saisonnière. Peng Textile avait par conséquent innové en développant un second pôle, la fabrication de vêtements de luxe chinois.

Il faut préciser que Tchang avait remporté haut la main le premier prix de son école et que sa collection Passion avait enthousiasmé les professionnels. « Le futur Jean-Paul Gaultier chinois », avait même titré le magazine de mode *Vogue* à son propos. Lise et Tchang faisaient depuis plusieurs mois chambre et bureau communs. Ensemble, ils travaillaient depuis Shanghai à l'élaboration de nouvelles collections : le Chinois concevait les vêtements et la Française les accessoires. Dans leur domaine, la maîtrise par Deroubaix Fils des fibres techniques représentait un atout majeur et élargissait le champ de leur créativité.

Dans un premier temps, Franck avait été irrité par l'utilisation que les deux jeunes gens avaient faite de son idéogramme, même si Lise et Tchang n'avaient jamais imaginé remporter un pareil succès. Cette feuille, ce caractère et l'enveloppe qui les contenait constituaient une part extrêmement intime de lui-même. Finalement, devant leur inspiration, il s'était incliné au point de leur délivrer l'autorisation d'utiliser le sigle à titre commercial.

Concernant la conception et la réalisation de fibres techniques à destination de l'aérospatial chinois par Peng Textile, des négociations étaient en cours. Depuis la métropole lilloise, Patrick et le patriarche suivaient l'affaire de près. Les Deroubaix prenaient leur temps, n'hésitant pas à faire monter les enchères. Une manière, somme toute gentille, de prendre leur revanche !

— Tonton, Tchang et moi avons une surprise pour toi, lança Lise.

— Ah bon ?

— Relève ta messagerie dans cinq minutes et tu verras. En attendant, nous t'embrassons tous, Rose, Tchang, et moi bien sûr.

Intrigué, Franck regarda sa montre et s'installa devant son ordinateur. Il devait partir pour la gare dans une dizaine de minutes. « Envoyer/Recevoir » : rien ! Deux minutes plus tard, il réitéra sa tentative sans plus de succès. La troisième fois fut la bonne.

> *De : Lise Deroubaix < lise.deroubaix@passion.cn >*
> *Date : lundi 20 mars 2006 15:48*
> *À : Franck Deroubaix < franck.deroubaix@yahoo.com >*
> *Objet : Surprise !*
>
> *Mon cher oncle,*
> *Peut-être s'agit-il d'un canular ou d'un délire sénile. Peut-être pas.*
> *En tout cas, nous avons reçu ce mail. La moindre des choses consistait bien sûr à te le transférer.*
> *Tiens-nous au courant, Lise et Tchang*
>
> *............Message d'origine............*
> *De : Qin Kong < qin.kong@kien.com >*
> *Date : vendredi 17 mars 2006 18:12*
> *À : commercial@passion.cn*
> *Objet : Idéogramme*
>
> *Madame, Monsieur,*
> *J'ai cru reconnaître dans l'idéogramme utilisé par votre maison de création le travail d'un peintre et ami très cher qui se nomme Raphaël Farfalla. Nous avons appris cet art très précieux avec le même maître. Pourriez-vous me confirmer mon intuition ?*
> *Meilleurs respects, Qin Kong*

Incroyable ! Cette histoire était tout bonnement incroyable ! Et si, grâce à ce M. Qin Kong, Franck parvenait à identifier son père biologique ? N'était-ce pas ce qu'il avait secrètement espéré en orientant son travail vers la Chine ? Raphaël Farfalla, un prénom de peintre adossé à un nom de papillon. Pas étonnant qu'il se soit envolé, celui-là !

— Papa ! Papa ! Tu as l'air bizarre. C'est parce que c'est ton anniversaire ?

Franck embrassa Mei tendrement sur les deux joues. Il rassembla ses affaires et prit la direction de la gare.

Du même auteur :

MONEY, Denoël, 1980
CASH !, Denoël, 1981 (Prix du Livre de l'été 1981)
FORTUNE, Denoël, 1982
LE ROI VERT, Éditions n° 1/Stock, 1983
POPOV, Éditions n° 1/Olivier Orban, 1984
CIMBALLI, DUEL À DALLAS, Éditions n° 1, 1984
HANNAH, Éditions n° 1/Stock, 1985
L'IMPÉRATRICE, Éditions n° 1/Stock, 1986
LA FEMME PRESSÉE, Éditions n° 1/Stock, 1987
KATE, Éditions n° 1/Stock, 1988
LES ROUTES DE PÉKIN, Éditions n° 1/Stock, 1989
CARTEL, Éditions n° 1/Stock, 1990
TANTZOR, Éditions n° 1/Stock, 1991
LES RICHES, Olivier Orban, 1991
BERLIN, Éditions n° 1, 1992
L'ENFANT DES SEPT MERS, Stock, 1993
SOLEILS ROUGES, Stock, 1994
TÊTE DE DIABLE, Stock, 1995
LES MAÎTRES DE LA VIE, 1995
LE COMPLOT DES ANGES, Stock, 1996
LE MERCENAIRE DU DIABLE, Stock, 1997
LA CONFESSION DE DINA WINTER, Stock, 1997
LA FEMME D'AFFAIRES, Stock, 1998
DANS LE CERCLE SACRÉ, Stock, 1999
ORIANE OU LA CINQUIÈME COULEUR, Stock, 2000
LA VENGEANCE D'ESTHER, Stock, 2001
LE PRÉSIDENT, Stock, 2002
L'ANGE DE BAGDAD, Éditions n° 1, 2004
LE CONGLOMÉRAT, Éditions n° 1, 2005

Parus en séries :

Composition réalisée par Chesteroc Ltd.

Achevé d'imprimer en avril 2007 en Espagne par
LIBERDUPLEX
Sant Llorenç d'Hortons (08791)
Dépot légal 1re publication : avril 2007
N° d'éditeur : 85082
LIBRAIRIE GÉNÉRALE FRANÇAISE – 31, RUE DE FLEURUS – 75278 PARIS CEDEX 06

31/2123/3